当代中国文学书库

在砺炼中成长

龚玉良◎著

中国文联出版社

图书在版编目（CIP）数据

在砺炼中成长 / 龚玉良著. -- 北京 : 中国文联出版社，2024. 2

ISBN 978-7-5190-5445-8

Ⅰ. ①在… Ⅱ. ①龚… Ⅲ. ①长篇小说—中国—当代 Ⅳ. ①I247. 5

中国国家版本馆 CIP 数据核字（2024）第 039556 号

著　　者　龚玉良
责任编辑　李　民　周　欣
责任校对　乔宇佳
装帧设计　中联华文

出版发行　中国文联出版社有限公司
地　　址　北京市朝阳区农展馆南里 10 号　　邮编　100125
电　　话　010－85923025（发行部）　　010－85923091（总编室）
经　　销　全国新华书店等
印　　刷　三河市华东印刷有限公司

开　　本　710 毫米×1000 毫米　1/16
印　　张　19
字　　数　351 千字
版　　次　2024 年 2 月第 1 版第 1 次印刷
定　　价　89. 00 元

在共和国日渐强大，国家建设日新月异，工农业生产、国防建设突飞猛进，国家繁荣昌盛，政通人和之时，欣然命笔，写下这些文字，真实地记录了这段历史的变迁。书中的主人公国盛是一个农民的儿子，出生在解放初期，几乎和共和国同时诞生，一道成长，和共和国共同经历了风风雨雨的几十年。

成长之路是每个人都要遇到而且是必须经历的，以怎样的心态和姿态走也是今后事业成功与失败的决定因素。他经过自己的努力，一步步实现了自己的人生梦想。这个坚强的孩子出生在一个偏远的农村，一直生活、工作在这里。成长的道路充满艰辛，而他更是经历了常人难以承受的困难与磨炼，但他穷不志短，富不骄奢，在艰难中顽强生存，在逆境中茁壮成长，以坚强的信念与理想砥砺前行。一个农村放牛娃，成为一名国家医生，在那个户口森严的时代，在前无人拉后无人推的社会背景下，那真比登天还难，但他凭着自己顽强的毅力和拼搏精神，硬是做到了。

因此，一个人只要有理想，有信念，能坚持，不放弃，就能找到成功的秘诀。我们要坚信：世上无难事，只要肯登攀。

这是一个真实的故事，也是一个真实的人生。笔下展示的是一个普通人在新中国成立后的风风雨雨几十年奋斗成长的经历，没有惊天动地的丰功伟绩，没有文笔生辉，没有华丽的辞藻，只是以真实、平淡的方式记叙。

因为以前大部分的一些书通篇都充斥着男欢女爱、打情骂俏、纸醉金迷、污垢淫秽和一些糜烂的生活方式，玄幻空虚的故事情节，或者是帝王将相、才子佳人，几乎千篇一律，只是符合一些市井小民的口味，很少有写农村农民的真实生活，没有一点刚毅正气，没有一点正能量，可能会使一些思想脆弱的青少年思想堕落而误人子弟。

本书打破了这一世俗的传统写法，有真实的生活情趣，历史的痕迹，时代的气息，历史的厚重感，正能量较多。书中主人公百折不挠的奋斗精神和坚毅不屈的人格贯穿始终，有一股催人奋进，不断向上之正气。他朦胧的爱情故事，火热的生活劲头，敬业的工作、学习态度给人一种热情奔放，永远向前的引力。他克服种种困难，实现自己人生理想的故事，情节令人深思，是一部励志小说。青少年朋友和有儿女的父母不妨看一看，对青少年的学习成长和父母教育子女很有裨益，对懂得人生的意义和价值很有好处。

写下他的这段人生经历不求文存千古，字迹流芳，只是抛砖引玉，把特殊时代的记忆，给人一点启示而已。他对待名誉、金钱、地位和大是大非波澜不惊。平淡最能懂得人生，朴素最能感受生活，勤劳最能创造财富。把一个人平平淡淡地走过了几十年的人生经历，学习体会，生活方式，做人原则，成败经验一一记录于纸上。

把这个时代的人砥砺成长的经历和他们想说的话说了出来，激起我们同辈人对这段历史的美好回忆；也同时要告诉现在的年轻人和以后的下辈人，因为他们没有亲身经历过那个艰苦时代的历练，要使他们知道祖国的这段历史，给他们补上这一课。如果不告诉他们，就会成为他们生命的永久遗憾。因为他们看到的是高楼大厦，生活是衣食无忧，玩的是电脑、手机，工作轻松自由，他们不懂得旧社会和新中国成立初期上辈人生活的艰辛，不会知道在一穷二白的基础上用肩挑手扛建设祖国的重重困难，使之一步一步地走向现代化的来之不易。不知今朝真幸福，只缘生在此朝中，不知道过去的苦，就不会珍惜今天来之不易的幸福生活。

人生几十年，经历了无数坎坷和艰苦磨炼，滚滚长江东逝水，浪花淘尽英雄，往事如云，都付笑谈中。有好多感想想写出来，供人茶余饭后消遣，给人一点启示和挡目的素材。有时候总想给后代留下点什么，金钱并不是唯一留给后人的财富，古人说得好："儿女强于我，要钱做什么？儿女弱于我，要钱做什么？好崽不要爷田土，好女不穿嫁妆衣。"有用的人自己能够创造财富，没用的人只会用前人的钱吃喝玩乐，嫖赌逍遥。所谓的财富，不但不能给他们幸福，反而会贻害一代或几代人。只有把别人的人生经历，成功经验和失败教训写出来作为后人的前车之鉴，才能使后代继承经验、吸取教训、少走弯路、少吃后悔药。人们常说世上没有后悔药，只有书就是最好的"后悔药"。因为这都是前人经历过的经验和教训，人们看过后就不会重蹈覆辙。

书可能是前人给后人留下的最好礼物。前人需要光明磊落，要给后人作出表率。使他们懂得怎样做人，怎样为人子，怎样为人父，怎样教育儿女，当一些父母为教育小孩伤脑筋，犯头痛时，书中有一些教育孩子的经验，不妨看一看，可能对你有所启迪，可以借鉴一下；这书中有一些治疗疑难杂症的经验，年轻医生在治疗疑难杂症感到棘手时不妨看一看，这些都是人家的亲身经历和经验，可以作为参考；还有主人公的一些勤工俭学，在艰难困苦中的顽强毅力，不畏艰辛的砥砺成长，对理想、信念、事业的追求和做人的准则可供年轻人参考。

很少有人知道过去农村儿童和青年的生活和工作环境，不知道他们是怎样与自己的前途和命运抗争的。也不了解农村医生和基层医生的真实生活和工作状况，但通过此文就可见一斑。

一个国家的兴衰与它的人才管理政策是密切相关的，而个人的成功应该是聪明+勤奋+机遇，而不应该是出身+机遇+关系。如果是后者，国家必定衰亡。要唯才是用，真的做到英雄不问出处。

一个人要有理想、有信念、有追求、有奋斗，如果经过努力，即使没有实现自己的理想，至少你已经追求过，至少你已在梦想的世界里遨游过。我们每个人都应有获得成功的追求和梦想，成功是个人价值的体现，因而成功的人生是令人神往的人生。但是，成功不可能从天而降，不可能自然而然地来到你面前，成功是与奋斗和坚持相伴而生的。

“人之初，性本善”。人刚生下来，人性都是善良的，只是由于之后的生活环境和习惯不同，受的熏陶不同而发生变异。即“近朱者赤，近墨者黑”。俗话说：“行要好伴、住要好邻；物以类聚、人以群分；跟好人学好样、跟流氓学花子”。一个人要多看书，看好书，遵守职业道德。为医者要睿智、仁心；为官者要清廉、爱民、勤政；为师者要为人师表，学而不厌，诲人不倦；为商者要诚实守信，不要欺行霸市；科学家要登高攀新、敢于攻坚克难；为民者要遵纪守法、勤俭爱国。全国人民拧成一股绳，枯木朽株齐努力，全民齐心，其利断金。齐心协力，艰苦奋斗，民富国强的梦定会有期。每个人都要为社会多提供正能量。共同为改革开放贡献自己的力量。

本人早就有写这本书的愿望。因其酷爱祖国源远流长的文化，酷爱形态优美的中国文字。更爱言简意赅的成语，近万条成语是经过广大劳动人民在长期的生活实践中总结提炼出来的，既定俗成、脍炙人口，并使人回味无穷。把它们镶嵌在字里行间，就像一颗颗明珠，闪闪发光，使文章增色。在从医之余，写了一些文字，自以为一乐，竟不能已，但后来在同事、朋友的大力支持和鼓励下，拿起这支秃笔，勉为其难地写下了这部书，以抛砖引玉，掀起一个全民热爱祖国文学的热潮，让中国文化不断创新，不断丰富。中国文学艺术是一个百花齐放、百家争鸣的舞台。要使中国文学艺术更加发扬光大，使之成为中国人民的精神食粮；还要使中国文化走向世界，让世界爱上中国文化，让世界爱上中国，使中国文化成为世界瑰宝。这就是笔者写下这段文字的初衷。

序言一

呼应新中国发展的民间“私人”画卷

看到这部书稿时，已是2019年年末了。其时围绕改革开放四十年，好些媒体致力于从“私人史”的角度来回望、讲述与评价。穿梭在这些报道篇章中间，仿佛看到在时光长河里不同年代的人与时代相遇，既汇流成社会共同体的前行路径，又烙印进个体的微观记忆里。即如这部书稿，所带来的同样宏观上的感叹，微观上的感动。

这部书稿的作者是20世纪50年代生人，如他在书中序言所说，出生时正是新中国成立初期，可谓几乎与新中国同时诞生，一道成长。从一穷二白的艰苦奋斗，经历风起云涌的多种运动，再到1978年改革开放，中国在现代化、城市化进程中迈进，国家发展的轨迹与作者成长的痕迹缠绕在一起。

不过在笔者眼中，这部书稿还独具另一层含义，即作为丰富历史的民间讲述。作者来自民间，于偏远农村一户普通农民家庭中诞生、成长，无论是最初的放牛娃，还是后来历经努力与艰辛终于成为一名国家医生，从乡村到城市，他在滚滚人流中始终是平凡的。对于如他一样的普通人而言，在历史的长时间里，像是一个探照灯偶尔照到了他们，他们才进入历史。但是在当下这个时代，历史这本书已经敞开了它的扉页，变得更为开放、包容，热情而坚持地要纳入普通人的声音，听他们讲述他们的经验与故事。这在文化上俨然是点燃了星星之火。学者郭于华称之为“普通人的历史权利”，让普通人说，听普通人说，从普通人的生活中阅读生命，把握文明的脉搏。

从这部自传式的作品来看，它是民间的。作为民间立场、民间风味、饱含民间百姓的生活经验与情感印记。该作品文字表达非常丰富，口语里的方言读起来令人兴味盎然，仿佛当年的乡村场景就在眼前。民间，被作者细腻的私人讲述打开了一扇窗。

它是叙事的。20世纪50年代出生的这一代人究竟如何生活、如何工作、如何创业？他们的成长之路是如何的？从作者细致的讲述中可以触摸到成长的路标：从互助组、人民公社、激进的新农村改造、文化领域的整顿、改革开放，亲历了各个时期的社会变迁。这些路标的周围延展出的是关于家国、亲情、友情、爱情的故事。叙事因怀着深情而细腻传神，如作者讲述二婶照顾生病的孩子：“有些烫手，二婶马上挖了一坨千脚泥敷额头，用鞋底放在肚子上做物理降温，还熬了一些青蒿水喝，只有两天，烧就退了，二婶这才吁了一口气”。作者如此讲述小孩烤糍粑吃：“秋良就只好每天带着两个弟弟烤糍粑吃，在煮饭时就把糍粑用火钳夹着在火里烧，糍粑一受热就鼓起来像个包子一样，由于草木灰火太大，受热不均匀，而且烟大，糍粑被烟熏黄了，有的地方烧黑了，有的地方没有烧熟。但烤糍粑的香味很诱人，国盛闻到了香味就耐不住了，闹着要吃，秋良只好每人分一坨，吃起来还是半生不熟的，而且还有一股烟味，但他们也还是吃得很香。”朴实的语句中，每一个生活场景呈现眼前。

它是抒情的。或浓烈或温煦的情感，时不时点缀其中，抒发出来，仿佛电影里突然响起的音乐。作者会从过年的热闹里感喟：“农民由于有了自己的土地，有了农户的相互协作，政府的大力支持和风调雨顺，可谓是天时，地利，人和，因此获得了大丰收。”儿子读书要寄宿学校了，母爱深厚之感喟则忍不住溢于笔下：“叫儿子远离自己，远离这个穷苦的家乡，但她自己何尝不也是更加舍不得儿子离开啊！只是忍痛割爱而已，这就是伟大的母爱。虽说母亲胸无点墨，但她胸怀是那样的宽广，为人通达，有一种无私奉献的精神。为了儿女的前程与幸福，什么痛苦都可以忍受，真是母爱如山啊！”或者热烈地抒发作者对于国家改革开放巨变带来的感动，或者温情地讲述爱之深切、幸福生活来之不易的艰辛。

它还像是一部百科全书，对于民间生活的观察使得作者那么热衷于将大量的民俗知识点缀其中，很多名言警句脍炙人口。如作者描写家乡的野菜：“‘吃山珍，吃海味，没有蔺蒿粑粑的味道美；吃人参，吃燕窝，没有洞庭湖芦笋营养多’。芦笋被喻为洞庭湖的‘冬虫夏草’。芹菜、篱蒿也是美味可口的野菜，在粮食困难的时候还可以拌饭吃，替补粮食，以此充饥。”他描摹村民一起碾糍粑的场景：“这个碓臼窝也很俏，也是从这家抬到那家，围着队里转，轮流着到每家每户辗糍粑。二爷和金秋把一大甑糯米饭倒入碓臼窝中，四个劳力拿着四根木棒迅速地辗起来。他们用力地辗，不一会大家就辗得全身发热了，大汗淋漓，他们索性脱掉棉袄，打着赤膊干。”生活气息扑面而来。

这些来自民间个体的言说，即如天地间蜉蝣般生灵的喃喃自语。倾诉既是对世界说话，也是对自己说话，由此，将自我与世界紧密关联起来，缔结一种关系，热烈的，温婉的，朴实的，华贵的，壮丽的，飒湿的。借助这样的“民间画卷”般的叙事与言说，我们得以回溯与展望，所立足的现在从而延展与丰盈起来，立体与厚重起来。

李小汀

序言二

当我翻阅《在砺炼中成长》一书的前言后，我便产生了浓厚的读下去的欲望。因为作者长期工作、生活在基层，对基层群众的工作、生活了如指掌，他把自己的亲身经历、祖国新农村的变化和底层社会的基本情况跃然纸上，使人能清楚地了解农村和底层社会的真实状况，看后使人爽心悦目。

在这本小说里，主人公成长的道路充满艰辛，也更是经历了常人难以承受的困难与磨炼。他在艰难中顽强生存，在逆境中茁壮成长。当我看到他以坚强的信念与理想砥砺前行时，我激动的心情无以言表，由此对这部小说兴趣盎然。带着对作者的崇敬之情，我继续往下读。他用浅显易懂的文字，讲述了一个农村放牛娃，成为一名国家医生的故事。还讲述了他年近古稀，从医五十年的经历。他在基层医院当医生，一直在为患者排忧解难。小说叙述了他许多难忘的故事，亲人的关爱、故乡的明月、儿时的趣事、行医的初心和使命等。

他的长篇小说有34万多字，构思新颖，题材独具匠心。文笔流畅，修辞得体，文情并茂，充满了诗情画意。他的小说杂而不乱，语言虽然没有华丽的辞藻，但却极为准确生动，情感丰富而真实。段落清晰，主线分明。全文记叙了一个个生动的农村生活的故事情节，贴近生活。他对农村生活观察细致入微，如一件棉袄为适应不同的气候有不同的穿法。天气稍凉时，只把棉袄披在肩上；刮风下雨时，就把棉袄穿在身上。如冬天气候寒冷时，就把棉袄扣起来；遇到刮风下雪，天寒地冻时，就系上一条腰围巾。如果没有腰围巾，就用一根绳子系在腰间。有的索性就用两把稻草连起来，成一个草绕子系着。他还自嘲为金丝腰带呢！又如他挖到了一粒扣子大小的荸荠，在水沟中用清水洗一洗，在衣服上擦一擦就吃起来了，而且还吃得津津有味。这些生活细节，只有深入农村生活，细心体察才能写得出来。书中这些有生活情趣的场景，引人入胜。

书中主人公还讲述了他读小学时，母亲得了一场感冒，发热咳嗽。因当时缺医少药，不到一个星期母亲就离开了。他对母亲的怀念真挚感人，使人泪雨倾盆。从那时起，他就立志要学医。他那种学习文化和医学知识的精神催人奋进，顽强拼搏的意志感人肺腑。后来也许是老天眷顾这个苦命人吧！让他学医的愿望终于实现了。他获得了上益阳医专读书的机会，于是他如饥似渴地学习医学知识。参加工作后，刻苦钻研业务，热心为病人服务，成了医院的业务骨干。他是主攻内科的，但只要哪个科室有危急病人要抢救，他就奔向哪里参与抢救。后来同事和病人都叫他“全科医生”。有一天，医院来了一位较胖的高龄产妇，流血不止，随时都有生命危险。他不顾个人得失，也不计较个人名利。他临危不惧，主动上阵抢救，使产妇母子平安。他为解决疑难杂症，经常半夜看书，还翻阅大量的相关资料。主人公这种废寝忘食的精神，真是感人肺腑，催人奋进。

他还清晰地记录了新中国成立后的各阶段的经历，与此同时，新中国所经历的崎岖与曲折也不可避免地融到20世纪50年代出生人的成长记忆中。当我拜读小说后，记忆的闸门一下子就打开了，遥远的过去，就像放电影一样，一幕幕浮现在我的眼前。其小说讲述的内容是新中国成立后农村农民生活的真实再现，把我带回到农家的现实生活中，有种身临其境的感觉，使我们对新中国成立初期农村的基本情况和历史有了一个深入了解。通篇作品都充满了正能量和正义感，充满了对生活的热爱、对困难的藐视和对人民疾苦的关心。可见作者有不凡的文学功底，可谓是字字珠玑，句句经典。是一本值得一读的好书，是我们应当学习的典范！

刘涛先

目　录
CONTENTS

第一部　童年时代的快乐与辛酸

第一章　诞生在偏远乡村

春雷一声震大地，亿万人民获新生。伟大领袖毛主席在天安门城楼上向全中国乃至全世界人民庄严宣布“中华人民共和国、中央人民政府今天成立啦!”中国人民从此站起来了，在共产党的阳光普照下，能够当家做主了，成了新中国的真正主人。

此后不久，正当全国人民在兴高采烈地庆祝新中国成立的时候，这浩荡的春风，让沉浸在祖国解放、新中国成立的喜悦中的农民又迎来了秋收的忙碌。这是1951年的金秋时节，秋高气爽，阳光明媚，春华秋实，正值农民忙于收割之时，一个幼小的生命在位于洞庭湖畔的一个小村庄里诞生了。

这孩子的父亲姓孔，名长生，因在兄弟中排行第二，被人们称为二爷。他是一位耿直、善良、勤劳俭朴、老实巴交的农民，40多岁，身材魁梧，皮肤黝黑，一身正气。二爷是一个已经有着七口之家的普通农民，在这个丰收喜悦的日子里，又增添了一个幼小的生命。

这孩子几乎和共和国同时诞生，在共产党的阳光沐浴下，与共和国共同历练，风雨同舟、艰辛与共，他在成长的过程中经历了常人难以承受的艰难与曲折，伴随着共和国的繁荣发展而一道成长。

美丽而富饶的洞庭湖畔风和日丽、雨水充沛、地势平坦、土地肥沃，环境优美，风景秀丽如画。大家常用“鱼虾壮、芦花放、稻谷香、岸柳成行”来形容这里的美景。

这里四季分明：春天，姹紫嫣红的桃花、金灿灿的油菜花、高雅的牡丹花和各种野花竞相绽放，花团锦簇，分外妖娆，苗条的芦苇翠绿欲滴，树上的鸟儿叽叽喳喳叫个不停，真是“鸟语花香”；夏天，湖边、河边、沟边、塘边婀娜多姿的杨柳遮天蔽日，替人们遮挡着那似火的骄阳，稻田的谷子连成一片，金浪翻腾，一眼望不到边，就像是一片金色的海洋；秋天，碧绿的荷叶被鲜艳的荷花点缀，路边的桂花芬芳馥郁，还有那成片的菊花、蓼子花竞相争艳，真是金秋送爽、丹桂飘香；冬天，湖中万亩雪白的芦花被微风吹动，白浪翻腾，和那白雪皑皑的大地连成一片，真是银装素裹。洞庭湖四季风光如画，景色迷人，真可谓是百花争艳，百鸟争鸣的地方。登高远望，那广袤的、如诗如画的洞庭湖平原和那一望无际的洞庭湖尽收眼底。徜徉在洞庭湖畔的美丽景色中使人心旷神怡，真是“人在乡间走，如在画中游”。迷人的景色美不胜收，啊，多美的洞庭湖呀!

这里物产丰富，盛产鱼虾、乌龟、甲鱼、大米、棉花、苎麻、芦苇……俗话称：“洞庭湖的粮食堆满仓，洞庭湖的鱼儿用船装。”美丽富饶的洞庭湖平原被称为“鱼米之乡”。人们常说：

吃山珍，吃海味，没有藜蒿粑粑的味道美；
吃人参，吃燕窝，没有洞庭湖芦笋营养多。

芦笋被喻为洞庭湖的“冬虫夏草”。芹菜、藜蒿也是美味可口的野菜，在粮食供应困难的时候还可以拌饭吃，替补粮食，用来充饥。

洞庭湖位于湘、资、沅、澧四水的交汇处，还有绵亘数千里、气势磅礴的长江流经洞庭湖。它“衔远山，吞长江，浩浩汤汤，横无际涯。北通巫峡，南极潇湘，烟波浩渺，气象万千”。洞庭湖边的岳阳楼雄伟壮观，就像是嵌在洞庭湖中的一颗明珠，自古就有“洞庭天下水，岳阳天下楼”之称。浩瀚的洞庭湖美丽壮观，气势之磅礴让看到过洞庭湖的人有一种“曾经沧海难为水，除却巫山不是云”的感觉。人们祖祖辈辈在这片土地上劳作和繁衍生息，对这片土地有着深厚的情谊。

这都是勤劳勇敢的洞庭湖人民长期艰辛的劳动，才绘出了这锦绣江南鱼米之乡的美丽“图画”。不管用什么样的词汇来形容洞庭湖的美景，都看不出有修饰和夸张的痕迹。

虽然洞庭湖自然环境优美，物产丰富，但在旧社会，这里却像是打开了潘多拉魔盒，常年灾情不断，疾病和兵荒马乱致使哀鸿遍野，满目疮痍。

这个村庄地处偏远，地势低洼，加之这里水利设施落后，经常受到旱涝的影响，成为农业年年歉收的穷乡僻壤。穷苦的劳动农民祖祖辈辈上无片瓦、下无插针之地，靠做长工、打短工，仍然是过着食不果腹、衣不遮身、凶年饥岁、牛马不如的生活。

新中国成立后，农民分得了土地，他们世世代代渴望的有自己土地的愿望终于实现了，这是开天辟地的事情，也是“前无古人、后无来者”的举世壮举。共产党、毛主席真是救民于水火，使全国人民获得了新生。这里的人们也和全国各地的人民一样，正沉浸在新中国成立时“收拾金瓯一片，分田分地真忙”的喜悦之中。当地有诗赞曰：

惊雷一声震大地，中华儿女获新生。

收拾金瓯重建国，分田分地得民心。
亘古世间无此事，唯有领袖毛泽东。
今朝幸福来不易，吃水不忘挖井人。

农民能拥有自己的土地，能在自己的土地上种庄稼，能在自己的土地上建房子，真是否极泰来。这种喜悦之情不言而喻。在农民的心中，毛主席是定国安邦的伟大领袖。是他领导中国共产党为全国人民打败了日本帝国主义，解放了全中国。在这一马平川的洞庭湖平原，到处都是莺歌燕舞、桃红柳绿，使祖国大地换上了新装。

二爷家也和其他农民一样，新中国成立后分得了几亩田地，正当秋收时节，二爷带着他的大儿子金秋和二女儿桂花到田里收谷去了，只有妻子在家操持家务。

二爷妻子姓余名又秀，左邻右舍都叫她二婶，已怀孕十月。一天，她突然感到肚子痛，知道自己是已经发作了。这时家里没人，肚子痛得厉害，全身大汗淋漓，动弹不得，不能出去叫人，怎么办？正在这孤立无援、感到绝望的时候，隔壁邻居家的小孩秀秀刚好从门前经过，二婶忙叫住她："秀秀，秀秀，快！快!! 我已经发作了，要生孩子了，请你赶快去请李大妈来帮我接生。"秀秀看到二婶那面色苍白、痛苦万分的样子，就说："好的，我马上就去!"她边说边跑，赶紧去请李大妈了。

刚解放时的穷困农村没有医院，也没有医生，生孩子都只能在自己家里生。李大妈是这个村子里接生经验比较丰富的接生婆。她50来岁，心地善良，精明能干，乐于帮忙，左右邻居生孩子都爱请她接生。

秀秀跑到李大妈家急急忙忙地说："李大妈，快！快!! 二婶发作了，痛得厉害，家里没人，要请你赶快去接生。"李大妈听说二婶要生孩子了，赶忙丢下手中的活计，洗了洗手，系上腰围巾，出门向二婶家走去。

秀秀就在前面跑，李大妈却因她那三寸金莲，走起路来摇摇晃晃，步履蹒跚，非常吃力且步子缓慢。秀秀看到她走不动，非常着急，只好跑回来拽着她就跑。李大妈哪里跑得动，一个趔趄，差点摔一跤，吓得秀秀出了一身冷汗。她赶紧扶住李大妈，拉着她的手并催着她赶紧走，李大妈被折腾得气喘吁吁。秀秀看到李大妈还是走得太慢，就只好扶着她连推带拉地急急忙忙朝二婶家走去。

当她们风风火火地赶过来时，李大妈见毛毛（湖南方言，婴儿的昵称）已经娩出，她就双手一拍，惊讶地叫起来："哎呀嘞！何式这样快啰？我还冒搞得手脚赢哒，就生嘎哒，何式不早点叫我啰？"二婶这时也是有气无力，她只是轻轻地说了一句："李大妈，要麻烦你了。"李大妈二话没说，就急忙撸起袖子，拿了一把剪子放在火上烧了一下，再拿一根鞋底线把脐带根部扎紧，"咔嚓"一下，把脐带剪断。这时毛毛还没有呼吸，嘴唇有点发绀，李大妈急了，就赶紧用左手提着毛毛的两只脚，右手在他的背部拍了三下。这时，毛毛才发出了一声悲壮而洪亮的哭声，也正是这一声婴儿的啼哭，才打破了这家里的紧张气氛，也打破了这乡村的宁静。李大妈赶紧找来几件旧衣服把毛毛包起来。就这样，一个普通的农民家里又一个新的小生命诞生了。

这时胎盘还没下来，鲜血还在不停地往外流，二婶面色苍白，大汗淋漓，不久后就出现了昏迷，情况危急。李大妈见状急了，赶紧给她掐人中，并且大声地呼喊着："二婶、二婶，你醒醒，你不要睡着啊！"一边呼喊着，一边吩咐秀秀说，"二婶危险，你赶快去把在附近田里做事的李大爹、夏大爹、王满他们叫过来。"秀秀看到二婶这情况吓得快要哭了，听到李大妈要她去叫人，就赶紧一路小跑到田间叫人去了。

秀秀跑到田间哭丧着脸对李大爹说："李大爹，二婶生孩子晕过去了，李大妈叫你们几个男人赶快过去。"李大爹听说二婶晕过去了，就大声地叫了附近的夏大爹、王满他们，大家迅速从田里上来，两腿烂泥都未来得及洗，拔腿就跑，一路飞奔来到二婶家。

李大爹见状就认为是妖魔（农村说的是有"血风鬼"在作祟），就叫大家赶紧驱鬼，他就立即吩咐王满和夏大爹说："夏大爹你就用锄头敲打屋柱来驱鬼，王满你赶紧回家拿捕鱼网来幔在床顶上，鬼就不敢来了。"夏大爹就迅速拿了锄头，把屋柱敲得"嘣嘣"地响，惊得壁上的泥土和灰尘散落了一地。王满也从家里拿来了一捕鱼网幔在床上，李大爹自己赶紧回家拿了三根香、两根蜡烛和几张纸钱过来，在房中焚香秉烛，口中念念有词。只听他虔诚地祷告道："苍天有眼，我将祖宗菩萨、家神土地和各路神仙一齐请起，请你们把妖魔鬼怪都赶走，保佑二婶早早把包衣生下来，保佑他们母子平安无事，以后一定不会忘记各位神仙的大恩大德，一定杀猪宰羊来敬你们。"李大妈就用力把胎盘往外拉，不一会儿，胎盘下来了，出血才渐渐减少。过了一会儿，二婶也慢慢地苏醒了过来。大家忙乎了一阵，见胎盘下来了，出血完全停止了，二婶清醒了，这才放心，他们就各自回到田中劳动去了。

其实世界上并没有什么鬼神，是因为人们没有科学文化知识，不懂得这些科学道理，只能用唯心的思想解释这些不懂的问题。这生崽出血不止，主要是因为胎盘没有下来时子宫不能收缩所致。胎盘下来以后，子宫强力收缩而起到压迫止血的作用，因此出血就停止了。

二婶清醒以后直喊肚子饿，想吃东西。李大妈问：“二婶，你家有肉没有？生崽吃了亏，我搞碗筋肉子氽汤给你吃好吗？”二婶说：“家里没有肉，只有鸡窝里还有几个鸡蛋，搞碗蛋花汤就行了。”李大妈赶紧拿了两个鸡蛋冲了一碗蛋花汤，家里一没有猪油，二没有糖，就只放了一点盐，李大妈就用调羹喂给二婶吃。二婶吃了一碗冲鸡蛋后，精神就好多了。

农村的这种旧法接生，很容易引起新生儿破伤风，土话叫“脐风”，也容易引起产妇产后大出血，引发血晕，有的甚至因胎位不正而难产或胎盘滞留，导致大出血，引起产妇死亡。农村迷信说是被“血风鬼”寻了，这样分娩引起的死亡率很高。乡里有句土话叫“生崽不怕死，只隔阎王一张纸”，农村的妇女生小孩真是在赌命啊！

二婶生下的是个男孩，这孩子在兄弟姐妹中是第六位了。小男孩大大的眼睛，乌黑的头发，哭声洪亮。李大妈赶紧把小孩送到他妈妈的怀中。因家中的大姐伏兰出嫁了，大哥金秋和二姐桂花都到田中收谷子去了，二哥秋良和三哥国庆都到邻居家玩去了，家里没有其他人，正在这时，李大妈的女儿满妹子来了，李大妈就要她到田中去叫孩子的父亲二爷回来。因为二婶生了孩子，有好多的事情要做，家里不能没有一个主事的人。

二爷正带着金秋和桂花在田中收割，新中国成立后政府分给了他家五亩多田，在二爷的精心耕耘下，获得了好收成。他们刚好才收了一担谷子，就看到满妹子急匆匆地来到他们收割的田中，满妹子跑得满头大汗，上气不接下气地对二爷说：“二爷，你家二婶生孩子了，我妈妈在帮忙接生，她叫你赶快回去，家里有事。”二爷听了先是一阵紧张，不知道妻子生孩子顺不顺利？有没有危险？他就急切地问满妹子说：“已经生了没有？现在人还好吗？”满妹子回答说：“已经生了，开始很危险，现在好了。”二爷听说已经生了，母子平安后，心里一阵高兴，因为孩子永远是男人的希望与精神寄托。农民自古以来就有一种“养儿待老，积谷防饥”的传统思想。但后来他只是苦涩地笑了一下，知道自己肩上的担子又重了几分。二爷知道家中有事，他就急忙挑着谷子往家赶。二爷急匆匆地赶回家，他看到妻子和孩子平安，悬着的心才放了下来。

二爷家在新中国成立后分得了田地，农业生产获得了丰收，在这人寿年丰、又添新丁的时刻，他感到无比的幸福，但又促使他回忆起了旧社会经历了的一段辛酸往事。

第二章 背井离乡走洞庭

二爷出生于湖南湘潭，地处田少人多的山区，家中有兄弟七人，却只有两亩来地，因此十分贫穷。

十多年前的一天，他去看一个从华洋（洞庭湖区的俗称）回来的朋友，在他家聊天喝酒，他们喝着自家酿制的米酒。你一杯，我一盏，在喝酒时朋友对他说："我在华洋那边做了三年长工了，那边田多人少，常年有积水，需要人手，有事做，有白米饭吃，一年还能赚到十来担谷的工钱。你家田少人多，在家没有事做，你种田又里手，到那边去做长工，可以减轻一下家里的负担。"二爷说："到那边去好是好，就是不知父母会不会同意，我回家和他们商量一下试试。"

二爷回家后，赶紧把田地耕了，完成春插以后，就跟父母亲商量说："我听一个从华洋回来的朋友说，华洋那边田多人少，有长工、短工做，而且有饱饭吃，工价也高。现在我们家里田少人多，弟弟妹妹们都长大了，没有事做，家里没有了生活来源。弟妹们今后还要成家立业，我只能到湖区去做长工。家里这点田就留给弟妹们种，这样就可以减轻一些家庭压力，您二老看行不行？"

二爷的父母亲听说儿子要到湖区去做长工，心里非常舍不得。母亲担忧地说："听说华洋离家有几百里路，一无车，二无船，怎么去？以后又怎么能回来？伏兰孙女儿还太小，怎么走得了这么远的路？在路上有个三病两痛的怎么办？在家天天好，出门时时难，你还是不要去。一家人在一起好相互照顾些，就是喝粥也比骨肉分离要好。"她说到这里，眼睛就红了，眼泪"唰唰"地往下流。

二爷说："趁现在有朋友在那里，去了有一个落脚点，他对那里很熟悉，他过去几年了，在那里生活得很好，还赚了一点钱带回来了。我已经长大了，成家了，应该立业了。我们家只有这两亩地，养活不了一家人，在家一起挨饿，还不如出去找点事做好。"

父亲见儿子的去意已定，心想，男儿有志在四方，在家窝着也耽误了他的前程，就说："儿子，你如果真的想去的话，也可以先去试一试。如果好，就在那边发展，你先去探个路，今后弟妹们也可以跟着到那边去。如果不行，就早点回来，家里也不怕多了你们几个人。不过是吃粥多掺一碗水。"但母亲还是舍不得儿子、媳妇、孙女儿到那么远的地方去，宁愿留在身边苦一点都行。母亲又哭着对儿子说："儿子啊，你们不能去！因为你们长这么大，从来就没有出过远门。这么远的路，那里一无亲、二无戚，人生地不熟的，如果在那里找不到事做怎么办？那真是叫天天不应，叫地地不灵呀！"

二爷只好对母亲说："儿子已经长大了，现在有独立生活的能力了，老是待在家里也不是个办法。这么多人靠这两亩地是无法生存的。早也是出去，迟也是出去，迟去还不如早去，去的人多了，以后就更没有事做了。我们去了以后，可以边打临工边探路，万一没找到事，我们都有两条腿、一张嘴，讨几天饭也不会饿死的，您尽管放心好了。"

母亲听儿子这样一说，知道已经留不住了，就只好勉强同意了。母亲依依不舍地拉着儿子的手左叮咛、右嘱咐："儿呀！你出去以后，一定要注意身体，照顾好你的妻子和孩子；在路上要'未晚先投宿，鸡鸣早看天'；口干不喝田中水，勤到人家讨茶汤；要晴带雨伞、暖带衣裳。出门要做到三稳：嘴稳，手稳，身稳。要多交朋友，多个朋友多条路，但要交好朋友，'结交须胜己，似我不如无'，近朱者赤、近墨者黑，不三不四的酒肉朋友不要交……"她把一些出门在外的古训和自己的一些心里话一股脑地说给儿子听，生怕儿子在外吃亏。但话未说完就哽咽起来，再也说不下去了，抱着儿子就"呜呜"地哭起来。父亲也叮嘱儿子道："到一个生地方和人打交道要注意分寸，当说的话就说，不当说的话就不说。'逢人且说三分话，不可全抛一片心。'也不要轻易相信别人，以防上当受骗。害人之心不可有，防人之心不可无。不要轻易用恶语伤人，恶语伤人恨不消啊！不要轻易和人结仇，仇人多了路难走。"二爷忙答应道："请你们二老放心，儿子也有这么大了，会知道怎么做的。"

二爷征得父母的同意后，就用一担皮箩挑着几件换洗衣服和妻子一起带着女儿伏兰准备启程。临走时，母亲还是不放心，看他们没有带一点在路上吃的东西，就用一个袋子装了几斤米，拿了十个鸡蛋放在箩筐里。二爷不同意，他对母亲说："这些都不要，我们要长途跋涉，挑着这些东西反而会走不动，我们在路上找好心人家讨一口饭吃就行了，这点米和蛋就留给家里吃。儿子这次出去以后不知道要什么时候才能回来看望二老，要请二老原谅孩儿的不孝。请你们二老要自己照顾好自己的身体。"父亲说："你出去打工，减轻了家庭的压力，这就是你的一片孝心。在外面要注意冷暖，要照顾好妻子和孩子。记得有时间就回家看看，见到熟人、朋友就搭个信回家报个平安。"二爷答应了一声："是！有时间就会回来看望二老，你们在家也要注意保重自己的身体。孩儿在外，不能照顾二老，请二老原谅。"说完，二爷双膝跪地，拜别父母，父亲赶紧把儿子扶起，二爷起身挑着箩筐，带着妻子和女儿上了路。

他们走了几个小时，伏兰就喊：“妈妈，我好口干，要喝水。”但附近没有人家，二婶牢记出门时公婆“口干不喝田中水”的嘱咐，只好哄着伏兰说：“乖女儿，再等一下，前面就有人家，我带你去讨水喝。”过了一会儿，终于有了人家，只好进去讨了一碗水喝。又走了几个小时，伏兰又说：“妈妈，我肚子好饿，走不动了。”二婶只好叫她再忍一忍，转过一个山坳，终于看见了一户人家，但已过了饭时，二婶就对老板娘说：“我们女儿饿得很厉害，请您行行好，给我们一碗饭吃好吗?”老板娘说：“饭菜倒是还剩了一点，只是已经冷了，不知你们能不能吃，要不我给你们热一下?”二爷赶紧说：“能吃，给了饭吃就是做了好事，不能再麻烦您了。”他们将就着吃了一些冷饭冷菜后又继续赶路。

这时天将晚，二爷看到周围都没有人家，心里有些着急。又向前走了一段路，这才看到山边有一栋五六间的黑壳瓦房，二爷高兴不已，带着二婶和伏兰直奔那人家。走到那人家门前，看到一个穿着长袍马褂的高个男人坐在堂屋中抽着旱烟，二爷上前施了一礼道：“请大老爷行行好，我们是到华洋去路过这里，今天要在您这里借宿一晚，请您行个方便，提供一晚息宿好吗?”这老爷看了二爷他们一眼，过了好一阵才说：“我们这里没有多余的床铺，不能借宿。”二爷说：“我们不要铺，只要您给个柴房铺点稻草就可以了。”

这老爷姓王，家里有四十多亩地，请了两个长工，他看到二爷带着妇女、小孩，并且用乞求的眼光看着他，只好很不情愿地说：“好吧！那你们就只能将就着在柴房里睡一晚上了。”说完他就吩咐长工师傅，叫他把二爷他们带到柴房去，并搬两捆稻草到柴房里。二爷非常高兴，说了声“谢谢老爷”后，就跟着长工师傅来到了柴房，拿了两捆稻草铺在地上，他们就在柴房的草地上睡了一晚。

第二天天刚亮，他们就开始赶路。走了一天，傍晚时分，走到了一个前不着店，后不着村的地方。没有地方睡觉，没有办法，他们只好继续往前赶。已经走了一天了，伏兰的脚走痛了，她抱着妈妈的腿不肯走了，还不停地哭着，闹着，喊着：“妈妈，我脚痛，走不动了，我们今天不走了，明天再走好吗?”二婶无奈地说：“我的脚也痛了，也不想走了，你看这里没有屋，连躺的地方都没有，怎么办?”二爷看到女儿不肯走了，没有办法，只好把衣服和其他东西整在一个筐内，腾出一个筐让伏兰坐在里面，二爷就挑着她走。

又走了两个多小时，走到一个山坡边，这山坡很陡，能够挡风，周围还有很多茅草，是个休息的好地方。二爷就对二婶说：“这里到处都是荒山野岭，没有人家去了，就只能在这里睡了。”说完他就抓了一些茅草铺在地上，这时伏兰在筐内已呼呼地睡着了，二婶将伏兰抱到茅草上，并在她身上盖了些茅草御寒。

睡了一会，伏兰突然大叫起来：“妈妈，我好痒！”二婶急忙把她抱起来一看：“啊！身上怎么起了这么多风坨呢！”二婶只好立即吐了一些口水在手指上，用口水涂抹风坨，过了一阵，风坨才渐渐地消了，伏兰才安静下来，又慢慢地睡着了。这时，二婶再也不敢让她睡在茅草里了，只好把她抱在自己的怀里，用自己的胸脯和双手温暖着她，就这样在山坡边睡了一夜。

每天都是日行夜宿，渴了就到农家讨碗水喝，饿了就在农家讨碗饭吃，夜晚就在农家借宿。经过的路途一般都人烟稀少，常常没有地方吃饭和睡觉，经常是忍饥挨渴。后来，二爷怕晚了找不到借宿的地方，有时候就只好遵照母亲的教导，“未晚先投宿，鸡鸣早看天”。

他们就是这样栉风沐雨、风餐露宿、沿途乞讨，过着流浪的生活，日夜兼程地一路走来。经过半个月的长途跋涉才来到了这洞庭湖区。

二爷一家来到这洞庭湖区后，只见洞庭湖一片汪洋，望不到边。垸内的田里、沟里、塘里也到处都是水，白茫茫的一片，加之这里举目无亲，还不知能否找到事做，不知道在哪里安家，他们心中一片茫然。二婶急了，整日以泪洗面，觉得自己就像一只无头的苍蝇，不知要走向何方。

二爷一家在这人地生疏的洞庭湖畔，只好按照朋友提供的地址找到了朋友家。在朋友家休息了一天，在他的协助下，每天到处打听哪里有长工或短工做。经过一番打听后，才知道一家姓张的地主家需要请长工，二爷就携家带小来到这姓张的地主家。二爷走到张地主面前打了一躬说：“老爷！您家需要请长工吗?”张地主抬头看了二爷一眼，用目光审视着二爷说：“你做过长工吗？你会干些什么农活?”二爷说：“我家是种田的，插田扮禾、犁耙锹脚、推谷整米样样都行。”地主老爷说：“那就试工一个月吧！如果不行就只能辞退。”二爷说：“老爷，那行，如果做得不好，我一个月的工钱都不要。只是我的家小没有地方住，要请您腾个柴房给她们容身。”地主老爷说：“那都可以，你妻子可以在我家做女工，你们一起住，还方便一些。”

二爷听后感激涕零，非常高兴地说：“谢谢老爷开恩，我们一定尽力帮老爷把地种好。”二爷心想，这地主老爷初次相见，心地还善良，但不知道以后是否会真的好打交道，能不能够把他家的地种好，心中还没底，只能先做着看。

这姓张的地主50来岁，蓄着八字胡，圆圆的脸，胖墩墩的身材，穿着一身唐装。家有五十来亩田，天晴就安排二爷下地干农活，如耕地、插田、中耕除草、扮禾、车水等，下雨就安排在家里推谷整米，总之是天晴落雨都没有气歇。

原来他家里还请了一个长工，姓胡，名冬生，30来岁。他有些农活不太里手，在田间劳动时还有点偷懒，老爷有些不喜欢他，想方设法要整整他，经常折磨他。老爷家里过年还剩下了一些干鱼、腊肉和糍粑，自己吃腻了，怕吃不完会腐烂变质，就会浪费掉，他就对老婆说："这姓胡的有点懒，不给他好东西吃。这些干鱼、腊肉、糍粑已经存放很久了，吃不完就会烂掉，餐餐就只把这些东西给他吃。"他老婆说："这些东西要霉变了，天天只吃这些东西，不吃新鲜菜会烤死去的啊！"老爷说："他做事不里手又不肯出力，就是要烤死他。"他并不知道长工家里很穷，没有什么好东西吃，胡长工看到有干鱼、腊肉、糍粑吃好高兴，是求之不得的好事情。

胡长工开始餐餐享受着这些佳肴美味，不但没有烤死，而且还长胖了。但是好吃的东西餐餐吃也会腻，吃了一段时间后也就不爱吃了，看到就有些厌恶了，有时候还吃得呕。这时正好二爷来了，他也是最爱吃这些东西的，餐餐吃都不会嫌弃。二爷就对胡师傅说："你不爱吃这些东西就给我吃，以后我就餐餐吃糍粑，你就吃饭。"

二爷就每餐都吃这些干鱼、腊肉和糍粑，把饭偷偷地让给胡师傅吃。胡师傅非常感激地说："二爷，真的要谢谢你，这段时间我吃这些东西吃腻了，如果不是你来帮忙，我真的吃不下了。"二爷说："哪里，哪里，这些都是我平日最爱吃的东西，我家里还冒得吃的呢！"于是他们就成了好朋友。这地主老爷看到干鱼、腊肉、糍粑吃完后，长工师傅胖了，长工们吃好了划不来，就每天只给萝卜、白菜、红薯、芋头、蚕豆等小菜和杂粮吃，平时连吃蔬菜都舍不得放油盐。

二婶也在他家做女工，帮着烧茶，煮饭，洗衣服。这地主很克扣，从早到晚都没给一点休息时间，一年到头没有什么好菜吃，鸡、肉、鱼、蛋更是很少见到。有一天，张地主看到一条大青鱼被冲到了岸上，他立即走上去一脚将其踢下了水。一个年轻的邻居见了就问："张老爷，这么大一条青鱼您怎么不捉回去吃呢？把它放了多可惜啊！"张地主说："你们年轻人知道什么？一仓芋头替一仓谷，一仓鱼要多吃掉一仓谷。"他吝啬的程度简直是无以复加。

旧社会政府并不关心农民的生活，大堤年久失修，堤垸矮小，沟渠不通，每年都要遭受旱涝的侵袭，还经常溃垸，真是十年九不收。有一年，稻谷正黄，还没有来得及收割，突然发洪水，还只有半堤水就倒了垸子。张地主怪二爷他们没有及时抢收稻谷，就把工钱给扣了。第二年又倒了垸子，因为没有收成，张地主就连饭都不给他们吃了，只给一些没有油的蔬菜吃。二爷、二婶他们忍受不了这种折磨，后来就只好离开了他家。由于自己没有田地，没有地方建房子，没有安身立命之所，只能在外四处流浪，二爷、二婶的这种生活真是苦不堪言，不知道这种日子何时才能结束，他们只能是"年年难过年年过，处处无家处处家啊”！打打短工，做做长工，过着流离失所、寄人篱下的生活。真是：

穷人无地心中慌，
四处漂泊渺茫茫。
白天田中流汗水，
夜晚荒郊受凄凉。

二爷回忆起旧社会做长工、打短工，一无所有的那段日子真是辛酸。直到新中国成立后才分得了田地，能在自己的田地里劳动，而且庄稼又获得了丰收，家中又有一新的生命降临，现在是儿女满堂，他是多么的高兴。他在心里琢磨着一定要给儿子取一个响亮好听的名字。

第三章　为国昌盛取大名

二爷挑着满满的一担谷子急匆匆地赶回家后，已是汗流浃背。李大妈见状，忙搬了一把凳子给二爷坐，又端来一碗凉开水给二爷喝，并笑着说：“二爷，恭喜你又添了一个小少爷，祝贺你呀！你家真是人丁兴旺，祖上有德啊！”二爷接过凉水歉意地说：“李嫂，真是辛苦你了，不是你的帮忙，他们母子俩的性命都难保，你真是我们的救命恩人啊！”李大妈说：“没什么，隔壁邻舍当亲房嘛，这样人命关天的大事应该帮忙，邻里之间谁不要谁呢？这是举手之劳的事情，不用客气。只是你家中还没有糖，等下孩子饿了要喝糖水，你扮禾辛苦了，现在没空的话，就叫我家满妹子帮你去买好吗？”二爷说：“那好，就麻烦满妹子去跑一趟。”二爷从抽屉里拿了从邻居李大爹家借来的五千元钱（旧币，相当于新币五角钱）给满妹子，她拿着五千元钱蹦蹦跳跳地跑去小杂货店买糖了。

杂货店离家有两里多路，店铺很小。店里只有酱油、盐、洋糕、洋火、洋油、纸媒子等日用品，这些商品大部分还是从国外进口的，因此在商品的前面都加上一个洋字。当地农民到杂货店买东西一般都不是用现金，因为大部分农民家里都没有现金，所以都是用家中的破铜、烂铁、鸡毛、鸭毛、鹅毛、鸡菌子、乌龟板、脚鱼壳等废品兑换这些日用品。二爷知道老婆生孩子要用钱，家里一时又拿不出什么东西变卖，就特地找李大爹借了五千元现金。杂货店的老板看到满妹子拿的是现金，感到很稀奇，就定睛看了她一眼，忙问道：“小妹子，你想要买什么东西呀？”满妹子说：“要买红糖。”老板就给她称了一斤红糖，用一块黄草纸包好后递给了她。满妹子拿到红糖后，就兴致勃勃地往回走。

她手捧着这红糖，有些嘴馋了，因为自己好久没有吃过糖了，很想吃一口。走到路上没有人的地方，她坐下来打开纸包，用手抓了一把糖塞入口中，这糖真好吃，甜蜜蜜的，吃了一口还想吃，忍不住又吃了一口。但怕吃多了被妈妈发现后会骂人，她不敢再吃了，就想把纸包重新包好。但纸包打开以后就再也包不拢了，七折八折，把纸都折烂了还是没有包好，糖还被撒了一些在地上。她不知所措，急得快要哭了。正在这一筹莫展的时候，她突然看到附近塘里有荷叶，心里一亮，有办法了！她就赶紧跑到塘边折了一片荷叶，把糖放到荷叶里，用荷叶把糖包起来。她看到地上还有一些糖，舍不得浪费掉，就把它拈起来塞入口中。虽然糖上面沾了些泥土和沙子，但她还是舍不得吐掉，硬是把它吞下去了。把地上撒的糖吃完后，她就捧着荷叶包的糖一路气喘吁吁地跑了回来。

李大妈接过红糖一看，觉得这糖少了一点，怕是杂货店的老板搞错了，就问满妹子说："糖怎么是用荷叶包的？五千元钱的糖怎么这么少呢？"满妹子心里非常紧张，生怕露了马脚，急得结结巴巴地回答说："包——包糖的纸烂了，撒了一些糖在地上，我自己折了一片荷叶包的。"李大妈听满妹子这样一说，还觉得满妹子很聪明，会想办法，就称赞满妹子说："我的好乖女儿，聪明，做得事。"李大妈把糖放在桌子上说："暂不喂糖水，先喂一点开口连。"她就先泡了一调羹黄连水喂给毛毛吃。毛毛吃黄连水苦得眉毛一皱一皱的，农村俗称这黄连水为"开口连"。这里农村的风俗习惯是毛毛生下来后，要先吃苦的，后吃甜的，这样今后就会爱吃东西，不会挑食。并且黄连还有降火的作用，刚生下的小孩子火气重，需要降降火气，所以喂开口连也是有它一定的科学道理的。还有一个意思就是寓意着人生只有先吃苦，然后才有甜。古言道："吃得苦中苦，方为人上人"；"由俭入奢易，由奢入俭难"。只有先经过艰苦磨炼、艰苦奋斗，才会珍惜幸福，懂得生活，才会有出息，才能获得幸福甜蜜的未来。

喂完黄连水后，忙又泡了一点红糖水喂给毛毛吃，毛毛已出生三个钟头了，似乎有点饿了，本能地吸吮起来，先吃了黄连水后再吃糖水，果真吃得津津有味。吸了一调羹后又甜甜地睡着了。这样不到一小时就喂一次，直到有了母乳以后就开始用母乳喂养。

到了第三天，农村叫洗三周，李大妈过来给毛毛洗三周了。她走到二婶面前很关心地问道："你现在感觉怎样，吃饭了没有？毛毛长得乖吧？"二婶感激地答道："都很好，毛毛会吃又会睡，这三天还真的长了很多呢！你看看，黑黑的眼睛，大大的嘴巴，还蛮神气呢！我们娘俩真的搭帮您，要不然，我们母子的命都没了。”李大妈谦虚地说：“哪里！哪里！这是你们自己做了好事，福大、命大。”二婶说：“真对不起，今天又要麻烦你了！”

李大妈忙接过毛毛看了看说：“喔唷，这毛毛真的长了蛮多嘞！比刚生下来的时候硬扎多了，白白净净的多可爱呀！”她看过二婶和毛毛后，就端来了一盆热水开始帮毛毛洗澡。把他头上、身上的胎痂、血迹、羊水等都仔细地清洗干净。全身洗干净后就在脐带眼里撒了一些艾叶炭粉，以干燥脐窝和防止感染；还在大腿两侧扑了一些六一散。洗完澡后，毛毛又饿了，张着大嘴嗷嗷待哺。李大妈就把毛毛送到了他妈妈的怀里。二婶接过毛毛非常感激地说：“真的辛苦您了，只是这大恩不言谢，只能等以后你有什么好事，我们再来帮忙回报了。”李大妈说：“这点小事辛苦什么，邻里之间相互帮忙是应该的。”

毛毛刚生下的头两天不给洗澡是农村的风俗习惯，可能是因为毛毛刚生下来时，身体虚弱，不适应环境，再者就是怕生水污染了脐带，容易得破伤风的缘故吧。给毛毛洗完澡后，二爷按农村的风俗用一块红布给李大妈挂了红，并对李大妈说：“辛苦你了，中午加了几个菜，要请你们二老过来吃中饭，到时候一定要过来啊！”李大妈说：“二爷你太客气了！好的，恭敬不如从命，等下我把家里收拾一下就过来。”因为家里还有很多事等着她回去做，她说了声“谢谢”后就回家去了。

这天上午，因为是三周，伏兰也回家了。伏兰和桂花就在家准备中饭，杀了一只鸡，煮了一条大草鱼，煎了几个鸡蛋，还炒了几个小菜。饭菜熟了，这时候李大妈也过来了。二爷见李大爹没来，就对桂花说：“你快去把李大爹请过来一起吃饭。”桂花跑到李大爹家，李大爹正准备吃饭，桂花拖着李大爹就走。桂花说：“我爹叫你到我家去吃饭。”李大爹说：“我去吃什么饭呀！我又没有去帮什么忙，我们自己家的饭也熟了。”桂花说：“我们家里今天搞了几个菜，我爹要你过去陪他喝杯酒。”

李大爹就跟着桂花来到二爷家，李大爹向二爷祝贺道：“恭喜二爷又添丁了。”二爷说：“托你们的福，只是肩上的担子更重了。”李大爹说：“今天我是托你儿子的福，又来吃大鱼大肉、喝喜酒来了啊！”二爷说：“那天真是辛苦你们婆婆老倌了，平时也经常麻烦你们，因为没有菜，不好意思请你们吃饭。今天搞了几个菜，特意请你们夫妇过来吃餐饭，喝杯酒。”二爷拿出了自己酿的高粱酒，给李大爹满满地斟了一杯，自己也倒了一杯，二爷举起酒杯道：“多亏了你们夫妇俩帮了大忙，他们母子平安是托了你们的福，你们做了好事，好人会有好报，你们今后会无灾无病，长命百岁。”李大爹也举起酒杯回敬道：“祝二爷人寿年丰，祖德流芳又添丁啊！”二爷道：“你们夫妇的救命之恩永生难忘，在此深表感谢！祝你们夫妇身体健康，万事如意。”他们边喝边聊，两人是你一杯，我一盏，直喝到二爷和李大爹都有些醉意了，李大妈才劝他们收场。二爷和李大爹放下酒杯，吃完饭后又各自回到田里收谷子去了。李大妈帮伏兰把碗筷、桌子收拾好后也就回家去了。

“三天了，应该给孩子取名字了。”这天晚上二婶和二爷商量着说。老二和老三听说要给毛毛取名字，非常高兴，都争着给毛毛取名字。老二要给毛毛取名小牛，老三要给取名小狗。因为农村爱用牛和狗给男孩子取名字，父母希望自己的儿子今后就会长得像牛和狗一样贱，不会生病，可以长命百岁。但二爷想要请一个有文化的高人来看金、木、水、火、土是否有缺，根据他缺什么就在名字里面补什么，听说这样可以长命百岁和当官发财。但后来一想，那有什么用，过去的人不都是按照这样的规矩取的名字吗？为什么大家的命还是不好呢？穷人还是一样的穷呢？一个人的名字又怎么能改变一个人的命运呢？只能靠党的政策和国家的强盛。穷人在旧社会上无片瓦，下无插针之地，缺衣少食，多病多灾。新中国成立后搭帮党的政策好，穷人们都分到了田地，当家做了主人，日子也慢慢地好起来了，命运就都好了，这难道都是因为名字的作用吗？

因此，一个人的命运与名字并没有多大关系。国为什么又叫国家？国和家为什么要连在一起，那就是因为国与家的命运是相连的。先有国，后有家，国家昌盛即家庭富裕；没有国，就没有家，皮之不存，毛将焉附。国家的命运和人民的命运息息相关，国家富强了，农民才能安居乐业，人民才能过上幸福的生活，那就取名“国昌”或“国盛”吧！二爷准备在这两个里面选择一个。

二爷思来想去，最后决定说：“就取名国盛吧！希望我们的国家能繁荣昌盛。”二哥秋良、三哥国庆听后高兴得手舞足蹈，忙跑到毛毛身边喊着：“弟弟你有名字啦，你叫国盛！你叫国盛！”任哥哥们怎样叫喊，他依旧甜甜地睡着。这就是文章开头所说的几乎和共和国同时诞生的那个小孩，姓孔，取名为国盛。自从国盛有了名字后，国庆、秋良就天天叫着他的名字，有时睡着了也在叫，妈妈就马上制止了他们。

过了一段时间，国盛在摇篮里不肯睡觉了，总是有些吵闹，不知什么原因，二婶非常着急。

第四章　摇篮之中显母爱

国盛在摇篮里伴随着妈妈的摇篮曲睡了一会儿又醒了，他睡醒后，就瞪着一双大眼睛四处张望，在摇篮里手舞足蹈，自个儿玩耍。过了一会儿，肚子饿了，就哇哇地哭起来。二婶听到哭声，就赶紧过来看他，怕他拉屎、撒尿的把被子弄脏了。看到他睁着大眼睛，知道他已经睡醒了，就赶忙把他抱起来，摸了一下他的尿布，湿漉漉的，热乎乎的，不但是屙了尿，而且还屙了屎。二婶就赶紧从厨房里端来了一盆热水，把他的尿片拿下来，用热水把他的小屁屁洗得干干净净，然后又给换上了干净的尿布，国盛感觉舒服了，就没有哭闹了。二婶还给喂了奶水，让他吃了奶以后又甜甜地睡着了。

国盛睡了一会儿又在摇篮里哼哼唧唧的，可二婶这时还有洗衣、喂猪、煮饭等很多家务要做，每天都搞不赢，就只好叫在屋外玩耍的秋良过来帮忙摇一下摇篮。秋良正玩得高兴，不肯来摇，二婶就对秋良高声说道："我这里正忙不赢，做完这些事以后，还要给你们做鞋子，补衣服呢！你不去摇弟弟，我就做不成鞋子，下雪了没有新鞋子穿，会冷死你们的。"秋良看到妈妈在骂人了，没有办法，只好进屋来摇国盛。摇了几下，国盛不知道是睡醒了，还是没有喝足奶水，反正不肯睡觉了。

见摇了好久国盛还在哼哼唧唧的，秋良火了，用力一推，摇篮一歪，国盛滚到了地上，还摔得哇哇大叫起来。二婶听到了"扑通"一声响声，又听见国盛大声地哭叫，知道出事了，就赶忙跑过去，看到国盛掉在地上，赶紧把他抱起来。一看，还好，头上没有起包，只是嘴上、脸上、鼻子上都是泥土和灰尘。二婶就骂秋良："你偷懒，不好好摇弟弟，还把他摇得掉到了地上，要是把弟弟的手摔断了怎么得了？"秋良知道闯了祸，就吓得跑到屋外去了。二婶只好喂了国盛一口奶水，又把他放在摇篮里。因为秋良到外面玩去了，二婶只好亲自来摇，她边摇边唱着自编的美丽动听的摇篮曲：

宝贝宝贝快睡觉，
我来把你轻轻摇。
妈在身旁不要怕，
没有蚊子敢叮咬。

宝贝宝贝快些眠，
妈妈事多做不完。
天天摇你不怕累，
只想宝贝睡得甜。

宝贝宝贝睡得香，
妈妈给你做衣裳。
不怕风雨不怕雪，
宝宝穿着暖洋洋。

宝贝宝贝快睡好，
赶紧长大上学校。
宝宝聪明又伶俐，
考个状元光门第。

摇了好久，见他不肯睡觉了，也可能是已经睡醒了，就把他抱起来放在枷篮里。这枷篮是用木头做的一个四方的木架子，架子里面装有一个可转圈的小凳子，架子上面有一个四方的盖，盖中间剜了一个圆眼，人从这圆眼中放进去，坐在里面的小凳子上。国盛坐在枷篮里还很高兴，觉得很好玩，坐在这小凳子上还能转圈，一双眼睛四处张望，一双小手时而在空中飞舞，时而又伸进嘴里，自个儿玩耍起来了。这时，二婶才去做其他事情。

国盛在枷篮里玩了一会儿，就又不想坐了，一个人寂寞无味，可能小屁股已经坐痛了，就又开始哭闹起来了。这时秋良还在屋外玩，他听到国盛又开始哭闹了，就想过来逗他玩耍，他刚走到国盛身旁，就闻到了一股臭味。秋良一看，国盛的裤子上、枷篮的小凳子上到处都是屎屉屉，国盛的手里还抓了一坨屉屉正往口里送。秋良急了，赶紧叫起来："妈妈，国盛屙屉屉了，赶快来啊!"妈妈听说国盛屙了屉屉，就立即赶过来，急忙帮他用热水把屁股洗干净，重新换上了一块干净的尿片。秋良就在一旁骂道："一天就只知道吃，只知道哭，还不停地拉屎，真讨嫌!"这时国盛因换上了新的尿片舒服了，一个人又坐在枷篮里自个儿地玩耍起来。秋良见弟弟没哭了，他就又到外面玩去了。

二婶帮国盛换完尿片后，又把尿片洗得干干净净。二婶每天要给国盛换好多次尿片，每次尿片都要到后面的小沟里去洗，一天要来回跑好几趟。但她在换尿片时还是那样的不厌其烦，任劳任怨，从来不嫌脏、不嫌累，总是那样的甘心情愿，无怨无悔，有时还觉得儿女的屎尿都是香的呢！母亲一把屎一把尿地把儿女们拉扯大，不管是寒冬腊月还是高温酷暑，从不间断。一双手都被冷水泡得开了很多的裂口，有时还在流血，痛得钻心。

二婶每天就这样围着儿女们和家庭转。俗话说："母爱大于天。"不管你是看得见还是看不见，它总是在那里闪闪发光，照亮着儿女们前进的道路，时刻温暖着儿女们的心，这就是伟大的母爱。

几个月以后，国盛一天天地长大了，妈妈的乳汁逐渐不能满足他了，她看到国盛每天总是吃不饱，急得到处找代乳品。乡间的杂货店只有一些最基础的生活用品，连洋糕、洋火、洋油都是从国外进口来的。这是由于几千年封建王朝的统治，使国家贫穷落后，连这样简单的生活用品自己国家都不能造，还要依赖进口，哪里还有牛奶一类的代乳品买？没有办法，只好用米汤加糖来代替乳汁。开始还可以满足他，但过了一段时间就不行了，因为国盛出现了营养不良和发育迟缓的表现。他每天晚上啼哭，不肯睡觉，二婶急了，就问左邻右舍有什么好办法没有？

李大妈听说后，就叫二婶用几张小红纸条，在上面写上“天皇皇、地皇皇，我家有个夜哭郎，过路的君子念一程，一夜睡到大天明”，把这些纸条贴到树上。二婶听后，立即请李司公用红纸写了十张小纸条，分别贴在路边的树干上，让过路的人来看和念。贴了几天，国盛还是照样不睡和吵闹。他们并不知道这是因为营养不良，缺乏维生素引起的。

王满娭毑知道二婶的奶水不足后，就对她说：“现在孩子还小，不能吃别的，只能用米粉搅成糊糊，再加点猪油和糖喂给孩子吃，这个很营养。”二婶听后就急忙抓了几把米到张婶家磨成粉，生怕不细，还特意磨了两次。回到家就立即用米粉做成糊糊，加了一点糖和油，用勺子一勺一勺地喂。国盛非常听话，吃得津津有味。米粉吃了几个月，国盛已八九个月大了，米粉吃腻了，只好又改成粥。用小罐子装上一把米，加些水、盐、猪油，放在灶里煨成稀饭，再用筷子搅成粥糊，喷香的，国盛非常爱吃。

二婶三十七八岁，她面目清秀，身材苗条，一副瓜子脸，梳着一个巴巴头。她是一个心地善良、和蔼可亲、勤劳俭朴的贤惠女人，也是一个慈祥的母亲。由于家务繁重，营养不好，她几乎没有奶水了。已九个月的国盛身体羸瘦、弱不禁风，让二婶见了有些着急，想买点鸡蛋、鱼、肉、猪油什么的补充一下营养。

但家中没钱，二婶就只好跟二爷商量，二婶说：“国盛已九个多月了还没有长牙齿，连爬都不会，你看他现在长得又小又瘦的，身体非常虚弱，光吃粥营养跟不上。二爷你收工后拿着虾绕子到屋后小沟和小塘中捞些小鱼虾给国盛吃，帮助他补充一下营养好吗？”二爷说：“今天田中还有一些事没有做完，等这些事做完以后就去撮鱼。”二婶说：“那好！今天你早一点收工。”二爷赶紧把田中的稗草扯完后，就背着虾绕子，还吩咐桂花提一个桶子去装鱼。秋良看到要去撮鱼，就也要跟着去，国庆看到秋良去，他也要去，秋良不同意。因为怕他跟着去会掉到水里，会挨父母的骂，就骂国庆道：“你这个拖尾巴蛆，你跟着我跑，我就要打死你。”国庆看到哥哥不让他去就哇哇地哭起来。二婶看到后就跟秋良做工作，二婶说：“你就让他跟你去吧？你牵着他走就是，要别让他掉到沟里去了啊！”秋良没法，只好拖着他就走，国庆这才停止了哭闹。

洞庭湖区的小沟、小塘中鱼虾很多，虾绕子第一次下去就捞到了几只虾子和几只小鲫鱼，秋良高兴得不得了，赶紧去抓，国庆也争着去抓，秋良将他一推，国庆站在塘边，没有站稳，一下就被推得滚到塘里去了。二爷看到后，立即丢下虾绕子，跳到水中将国庆捞起来，国庆全身打得透湿。二爷就对秋良说：“你赶紧把国庆送回家去，叫你妈给他把衣服换了，以免受凉。”秋良很不情愿，他噘着嘴，推着国庆就走。回到家，二婶就赶紧帮国庆把衣服换了，边换衣边责怪道：“秋良你怎么没有看好国庆呢？让他掉到水里去了。”秋良说：“他要去捉鱼，没站稳，自己滑到塘里去的，还怪我啵！”二婶没有再责怪他了，给国庆把衣服换好后就让他们玩去了。

二爷叫秋良把国庆送走后又继续撮鱼，第二下又撮到了几条泥鳅和黄鳝，第三下又撮到了一条才鱼。二爷越撮越有劲，第四下又撮到了一条草鱼，这条草鱼有一斤多，刚刚起水时它就在虾绕中横冲直撞，差点把虾绕子都冲破了。湖区的鱼很多，几乎没有踏空的。二爷兴奋不已，赶紧把草鱼装到桶子里，并用一些黑丝草盖住，生怕它跑掉了。不到两个小时，就捞了三四斤鱼虾。二爷每天收工以后就去捞鱼虾，每次都能捞到两三斤，有时甚至能捞到五六斤。这样就大大地改善了国盛的营养，也改善了全家人的生活。另外还特意给国盛加了一些鸡蛋、瘦肉、青菜等，把它们煮在一起，捣成菜泥喂给他吃。慢慢地国盛的营养逐渐好了。十一个月时，国盛终于长出了一颗牙齿，能吃一些干饭、肉和新鲜蔬菜了。二婶为他想尽了办法，操碎了心，带到一岁时总算可以蹒跚学步了。他刚开始摇摇晃晃走了两步，就张开双手向母亲扑去。二婶看到儿子终于可以走路了，脸上露出了灿烂的笑容，急忙把他揽在怀里，将他亲了两口。国盛也甜甜地笑了，真是有妈的孩子像块宝。这种幸福一直陪伴着国盛幼小的心灵成长。

一天，国盛因为尿湿了裤子受凉了，发起了高烧。二婶急了，摸了一下额头，有些烫手。二婶马上挖了一坨千脚泥给他敷额头，用鞋底放在肚子上做物理降温，还熬了一些青蒿水给他喝。只有两天，烧就退了，二婶这才吁了一口气。

二爷白天在田间劳动了一天，晚上就想到邻居家串串门。他最喜欢到隔壁李大爹家坐坐，相互交流种田的事。尤其是春耕生产之前，因为一年的春耕时季是最重要的，民间有句谚语叫“一天之计在于晨，一年之计在于春，一生之计在于勤，一家之计在于和”。春天是决定一年收成好坏的关键时季。这年又到了农历三月，正值农忙时季，因刚解放四个年头，国家还比较落后，虽然农民通过土地改革分得了一些田地，但是贫雇农（农村里上无片瓦，下无插针之地，没有耕牛农具的农民称为贫雇农）还是很穷，种地没有耕牛农具。大家都急得像热锅上的蚂蚁，只好到处去借。二爷也苦于没有耕牛农具，就想和李大爹商量一下，看如何解决这个问题。

第五章　无牛只好人耕田

二爷吃过晚饭，洗了脚后就向李大爹家走去。他们两家相距只有几十米远，二爷很快就到了李大爹家。李大爹正坐在堂屋的椅子上“吧嗒吧嗒”地抽着旱烟。他看到二爷到来，忙起身搬椅子请坐。二爷刚坐下，李大爹就递过一根烟斗和一个烟盒叫二爷抽烟。李大妈在房中傍着一盏昏暗的桐油灯在纺纱，听到二爷来了，就赶紧出来泡茶。她从灶里拖出一罐子热开水，用一个茶碗捣了一点生姜，放了一点盐和茶叶，再把罐中的开水倒入碗中，这样一碗热腾腾的姜盐茶就做成了，她给二爷和李大爹各泡了一碗。二爷和李大爹坐在堂屋中间，堂屋的大门敞开着，一线淡淡的月光射在堂屋中的地上，没有灯光室内也很明亮。他们就着月光一边喝茶，一边抽烟，一边聊天。

李大爹一米七八的个子，粗眉大眼，心地善良，是一个热情大方、乐于助人的人。解放时，因他家有几亩田地、几件农具，只是没有耕牛，被划为中农。

二爷说：“今年马上就要进行春耕生产了，没有耕牛农具怎么办？李大爹你的门路宽，能想到办法吗?”李大爹说：“农具我家有几件，我的地种完后可以借给你，耕牛我亲戚家有一头，不知能不能够借到手。”二爷说：“那就请你试试看吧！我是没有其他办法，请你一定要帮忙啊！”二爷和李大爹商量好后，又闲谈了一会儿，天色已晚，二爷就起身回家。李大爹也忙起身送二爷出门，二爷就踏着朦胧的月色回了家。李大爹站在大门口，看到天上挂着的月亮和几颗明亮的星星，天气清朗，就自言自语地说：“是该种地的时候了。”

二爷回到家还是放心不下耕牛农具的事，久久不能入睡，过去没有田种是农民的一块心病，现在搭帮共产党、毛主席分得了田地，没有耕牛农具又成了农民的一块新的心病，能不能够借到耕牛和农具呢？他心中还是忐忑不安。

第二天一大早，二爷因自家田里没事做，就背着一把锄头朝李大爹家的地里走去。李大爹家的田离家很近，他真的从亲戚那里借来了一头牛，种田的农具早就搬到了田头，见二爷来了非常高兴，李大爹说：“来得正好，你是一个种田高手，快来给我扶犁，这牛只能借一天，争取一点时间，看今天是否能帮你犁掉一部分。”二爷说：“好啊！我是来帮忙的，听从老板的安排。”

二爷迅速架好犁，吆喝一声，牛即按指引的方向奔走起来。二爷跟在后面一路小跑，后面翻转的犁坯像一页页翻开的书，犁出的犁沟像一条笔直的线。李大爹看了竖起大拇指称赞道：“好把式，不愧是个种田能手!”他自己就拿了把锄头挖田角和路坑，不到太阳西下，四五亩地就犁完了。二爷急忙转到自家田里马不停蹄地犁起来。天渐渐地暗下来了，他硬是凭着自己高超的犁田技术，在朦胧的夜色下把三亩多地犁完了。犁完后把牛和犁送到李大爹家，这时他家早已点上了灯，准备了一桌热腾腾的饭菜，还热了一壶好米酒，要庆祝两家都完成了犁田的大事。经历一天劳累，早已饥肠辘辘了，二爷和李大爹各自吃了一大碗饭后，就开始喝酒。二爷端起一碗米酒对李大爹说：“李大爹，我这是借花献佛，先敬您一碗酒，今天托您的福，搭帮您的耕牛农具把我的田给犁了，让我完成了一个大任务。如果不是您帮我，我还不知道到哪里去借牛呢？我要好好地感谢您!”

李大爹也举起酒碗回敬道：“今天也搭帮你，如果不是你那犁田的高超技术，我那几亩地还犁不完呢！今天我们要在一起痛饮几碗，好好地庆祝一下。”二爷谦虚地说：“哪里，哪里！我只是为了犁完我们两家的地，把牛赶得飞跑而已。”他们在一起大碗喝酒，大口吃肉。相互敬了几碗酒后，都已酒醉饭饱，二爷谢过李大爹后就回到了家。虽然高兴，但身体还是非常疲劳。二婶见状忙问二爷：“你今天怎么这么晚才回家?”二爷高兴地把今天犁田的事告诉了她，二婶听后非常高兴，担心田没牛耕的石头落了地，就忙给二爷打了一盆热水洗脚。二爷因劳动一整天，洗完脚就上床睡觉了。

第二天一早，二爷就背着锄头下地了。右边邻居王满爹见二爷的田突然犁了，惊讶地问；“你家的田什么时候犁了？你在哪里租的耕牛农具?”二爷回答道：“是李大爹借的，我哪有本事能借到牛，你的田准备什么时候犁呢?”王满爹说：“唉！我没有你那本事能搞到牛，还不知道什么时候能犁呢？没有牛只能用人背犁或用锄头挖了，用人犁都还没犁呢！二爷你能帮我借到一张犁吗?”二爷说：“我帮你试试看，现在犁是洞庭湖的桨桩——抢脱手呢，可能很难借到。”二爷说完就往李大爹家走去。李大爹还在洗脸，见到二爷来便忙问：“二爷，你这么早来有事吗?”二爷说：“王满爹的田想耕但没有犁，你的犁是否能借给他用一下?”李大爹说：“还等你这时候，一大清早就被我舅子借走了。”没办法，二爷只好来到田头告知王满爹，王满爹听后皱了一下眉头，到哪里去借犁呢？看着自己的田一筹莫展，苦笑着对二爷说："算了，我叫两个儿子一起用锄头挖，我还要去借两把锄头呢！"

王满爹想了一下就往夏二爹的田头走去，因为夏二爹家有几个儿子，劳动力多，应该锄头多。走到夏二爹田头，他正带着两个儿子用犁在耕田。两个儿子用绳索系在腰上，手上拄着一根棍子，弯着腰，弓着背在前面拉犁，他们几乎是在地上爬着走。夏二爹在后面扶犁，这哪里是扶犁，简直就是在后面推犁。两个儿子在前面背得汗流浃背，父亲在后面推得气喘吁吁，好不容易才犁了两丈远。王满爹见状就跟夏二爹说："我帮你们犁，犁完后借犁给我好不好？"夏二爹说："要得，但犁我只能借用一天就要还人家，我们加紧犁，犁完我们的以后就帮你犁，能犁多少就犁多少行吗？"王满爹点点头，迅速加入犁田的队伍中，三个人在前面拉，拉的力量大了，耕田的速度就快了很多，几个人是犁了一圈又一圈，为了赶时间，王满爹还把自己的两个儿子叫来帮忙，轮换着背犁，中饭都是家人送到田头吃的。

犁到下午三四点时，夏二爹家的田就犁完了。犁完夏家的田后又急匆匆地转到王满爹的田里。这时他们虽然已经累得筋疲力尽、饥肠辘辘的了，但来不及休息，又继续犁起来。犁了好几个圈，实在是全身酸痛，四肢无力，口干得冒烟了，才喝了几口开水。因为如果今天不犁完，明天就没有犁了，他们只好鼓起劲继续犁。天渐渐地黑下来了，用稻草扎了一个火把点燃照着，又犁了几圈，人一点力气也没有了。背犁的每个人的肩膀都被绳索勒出了一条条血痕；扶犁的手被磨起了一个个血泡，痛得钻心。大家都趴在地上，实在是动弹不得了。

农民种地是多么的辛劳啊！真是一粒粮食一滴汗，谁知这稼穑艰难，难怪唐朝诗人李绅在诗中写道"谁知盘中餐，粒粒皆辛苦"。这时，王满爹说："算了，剩下的这点田明天用锄头挖就是了。"大家瘫坐在地上休息一会儿，准备回家。他们把身上的绳索解下，把犁搬到沟里洗干净，这时天上还没有月亮，只有几颗眨眼的寒星，天色已经很黑，只好点着一个火把，拖着疲惫的身体，踏着泥泞的田垄小路回家了。

回到家，王满娭早就准备了一桌热腾腾的饭菜，还热了一壶高粱酒慰劳他们。他们都已饿极了，狼吞虎咽地吃了一碗饭后，每人又满满地倒了一杯酒，王满爹端起一杯酒对夏二爹说："辛苦你们父子仨了，你们帮了我家大忙，我先敬你们一杯，今晚上要多喝几杯酒啊！"夏二爹忙举起酒杯答道："邻里间相互帮忙是应该的，我们今天也搭帮你们，不是你们帮忙，我家的田也犁不完呢！

我们种田都有困难，今后都要相互帮忙才行啊！”大家都赞成地点了点头。他们边吃边聊种田的事，聊得非常投机，真是“酒逢知己千杯少”，他们在一起痛饮了几杯，吃完饭后，夏二爹他们道了声谢就回家去了。王满爹他们洗完脚就上床睡觉了，由于一天的劳作，全身已筋疲力尽，上床就呼呼地睡着了。

第二天一大早，王满爹他们又来到了田间，要用锄头把没犁完的田挖转来。天亮了，周围的邻居都已来到田间准备耕种自己的田地。他们看到李大爹、夏二爹、王满爹和二爷的田都已犁了，就问他们是怎么犁的。二爷说：“我们是大家互相帮忙才犁完的。”并把犁田的经过一一地告诉了他们，大家都认为这办法好，就按照他们的方法各自找自己的亲戚朋友去了。农民们自发地，自觉自愿地进行了互帮互助。经过各自的努力，大部分农家的田也都耕完了，只有一小部分既无耕牛农具，又无劳力的农户没有翻耕了。他们急得像热锅上的蚂蚁，找不到耕牛农具，就只好用锄头挖，真是：

农民种田没有牛，父子耕地用锄头。
栉风沐雨真不易，为求温饱日夜愁。

政府知道这一情况后也在积极地尽量想办法帮忙解决，但不知道这些困难将如何解决？

第六章　互帮互助效率高

单丝不能成线，独木不能成林。一个人的力量有限，只有大家团结起来，相互协作，这样力量才大，事情才能办得又快又好。政府早已看到了农民的困难，为了使农民种好田，不误农时，根据农民的要求和具体情况成立互助组，解决农民的燃眉之急。把有牛的和无牛的，有农具的和无农具的，有劳力的和无劳力的互相结合起来。开始部分农民思想不通，几户有牛的农民，如刘五爹、周三爹他们就不同意把自家的牛无偿地给别人耕地。政府的干部就上门给他们做工作。

一个县里派来的蹲点干部，姓张，40来岁，瘦高个子，穿着一身黄色军装，和蔼可亲。他知道刘五爹不愿意把牛给别人耕田后，就来到他家，刘五爹正给牛喂草，张干部就立即给他打招呼：“刘五爹，你好，今天在家里忙啊！你的牛喂得真好，这样膘肥体壮的，耕起地来一定是很快的吧？你自家的田已经耕完了没有？”刘五爹看到张干部来了，知道是来做思想工作的，就有些不想理他。但人家是政府派来的国家干部，又不敢得罪，就只好忙打招呼说：“张干部，您今天怎么有时间亲临寒舍呢？真是大驾光临，蓬荜生辉啊！家里太脏了，没有地方坐，真是委屈您了，您有什么指示吗？我还真有点事情要去做呢。”张干部知道刘五爹的工作难做，就先发制人地说：“刘五爹，我是特意登门拜访，你先别下逐客令，我们可以到屋里谈一谈吗？”刘五爹知道是善者不来，来者不善，今天这事肯定是赖不掉的了。他只好无可奈何地说：“家里的凳子很脏，我怕坐坏你的衣服呢？”张干部说：“没关系，我们都是工农兵出身，又不是什么高级知识分子，到家里坐坐。”张干部做好了“既来之，则安之”的准备，边说就边往屋里走，他走到堂屋里，自己搬了一把旧板凳，板凳的一头还有一坨鸡屎，他选了另一头干净一点的地方坐下，这板凳有一条腿还短了一些，还差点摔一跤。刘五爹看到张干部进了屋，还正儿八经地坐下了，无可奈何，就只好跟进屋来，倒了一碗白开水给张干部喝，自己也搬了一条小蛤蟆凳坐了下来。

张干部见刘五爹已经坐下，就开门见山地跟他说：“刘五爹，你家是下中农吧？在旧社会你家也没有田地是吧？新中国成立后搭帮共产党、毛主席，你家才分到了几亩田地，有了田地，收了粮食才建了房子，买了耕牛是吧？”刘五爹连忙答道：“是，是，是！搭帮毛主席、搭帮共产党、搭帮政府，不是党和政府，我家怎么能过上这样好的生活呢？”张干部就趁热打铁，进一步说：“你家搭帮共产党、毛主席过上了好日子，但是还有很多的农民因为没有劳动力，没有耕牛农具，有的甚至还生了病，不能劳动，现在还很穷，他们的地还没有耕，秧也不能插怎么办？现在党和政府号召大家要互相帮助，有劳力的帮没有劳力的，有农具的帮没有农具的，有牛的帮没有牛的，那你帮不帮呢？”刘五爹忙说：“帮，一定要帮！只要是共产党和人民政府说的话我们都听。”张干部又说：“俗话说得好，单丝不能成线，独木不能成林，只有互帮互助才能把生产搞好，如果你有困难也同样需要大家的帮助对不对？吃水不忘挖井人，党和政府对你有恩，现在党和政府的号召我们大家就都应该要听，大家想要富裕就只有靠共产党，靠人民政府。一滴水容易干涸，只有融入江河，才能形成波涛，才永远不会消失，你说是吗？”

刘五爹听张干部这么一说，只用几句话就把他的嘴给堵住了，他无话可说了，思想也通了一些，就立刻回答说：“是，是，一定听党和政府的话！只是，我家的牛今天要把那一点田耕了，明天才可以去帮人家耕田。”张干部就严肃地说：“春耕生产是紧急任务，宜早不宜迟，春插日子夏插时嘛，现在还有很多农户的田没有耕。你现在就去把你家的那点田耕了，下午就帮人家去耕，给谁家耕田，谁家就招待茶饭和牛草，政府还考虑每亩田给两毛钱的补助。”刘五爹只好说：“没问题，我马上就去。”刘五爹吸完一壶烟后，就马上牵着牛耕地去了。张干部看到刘五爹的思想已经通了，就又去做周三爹的工作了。

张干部来到周三爹家，周三爹不在，牛也不在，张干部知道他一定是耕田去了，就迅速赶到他的田头。周三爹正在耕田，手中挥舞着牛鞭，口中唱着山歌：“郎在外面打山歌啰，妹在房中织绫罗。山歌唱得哇哇响嘞，妹在房中心里慌。两耳只把山歌听哟，双手忘记织绫罗……”张干部来到周三爹身边调侃他说：“周三爹，你还真快活呀!”周三爹见张干部来了，就停下来跟张干部说：“现在是有田种、有饭吃，自由自在，生活越过越好了，怎么不快活嘞!”张干部就借着他的话题做起了工作，他说：“你有田有地，有牛有犁当然快活，但还有很多没牛没犁的好痛苦你知道吗？你的田地是谁给的你还记得吗？”周三爹说：“记得！记得！我不是那种忘恩负义的人，我们这些穷人都是搭帮共产党、毛主席和人民政府!”张干部就趁机和他讲了很多互帮互助好处多的道理，虽然他开始有点不情愿，但在政府的政策和干部的耐心教育下，思想还是通了。其他几户有牛的看到刘五爹、周三爹他们的思想都通了，也就都同意了。

大家你帮他，他帮你。耕牛、农具、劳力得到了充分调配利用，这样大大地提高了春耕生产的进度。在政府的组织和农民的自愿互助下，很快完成了春插任务。

春耕春插完成以后，二爷看着自家田里的禾苗长得郁郁葱葱，心里高兴极了。他想：旧社会累死累活是为地主做长工打短工，收的粮食全部归了地主，现在是为自己种地，心里有说不出的高兴。大家每天都围着自家的田转，有时还与邻居家的禾苗比一比，看谁家的长得好。二爷种田非常勤劳，他的田地总是精耕细作，生怕减了产。他围着自己的田转了几个圈，连一根小小的稗草都不愿放过，确认没有了杂草后才放心回家。

回到家看到国盛在地上玩，忙把国盛抱起，在他小小的脸颊上亲了一下，这是二爷少有的动作，国盛笑了。这时，二婶走过来对二爷说；“大女儿生小孩已有些日子了，因这段农忙，没时间去照顾她，现在我要过去招呼她几天。家里要辛苦你几天了，要把国庆和秋良带好，不让他们去玩水，还要把猪和鸡喂好。”二爷说：“你去招呼几天，等她好些以后就要回来，家里还有很多事要做。”二婶“嗯”了一声，就去收拾东西了。

二婶来到房中，在柜中拿出了她平时舍不得穿的一件蓝竺布的大胸襟衬衣和一条青士布的大裤头裤子，这就是她唯一一套没有打补丁的最好的当家衣服，都已经褪色了，还把它当宝贝一样收藏着，只有走人家时才拿出来穿一下。她换好衣服后就提了一些鸡蛋和小孩的衣帽，还用袋子装了一升米，这是送给外孙女的粮食指标，就像吃国家粮一样，寓意着她有了粮食指标，今后就会有饭吃，就能长命百岁。把东西准备好后，抱着国盛就走了。

走到女儿家，女儿伏兰坐在床上，毛毛睡着了，隔壁的李三娭毑在帮忙，见二婶来了，就忙出来招呼："外婆来了，恭喜，恭喜你做了外婆，快请坐！"二婶忙说："三娭毑，真难为您了，我女儿搭帮您照顾。"李三娭毑说："没关系，邻里帮忙是应该的，恭喜您得了一个漂亮的外孙女。"二婶说："生儿生女都是福，女儿好！女儿好！"二婶抱起外孙女亲了亲，问伏兰给她取名字没有？伏兰说："取了，叫春桃。"二婶说："春桃这名字好听。"这时，春桃睁开了一对大眼睛，又黑又亮，四周扫视了一下，张开口，做出了吸吮的样子。二婶知道外孙女饿了，赶紧把她送到她母亲的怀里。

这时，女婿新华从田里劳动回来了，见到岳母来了，非常高兴，忙叫了声："妈妈，您来啦！家里那么忙还麻烦您过来看她们。""没问题，春耕已经搞完了，这么久了，不过来看看不放心。"二婶说完就准备去做中饭，她问女婿新华："伏兰中午吃什么?"新华回答道："准备杀只鸡蒸副补药给她吃。"二婶说："那好，你赶快去捡补药吧！"新华拿了钱就去捡补药去了。

新华瘦高个子，大大的眼睛，高高的鼻梁，他为人忠厚、老实、善良，很会体贴人。他在旧社会经常给地主做长工、打短工维持生活；新中国成立后是土改积极分子，中共党员。虽说家里穷，二婶还是很喜欢这个女婿。不一会儿新华就提着一副补药回来了，马上又抓了一只大母鸡宰了，和补药一起蒸上，不一会鸡就蒸得喷香的了。这时，国盛的肚子早已饿了，闻到鸡的香味就闹着要吃。二婶就用碗装了一些饭，泡了一些鸡汤，夹了一块鸡肉喂给他吃。国盛好久没有吃过鸡了，非常爱吃，狼吞虎咽，一下子就吃饱了。二婶喂饱国盛后，就立即把饭和鸡端给大女儿吃。安顿好后，又炒了几个小菜和新华一起吃饭。新华看到岳母娘刚到，没什么好菜，很过意不去，但家里又拿不出什么好菜来，只好拿两个鸡蛋做个蛋汤给她吃。二婶看到后立即阻止他道："蛋要留给你堂客吃的，现在蛋不多，带小孩的不多吃点好东西，毛毛会没奶吃。"说完立即从新华手中接过鸡蛋放回了原处。新华陪岳母吃完饭后，又背着锄头到田里干活去了。

二婶就在家里帮着喂猪，给小孩换尿片，洗尿片，做饭等。过了些日子，国盛吵着要回家，家里已有很多事等着二婶回去做，伏兰的身体已渐渐恢复，能料理家务了。二婶就跟伏兰、新华说："家里现在搞不赢，你父亲他们忙不过来，明日我要回家了，伏兰就只能麻烦新华你照顾了。"女儿、女婿都舍不得母亲回家，想挽留她多住些日子再走，好好地招待一下。但考虑到家里也离不开她，也就没有强留，新华只是歉意地说：“妈妈，辛苦你了，因为这段时间忙，没有好好地招待您，对不起。”二婶说：“哪里，哪里！我本来应该还要多照顾伏兰一段时间的，因为家里事多没办法。”新华收工后，吃完晚饭就去买了一些雪枣和小花片，还选了一段布料给岳母做件衣衫。第二天吃过早饭，新华就抱着国盛，送岳母回家了。

秋良和国庆看到妈妈和国盛回来了非常高兴，忙跑过来抱着妈妈的腿，牵着国盛的手。二婶连忙拿出雪枣和小花片给他们吃，刚把纸包打开，就闻到了一股浓浓的香味，他们看到这些好吃的东西早已垂涎三尺了。二婶准备给他们每人分一点，但他们早就把手伸到了纸包里。他们不知道这是什么东西，因为以前从来没有吃过，连看都没有看见过。秋良指着雪枣说：这个像“猫屎坨”，国庆指着另一包说：这个像“猫耳朵”。他们不管它是猫屎也好，狗屎也好，每人拿了一坨就往嘴里塞，把嘴都涨得合不拢，简直是狼吞虎咽，有时甚至是囫囵吞枣。二婶叫他们慢点吃，别噎着了。他们你一坨，我一坨地，一下子就吃了一包，又把手伸向了另一包。“你们再不能吃了，要留一包给哥哥姐姐吃，他们在外做事辛苦了。”二婶急忙阻止他们说。兄弟俩看着另一包小花片有点恋恋不舍，又看了一下妈妈很严肃的脸色，他们就再不敢吃了，只好悻悻地走到外面玩去了。

二婶回到家就忙碌起来，她一看太阳已近中午，就赶紧一边做饭一边喂猪，还一边收拾屋子。饭刚做好，二爷和大儿子金秋及二女儿桂花收工回家吃午饭了。见到二婶已回家，饭已做好了，非常高兴。吃饭的时候二爷告诉二婶，家家户户的庄稼长势都很好，今年又是一个丰收年。二婶听了非常高兴。

由于风调雨顺，再加上精心管理，到收割时果然是一个好年成。二爷家秋收以后，金黄的谷子堆满了仓，除去上交国家的粮食外，全家一年的粮食完全够吃了。在这政通人和、百废待兴之时又迎来了一个丰收之年。一般的农户已基本不愁吃，农民祖祖辈辈有史以来，从没有在自己的土地上种出过这么多的粮食，他们心中是多么的高兴！真是：

农民种地热情高，互帮互助政策好。
粮食丰收生活富，党的恩情要记牢。

粮食丰收了，日子好过了，二爷、李大爹、王满爹、夏二爹他们常常在田间休息时或茶余饭后就在一起闲谈，大家你一言，我一语，都在规划着做好自己家中的大事。

第七集　建新房安居乐业

大家讨论得最多的是：哪家收了多少粮食，喂了几头猪；哪家准备收媳妇、嫁女；哪家准备建房子。丰收了，都在规划着自家的美好生活蓝图。李大爹家收的粮食最多，他还有一个15岁的满妹子没有出嫁，准备给她物色一个婆家，把她给嫁了，因此李大爹就要给满妹子准备嫁妆。李大爹说："原来因为家里穷，两个大女儿都嫁得比较寒酸，现在只有一个满妹子要嫁了，这次家里粮食已充足了，要把满妹子嫁得风光一点。想给她搞个两铺两盖，要弹四张棉被，织两铺夏布帐子，做一个漂亮的梳妆台，一张书桌，一口大木箱，还有脚盆，马桶，要给她搞个一套齐全。"王满爹说："你家满妹子年纪还不大吧，就能出嫁啦？"李大爹说："男大当婚，女大当嫁，今年已经15岁啦，嫁了好让她自己有个家，带得再大也是婆家人，终究是要嫁出去的。俗话说'嫁出去的女，泼出去的水'，女嫁出去了就像是泼出去的水一样，就与家里没有什么关系了。"二爷说："现在解放了，共产党的政策不同了，妇女今后也要和男人一样读书，种田，参加工作。你看现在的妹子不是都在读书学文化吗？今后也可以像崽一样能挣钱，一样能养家糊口，一样能供养父母。"夏二爹听了点了点头，王满爹则附和着说："以后应该会，男孩、女孩应该要一个样。"大家都同意二爷的观点。因为旧时妇女没有地位，不参加社会活动，不参加工作，没有经济收入，在娘家只能是撕麻纺线，织布做嫁妆，出嫁以后只能做家务，带孩子。

李大爹吸了几口烟后说："满妹子带到了15岁，在农村就算是大姑娘了，待到18岁还没有出嫁就算是老姑娘了，人家就会说三道四了，这样大的姑娘还没有嫁出去是不是有什么毛病？我们自己也担心带大了，好的男人都被别人挑走了，女儿找不到好人家，就只能凑合着嫁出去了。女人是菜籽命，撒在哪里就在哪里。因此要给她早点物色一个好人家。"说完，李大爹叹了口气，接着又吸了一壶烟。李大爹的这种思想是很普遍的，在旧社会，家里都不愿意养女儿，女儿养大了都归了婆家，女儿一般不承担父母的赡养义务，父母的生老病死，女儿都不需要负担经济责任，这些责任都是由儿子承担。有些穷人家养不起女儿，只有几岁就送给别人当童养媳了。当时农村普遍认为带女是不合算的事情，嫁得越早越划得来。

夏二爹接着说："我家还有一个儿子没有结婚，最近他自己找了个媳妇，趁今年粮食丰收，把这事给他办了。”这两年，夏二爹为了给儿子找媳妇，到处找人说媒，但总是东不成，西不就的，为这件事情很伤脑筋。他请了村里一个能说会道的张大婶给他儿子说媒。说的第一个姑娘胖乎乎的，他儿子嫌她太胖了，不肯要。夏二爹劝儿子说：“胖一点有什么不好，胖是营养好，身体好，丰满些还好看一些，太瘦了是有病，皮包骨头的那有什么好看。”儿子对他父亲说：“你爱胖的你就去讨她吧，反正我不要!”夏二爹被儿子气得满脸通红，骂道：“你这个畜生，没大没小，老子也是为了你好呢!”儿子不领情，夏二爹也没有办法，只好又去求媒婆。媒婆又给他物色了一个，这一个比上一个要瘦一些，面相还是不错的，只是矮小了一点。他儿子又不同意，他说：“太矮了，地塞婆一样，不好看。”夏二爹考虑到儿子已经找了这么多个了，总是搞不好，现在是儿子挑别人，以后年纪大了，就是别人挑儿子了，看了这么多了，还没有搞好，这事传出去了，还会有哪个姑娘敢和他相亲，那不就只能打单身了吗？想到这里他有些后怕，儿女的教导婚配是父母的大事，这事不完成，他是日夜都不安心啊！因此他只好又对儿子劝说道：“小一点有什么事，又不要她挑担子，高了跟竹竿一样，有什么好看，长得矮的小巧玲珑。古代赵飞燕掌上能舞，不是中国历史上的美人吗？俗话说得好，‘矮子矮，一肚子崽’，能多生几个崽还不好吗？”儿子反驳道：“要生那么多崽干什么？生多了崽你养啵？”

夏二爹没法，想媳妇，想孙子心切，只好又去求媒婆再给他继续物色，媒婆又给他物色了一个脸上有麻子的姑娘。这姑娘是因为她三岁那年天花大流行，全村的小孩都感染了天花，百分之七十的都死了，这个姑娘还算幸运，命大，留下了一条命，可落下了一脸的麻子。他儿子看了后更加不同意，他说：“满脸的麻子丑死了，世界上的人有哪个不爱乖，我宁愿打单身都不要。”夏二爹劝道：“脸上有点麻子有什么不好，她身材匀称，聪明能干，心地善良。人家都说是十麻九怪，出过天花的人比别人聪明些。你已经看了好几个了，这个要不得，那个要不得，你自己也只长得这样好看，不是搭帮共产党的政策好，分了几亩田地，收了一点粮食的话，你还讨不起堂客呢！自古红颜多薄命，富贵生在丑人边，你看乖的有几个命好。别人不挑你，你还有什么资格挑别人，你挑来挑去，好姑娘都被别人挑走了，你就只打得单身，到头来一条光棍，一根寡裤带。”儿子说：“这样丑的女人，我断子绝孙都要得，这事我不要你管，我自己找。”夏二爹听儿子这样一说，气得无话可说，只好听天由命了。

后来经过他自己的努力，凭着他的身体好，长得还帅气，终于找到了一个称心如意的姑娘。

夏二爹看儿子找到了媳妇，高兴得不得了，准备收媳妇，到处张罗着。一时间，村里变得热闹非凡，李家准备风风光光嫁女儿，夏家准备热热闹闹收媳妇，可二爷盘算着的就是要建几间新房子。因为二爷家在旧社会没有一寸土地，在外颠沛流离，没有地方建房子，就只能寄人篱下。四处漂泊了几十年，那种流离失所的日子使他吃尽了苦头。他迫切希望有自己的房子，有一个安身立命之所，这是二爷多年梦寐以求都未能实现的事情。如今解放了，有了自己的田地，加上粮食又获得了丰收，建房子有了充足的条件。说干就干，二爷预先就把自家地里能建房子的树都砍下了，利用雨天搓了几十斤草绳子，他还特地宰了一头大肥猪，吊了一百斤谷酒。

邻里听到二爷要建新房子，都非常高兴。李大爹、王满爹、夏二爹、刘五爹和周三爹等邻居一清早就都过来帮忙了。王满爹对二爷说："二爷，祝贺你建新房子啦，你的能耐真好啊!"二爷忙说："哪里，哪里！哪有你们的能耐好，你们的房子都住旧了，我还才建，这就要辛苦你们了。"李大爹说："邻里间帮忙是应该的，谈不上什么辛苦，要我们做什么尽管吩咐。"二爷说："你们都是建房子的里手，我还没有建过房子呢，按你们的规矩做就是了。"大家就一齐动手，七手八脚地忙碌起来，抬的抬树，扎的扎架，挖的挖洞，和的和泥巴。

农村建房一般是就地取材，自己家里的树木、芦苇、稻草都是建筑材料，连牛屎、泥巴都是粉壁的好东西。大家都是建房子的能手，他们先用两根木做了一个人字架，下面用五根柱子顶着，再用一根横木把五根柱子连起来，这就成了一个排扇。连续竖了四个排扇，准备建三间正房，两间偏房。排扇竖好后，就上岭子木，把岭子木上好后，一个屋的轮廓就基本形成了。

屋架建好后，就用田里的稻草盖顶，芦苇织壁，牛屎和泥巴粉壁。为了建房子，二爷和邻居们每天都是起早贪黑，一天到晚忙个不停，真是"起屋做船，日夜不眠"。李大爹提议说："我们大家都加油干，要在五天后就让二爷一家人住上新房子，不能把一只大肥猪吃完了，把一坛子好酒喝光了，屋还没有盖好啊!"夏二爹说："那好，我们加油干，搞点早晚工，二爷平时也舍得给人家帮忙，我们一定要还他一点礼。"大家都附和着说："好的，我们大家都加油干，谁也不许偷懒。"只有几天时间，一栋五间的茅草屋就拔地而起。房子盖好后，邻里都来祝贺，夸奖二爷有能耐，建这样大一栋新房。二爷、二婶看着他们自己亲手建起的房子，这也是他们有生以来建的第一栋房子，都感到非常高兴。

二爷每天一大早就要起床，他首先就是围着自己的房子转一圈，欣赏一下自己亲手建起来的房子，四缝三间，两头出横屋，屋顶扎起二龙戏珠，梁上画起龙凤呈祥，好不威武！二爷看了真是喜在眉头笑在心。新中国成立后只有短短的几年时间，二爷以前那个穷困潦倒的家就被他弄得风生水起了。

一天，二爷一大早起床，准备到田里去看看禾苗，刚打开门，就见一个40来岁的男人站在门前，见到二爷就自我介绍说："二爷，我是你外婆的侄儿的老表的外甥，住在黄土包，听说你住在这里，还盖了新房子，我这边也没有什么亲戚朋友，你就是我的亲人，故而过来看看。一来是认个亲戚，二来是祝贺你建了新房，三是要请你帮个忙。我家今年粮食有点紧张，吃蚕豆吃腻了，小孩子想要吃一点饭，请你行行好。"二爷听说是老家的亲戚，非常高兴，虽说是从未谋过面，还是热情地接待了他，忙拉着他的手把他请进屋里，因为二爷心中非常思念老家，就问了他一些老家的情况，还留他在家吃了早饭，喝了几杯酒，吃完早饭还给了他二十斤米。真是"贫居闹市无人问，富在深山有远亲"，原来贫困的几十年从未见过有什么亲戚。只要家里富裕了一点就会有亲戚朋友找上门。

从此后，二爷有了自己盖的房子和政府分的土地，全家人就能安居乐业了。农民几千年的"耕者有其田，居者有其屋"的愿望在新中国成立后短短几年就得以实现了。房子刚建好，政府又组织农民兴修水利，二爷和金秋又赶到工地修水利去了。

在旧社会，统治阶级只顾剥削人民，哪管穷人的死活，堤垸多年失修，又矮又小，垸内沟港不通。新中国成立后，政府就号召农民利用秋冬农闲时修堤护垸，疏通垸内沟港，以利来年生产。经过几个月的努力，垸内沟港已基本修通。快到春节了，家家户户都已开始准备过年物质了。

二爷和金秋修水利也回来了，二婶见他们回来，非常高兴，忙拉着儿子的手，仔细看了看。金秋已经19岁了，一米六五的个子，瓜子脸，聪明能干，由于这段时间修水利辛苦，本来偏瘦的身体现在更加瘦了和憔悴了。二婶非常心痛，忙打水给儿子洗脸洗脚，又忙着做饭，还特意煎了一碗蛋，煮了一条鱼，还搞了一碗酱豆子蒸腊肉，准备了一桌香喷喷的饭菜。

金秋和二爷在工地上好久没有吃过这样丰盛的饭菜了，非常高兴。国盛也跟着凑热闹，抢着把鱼和鸡蛋拖到了自己的面前，不准大家吃。二婶就只好赶忙做国盛的工作说："你父亲和你哥哥从工地回来，他们都辛苦了，好久没有吃过鱼和蛋了，他们需要补补身体，如果他们的身体垮了，没有人做功夫了，我们就会没有饭吃，就会饿死去。你天天在家里吃了，今天就让爸爸和哥哥吃好不好?"国盛很懂事，听说爸爸和哥哥的身体会垮掉，会没有饭吃，就点了点头同意了。二婶夹了一坨蛋和一坨鱼放在国盛的碗里，就把鱼和蛋端到了中间，大家就围上一桌，美美地吃了一餐。

吃完饭以后，二爷到猪圈里看了一下猪，有两头大肥猪，他就跟二婶商量说：“今年粮食丰收了，我们也要过一个丰盛的年，一头猪卖掉贴补家用，另一头猪杀掉过年。”国盛、国庆、秋良听说过年要杀猪，高兴地跳起来。过年是孩子们翘首期盼的日子，真是小孩望过年，大人望插田。国盛、国庆、秋良他们就天天都盼望着过年，因为过年有鸡吃，有肉吃，还有甜酒粑粑吃，有新衣服穿，这些都是孩子们日夜向往的事情。

由于粮食丰收，家家户户都准备过个热热闹闹的、丰盛的大年。但不知他们这春节会有多热闹。

第八章　热热闹闹过新年

很多人家过年准备杀猪，杀鸡，杀鸭，做糍粑，拍甜酒，干塘捉鱼，打豆腐等。过年前的这半个月，家家户户都在为过年做准备而忙碌得不亦乐乎。

二爷家过年也准备做两个大糍粑，拍一窝甜酒。二婶就到邻居李大爹家去借甑蒸糯米饭，他家也正在蒸。李大爹说：“还要等个把小时这饭才能蒸熟，但饭甑非常紧俏，真是三十的甑皮俏得很呀！有好几家已经来预定了。”二婶说：“那怎么办呢？我的准备工作都已经做好了，糯米都已经淘好了呀！”李大爹就对二婶说：“你先回家，等这饭蒸好后我就亲自给你把甑送过去。”二婶感激地说：“那好，这就麻烦你了。”李大爹把饭蒸熟后，就把甑送过来了。二婶早已把蒸糯米饭的柴火都准备好了，火都已经烧起来了，只等到甑来了就立即开始蒸。她蒸了一大甑糯米饭，饭刚蒸好，二爷就请了两个劳动力抬着一个碓臼窝来了。

这个碓臼窝也很俏，也是从这家抬到那家，围着队里转，轮流着到每家每户碾糍粑。二爷和金秋把一大甑糯米饭倒入碓臼窝中，四个劳力拿着四根木棒迅速地碾起来。他们用力地碾，不一会大家就碾得全身发热了，大汗淋漓。他们索性脱掉棉袄，打着赤膊干。碾了大约半个小时，糯米饭被碾成了糯米糕。二婶背了一张门板，把它抹干净，还在门板上抹了一点菜油，再把糯米糕放在上面，用手拍平，做成一个大饼，这糍粑就算是做成了。等到冷却了以后再切成小块，以便煎煮。二婶接着又蒸了一甑糯米饭准备拍甜酒，饭蒸好后就倒在一个淘米桶里，等饭凉了以后，就在饭里拌上甜酒药子，还在饭里洒了些热开水，再把饭拍紧，然后就把淘米桶放在一口大锅里，面上盖了一些稻草，灶里还放了一些热草灰保温。过了两天，就闻到了甜酒的香味。秋良、国庆、国盛三兄弟闻到了甜酒的香味后就想吃了。但因为还没有过年，又怕妈妈骂人，只好趁着妈妈没在家，秋良就搬了一把凳放在灶后面，三兄弟站在凳上，把稻草掀开，就看到了香喷喷的甜酒。他们就用脏兮兮的小手，你一把，我一把地抓着甜酒往口里塞，甜酒还没有太熟，里面还有些夹生的糯米饭，但他们还是吃得津津有味。

正在这时，听到了门外有脚步声，知道是妈妈回来了，国庆和国盛就赶紧下来了。秋良怕妈妈发现，就迅速用稻草把甜酒盖好，因看到妈妈已经进屋了，秋良心里一慌，凳子一倒，手碰在锅边上，把手割出了一条大口子，鲜血直流，秋良吓得哇哇大叫。二婶进屋后看到秋良在哭，同时看到他的手被割了一条大口子，正在流血，就心痛地把秋良抱在怀里，问他是怎么搞的？秋良不敢直说，只是哭脸，二婶就赶紧用刀在锅底下刮了一些锅末粉（百草霜）敷在伤口上，再用一块旧布把它包好，血立即止住了。他们受了这次教训以后，就再也不敢偷甜酒吃了。秋良就只好每天带着两个弟弟烤糍粑吃。在煮饭时就把糍粑用火钳夹着在火边烤，糍粑刚烤，还没有烤热，他们就都馋得流口水了，都急着要吃，秋良就只好把糍粑放进火里烧。糍粑一受热就鼓起来像个包子，由于草木火太大，受热不均匀，而且烟大，糍粑有些地方被烟熏黄了，有的地方烧黑了，有的地方烧焦了，但有的地方还没有烧熟。这时糍粑已经散发出了迷人的香味，国盛闻到了香味就耐不住了，闹着要吃，秋良就只好把还只烧得半生不熟的糍粑每人分一坨，刚烧熟的糍粑很烫，但他们都全然不顾，拿着就往口里塞，舌头都被烫得麻辣火烧的痛，吃起来有的地方还很夹生，而且还有一股烟味，但他们也还是吃得那样的香、那样的津津有味。

过年的味道越来越浓了，村里的屠夫也忙不赢，天还没亮就提着一个篮子出去杀猪。耳边不时传来一阵阵鞭炮声，猪叫声。鞭炮声一响就知道是哪家杀年猪了。农村杀年猪都要焚香秉烛，放鞭炮，敬天地，敬祖宗，希望求得祖宗和神灵的保佑。

农民们过年的物质基本上都是就地取材，这叫作“自给自足”，也就是“自己动手，丰衣足食”。新中国成立后农民的生活可以用这样的诗歌来形容：

农业年年得丰收，粮食家家堆满仓。
日子时时无忧虑，生活处处有阳光。
甜酒酿得人人喜，粑粑做得户户欢。
鸡鸭猪羊自己养，新年过得喜洋洋。

洞庭湖俗称鱼米之乡，农村鸡、鸭、鱼、蛋、糯米等样样都有，农村基本上是谷满仓、鱼满塘，鸡鸭成群，但他们还是第一次过上这样热闹、丰盛的新年。除夕那天，秋良、国庆、国盛他们就和其他小朋友一起玩，他们看到邻居家的小朋友们都穿上了新衣服，国盛就也吵着要穿新衣，二婶就只好把新衣给他换上。这新衣是二婶自己裁剪的，也是二婶一针一线缝了半个月才做成的。因为布料是二婶夜间在昏暗的灯光下，用棉花纺纱织的土布做的，是白色的，做小孩子的罩衣不合适，把衣做好后，只好再用“染料”（是用锅末粉调水做成的）染成黑色，但颜色染得很不均匀，有的地方还可以隐隐约约看到白色的本布，农村把它称作吊灰布，将其漂洗干净，晒干后就把它们当作宝贝一样收藏起来，留着过年穿。这衣服已经做好很久了，他们平时只能看一看，摸一摸，但不能穿，要等到过年穿，国盛他们只希望年早一点到。农村因为穷，总是把好吃的东西留到过年吃，好看的新衣留到过年穿，难怪有句俗话叫“小孩望过年，大人望插田”。小孩子就只希望过年，因为过年有新衣服穿，还有很多好东西吃，又热闹，小孩子真是天天盼过年呀！今天终于过年了，他们也和其他小朋友一样穿上了这盼望已久的新衣，高兴得不得了，看了又看，摸了又摸，因为国盛他们兄弟多，一件衣服总是大的穿不得了就给二的穿，二的穿不得了就给三的穿，这样一直传下去，直到穿烂了不能再穿了为止。国盛总是捡着哥哥的旧衣服穿，虽然这只是一件吊灰布衣，对于国盛来说也是弥足珍贵的了，他们穿上新衣后就高高兴兴地和其他小朋友一起玩去了。

出门时，二婶总是嘱咐国盛和国庆，叫他们不要到别人家里去玩，因为有的人家过年准备了雪枣、小花片、焦切、糖粒子等好吃的东西，免得馋嘴。

二婶在家做了一大桌丰盛的团年饭：一个大洋盆蒸了一个大膀子（就是猪的前腿）和一只大阉鸡，大阉鸡的肚子里塞满了红枣，蒸得喷香的，煎了一条大和年鱼（鲤鱼）和一碗鸡蛋，炖了一只大脚鱼和一蒸钵黄鳝，一共有十来个菜。在吃饭前，二爷还拿出了一封千子鞭，秋良、国庆、国盛看到有鞭炮，高兴得跳起来，都争着要放。但二爷不肯，怕他们炸了眼睛和手脚。他们就只好站在旁边看，还没等鞭炮放完，他们就跑过去抢，被二爷制止了。放完鞭炮以后就开始吃饭，全家人围了一大桌，国盛早已是馋得口水直流了，因为这样的生活只有过年才有，他最爱吃母亲做的红枣蒸鸡了。他一上桌，就迫不及待地用手抓了一只鸡腿，鸡腿还很烫，把他的小手都烫红了，很痛，他只好叫妈妈帮他夹。二婶就给国盛夹了一个鸡腿，还夹了几粒红枣。国盛抓着鸡腿就吃起来，鸡腿虽然还很烫，但他全然不顾。鸡腿的肉一丝丝的，好香啊！咬得满口的油，油还流到了下巴上，他用手擦了一下，有一些油还直接流到了衣服上。二婶看到了，就责备他说：“你慢一点吃，爱干净一点好不好，刚穿的新衣服又搞邋遢了。”国盛吃鸡都自顾不暇，哪里还顾得了干净。国庆、秋良也争着要吃，国庆也夹了一个鸡腿，秋良就夹了一个鸡翅膀，大家吃得津津有味，全家人在一起吃了一顿丰盛的团年饭。

到了晚上要守岁，堂屋中架了一个大树蔸，这个大树蔸是半年前挖的，放在太阳下晒得焦干的了，是准备三十晚上守岁烧的。金秋把这个大树蔸搬到堂屋中，还拿了一些稻草和芦柴引火，一下子堂屋里就烧起了旺盛的大火。火上面还吊了一只大炉锅，炉锅里放了一对猪脚和很多萝卜，这炉锅就吊在大火上烧，一下子炉锅里的猪脚萝卜汤就烧开了。一家人围在一起边烤火边闻着猪脚、萝卜的香味。半夜以前不能睡觉，一定要等到半夜以后才能睡，农村叫守岁，有个“禽畜兴旺、五谷丰登、以待来年”的寓意。国盛烤了一会儿火就要睡觉了，但又舍不得那喷出一股股香味的猪脚萝卜。等到过了半夜，猪脚萝卜炖熟了，全家人就围在一起边烤火边吃猪脚萝卜，国盛不吃萝卜，他选了一坨香喷喷的猪脚吃了后才去睡觉。

春节期间，邻里间有相互拜年的习惯，青壮年和小孩子都要给每家的户主和老人拜年，这是当地的风土人情。地方上有一句俗话叫作“初一崽，初二郎，初三初四拜地方”，就是：初一给自己的父母拜年，初二给岳父岳母拜年，以后就是给地方的父老乡亲拜年，一直拜到初八结束。年轻人成群结队地给年长的爹爹娭毑们拜年，这是年轻人对长辈们的孝顺和尊敬。春节期间走亲访友，乡亲们在一起娱乐，这是亲戚、朋友、邻里间增进感情和友谊的最好时机，也是邻里间加强团结、消除隔阂的好机会，促进邻里间和睦的好风气。如果平时有点仇恨或矛盾的，经过相互拜年后，一些怨气就烟消云散了。

这种非物质文化遗产从古一直延续至今。乡亲们都非常热情，拜到东家有甜酒，西家有糍粑，还有芝麻豆子茶。一天，金秋、王满及其他几个青年一起外出拜年，拜了几家人家后，肚子就基本上吃饱了。这时，他们又拜到了李大爹家。李大爹很认真，他看到拜年的来了，就拿出了一个蒲墩放在堂屋的中央，这就意味着要真的跪下去了。平时人家拜年，因为地下脏，都是握着长辈的手象征性地跪一下就行了，但在李大爹这里看来不跪下去是不行的了。大家就轮流着给李大爹拜年，他站在蒲墩的东边，双手搀扶着拜年人的手，拜年的就单膝跪在蒲墩上，李大爹就忙把他扶起来。这样依次拜完后，李大爹就忙招呼大家坐下，李大娘就立即端来了热腾腾的甜酒煮粑粑。大家的肚子实在是吃得很饱了，再也吃不下去了，但李大爹叫大家一定要给他面子，要把甜酒粑粑吃完。大家无奈，只好霸蛮吃，吃完后，大家的肚子撑得不得了。大伙就商量，今天不能再拜下去了，否则肚子就会撑破，只能明天再拜了。

但拜年不能超过初八，农村有句俗话“拜年拜得初七八，浪嘎坛子，浪嘎塔”。过了初八就要准备春耕生产事宜了，因此要加紧拜年。拜年必须一家家都要拜到，不能遗漏一家人家，如果遗漏了，人家就会有意见。大家就只好把时间安排好，在初八之前全部拜完。

拜完年后，有的乡亲们还组织了龙灯花鼓戏，白天劳动，一到晚上，大家就提着灯笼，打着火把，排着长长的队伍，十分壮观，到每家每户玩龙灯花鼓。锣鼓声、唢呐声、二胡声、鞭炮声响成一遍，好不热闹。秋良、国庆都要去看花鼓戏，国盛也要跟着去，秋良、国庆都不愿带着这累赘，但国盛哭着闹着要去，无奈秋良只好拉着他一起走。他们跟着花鼓戏的队伍每家每户看热闹。在路上，国盛不小心，一脚踩在烂泥里，把鞋子都打湿了，晚上天气很冷，国盛的脚被冻得通红，哭着喊脚冷得痛。秋良只好将他的鞋子脱了，背着他走，他们一直看到半夜才回家。因为农村没有其他的文娱活动，他们每天就只好追着龙灯花鼓看，龙灯花鼓一直玩到正月十五才收场。这样大家过了一个既热闹又祥和的春节。过完春节后，大家又要开始筹备春耕生产了，因大家都没有耕牛、农具，不知今年的春耕生产又将如何进行。

第九章　同心协力闹春耕

大家热热闹闹过完春节后，他们就又着急起耕地的耕牛农具了。政府的干部做了大量的工作，帮助农民组织耕牛农具的调配，发动群众互帮互助，有劳力的帮助没有劳力的，有耕牛农具的帮助没有耕牛农具的，大家一起种地，这样大大地提高了耕牛农具的利用率，加快了春耕生产的进度。政府真是想人民之所想，急人民之所急，不但为农民分得了土地，而且还帮助农民种地，使那些没有耕牛农具的、没有劳动力的农户，也及时地完成了春耕春插任务。解决了农民的后顾之忧，农民真是从心灵深处感谢人民政府，农民把人民政府喻为“及时雨”“再生父母”。农民梦寐以求的国泰民安，丰衣足食，安居乐业，没想到刚刚解放几年，人民政府这样快就帮助他们实现了。这里流行着一首歌谣：

人民政府爱人民，
打倒土豪把地分。
家家户户有田种，
有田有地五谷丰。

农民用这首歌歌颂共产党、毛主席，同时也赞美了农民新中国成立后的幸福生活。

春耕生产完成以后，大家都松了一口气。劳动之余，在休闲时，二爷、李大爹、夏二爹、王满爹他们几个人坐在李大爹家里一起闲谈。李大爹拿出了一根旱烟斗和一个烟盒子给大家抽烟。

王满爹接过烟斗和烟盒子，他看到这烟盒子非常精致美观，堪称一件艺术品，王满爹看了后开玩笑说："你这烟盒是一个古董吧？"李大爹说："是啊！这个烟盒已经用了祖孙五代了，还是我高祖父宰牛时用牛的阴囊做的，请皮匠师傅做了三天才做好，用了三斗米的工钱，已经传了五代了。而且这烟盒子只传男不传女，传大不传小。"夏二爹听他这么一说，也很好奇，就接过来看了一下，也觉得很精美，就拿在手里翻来覆去仔细地观看，咂了咂舌赞美道："的确很美，这表面打磨得发光发亮，上面还雕有二龙戏珠，这龙真是摇头摆尾，活灵活现的。"

他们在一起边聊天，边轮流着抽烟，还轮流着欣赏这烟盒。大家轮流欣赏完烟盒以后，就开始谈论起春耕生产来。二爷对今年的春耕生产完成的进度之快颇有感触，他感叹地说："今年的春耕完成得真快，比往年要早了一个星期。尤其是那些缺劳力的农户也同时完成了春耕春插，这只有在人民政府的领导下才能够做得到。这真是搭帮共产党、毛主席和人民政府的关心。我们一定要把地种好，多产粮食来报答党和政府。"王满爹说："听说刘五爹和周三爹家的牛不愿意拿出来给大家耕地，刘五爹说他的牛是自己掏钱买的，自己喂的，为什么要给别人去耕地？别人今后收了粮食又不会分给他，因此他不同意。周三爹也不同意，他说他喂牛是花了本钱的，天天还要看牛，割草，喂饲料，就是这样白给人家用，心里想不通。尤其是有些人还不负责任，不爱惜牛，因为不是自己的牛，就把它做野牛子用，累死了谁负责？他们这些有牛的人都发了很多的牢骚，还是经过政府的干部上门做了好多的工作，政府还给了一些补贴才同意的呢！政府为了我们贫下中农真的费了好多心啊！"

王满爹也附和着说："是呀！我们这些穷苦的农民真的是搭帮人民政府，我们要多打粮食支援国家。"二爷说："国家有那么多的干部和解放军要吃饭，还有工人和经商的要吃饭，吃闲饭的比我们种田的人还要多呢！俗话说世界上是'三山六水一份田，九份闲人一份耕'嘛，我们作田的不努力多产粮食，他们吃什么？古话说得好，'农夫不努力，饿死帝王军'。"夏大爹说："那是，农民不种好地，多产粮食，其他人就会没有饭吃，一家人家要有男人、女人、大人、小孩才成一个家。国家也是一样，什么人都要有。况且他们那些人也不是吃闲饭的，各自有各自的工作，只是分工不同而已。解放军是打仗的，没有解放军，其他国家就会来侵略我们。像清政府时期，八国联军反中华，连那个日本鬼子都敢来侵略我们中国，不就是因为军队和武器太弱了吗？没有工人，我们就没有锅子煮饭吃，没有这些干部，我们作田的就没人管，没有人协调，春耕春插就会赶不上季节，田里就会减产。”夏大爹又接着说，“王满爹说的正是，一个国家只有种田的也不行，各行各业都要有，政府要收征购也是有道理的，不收征购其他人吃什么。织布的人又不能吃布，做锅的人又不能吃锅，因此，我们在政府这样好的政策下，一定要种好田，多产粮食，把国家的征购粮交清，才对得起政府。”他们在一起谈种地，相互交流田间管理的经验，有时也谈国家大事，谈得很投机，谈了几个钟头方才各自回家。

春插很快完成了，禾苗插下去后长势很好，看上去整个田野都是绿油油的一片，一眼望不到边。人们起早贪黑在自家田里忙碌，中耕除草和灌溉，样样做到细致入微，生怕有半点闪失，影响到禾苗的生长，呵护禾苗胜过呵护自己的孩子。由于政府的政策好，人们的精耕细作，加上天公作美，看看又是一个丰收年。真是风调雨顺年年好，五谷丰登步步高！

到了7月稻谷快要成熟时，已经闻到了稻谷的扑鼻香味。这时外河开始涨水了，水涨得很快，眼看着滔滔的河水夹杂着泥沙滚滚而下。湘、资、沅、澧四水齐涨，一起汇入洞庭湖进入长江，促使长江的水位猛涨，真是滚滚长江东逝水。长江下游的水位越来越高，河水无处排泄，就越涨越快，一天能涨一尺多，有时候甚至能涨两三尺。只有一个多星期，河水就有大半堤高了，劳动力都要上堤防汛。天还只蒙蒙亮，政府的干部就用广播筒在喊：“各家农户请注意啦！现在洪水猛涨，大堤危险，大家都要上堤防汛，男劳动力全部都要上工地。”二爷听到干部的喊话后，就和李大爹、刘五爹商量说：“现在河里涨大水了，我们早一点上工地去，免得河水把大堤冲垮了。”大家都同意，这时，周三爹、王满爹、夏大爹和其他劳动力也都来了，他们就用扁担挑着被窝行李和篼箕，背着锄头、锹等工具上工地去了。

劳动力上了工地后，就都驻扎在大堤边的农户家里。大堤旁边的农户家里陆陆续续都扎满了防汛的民工。民工都是由水利会的领导统一调配，年老体弱一点的就打更巡逻，身强体壮的就挑土护堤。把薄弱堤段预先加固，水来土掩，做到未雨绸缪。李大爹、夏大爹他们就负责巡逻打更，二爷、王满爹和其他青壮劳力就挑土护堤。每天吃住在工地上。洪水越涨越大，巡逻工日夜巡逻，夜里经常能听到巡逻打更的梆梆声。

稻谷也快熟了，大部分成了金黄色，只有几天就可以开镰收割了。微风一吹，金浪翻滚，一股股稻香扑鼻而来，看看又是一个丰收年，农民的喜悦心情不言而喻。在农民喜迎丰收的时候，洪水猛涨，加之天降暴雨，只有几天水面就已经平堤了。形势非常严峻，干部群众心急如焚，不知怎样才能战胜这洪魔。

第十章　干群奋力抗洪魔

第一批劳力上工地后就进入了紧张的防汛战斗之中，但洪水仍在一天天继续往上涨，干部又做了紧急动员，所有男女劳力都要上堤防汛，只有一些老人、小孩在家。干部还挨家挨户告知：“要做好溃垸的最坏准备，稻谷已经熟了，能割的稻子赶紧割回来，要穿的衣服和吃的粮食全部打包起来，随时准备转移。”并且还告诉大家夜里要和衣而睡，每家每户要留人值班，不能睡得太深，溃垸时是以敲锣鼓和放烟火为信号。

二婶听到这个消息后，她本来就非常怕水，看见河水一天天上涨，差不多已经平堤面了，听说还会倒垸子，心里非常害怕：她害怕田里到手的谷子被淹掉，害怕儿女们有危险，害怕新建起来的房子被洪水冲走。她整日提心吊胆，以泪洗面，晚上就坐在床上不敢入睡，耳朵总是听着外面的动静，时刻把国盛搂在怀里，生怕垸子倒了跑不赢。在这个群众心里非常紧张的时候，政府调来了很多只大船停靠在危险堤段的群众家门口，只要听到敲锣或者看到大火，就要把受灾群众迅速转移到大船上去。

村里在家的老人、妇女、小孩，他们有的拿着镰刀，有的背着背篓，有的挑着箩筐，到田里去收割那些已经黄了的稻穗。桂花也拿了镰刀和一张单被子，叫上秋良一起到田里去割稻穗。出门时二婶是千叮咛，万嘱咐：“你们一定要注意大堤上的情况啊！如果看到大火或者听到敲锣就要丢掉东西赶紧往家里跑，要帮助家里一起转移。”二婶就在家里收拾衣服和粮食。她把国庆和国盛叫在身边，生怕倒垸时找不到人。她将全家人的衣服用一根绳子捆好，把家里的米用一个袋子装好。

桂花和秋良来到田间，田里因为几天前下大雨，积水已经有一大腿深了，有的稻谷完全被水淹没了。桂花把带来的单被子铺在一块高地上，就到水里割稻穗，有的地方的水已经有一腰深了，弯腰割禾时要抬起头，否则嘴里就会进水。秋良就把割好的稻穗一把把地放在单被上，他们边割边注视着大堤的情况，准备一有风吹草动，就立即回家。只有半个钟头就割了一大包稻穗了，桂花看到已经有这么多了，再割就会背不动了，又怕大堤出问题，就赶紧上岸收拾禾穗。桂花看到水下还有一片片金黄的谷子，心里非常惋惜，还有些恋恋不舍，但是时间紧迫，他们只好赶紧把单被扎紧，准备回家。

邻居家的也割满了，正在急急忙忙收拾，有的是用箩筐挑着，有的是用背篓背着。桂花试了试有好重，就找了一根棍子和秋良抬着走。刚走了不久，就看到大堤上的人群在骚动，叫的叫，喊的喊，背的背着被子，抱的抱着孩子在跑，但是还没有看到烟火，没有听到锣声，还没有真正溃垸，只是知道很危险了，桂花也就催着秋良赶快走。

防汛工地的情况越来越紧急，危在旦夕。有的比较矮小的堤段洪水已经漫过了堤面，有一段江堤被发现了一个蚁洞渗水，民工就开沟疏导。后来还形成了管涌，民工就用麻袋和草包装沙子及卵石填，还打了抱围堵，但都无济于事，渗水越来越大。工地上异常紧张，堤垸已是到了千钧一发之刻，上级通知，部分老人和小孩要提前转移至船上。二婶听到消息后，就抱着国盛，牵着国庆准备往船上跑。但秋良和桂花还没有回家，她看到大家都在往船上赶，二婶急得直跺脚，正在万分焦急的时候，秋良和桂花他们抬着稻穗已经赶回来了。二婶就叫他们丢下禾穗，背着衣服和米赶紧上船。上船后，船上已经挤满了人，大家待在船上，心情还是忐忑不安，都害怕溃垸。

二婶他们刚上船不久，就看到烟火通红，锣鼓喧天，有人在喊“倒垸啦！快跑呀”！还没有来得及上船的人们都在奔走相告，干部带着大家朝大船上紧急转移，并且拿着广播筒大声地喊道：“没有上船的赶快上船啊！船马上就要开了。”大家都是哭的哭，喊的喊，争先恐后地往船上挤。二婶焦急万分，因为还有二爷和金秋没有上船，船马上就要开了，这怎么办啊？二婶正在万分焦急之时，二爷他们来了。二爷叫金秋赶紧上船，自己却站在原地未动，二婶就大声地喊道：“快上船呀！不然船就要开了。”二爷说：“我不能走，我要留下来照看房子，你们走吧！到了那里，你要照看好几个孩子。”船要开了，二婶也嘱咐二爷要注意安全，要多准备一些吃的。

这时只见乌云黑暗，就像是要天塌地陷，人们惊恐万分。顷刻间一声巨响，山崩地裂，大家回头一看，倒口的水翻江倒海，奔腾而下，只有一会儿，大家赖以生存的家园就水漫金山了，真是千里江堤，溃于蚁穴啊！船都几乎开不动了，大家都是心急如焚。在这千钧一发之际，船上所有的劳力都撑的撑篙，摇的摇桨，扯的扯风篷。把风篷扯得满满的，借助强劲的风力。在风力和大家的奋力拼搏下终于把船驶离了堤岸，船离岸以后就扬帆而去。

二爷和几个留守的村民站在堤上，看着满载妻儿老小的船向着遥远的他乡驶去，心情无比沉重。船越驶越远，船影越来越小，过了一会儿，就只看到影影绰绰的一个小黑点了，慢慢地就被淹没在那浩瀚的洞庭湖中，直到看不到船时才肯离开。这时，二爷看到只剩下自己孤独的身影，心中感到一种悲凉与寂寞。

船到洞庭湖中，波浪滔天，坐在船上遥望百里江堤，顷刻成了一条蛇影。天色越来越暗，眼前只有白茫茫的水天一色，一眼望不到边，真是：

洞庭波涌连天雪，倒海翻江未见边。
百里江堤成蛇影，淹没农家万顷田。

在这烟波浩渺、一望无涯的洞庭湖中，一只容得下一百多人的硕大风篷船就好像是一片树叶。俗话说洞庭湖是“无风三尺浪”，一个个像小雪山一样的波浪向船体袭来，船就成了一只小小的摇篮，在湖面上颠簸摇晃，人就像腾云驾雾一样，已经分不清东南西北了。乡亲们大都没有出过远门，也从来没有坐过这样的大船，也从来没有见过洞庭湖上这样大的风浪。大家的心都是悬着的，还不知道这船会不会出危险。二婶是最怕水的，她吓得紧紧地抱着国盛、国庆和秋良，他们坐在船中间一动也不敢动。加之有些人晕船，看到这船外的惊涛骇浪，妇女小孩都是胆战心惊。一时间哭的哭，闹的闹，呕的呕，船上已被弄得乌烟瘴气，凌乱不堪，真是：

洪流滚滚塞江湖，垸内良田顷刻无。
千里江堤溃蚁穴，旱涝成灾万骨枯。

二爷一个人留在家中，二婶十分担心：大堤被洪水淹没了，他一个人在家怎么生活？房子一定在洪水中被风吹浪打，是不是会被风浪刮倒？是不是会有生命危险？她也不知道这次会把她们送到什么地方去。想到这些，思乡之情一下子涌上心头，二婶默默地流下了眼泪。这时，张干部看到大家的情绪不稳定，怕大家躁动，因为船又小，人又多，风浪又大，怕影响船工的情绪而发生危险，于是赶紧出来做工作。

张干部跟大家说：“乡亲们，同志们，请大家安静！这次溃垸是由于旧社会国民党反动派不关心人民群众的生命安全，长期不修堤垸造成的。现在共产党、毛主席非常关心大家，派我们来把你们转移到一个安全的地方去，那里早已给大家准备好了住的和吃的。家里留守的人民政府也派了船在那里巡视，政府还安排了人给他们送吃的，不会有危险，请大家放心。”乡亲们听到共产党、毛主席都在关心他们，这些干部都是共产党、毛主席派来的，心里一下子就踏实了许多，情绪一下子也安定了许多，心中千斤的石头落了地。大多数人都破涕为笑了，有的人就放心地睡觉了。

船在洞庭湖中行进了一夜，第二天天刚蒙蒙亮，有人就看到了一座大山，他们就兴奋地叫起来，“一座好大的山啊，快到岸啦”！听说快到岸了，那些睡着了的人都被吵醒了，大家都爬起来争着去看大山。湖区的人从来没看见过山，听说有大山看，觉得好稀奇，一窝蜂地挤到船边。船一下子被大家搅得晃动起来，失去了重心，就向一边倾斜，船边都进水了。这突如其来的状况，令船夫们都非常紧张，他们立即调整船的重心，风篷紧急转向。张干部也赶紧出来喊话：“请大家不要着急，不要慌！船还没有到岸，这样乱动很危险，请大家各自回到自己的位置，耐心地等一等。”这时大家看到船边进水了，都被吓出了一身冷汗，不知所措，听干部这么一喊才镇定下来，赶紧回到了自己的位置，这才避免了一次沉船事故。船经过一阵颠簸后才慢慢靠岸，人们看到的这座山叫“赤山”。政府将灾民们转移安置到了这个赤山区。

赤山区是一个丘陵区，到处都是红土，因此叫“赤山”。当地的农民思想风格都非常高，主动把房子腾出来给灾民住。由于灾民多，房子紧张，家家户户都住得满满的。国盛他们家已经没有地方住了，只能在阶基上用两条长板凳架两块门板，一家人就挤在这两块狭窄的门板上面睡觉。二婶被挤在一个角落里，让国盛睡在中间，生怕他掉下去，门板下面是一个碓臼窝。睡到半夜时，由于门板太窄，人太多，国盛还是被挤得掉下去了。他刚好掉到了门板下面的碓臼窝里，痛得哇哇大叫。二婶被吓了一大跳，急忙抱起来一看，头部被撞起了一个大包，这下再也不敢把他放在门板上面睡了，加之蚊子很多，“嗡、嗡、嗡”地叫个不停，天气又很炎热，二婶就索性坐起来把他抱在怀里，用手轻轻地抚摸着他的头部，还拿了一件衣服帮着几个儿女们不停地驱赶蚊子。

二婶就这样一直把国盛抱在怀里，整整一夜未眠，第二天一早还要按时帮忙做饭。一个屋里住了二十多个人，二婶和王满娭毑、夏二娭毑等几个女人一早就起床给大家做饭。溃垸以后，吃的都是政府送来的大米，还有玉米、红薯丝和蚕豆等杂粮。粮食比较紧张，只能按计划。大人每餐只有一碗饭，小孩半碗饭，吃不饱就只能吃点冬瓜、南瓜、芋头之类的东西，有时候连冬瓜、南瓜、芋头都没有吃，就只好打饿肚。为了吃饱肚子，有人提议干脆煮粥吃，粥大人可以吃两碗，小孩可以吃一碗，这样肚子就可以吃饱了。粥虽然可以把肚子填饱，但是由于水分多，肚子一下子就饿了。

饭要按计划吃，菜也不多，有些菜是从各地收集来的，有的还是一些爱心人士捐献给灾民的。人多菜少，蔬菜都是非常珍贵的。虽说有些菜叶都黄了，部分已经变质了，大家还是舍不得丢掉，只好勉强霸蛮吃。国盛吃了几天后，肚子就吃坏了，一天拉几次稀便。开始拉得还很少，后来越拉越多了，次数也多了，从一次、两次，到每天三四次。开始拉稀便，拉了两天后，就干脆成了水一样，饭也吃得少了。二婶着急了，只好一天到晚搞单方给他吃。

二婶每天到处找单方，听人说什么好就搞什么。王满娭毑说："鸡菌子治肚子屙效果好，你搞两个鸡菌子焙枯，碾烂，煎点水给他吃。"二婶听说鸡菌子可以治屙，她就立即去找，房东家里没有找到，就只好到当地的农民家里去讨要。有一家大婶听说国盛肚子屙，要鸡菌子，就帮着在家里找，找来找去，在她家的碗柜顶上找到了两个鸡菌子。二婶如获至宝，立即把鸡菌子洗干净，放在锅里焙了一下，焙成了黄黑色，放在碗里捣烂，然后放在锅里，用一碗水将其熬成糊糊，喂给国盛吃。开始吃了，有点好转，后来就又没有效果了。鸡菌子没效了，夏二娭毑又告诉二婶说："煳米水止屙也很有效，我家的几个小孩肚子屙就是用煳米水治好的。"二婶听后很高兴，就问夏二娭毑说："夏二娭毑，这煳米水怎么做？它真的能止屙吗？"夏二娭毑说："二婶，这肯定是真的，这样人命关天的事我还会骗你吗？你尽管去试一下就知道了，做起来也很简单，只要把米放在锅里焙煳，然后煎水就行了。"

二婶就立即去搞煳米水，她向管米的刘会计说："刘会计，我儿子病了，拉肚子拉得很厉害，我想搞点煳米水给他吃，请你称二两米给我，这二两米可以从我们吃的饭里面扣，我们每餐少吃点饭行吗？"刘会计听二婶这么一说，他就立即同意了，刘会计说："没问题，你小孩病了，他也没有吃饭，就算是他自己的粮食吧，不用扣。"刘会计立即称了二两米给二婶，二婶就把米放在锅里炒，烧得几乎冒出了黑烟，这时再用锅铲把它打碎，用水熬成一碗黑黑的煳米水。煳米水吃了两天，开始也有些效果，但后来效果还是不佳，每天还是照样拉肚子。后来又听说莱菔子、种萝卜都可以治肚子屙，二婶都一样样地搞来给他吃了，还是没有起到很大的作用，只是大便的次数少了一点，不知是单方的作用还是屙了几天了，没有东西屙了。

小国盛的身体越来越瘦了，连路都已经走不稳了。附近又没有医院，只有一个中药铺，二婶就买了两味中药给他吃了，但也没有作用。二婶焦急万分，认为是水土不合，二婶认为必须立即回家。洪水还没退完二婶就吵着要回家，但不知什么时候能够回家。

第十一章 洞庭湖劫后余生

二爷自送走妻子和孩子们后，就一个人回到了家。见洪水还在继续往上涨，已经漫上了堤面，涌进了家门，二爷就赶紧用家里的绳索一头系在屋檩木上，一头系在树上，把房子固定好，防止房屋被风浪刮倒。把房屋固定好后，又赶紧扯了一把屋茅草搓成绳子，然后用草绳和木棍在堂屋中搭了一个架，上面搁了两块门板，二爷准备晚上就睡在上面。架子搭好后趁锅灶还没有被淹没就又赶紧煮了一炉锅饭，还把一坛子辣椒萝卜也搬到了木架上，他做好了和洪水长期抗争的准备。到了晚上，二爷就一个人爬上自己白天搭起的架子，躺在门板上。眼睛望着湖中的一钩明月，心里想着远方的妻子和儿女，不知道他们现在在何方？二爷和二婶的相互挂牵，真是“湖上生明月，天涯共此时”啊！

这时天刮起了北风，屋被吹得“吱呀吱呀”地响，还有河里的水漫过大堤哗哗的流水声。二爷一个人睡在这风雨飘摇的房子中，既感到孤独寂寞，又有些紧张害怕，生怕房子倒塌。他只好又爬起来仔细看看房子是否歪了，他从东头看到西头，还好，房子没有歪，水已进到了屋内，这时天空飘来了几朵乌云，天渐渐地黑下来了，天空中没有了月亮和星星，一片漆黑，只有白茫茫的水面反射出一点微弱的光线，于是他又爬回到架子上。躺在门板上还是睡不着，翻来覆去的，心里总是担心着二婶和孩子们：洞庭湖那么大，本来就是无风三尺浪，加上又刮起了北风，浪会更大，船那么小，人那么多，不知会不会有危险？也不知道他们现在到了哪里？不知道政府要把他们送到哪里去？那里是不是有住的和睡的地方？有没有东西吃？心中老是放心不下，致使他久久不能入睡。

二爷每天白天就坐在架子上呆呆地看着房子，生怕哪里出问题，晚上就睡在那门板上，饿了就吃两碗冷饭和几块辣椒萝卜。饭吃了几天后，由于气温高，有一点馊味了，二爷还是舍不得倒掉。因为他平时都不肯浪费粮食，何况还是在这饭可以救命的非常时期，他怎么会舍得把这救命的饭倒掉呢？虽然馊了，也还是把它当作宝贝一样藏着，还是餐餐照样吃，还担心吃完这些饭后又不知道要到哪里去弄吃的呢！

两天后，二爷早上就把这些剩饭都吃完了，等到黄昏的时候，二爷的肚子饿得咕咕叫了，他四处张望，看是否有船从这里经过，好搭个信出去，叫人家送点吃的过来。他左盼右盼，不见船来。正在这绝望的时候，看到远远的地方有一个黑影，他心中燃起了一丝希望，双眼紧紧地盯着那个黑影，黑影越来越大了，是一只小船，还扯着风篷，还有两个人摇桨。这条小船每家每户都停靠一下，二爷猜想，这一定是来送食物的。二爷终于吁了一口气，真是雪中送炭啊！二爷欣喜若狂，他高兴地念道："天无绝人之路，阿弥陀佛！这下有救了。"他目不转睛地盯着这小船，生怕他们走过了身，不到自己家里来。

过了一会儿，小船来到了李大爹家，在他家停了一下就过来了。他们将要到二爷家时，就有一个年轻人在船上大喊："家里有人吗？我们给你们送吃的东西来了。"二爷立即回答道："有人嘞，你们来得正好，真是太及时了，我的肚子正饿得咕咕叫了，你们真的是救命恩人啊！"两个年轻人说："我们是政府派来的，给你们留守在家的人送吃的来了，估计大家都没有吃的了。"说完，一个青年就提了一大包东西给二爷，二爷打开袋子一看，里面有二十来个馒头和一小包下饭的辣椒萝卜和酱豆子，二爷看后感慨地说："政府想得真周到，共产党真是胜似亲人啊！"一个年轻人说："您尽管吃啊！吃完了我们再送过来。"二爷说："好的，谢谢你们，你们真的辛苦了。"年轻人说："不用谢我们，这是党和政府安排的，这是我们应该做的事情。"说完，他们驾着小舟就迅速离开了。

二婶在赤山也天天挂念着二爷，加上在这里水土不服，国盛拉肚子老是不好，使她更加焦虑不安，成天吵着要回家。只要有人回家，她就要搭信回去，要二爷过来接她们回家。二爷没有办法，只好等到堤面刚露出来，就邀女婿新华借了一条小船来接二婶她们。为了一天能够赶回家，他们只等天刚蒙蒙亮就驾着船出发了。

船开出不到一里，刚进入洞庭湖，天越来越黑了，进入了黎明前的黑暗，洞庭湖风高浪急，一朵朵浪花打进了船舱，二爷即吩咐桂花用瓢舀水，桂花就拿了一个瓢使劲地往外舀水。但浪一个接一个地扑来，船舱里的水越来越多，舀都舀不尽。船已在湖中迷失了方向，二爷、新华、金秋三人用桨努力控制着船的方向，不停地寻找着前进的目标。一船人都紧张了，二婶急得哭了，紧紧地抱着国盛和国庆，口中不停地祈祷菩萨："菩萨要保佑我们全家！菩萨要保佑我们全家！阿弥陀佛……"因为船上装着一家十余口人，一家人风雨同舟，一出事就会全家覆没。船上已有半船水了，还像是一只无头的苍蝇，在洞庭湖中漂荡，眼看就会要沉没了。"怎么办啊？怎么办啊？老天爷要救我们啊！"二婶急得号啕大哭起来。就在这千钧一发之际，金秋突然发现了远处隐隐约约有一点灯光，他就大声喊道："前面有灯光，我看到灯光啦！"大家听说看到了灯光，都惊喜不已，一齐朝他指着的方向望去，这灯光不知是湖中的航灯还是岸上别人家里的灯？经过仔细辨认，最后确认这灯是岸上居民家的灯。这时大家好像捞到了救命的稻草，他们看到了希望，大家都兴奋不已，赶紧将船朝灯光方向划去。

划了不到半小时，终于划到了岸边。这时船边已经进水了，好险啊！大家的衣服都已湿透了，赶紧上船找到那户点灯的人家，二婶带着哭腔敲着门说："老板请开门！我们是溃了垸的灾民，现在天黑，船在湖中找不到方向，要等天亮后才能走，让我们进屋歇歇吧，请行行好！"这时门开了，主人见到他们，问清来由后，赶紧把他们让进了屋里。主人非常热情，是一个40来岁的女人，圆圆的脸，大大的眼睛，扎着两条大辫子，满面笑容，看上去非常贤惠、善良，她不停地问长问短。看大家一身透湿，就迅速搬了一大把柴火点燃，让大家把湿漉漉的衣服烤干，还烧了一锅姜汤水给大家散寒。

衣服烤干了，天已渐渐地亮了，东方已经露出了鱼肚白，一家人又开始出发了。出门时老板娘问二婶："船上有吃的东西没有？"二婶说："我们走得匆忙，只带了一点剩饭，没有来得及带别的吃的。"哪里是来不及带，根本就是没有什么吃的东西带。老板娘看到他们这么多人没有什么吃的，她就把家里的三条菜瓜拿给二婶，二婶不肯要，二婶说："在这里麻烦了，真是感激不尽，怎么还能拿你的东西呢？又吃又兜怎么行！"老板娘说："没问题，你们倒了垸子，落了难，我们理应要帮助，只是现在家里没有什么现存能吃的东西，这几条菜瓜是自家土里产的，带到船上去可以充一下饥，解一下渴。"二婶看这老板娘非常有诚意，就只好收下。二婶非常感激地说："那就恭敬不如从命，我们就不客气收下了，只是我们真的不知道怎么感谢你，你太贤惠了，好人一定会有好报的。"二爷也向老板娘的热情招待表示了真心感谢。

二爷一家来到湖边，这时湖面能看清方向了。二爷用瓢把船上的水舀干后，大家上了船。开船后，三支桨就不停地摇，摇了几个钟头后，二爷、新华、金秋他们的肚子已经饿了，船上就只带了昨晚剩下的一点饭菜，他们就轮流着吃一碗剩饭，国盛和国庆看到他们吃饭，也闹着要吃。二婶只好给他们每人喂了半碗饭，剩下的只能留给他们三个摇桨的吃，二婶、桂花、秋良他们就只能打饿肚。到下午肚子饿得实在耐不住了，就分着吃了老板娘送的几条菜瓜，船一直摇到太阳西下时才回到家。

大家进屋一看，地面到处都是泥浆。二爷用门板搭的台子也歪了，上面的被子被浪水打湿了。这段时间，二爷就睡在这上面，看到这情况全家人都很心酸。家里的家具都是湿漉漉的，灶已被水浸坏，没办法做饭，二爷就把炉锅吊起来，扯了一把屋茅草，煮了一锅饭，大家的肚子都饿得咕咕叫了，没有菜，就光吃饭。因为在船上待了一天，还要不停地摇桨，肚子早已饿扁了，光饭都能吃上两大碗。只有国盛不肯吃，因为他肠胃功能不好，二婶就给他熬了一点粥，放了一点盐和糖，这样他才勉强吃了一碗。吃完饭后，就找了一些干稻草铺在床上准备睡觉，因为大家都劳累了一天，感到非常疲倦，想早一点休息。这时邻居家李大爹见二爷家回来了，就赶忙过来看看，问二爷家是怎么回来的。二爷把回来的情况告诉了他，并把这次自己受的教训也告诉了他，叫他注意天气和开船时间。水退了，堤面也干了，但洞庭湖仍然风大浪高，村里其他人都非常着急，不知自己什么时候能够回家，回家的路上有多危险。

第十二章　灾后家园重修建

洪水退了以后，政府就积极组织，安排了一条大船，根据各家的情况，分期分批地接大家回家。

村民们都相继回了家，家里的地面上有一寸多深的淤泥，墙壁上的泥土也被洪水浸泡掉了，房子也被风浪打得东倒西歪的了。人们回家以后的第一要务就是把房子扶正，把屋里的污泥打扫干净，然后还要把墙壁整理好，把掉了的泥巴重新补上。

二爷家的地上也有很深的污泥，他们全家人从早到晚都在一起努力把污泥清理干净。二爷看到房子也被风浪打歪了，他就和金秋用几根长木把房子顶正、加固。然后又想把被洪水浸泡坏了的墙壁补好。

补墙壁的泥巴里面要掺牛屎，因为牛是吃草的，牛屎里面含有大量的纤维，含有纤维的牛屎泥巴结构力好，不会裂缝，也不容易掉。这牛屎是黄色的，粉在壁上黄灿灿的，很好看。二爷家没有喂牛，想跟喂了牛的刘五爹家讨要一些牛屎。他就挑着一担篼箕，走到刘五爹家，这时，刘五爹也正在用牛屎泥粉壁。二爷就说："刘五爹，你在粉壁啊？你家的牛屎还剩了一点没有？如果还有的话，搞两担给我好吧？"刘五爹说："牛屎正好刚才用完了，一点都没有了，你要的话，过几天就有，我把这几天的牛屎给你积起来，全部留给你。"二爷说："那好，那就先谢谢你了。我先去看看周三爹家还有没有，如果有的话，我就在他那里搞两担算了，就不麻烦你了。"刘五爹说："那也好，你就先到他家里去看看，看他那里有没有，如果没有，你就再到我这里来挑就是，我给你留着。"二爷说："行，如果他那里没有，我就上你这里来，请你一定要给我留着啊！"二爷就又挑着篼箕到周三爹家去了。

二爷来到周三爹家，周三爹他们父子也正在用木顶房子。周三爹自己就用绳子拉，叫他儿子就用木桩顶，两父子正累得气喘吁吁，二爷看到他们忙不赢，就放下篼箕给他们帮忙。周三爹高兴地说：“二爷你真是我家的财神爹嘞！我家一有事忙不赢，就能让你碰上，还能帮上忙。”二爷忙说：“你别表扬我太早了，我家的墙壁被水浸坏了，想把它重新粉一下，今天是来向你讨要牛屎的，你家里现在有没有?”周三爹说：“那你今天来得正好，我那里积了几担牛屎，是准备自己粉壁的，今天在顶屋，没有时间，就还没有粉，你就先挑去用着。”二爷说：“那好，那就多谢你了。”二爷帮周三爹家把屋建正，并且固定好后，就用篼箕挑了三担牛屎，还在屋后的田里挑了三担烂泥巴和在一起，他和金秋两人粉了三天，才把这些被水浸坏了的墙壁全部补好。

渍垸以后，农民没有粮食吃，政府就给予了粮食救济。因渍垸而错过了种晚稻的季节，农民没有事做，政府就号召农民种蚕豆，种小麦，种蔬菜，要把渍垸的损失补回来。二爷和二婶每天起早贪黑，在田里种了三亩小麦和蚕豆。村民们每天都是天刚蒙蒙亮就起床，把自家土里、田里都种上了庄稼。群众都知道国家还很困难，要尽量减少国家的负担。

大家把蚕豆、麦子种好以后，人们又开始挖地种菜。渍了垸，粮食少了，就要多种蔬菜替补粮食，俗话说：“瓜菜能顶半边粮。”二爷家的屋周围有几块土，他一大清早就背着一把大锄头出去挖土去了。挖了一会儿，二婶的早饭熟了，就叫他吃了早饭再挖，这时候二爷已经挖了两块土了。吃过早饭后，二爷和金秋挖土，二婶就栽菜，桂花就泼水，一家人分工合作。他们种了白菜、油菜、莴笋、冬苋菜、萝卜等。这些菜苗都是政府从其他地方调运来的，非常珍贵，这天正好是阴天，趁着没有太阳晒，赶紧把菜苗栽下去，阴天菜苗容易成活，这样就不会浪费菜苗。二爷他们用了两天就把菜苗全部栽完了。栽完菜后，二婶还买了十只活蹦乱跳的鸡崽和两只细皮嫩肉的猪崽回家喂养，喂大了就可以卖掉，贴补家用。

大家把自家的地种好后，没有事做了，政府就借这个机会，组织群众大力兴修水利。吸取了这次渍垸的教训，政府表示再不能让人民群众的生命财产受到损失了。这次是以修大堤为主，所有的劳动力都要上工地。二爷、金秋和其他劳动力一起，他们背的背锄头，挑的挑篼箕，还有挑米的和挑菜的，背被窝行李的，排着长长的队伍，浩浩荡荡地开赴工地。他们一来到工地，就立即开始做挑堤前的准备：砍的砍芦苇搭棚；挖的挖泥巴垒灶；搬的搬稻草开铺。把这些准备工作做好以后，就正式开始挑土。

他们来到工地，取土的地方离大堤有三十多米远，中间还隔着一条水沟，先必须把路修好才能挑土，大家就立即开始修路。这条沟有十来米宽，还有很深的淤泥，光用泥巴很难填起来。大家就想办法，李大爹说：“先把沟的两头堵起来，用水车把水车干，把淤泥去掉，再填路。”王满爹说：“那不行，第一是时间太久，第二是路的位置太低，一下雨就会把路淹没，只能打一排木桩，再在木桩上面架桥。”二爷考虑到这两个方案都不行，打木桩架桥，哪里来的这样多架桥的木材，而且有这么多人挑着这样重的担子在上面踩，桥根本就承受不起，桥会不稳定，走起路来摇摇晃晃的，怎么能挑担子呢？因此，二爷说：“我提一个建议，你们看行不行?”大家听二爷说有办法了，就异口同声地说：“行，行！你快说。”二爷说：“我看为了争取时间把路修好，只能就地取材，这里芦苇多，每人去砍一担芦苇就能把路填平，再在上面铺一层土，这样路很快就能修好。”大家一听这主意好，这里离芦苇山近，能就地取材，既简单容易又快捷，因此大家就都拍手同意了。二爷就到附近居民家借了几把柴刀，大家就一部分人砍，一部分人用篼箕扁担挑，只用了一天，就把路修好了。

第二天一大早，天还只蒙蒙亮，干部们就拿着广播筒在喊：“同志们起床啊！要趁晴天加点油，赶紧把大堤修好，我们再不能吃这个溃垸的二遍苦了，天晴多挑一点，下雨就少挑一点。”民工们听到干部的喊声以后，大家就立即起床，用冷水洗了一把脸。大家洗脸用的手巾都是五花八门的：有的是剪一块家机大布，把边缝上做成的；有的是用烂夏布帐子，在上面剪一个角做的；有的就是用不能穿了的衣服，在上面选一块好一点的布撕下来做成的；有的甚至连这样的“手巾”都没有，就干脆用手捧一捧水搓一把就算是洗了脸。没有人刷牙，因为当地的农民连洗脸的毛巾都没有，哪里还有牙膏、牙刷刷牙。洗过脸后，就每人端一大蒸钵饭，就着一点冬瓜、南瓜或辣椒把饭吃下去，吃完早饭天还没有大亮就出工了。

他们正式开始挑堤以后，就男女老少齐上阵，能挑的就挑，能挖的就挖，妇女和半劳力就做饭，洗衣，整土，每天从早干到晚。工地上人山人海，堤边到处都是用芦苇搭成的工棚，一排排一眼望不到尽头，农民们就吃住在这些矮小潮湿的芦苇棚中。一到做饭时，每个棚中就冒出了袅袅青烟，站在远处一看，氤氲缭绕，就像是一条条青龙在腾空飞舞。青烟汇聚在一起就成了一片灰蒙蒙的雾，雾气上升和天上的云层结合，就形成了一片乌云，在空中荡来荡去，有时候它能够遮住那该死的烤人的太阳，给人一丝凉意，有时候它又变成雨，洒在路上，使路变得泥泞。他们在烈日阳光下，汗流浃背；下雨天，走在泥泞的路上一步一滑。

这年冬天天气很冷，天下着鹅毛大雪，有的地方有一尺多深的雪，河里结起了厚厚的冰，上面走得人。大地成了冻土，大家只能扒开雪，除掉冰继续挑。干部们每天用广播筒不停地给民工们打气鼓劲。口号是：“小雨当晴天，晴天一天当三天。”为了争取时间把大堤修好，不管是下雨还是烈日阳光，或者是鹅毛大雪都不停工。

劳动力挑土和挖土都是轮流转，每人都是挑一阵挖一阵，这样才能调节体力。他们每天都是从早一直挑到天黑才收工，一天下来，每个挑堤的人双腿酸痛得不能蹲下解大便，疲劳得倒床就睡。有好多劳力被累倒了。夏二爹挑了半个月就累得大便拉血。李大爹在大便时感到肛门口有一坨，不知是什么东西，他用手一摸，才知道是直肠下垂了，真把他吓了一大跳，休息了三天才好了一点。王满爹、张三爹也是累得口吐鲜血。金秋年纪不大，身体比较单薄，他挑着一担泥土踩在松软的芦苇上，篼箕撞在芦苇上，有时甚至是在芦苇上面拖，累得他满头大汗，气喘吁吁，挑了几担就没有力气了。二爷看了，怕这样重的担子会压坏了他正在成长的身体，为了照顾儿子尽量少挑一点，他自己就只好替金秋挑。一天到晚扁担没离过肩，一担担两三百斤重的泥土压得扁担弯得像牛轭子一样，二爷一天要比人家多挑几个小时，他凭着自己强健的身体硬是挺住了。

其实挖土也非常吃力，一把大挖锄足有五六斤重，要拿着它不停地挥舞，把大坨、大坨的泥土挖到篼箕里，挑泥的人川流不息，稍一松劲，后面就排成了长队，金秋虽然使尽了浑身解数也还是供应不上。他全身疼痛，汗流浃背，一天下来，几乎就只能瘫睡在床上。为了要抢在来年春耕生产之前完成任务，一般的小病都不能休息。为了把大垸修好，农民们都在挑战自己身体的极限。

他们从秋天开始，一直修到第二年的春天。要把原来的几个小垸围成了一个大垸，把旧堤全部加大加高一圈。农民发扬了龙马精神，克服一切困难，所有的劳力都一直坚持到第二年春耕生产时才完成修堤任务。

以后每年的秋冬季农闲时都要修水利，包括大堤和垸内沟港。由于大堤不断地加大，沟港不断地修通，水利搞好了，旱涝有了保障。

秋良、国庆、国盛因年纪小，不能上工地，就只能在家里玩。一天，国盛在吃饭时，突然感觉面部疼痛，张口困难，咬东西时更痛，哭着脸不肯吃饭。二婶见国盛不吃饭，在哭脸，就问：“国盛，你不吃饭还哭脸，是怎么啦?”国盛指了指他的小脸说：“这里痛。”二婶忙跑过来一看，感觉他面部有点红肿，用手一摸，还有点发烫，二婶急了，不知国盛得了什么急病。

第十三章　子病连着慈母心

二婶摸了摸他的面部，国盛感到很痛，二婶忙问："这是怎么搞的，是在哪里碰着了还是被蚊子咬了？"国盛摇了摇头说："没有碰啊，我不知道是怎么搞的。"二婶认为是受凉了，就责怪他说："你是晚上没有盖被子还是玩了水受了凉？"国盛说："我没有玩水啊！"二婶说："你还是要霸蛮吃点饭，人才撑得住，病才会好的。"国盛说："我的脸痛，张不开口，不能吃饭。"二婶这才意识到国盛的病情已经很严重了，并不是什么单纯的受凉了，她怕是面部长东西，就用毛巾给他做热敷，又怕是牙齿上火，又泡些生石膏水给他吃。

但没有效果，疼痛越来越厉害，国盛只知道不停地哭。过了一天还发起了高烧，二婶急了。正在二婶焦急万分时，国庆的脸也肿了，疼痛厉害，不能吃饭。二婶看到两个孩子都病了，更加着急，就带着两个孩子到处寻医问药。这时，夏二娭告诉二婶说："这可能是抱耳风（即腮腺炎），是一种风毒，可能是中了邪，要请李司公来施一下法，还要用墨画一下，可能就会好的。"二婶听说是中了邪，就急得慌了神，只好赶紧去请李司公来画。

李司公是当地一个会装神弄鬼、搞迷信活动的人。他 50 来岁，蓄着一头长发，瘦削的脸上长满络腮胡子，穿着一件大红花的长袍。二婶来到李司公家，向他说明来意后，李司公满口接应了，他立即从床头的箱子里拿出了一副竹卦就跟着二婶来到了她家。

他来到二婶家，看了国盛和国庆的脸，就说："他们这是祖神不安，邪气扑身，只要我把祖神爷请起，把魔鬼驱走，他们的病就好了。否则，毒气入心，就会有生命危险。"二婶听说会有生命危险，吓出了一身冷汗，连脸都吓白了。二婶忙问："李师傅，他们不会有生命危险吧？"李司公说："二婶你先别着急，我来给他们施个法就好了。"二婶说："那好，这个只有你里手，那就请你费力了！"李司公说："好的，二婶你先帮我把墨磨好。"二婶忙说："好的！"二婶就帮着磨墨，墨磨好后，二婶就请李司公说："李师傅，墨磨好了，那就请您行行好，赶快给我儿子施法！把魔鬼给驱走，使他们尽快地好起来。"李司公说："好！我马上就给他们施法，只是还要三根香、三张纸钱、两根蜡烛，你赶快去把这些东西办来。"二婶听说要香、蜡、纸钱，就拿了两个鸡蛋，跑到一个小香铺，用这两个鸡蛋兑换了一些香、蜡、纸钱。

李司公点燃了几张纸钱，焚香秉烛，手舞足蹈地做了一阵法后，他用笔蘸着墨装模作样地在国盛的面前晃来晃去，举着笔在空中挥舞了一阵后就开始画。他在国盛的脸上从外至内一圈圈地画，一边画一边口中还念念有词，画到最后一点时，就大声地说了一声："好!"这样就画完了。接着又给国庆画，画得国盛和国庆的脸都成了大花脸。画完后，李司公就对二婶说："主要是你家的家神不安，我已经对你家的家神做了安抚，并且把魔鬼都已经驱走了，明天你的两个儿子就都会好的。只是还有一件事你要注意。"二婶忙问："什么事？请李师傅赶快告诉我。"李司公说："你家的这两个小孩犯水厄，百日之内不能到塘边、沟边、河边去，到这些地方去就会有危险。"二婶听到儿子犯水厄，心中又非常着急，忙问："李师傅，您有什么办法解吗?"李司公说："二婶您别着急，只要这段时间注意一下，不让他们到水边去玩就没有事。我已经向你们的家神许了愿，等他们的这个病好了以后，我就来给你们把这个愿还了，应该就没事了。"二婶听李司公说儿子的病到明天就会好，内心非常高兴，她非常感激地说："李师傅，真的搭帮您，我儿子的病好了以后，一定要好好地感谢您。"李司公说："不用谢，您也不用着急，这病很快就会好的。"

说完，李司公就准备回家，二婶就对李司公说："李师傅您费心了，没有什么东西感谢您，我来煮几个荷包蛋给您吃。"李司公因还要给别人去施法，不肯吃，二婶就忙拿了三个鸡蛋和两升米给他，李司公收了东西就回家去了。

二婶把李司公说的话告诉了二爷，二爷说："你别信他说的鬼话，哪里有什么鬼神，都是他自己编造出来糊弄人的。"二婶说："还是注意一点的为好，毕竟是人命关天的事，宁可信其有，不可信其无。你每天要注意国盛和国庆，不让他们到水边去玩，如果不小心，出了什么事那就不得了了。"二爷没有作声，就默默地走开了。

但是过了一天还是没有效果，脸还是肿胀，仍然痛得厉害，发着高烧，连粥都喝不下。两兄弟昏昏沉沉地睡在床上，二婶急得像热锅上的蚂蚁团团转，一天到晚到处找单方。人家说什么，她就搞什么，李大娭毑说："这是上火，只有灶心土降火快。"二婶听后，就立即回家，用火钳在灶的中央用力戳，费了九牛二虎之力，才戳下蛋大的一坨被烧红了的泥土，因为它位于灶的中央，所以农村里就叫它为灶心土。赶紧放在火上进一步把它烧红，又在锅里烧了一碗开水，把烧红的灶心土放在一个蒸钵里，将开水倒在灶心土上，只听到"嗤嗤嗤"的响声，立刻冒起一股白烟，二婶立即拿了一只大碗罩在蒸钵上面，生怕热气跑了会没有效果。过了五分钟左右，二婶就把碗揭开，碗好烫的，差点把二婶的手指烫起了泡，痛得二婶"哎哟"一声，她赶紧把被烫的手指放进嘴里含着，来缓解疼痛。

过了一会儿，手指还是很痛，但她怕水凉了不好喝，又怕没有效果，就顾不上自己手指的疼痛，立即把水分成两碗，端给国盛和国庆喝。由于没有糖，很不好喝，国盛喝了一口，就不想喝了，妈妈就只好用调羹喂。好在这灶心土水还不苦，二婶边喂就边劝国盛道："这水是给你治病的，又不苦，赶快吃，吃了病就好了，明天就可以吃饭了，就可以和小朋友一起去玩了。"国盛和国庆在妈妈的劝说下，勉强把水喝下去了。可是过了一天还是没有效果，疼痛依然未减。

王满嫔驰又告诉二婶说："车前草是凉性的，可以清热解毒，降火。"二婶听后，又赶紧跑到田垄路上去扯车前草，这时天已经黑了，为了给儿子治病，她顾不了天黑，一个人朝着田垄路上走去。由于天黑路滑，一不小心，摔了一跤，滚到了田里，打得一身透湿。但她仍然没有退缩，坚持扯到一大把车前草后才回家。她把车前草洗干净后，就立即煎水给他们兄弟俩喝。每天是这样单方，那样单方，单方吃了不少，就是都没有效果。二婶急了，她又只好跑了几里路，来到一个中药店，问了一个中药郎中，这位中药郎中说："这是一种内毒，要用板蓝根败毒才行。"二婶就只好买了一些板蓝根急匆匆地回家熬水给他们喝。由于心中焦急，好几天没有睡好觉了，头脑晕晕乎乎，加上心事沉沉，从自己家门口经过时都不知道是自己的家了。走了好久了怎么还没到家呢？觉得有些不对头，她抬头仔细一看眼前这些房子，才知道是走过头了，急忙转身又往回走。二婶为了两个儿子的病，已经急得有些神魂颠倒了。

回到家就赶紧煎药给国盛和国庆喝。药煎好后，二婶尝了一下药的冷热和味道，这药有些苦。家里没有糖，国盛和国庆都不肯喝，二婶只好连哄带吓地说："只要你们把药喝下去，妈妈就煨个鸡蛋给你们吃，如果不吃药的话，就会……这嘴巴就会烂掉的。"本来是想说不吃药会死掉的，儿子是母亲的心肝宝贝，哪敢轻易说儿子会死掉呢？只好话到嘴边留半句，硬是把说到嘴边的死字给咽回去了。只好边哄边用调羹慢慢地喂，费了不少力才喂完。

二婶这些天，天天就是围着两个儿子转。他们吃不下饭，二婶就餐餐熬稀饭给他们喝；怕他们营养跟不上，还餐餐打蛋花汤和精肉氽汤给他们吃；新鲜蔬菜也是剁烂打汤给他们吃，她是想尽了一切办法为儿子治病和改善营养。夜里就坐在两个儿子的身旁不敢睡觉，生怕睡着了他们会肚子饿，会要喝水，哪里痛就会听不到，会饿了孩子、渴了孩子，影响他们的病情恢复。有时候实在太困了，她就干脆抱着两个儿子睡。她是白天吃不下饭，夜里睡不着觉。真是日夜操劳，寝食难安啊！

在母亲的精心照顾下，经过多方面的治疗，不知是单方和药物的作用，还是病情的自然过程（因为这病毒感染的自然恢复期也就一个星期左右，药物也只能是起到减轻病情的症状和并发症而已，并不能缩短病程），只有一个星期左右，烧就慢慢地退了，面部的肿胀也慢慢地消了，身体才慢慢地恢复了正常。但二婶双眼红了，人也瘦了许多，吃不下饭，躺在床上，不知她是因为操劳过度还是已经生病了。

第十四章 芝麻开花节节高

国盛和国庆的病已经好了，但二婶没有吃饭，躺在床上，实在是太疲劳了，担心自己真的病了。但她看到儿子他们又和往常一样，活蹦乱跳地到处玩耍去了，也就放心了，自己安心躺在床上休息了半天，感觉舒服了很多，已接近中午时分，她又只好起床，开始做午饭。

二爷家的粮食有些紧张了，米桶里已经没有多少米了，这是因为二爷把自己的粮食借给了邻居张大爹。张大爹家因溃垸后房子倒了，建房子后粮食就少了，连过年的米都没有了，他心里非常着急，这灾荒年谁有粮食借呢？他能想到的只有二爷，因为他是一个心地善良、好善乐施的人。张大爹就急忙来到二爷家，看到二爷正在推谷整米，他就笑着对二爷说："二爷，你在准备过年米呀？正好，我是特意过来找你借米的，我家的粮食因建房子用亏了，没有过年米了，要请你借两百斤米给我过年。"二爷说："我家今年的粮食也不够，建房子用亏了，你过年以后就要还我才行。"张大爹说："那行，两个月以后，我找亲戚家借了就还给你。"二爷就只好把准备春耕生产的米借了两百斤给张大爹。

年过了两个多月了，还没有见张大爹还米来，这时正当春耕生产了，二爷家自己没有饭吃了，就只好去找张大爹要米，二爷说："张大爹，你说两个月就还米给我，现在我家已经没有饭吃了，请你把米还给我好吗？"张大爹有点不耐烦地说："你急什么，我又不是不还给你，只是还没有借到米。二爷你门路比我广，自己先借一点吃着，我借到了就会还过来的。"又过了一段时间，但一直不见他还过来，催了几次，才还了一些蚕豆。没办法，二爷家就只好天天吃蚕豆。

国盛不愿意吃，哭着吵着要吃饭。国庆他们也不爱吃蚕豆，因蚕豆皮厚，而且很粗糙，吃的时候很难咽下，就只好把蚕豆皮吐掉。二爷看到把蚕豆皮吐掉好可惜，就骂道："吃蚕豆还吐皮，这样好高？吃不下就别吃了，这样太浪费粮食了，把粮食这样浪费掉，冒得饭吃会饿死的。"勤劳俭朴是二爷的美德。知道一个家庭的建立不容易，要想把家庭搞好，不是一朝一夕之功，节约要从一点一滴做起，因为在旧社会穷怕了，饿怕了，他是惜粮如金，从不浪费一粒粮食。粮食是人类赖以生存的宝中之宝，人们常说“手中有粮，心中不慌”。他经常告诫儿女们说：“要懂得节约粮食，要细水长流，不能铺张浪费，要常将有日思无日，莫把无时当有时。”他吃蚕豆从不吐皮，总是连皮带壳全部吃掉，一点都舍不得浪费。他非常懂得“聚沙成塔，集腋成裘”的道理。他不知道儿女们不爱吃蚕豆，看到他们把蚕豆皮吐掉非常心痛，因此就骂得国盛和国庆哇哇大哭。他们不肯吃了，二婶看了心痛，就亲自跑到张大爹家去要粮食，正好碰上他家在吃中饭。二婶看到他们碗里都是白米饭，再跑到厨房的锅里一看，也是一锅香喷喷的白米饭。二婶就说：“张大爹你说没有借到米，只有蚕豆，你们自己家吃的又是白米饭?”张大爹说：“你们家二爷又没有叫我一定要还大米，他不是说吃蚕豆比吃大米还划得来些吗?”二婶听了火冒三丈，回家就找二爷吵架，说他不该信别人的花言巧语，把米借给人家吃，自己吃蚕豆，两人吵起架来了。二爷说：“我也到他家催了几次，他家说没有借到粮食，你要我怎么办?杀了他呀!”

其实张大爹家借了很多大米，他家里人也不喜欢吃蚕豆，就把蚕豆还给了二爷。二爷怕他真的没有借到米，也就相信了他。二爷是自己再穷，只要有一点办法就要救济别人。古人云“穷则独善其身，达则兼济天下”，二爷是在粮食困难的情况下，确实觉得吃蚕豆比吃大米还要合算，也就没有计较张大爹，现在才知道他骗了自己，他叹道：“真是‘画虎画皮难画骨，知人知面不知心’，人心隔肚皮啊!”一个人的品性需要长期观察考验才能彻底了解，二爷通过这件事彻底看清了张大爹的本性，真是“路遥知马力，日久见人心”。人家怎样对待二爷，二爷从不计较。

二爷一生节俭，他明白“狐白之裘，盖非一狐之腋也”的道理，他经常挂在口头的节约口训是：“新三年，旧三年，缝缝补补又三年。”但二婶心疼儿女，她对二爷不依不饶，要二爷必须把蚕豆退回去，把大米换回来。但二爷是个有骨气，爱面子的人，他说过了的话就从不反悔，他是“一言既出，驷马难追”的人，他不愿意把蚕豆再退回去。本来他就被张大爹愚弄了有火，加上二婶一闹，他更加火了，拿根扁担就要打人，正好一家人都在场，国盛和国庆忙捂住二婶的嘴，哭着要妈妈不要再吵了。秋良和金秋忙夺下二爷的扁担，把他推出门外，这才避免了一场家庭暴力。

大家把二婶扶进房间，劝她吃点东西，但是她很伤心，没有吃一点东西就睡了。大家看妈妈睡了，这才各自忙各自的去了。国庆、国盛非常懂事，看到爸爸妈妈为了蚕豆的事吵架，以后他们吃蚕豆再也不挑精了。

眼看又是春耕生产的大忙季节了，为了进一步提高生产力，政府组织农民从互助组转为初级社。耕牛农具集体统一调配使用的做法，进一步提高了农资的使用率。政府看到了生产资料集中使用的优越性，就在不断地提高生产资料的集体使用率。号召农民团结协作种田，首先每家只耕一部分，再根据插秧的进度适当调节，这样就没有耽误插秧时间，使完成春插的时间大大地提前了。联合起来的力量大了，抗击自然灾害的能力也增强了，粮食产量稳步提高，农民生活不断改善。

1957 年全国成立了高级社，把所有的生产资料都集中到高级社统一调节使用。有些农民的思想境界还不高，不愿意把自己的耕牛农具集中起来，通过干部做大量的思想工作后才得到统一。农业生产真可谓是一年上一个台阶。水利越修越好，生产用的耕牛农具不断地增加，已经基本满足了农业生产的需求。粮食产量逐步增加，群众的生活就像“芝麻开花节节高”。有一天，一个挑杂货的货郎担从家门口经过，他手里拿着一个铜制的手铃，边走边摇着铃子，丁零零、丁零零，他的铃声很有节奏，像很悦耳动听的音乐声，口中还不停地吆喝：“鸡毛、鸭毛、鹅毛、鸡菌子、烂铜、烂铁、乌龟板、脚鱼壳兑洋糕、洋火、纸媒子、酱油、盐啊！”叫声是那样的悠扬和训练有素。

二婶知道是货郎担来了，忙叫住了他：“李杂货，请停一下，我要买点东西。”李杂货听到有人叫他，就立即停了下来，见是二婶，就忙问：“二婶啊！你要买什么?”二婶说：“我想买点洋油、洋糕、洋火（这些日用品都要依赖进口，因此要在商品前面加一个洋字）。”李杂货说：“二婶，太阳从西边出来了吧！今天怎么舍得用起洋货来了呢?”二婶说：“现在搭帮共产党、毛主席，生活过得好起来了，前几天卖了一头猪，手里有了钱。”李杂货忙说：“好，好，好！”李杂货就给二婶打了一斤洋油，拿了两坨洋糕，一打洋火。二婶问：“多少钱?”李杂货边念边算：“洋火两分钱一盒，十盒两角钱，洋糕两角钱一坨，洋油五角钱一斤，一共一块一角钱。”二婶用卖猪的钱买了这些洋货，这是她第一次用上这样的“奢侈品”。祖祖辈辈都是用茶枯或草灰水洗衣，用黄草纸做的纸媒子引火，桐油点灯。二婶平生第一次用上了洋油灯。这洋油灯是二婶用一个小瓶子做的简易灯，她在瓶子上面放一个民钱，用一根棉花条从民钱中间的眼里穿过，一头浸在洋油里，这样就可以点灯了。这洋油灯比桐油灯亮多了，二婶在洋油灯下纺纱，缝补衣裳方便多了。二婶的一双眼睛就是在桐油灯下熬成了近视眼和倒睫的，这下有了这么明亮的洋油灯，晚上做事舒服和方便多了。

这年，二爷家的粮食也丰收了，把多余的粮食卖掉了几百斤，每人添置了一件新衣服，国盛也做了一件新棉外套。他看到新外套后高兴得跳起来，因为每年冬天一下雪，他就只有一件单薄的旧棉袄，冷得瑟瑟发抖，不能出门。手脚都生满了冻疮，烂得流血，痛得钻心。这下有新外套穿了，下雪天再不会挨冻了。还没等天下雪，他就天天吵着要穿新外套。晚上还把新外套抱在怀里睡觉，舍不得放手。

有一天，天气晴朗，二婶把新外套藏起来了，换了一件旧棉袄，想把新外套留着下雪天冷时再穿。国盛不肯，围着妈妈哭闹。正在这时，姐夫新华来了，见到国盛在哭，就把他抱起来，问道："你哭什么?"国盛指着柜子里的新外套说："妈妈不让我穿。"新华说："今天天气暖和，不要穿新棉袄，现在把新棉袄穿烂了，下雪天就没有穿的了，知道吗?"国盛点了点头，就没有哭了。

这时，新华从口袋里拿出一包东西来要国盛猜："你看哥哥给你买什么来了?"国盛打开一看，是一只小巧玲珑的小"洋船"，这是新华在县城开会时特意给他买的。国盛非常高兴，立即止涕为笑了，急忙把它抱在怀里，下地拿起小船就要去玩。新华忙接过小船告诉他怎样玩，并且亲自帮他操作。先把船内的一个小油箱加好油，把水箱内加上水，用一个澡盆装上水，把油点燃，把小船放在水里，等水箱的水烧开了，用蒸汽推动小船在盆内转圈。国盛看了感到十分新奇，高兴得手舞足蹈，他还从来没有看到过这种自己能跑的船。

这时国庆、秋良也都回来了，他们看到这只自己能跑的小船也感到非常的奇怪。农村的孩子哪里见过这么高级的玩具呢?因此，他们都争着要玩，争来争去，把船搞沉了，国盛急得哭了起来。新华马上给他们做调解，他安慰国盛说："别哭了，哥哥给你搞好就是了。"他把船捞上来，重新装上油和水，把油点燃，船又跑起来了。大家又都笑了。他们玩得开心极了，围着澡盆看着小船跑，小船冒着黑烟，船底泛出水泡，俨然是只大汽船在江湖中乘风破浪。邻居家的张凡、正国、大生、五才、王明等很多小朋友知道后，都跑过来看稀奇。因为他们也从来没有见过这样高级的小船。家里挤满了人，大家都挤到澡盆边看，久久不愿离去。到了吃饭的时候，大生和五才的母亲来叫吃饭，他们都还不愿意走，赖在这里看小船，他们都已流连忘返了，直至油箱内的油烧尽了，船不能动了才依依不舍地离开。国盛一有时间就和邻居家的小朋友一起玩船。有了这只船，国盛家的小朋友就越来越多了。

后来村里建起了学校，把原来的私塾废除了，建成了现在的新学校（农村叫洋学堂）。废除了私塾学校的八股文，全部学习现代汉语和数学，小孩子都有学校读书了。国盛看到秋良和国庆都已上了小学，他也哭着闹着要读书，二婶看他年纪还小，不知怎样说服他才是。

第十五章 幼年求学意志坚

学校离家很近，只有半里路，秋良和国庆就在这个学校读书。哥哥他们都读书去了，没有人陪国盛玩了，他一个人在家里感到孤独和寂寞，就经常跑到学校，在窗外看哥哥们在教室里上课，他就一个人在操场上玩耍。

一天，他听到哥哥他们在朗读《猴子捞月亮》，说的是有一只猴子看到井里有一个月亮，就马上告诉其他猴子，月亮掉到井里去了。其他猴子一看，井里真的有一个月亮，糟糕了，月亮掉到井里去了，天上就会没有月亮了。猴子们都急了，一只猴子想出了一个办法，它叫后面的猴子抓着前面猴子的尾巴，一只一只连起来，一直连到井底下。井下的猴子就在水中捞月亮，捞呀，捞！捞也捞不上。后来它们再往天上一看，原来月亮还在天上。这个故事非常有趣。还有《乌鸦喝水》《狐狸和乌鸦》《东郭先生和狼》《农人和蛇》等很多有趣的故事，深深地吸引着他，因此，他也想读书了。他还经常爬到窗户边去看同学们读书。教室里的同学们看到有小孩在窗户边玩，觉得很好奇，就都把眼光投过来看着他。

老师看到同学们都在看国盛，怕分散了他们的学习注意力，就走出教室，来到国盛面前对他说："小朋友，你在这里做什么，你想要读书是吗？"国盛点点头回答道："是，老师我想和我哥哥他们一起读书。"老师说："你现在年纪还小，如果想读书，等你长到哥哥、姐姐他们这么大了就来报名读书好吗？现在你到别处去玩一下，在这里会影响哥哥、姐姐们的学习，小朋友乖，快走！"老师边哄边拽着他往操场上走。国盛就只好一个人坐在操场上，听着哥哥、姐姐们朗读课文。

由于经常认真地听他们读书，他对有些课文耳熟能详，几乎可以把它们背出来了。书中的这些故事情节激起了他强烈的读书愿望。回到家，他就跟妈妈说："妈妈，我要读书！"二婶说："你还小，现在还不能读书，加上现在不是报名的时候，学校不会收你的，等下半年再读。"国盛不肯，老是缠着妈妈不放，国盛说："我可以读书了，哥哥他们读的书我都记得了，有的书我还背得了呢，你一定要送我去读书啊！"妈妈说："到下半年新学期开学了，我就送你去读书。"国盛听到妈妈已经答应下半年送自己去读书，也就只好同意了，并且对妈妈再一次强调说："那你下半年一定要送我去读书啊！"妈妈说："要得，下半年一定送你去。"

国盛高兴得不得了，他就天天跟着秋良和国庆到学校去，有时候比哥哥他们还着急，生怕迟到了，赶紧吃完饭就催着哥哥他们去上学，他还老是跑在哥哥们的前面。一到学校，他就在学校的操场里玩，边玩边听哥哥姐姐们读课文。有时候上数学课的时候，就在教室的窗户后面看老师做算术题目，一加一等于二，二加一等于三……过了一段时间，十以内的加减法他都能做出来了。

有一天，国盛在学校玩，张凡要到供销社去买盐，看到国盛后，就叫他一起到供销社去玩。他们来到供销社后，张凡就用一毛六分钱买了两斤盐。他们看到柜台上的亮瓶里装了很多棒棒糖、鸡蛋糕、饼干、猪耳朵、猫屎筒等，国盛和张凡都很想吃，但他们身上没有一分钱，也没有一两粮票。他们只能看着那些香甜可口的糖果、饼干垂涎三尺，老是围着那柜台转。营业员看到他们不停地围着柜台转，就问他们说："你们想要买什么东西呀？想买棒棒糖吗？两分钱一颗，你们带钱了没有？"张凡摇了摇头说："我们没有钱，我的钱全部买盐了。"营业员见他们没有钱，在这里面玩会影响他们的营业，就对他们说："你们要玩就到外面去玩吧！这里是财金重地，等下丢失了东西就会要你们赔的，赶快走吧！"国盛他们听营业员说，失了东西叫他们赔，他们就吓得跑了。国盛想吃棒棒糖，天天找妈妈要钱，二婶说："你下半年要读书，要交学费，你还要吃棒棒糖，你到底是想读书还是想吃棒棒糖？"国盛听妈妈问他是想读书还是想吃棒棒糖，他当然是想读书，怕吃了棒棒糖后就不让他读书了，就只好不作声了，他就默默地离开了妈妈，这就意味着他选择了读书。

二婶答应了下半年送国盛去读书以后，她就为国盛读书做准备。用两尺土布缝了一个袋子做书包，还特意给他缝了一套新衣服。新学期开学了，她带着国盛来到学校报到。老师看到他身材矮小，就对二婶说："你儿子现在年纪还太小，可能还没有课桌高，作业都不能做，会赶班不上，所以现在还不能读书。"国盛听了，急得哇哇大哭，拽着他妈妈的手不肯离开。二婶无奈，只好跟老师说好话："老师，请你收下他吧！虽然他未满六岁，但他十以内加减法都搞得清楚了，他哥哥读的有些课文他都可以背出来了。他天天吵着要读书，没有办法，老师你就做点好事收下他吧！让他试试，要不然他会天天围着我吵。"老师听后，为了证实二婶说的是真的，就出了几道十以内的加减法题目要他做，国盛都一一做出来了，而且没有一个做错。老师很满意，还问了他几个问题，老师说："老师上课的时候你会不会认真听讲，会不会和同学讲小话？"国盛回答说："上课我会认真听讲的，如果别人和我说话我就不理他。"老师又问："那你会不会按时完成作业呢？"国盛说："我每天都会和哥哥一起做作业，天天都能把作业完成。"老师又问："那刮风下雨你会不会躲学呢？"国盛说："不会，我天天来上学，下雨天我就要哥哥背。”老师听到国盛的回答笑了，她抚摸着国盛的头，还把国盛抱起来，像慈母一样在国盛的小脸上亲了亲说：“你这样聪明懂事，我不收你都不行啊！”

老师终于答应收下了，就对二婶说：“你就带他到会计室去报名交费去吧！”国盛听到老师同意他上学了非常高兴，就催着妈妈去领书。一到会计室，会计看到国盛这样矮小就问：“他这么小就能读书呀？”二婶说：“他自己吵着要读书，刚才老师还考了他，是老师同意他读的。”会计说：“啊！那好，真不错。”二婶交了一块钱书杂费就领了两本新书，一本语文、一本算术。国盛拿到新书后才高高兴兴地跟着妈妈回了家。真是：

幼年求学意志坚，父母教诲记心间。
家贫儿女早懂事，艰苦学习不等闲。

第二天就开学了，国盛背起了他妈妈亲手给他缝制的书包，因人太矮，书包带子有点长，齐了他的脚后跟，有时候书包甚至还在地上拖，国盛只好把带子扎短一些，但带子太短了怎么也背不上肩，他只好把书包顶在头上，但书包很滑，老是往下掉，没有办法，他只好哭喊着，赖着两个哥哥帮他背书包。国庆年纪也不大，他也背不动两个书包，秋良就只好帮他背，每天上学，秋良就帮国盛背着书包，把他送到教室门口。

国盛的学习兴趣还很浓厚，每天很早起床，就催着两个哥哥赶紧吃饭，吃了早饭就跟着哥哥去上学。他每天都能坚持按时上学，由于学习很认真，语文和数学成绩都很好。有一天正在上课，一个教三年级的老师来到国盛的教室里对国盛说：“国盛，你出来一下，我有事找你。”国盛不知道老师叫他去做什么，就跟着老师走，来到三年级教室，老师指着黑板上的两道数学题叫他做，国盛想了想，马上就做出来了，而且得出的结果全对。老师对三年级的同学说：“你们要认真学习啊！这样的题目一年级同学都能做出来，你们三年级同学还做不出，太不认真了。”同学们用赞赏的目光看着国盛，还为他鼓了掌，做完题后，老师又把他送回了教室。他高兴地回到自己的教室后，又继续认真地上课。

国盛上学后开始一段时间学习一直还是很认真的，不管是刮风、下雨，都能坚持上学。但有一天，天下着大雪，天寒地冻的，他感觉脚很冷，就不想去上学，秋良就骂他说：“你读了三天书就想躲懒，你会被学校开除的。”国盛听到会被学校开除，吓得就不敢躲学了，只好又跟着哥哥去上学，在路上还是被冻得全身发抖。

放学回家以后，国盛看到屋檐上面吊着一些几寸长的凌杠子，有点像棒棒糖，非常好奇，也忘记了寒冷，就折了一根放在口里含了一下，有点屋茅草的臭味，还有点苦涩，这味道真的不好吃，但也有点像吃棒棒糖的感觉，他就灵机一动，自己做棒棒糖吃。他用一个小杯子装了一杯冷开水，中间插了一根香签棍子，把它放在碗柜里冻一夜，第二天早上一起床，他就急忙跑到厨房里去拿他自己做的棒棒糖。

他打开碗柜，拿出杯子一看，棒棒糖真的做成了。香签棍子和杯子里的水冻在了一起，他把香签棍子轻轻地一扳，一颗圆圆的、晶莹剔透的棒棒糖就被做出来了。他很高兴，连忙把它放进口里，真有一种吃棒棒糖的感觉，只是没有甜味。第二天晚上他又重新做，这一次他想让这棒棒糖有点甜味，像个真正的棒棒糖。他就在家里到处找糖，找来找去，发现一个碗里还剩有一调羹白糖，是金秋感冒了熬青蒿水喝时剩下的一点糖。国盛高兴得不得了，忙放了一点糖在杯子里，用开水把它溶化，然后把香签棍子放在里面。第二天一早，他又把棒棒糖取出来，放在嘴里一试，味道真好，就和吃真棒棒糖一样，他赶忙告诉国庆和秋良说："哥哥，我吃棒棒糖了。"他把棒棒糖从口里取出来给他们看，国庆说："你的棒棒糖是从哪里来的?"国盛说："是我自己做的。"于是第二天晚上，他们三兄弟找了三个杯子，三根香签棍子，每人做了一个棒棒糖，这样才圆了国盛很久以来就想吃棒棒糖的梦。以后只要是冰冻天，他们就自己做棒棒糖吃。因此，虽然他们衣衫单薄，可他们还是常常盼望着下雪、结冰。因为下雪、结冰可以做棒棒糖，还有很多的游戏做，有时候还搞一些恶作剧，但不知道他们玩了一些什么恶作剧。

第十六章　痛改前非做家务

国盛他们有时闲得无聊时就搞一些恶作剧。一天，他和张凡、五才在一起晒太阳时，看到有一个不认识的小孩从他们的面前走过，张凡和五才就起身阻止他，不准从他们面前经过。他对那小孩恶狠狠地说："你不能从我们的地盘上经过，因为你走我们面前，遮挡了我们的太阳，你只能从堤坡下的水里面过去，只有那里才没有遮挡我们的太阳。"那小孩反驳道："我隔你们这么远，我只过一下身，怎么遮挡了你们的太阳呢？你们也太霸道了吧，也太不讲道理了吧!"张凡火了，一把抓住那小孩说："你还狡辩，明明遮挡了我们的太阳，你还不认账，如果你不老实，今天就不让你过去。"小孩子因要去买东西，急得哇哇地哭了起来。二婶听到外面有小孩的哭声，怕是小孩子在打架，就赶紧出来一看，原来是张凡他们在欺侮一个陌生的小孩。二婶立即叫他们不要欺侮外地的小孩子，并且叫他们赶快放他走，还狠狠地批评国盛他们说："国盛你们怎么能欺侮外地的小孩呢？如果你们到了外地，别人也欺侮你们怎么办？以后再不能欺侮别人了，知道吧！如果下次再发现你们欺侮人，我饶不了你们。"国盛答应了一声："是!"立即叫张凡把那小孩放了，国盛非常听妈妈的话，以后就真的再也没有搞过这样的恶作剧了，再也没有欺侮过其他的小孩了。

国盛很懂事，看到他爸爸、妈妈忙不赢，每天放学回家，做完家庭作业以后，还要帮着家里捡柴火、割猪草。一天，他和张凡（小名二牛）、王明（小名四狗）、李正国（小名大满）、孔大生（小名小满）、张五才（小名再满）（因为旧社会的农民没有文化，不会取名，因此就跟着人家随便叫一个名字，大名都要等到读书时请有文化的人或学校老师给取）等几个小朋友一起去拔禾蔸子，一季稻的禾蔸子有一尺多高，张凡给每人分了三行，给自己分了三行又高又大的禾蔸子，大生和五才都不同意，说他自私，分得不公平。张凡急了，他解释说："我不是自私，你们的劲小些，这些大禾蔸子你们拔不出来。"大生不信，他试着去拔了几个，真的很费劲，大部分都拔不出来，这才依了他的。在拔禾蔸子时，张凡提出要比赛，看谁拔得快、拔得多。比赛开始以后，几个人争先恐后地拔，有的禾蔸子很难拔，国盛拔不出的就叫大生来拔。不一会大家的手都拔红了，一下子每人都拔了好几堆。只有张凡的身材比其他小朋友高大，拔得比别人多两堆，获得了冠军。

天渐渐地暗下来，大家都要收工回家了，所以各自准备用篼箕把禾蔸子收集起来。张凡的力气大，人也比较憨厚，收得最快，但是他是从近处往远处收的。国盛和其他几个小朋友商量了一下，他提议从远处往近处收，这样要少提很长一段路程，比近处往远处收要轻松得多，这样就容易到家一些。

张凡看着他们还没有动手收，就大声喊："你们还不快收，天都黑了，看谁收得快，谁先到家，走得后的就会被鬼打死去的啊!"国盛说："看我们谁先到家，走得最后的就是大乌龟。"说完，国盛就和其他几个小朋友拿着篼箕从远处往近处收，篼箕装满时就已经快要到家了。而张凡是从近到远，提着满满的一篼箕禾蔸，还要走一两百米远的路才能到家。走几步就要歇一气，累得他满头大汗。看到大家都回家了，一个人在后面又急、又累，还怕鬼。正在这时迎面来了一条大黑狗，把张凡吓得不敢动了，大黑狗看着他也不动。僵持了一会儿，张凡吓得哇哇大叫起来，而大黑狗看到张凡在哭，也汪汪地叫起来。张凡只好站在原地不敢动弹，吓得全身瘫软，一屁股坐在地上大叫："我怕嘞，我怕嘞，快来救命啊!”

国盛他们回到家后，看到张凡还没回来，天已经黑了，大家又只好返回去找张凡。他们看到张凡坐在地上大声哭叫，就赶紧跑过去帮他。大黑狗见到国盛，就赶紧跑到他跟前，摇头摆尾。国盛开始也很紧张，怕它咬人，观察了一会儿，看到这只大黑狗很友好，就放心了。但国盛心里在纳闷，这条黑狗怎么会认识自己的呢？国盛想了很久才回忆起来，还是在三个月前，他到表哥家吃饭，表哥家有一条大黑狗，他很喜欢，还喂过它一碗饭，原来这就是表哥家的那条大黑狗啊！狗的记忆力要比人强好多倍，它还知道感恩呢！

张凡受了惊吓以后全身无力，国盛就只好扶着他走，正国和大生就帮他抬着禾蔸子，这条大黑狗就跟在他们后面。这狗很通人性，把他们掉在地上的禾蔸子用嘴叼着，和国盛他们一路把禾蔸子送到了张凡家。

第二天上学的时候，张凡的母亲带着张凡来找国盛他们，他母亲说：“张凡昨天晚上受了惊吓，今天早上开始发烧，今天不能去上学，要给他请个假。”张凡就指着国盛他们骂：“你们这些阴毒鬼，专门捉弄我，害得我一个人在后面，还放出狗来吓人，把我吓死了，还吓出了一身冷汗。”国盛说：“这真是天大的冤枉，这狗我也不认识，是它认识我。这比赛也是被你逼的，是你自己提出的要比赛。你的力气那么大，又不给人家帮忙，我们不想办法怎么比得赢你呢?”张凡被国盛说得哑口无言，说完后大家又一起高高兴兴地上学去了。只有张凡发着烧就没有去上学，在家熬了一些姜汤水喝了，出了一身汗，在家休息了两天，病愈后才去上学。

一天下午放学回家，二婶吩咐国庆和秋良说：“今天猪没有潲吃了，你们两个做完作业后就要赶紧去割猪草，每人要割一大篼箕猪草回来。”秋良和国庆就抓紧时间认真地做作业，不一会他们的作业就做完了，每人拿了一个篼箕正准备去割猪草。这时国盛因还有三道题没做完。他急了，他想做完作业就和哥哥他们一起去割猪草，因为和哥哥他们在一起很好玩。他生怕哥哥他们走了，心里急，题目就更加做不出来了，他就哭着、闹着叫他们帮忙做。秋良和国庆都不同意，因为他们怕晚了会完不成妈妈交给的任务，就会挨骂。

但国盛就缠着国庆他们不让走，国庆很生气，揪了一下他的耳朵，还骂道：“你这小兔崽子不听话是吗？你必须在家里做作业，把作业做完了才行，否则会挨老师批评的。我们要去割猪草，等下天就黑了，看不见了，猪没有食吃就会饿死，过年就会没有猪肉吃，你知道吗?”国盛哭着说：“我有个题目不晓得做，你要告诉我做，做完了我帮你们割猪草行吗?”国庆无奈，只好帮助他做作业。国庆说：“是个什么样的题目不晓得做？拿给我看看。”国盛把作业本递过去，国庆一看，是3+8-11=？国庆说：“这还不容易做啊!”国盛说：“3+8等于11，11-11冒得哒啊！那用个什么数表示呢?”国庆说：“十个数字中哪个数是表示没有呢?”国盛想了想，摇摇头说：“不知道。”国庆用手戳了一下国盛的额头说：“你这个蠢宝，只有零才表示没有啊!”国盛又想了想说：“不对，零和一在一起就是十。”国庆说：“单独一个零就是代表没有，和其他数在一起才有意义，你知道吗?”国盛听哥哥这么说才知道单独一个零就是代表什么也没有。

国盛把作业做完后就跟着国庆和秋良一起去割猪草。他们来到田边，有很多的青草，猪可以吃，如奶浆草、蒲蒿子、野莴笋、野芹菜、黄花草等。因为他们经常割猪草，对这些草都非常熟悉。国盛也帮着他们割，不到一会儿，两箢箕猪草就割满了。国庆提不动，国盛就说：“哥哥，我来帮你抬。”国庆和国盛就抬着一箢箕，秋良一个人背着一箢箕，他们就一起高高兴兴地回家了。他们回到家时，天才刚刚黑下来。吃过晚饭，他们就上床睡觉了。但国盛一个人睡在床上还在想，零本身代表冒得，为什么和1在一起就是10呢？和10在一起就是百呢？怎么一个代表冒得的零和其他数在一起就能使这个数增加十倍呢？他想了好久，没有想明白，过了一会儿，他就慢慢地睡着了。

这些孩子很懂事：冬天帮着家里割猪草、砍柴火、拔禾蔸；春天帮着家里摘芹菜、扯藜蒿、插田；夏天到田里送茶水、拾禾穗；秋天就到塘里、田里抓鱼和黄鳝，有时候还帮助家里捡猪粪做肥料。他们小小年纪就都能为家里做很多事，减轻了父母很多劳动压力。

第二天，天下着大雨，家里只有一把烂雨伞，二婶说：“秋良和国庆你们就共用这把烂雨伞去上学，国盛你就在家里看原来学过的课文，新课文就等你哥哥他们放学回家后再给你补上，好吗?”国盛不同意，他说：“不行，我同老师保证了的，不能旷课，我一定要去上学。”说完，他就冒着雨往学校跑，没有办法，秋良就只好背着他走，国庆打着伞，他们三兄弟就这样在大雨中一起上学去了。

国盛他们三兄弟冒雨来到学校，衣服有些湿了，他们就到学校的食堂里烧了一把火烤了一下，衣服还未来得及烤干，上课铃声就响了，他们就回到教室上课去了。这天，陈老师给秋良他们上了政治课，他说：“为了尽快地使国家强盛起来，我们国家要大力发展工业、农业，要大办粮食，大炼钢铁，要造很多的枪支弹药来保卫祖国，要跑步进入共产主义社会。”但国家既没有炼钢的技术，又没有炼钢的材料，不知是怎样艰难炼钢的。

第十七章　简单俭朴的婚礼

本来国家要开始大办粮食，大炼钢铁的，但由于几年的自然灾害，农业受到了很大的损失，农村的一些生产队变得很困难了。二爷家也穷了。二爷、二婶看到金秋已27岁，有一米七的个子了，还没成亲，非常着急。

金秋英俊潇洒，国字面，聪明能干。二爷为了使金秋安心在家劳动，准备给他说门亲事。但家里一无所有，拿什么东西说亲呢？不说是聘金、彩礼，就连最简单的床铺、家具和婚房都没有，怎么能收得起媳妇。二爷看到儿子这么大了非常着急，不给他说门亲事，怕耽误了儿子的前程。教导、婚配是父母的责任，父母必须完成这个任务。

因为农村的男女青年见面的机会很少，每天都要在生产队劳动，只能围着本生产队的田间转，没有和外界男女接触的机会；加之农村的封建思想较重，男女青年不能随便单独在一起，更不能有肢体接触，这就是所谓的“男女授受不亲”的规矩。父母对已成年的女儿管教是非常严格的，那是不会允许女儿出去和男人幽会的，很少有自由恋爱的机会。所以农村男女的婚姻就是媒妁之言、父母之命，必须经过媒婆介绍，父母做主才行。二爷就只好到处托人做媒。他找到队里的张大婶，想请她出面给儿子介绍个姑娘。

张大婶40多岁，一米六的个子，织着两条大辫子，瓜子脸，眉清目秀，身材苗条，打扮得非常风骚、时髦，但她总是说自己有病，出不得工，队里一要她搞劳动就头疼，发晕。有一次，生产队长看到她能到处跑，就认为她是装病，叫她必须出工，不出工就要扣她的粮食，没有办法，她就只好跟着其他妇女一起来到田里扯草。但没有扯到一丈远就晕倒了，一屁股坐在田里，眼睛翻白，口吐白沫，神志不清，旁边的妇女看了，都吓了一跳。急忙把她抬上岸，躺在田埂上休息了一个多钟头，才慢慢地恢复过来，吓得喊她出工的队长不得了。自此以后再也没有人敢叫她出工了，也没有人管她了。从此以后她就像一匹脱了缰的马，天天就在外跑江湖，混饭吃。

因为张大婶她人缘广泛，给人家画煞水、掐时、说媒。她能说会道，一经她说的媒没有几个不成功的。因此二爷就特意找到张大婶，央求她说：“张大婶，我有一件事想请你帮忙，看你有没有空。”张大婶见二爷有事找她，就非常热情地说：“我没事，二爷有什么事尽管说，只要我能做到的，我一定尽力帮忙。”二爷说：“这件事只有你有能耐，你一定能做到。”张大婶有点急了，忙问道："二爷，你到底有什么事，你就别绕弯子了。"二爷说："我有一件事憋在心里好久了，想求你，但又不好开口，你看我家金秋今年已经27岁了，想要给他成个家，要请你做个媒。但是我家是这个情况，一没有钱买聘礼，二没有钱买家具，连结婚用的新房都没有，你看这怎么能行，因此我一直不好启齿。"张大婶说："那有什么不好启齿的，现在是困难时期，没有办法，家家户户都是如此，这又不靠了你一家，男大当婚，女大当嫁，现在女孩子能上哪里去挑好人家，没有好人家难道就不嫁人了，赖在家里做老女不成，总还是要嫁人的吧！我给你试试看，有好姑娘就给你家介绍一个，只是你不要着急，好吗？"二爷说："你说的有道理，那好，只要你肯出面帮忙，我就不急了，那就拜托你了。"张大婶说："没问题，没问题，你就耐心地等着！"说完，张大婶就拿着一把雨伞走了。

张大婶走后，就把二爷说的事记在了心上，到处给他物色。但总是东不成、西不就，不是说家里房子太小，就是说这里地势太低，地方太穷了，说了几个都没有成功。二婶也非常着急，她又只好跟张大婶说好话，叫她耐心地帮忙找。后来张大婶不知托什么关系，从二十多里外的一个村子里找了一个姑娘。那个村子也是很穷，自家穷就没好意思嫌别人穷，加上张大婶巧舌如簧，她跟姑娘和她的父母说："金秋这后生子非常不错：长得标标致致的，聪明能干、勤劳俭朴，他从来没有学过木匠，家里的床铺、柜子做得像模像样的，没有学过雕刻，雕出来的章子比专业师傅雕出来的还要好看，还非常仁义、知书达理、为人厚道。他父母亲也是老实本分的人，家庭和睦、看得人重，对媳妇一定很好，嫁给他家今后一定有享不尽的荣华富贵，能找到这样的男人是你们家女儿的福气。你们家的女儿也有这么大了，还不找人家，好伢子都被别人挑走了。一个大姑娘赖在娘家，别人是会说闲话的。俗话说'女人都是菜籽命，甩在哪里就长在哪里'，好不好都是命碰的，你家闺女命好，碰到了一家好人家，赶快嫁了吧！找不到好人家那就真的要受一世的苦，俗话说得好，男怕入错行，女怕嫁错郎，家好还不如人好。家里穷一点没问题，只要人好，夫妻恩爱，同心协力，就能把家庭搞好，家和万事兴嘛！"姑娘和她父母经她这样一说，觉得也很有道理，女儿已经有这么大了，现在到哪里去找好人家，也就只好同意了。

经过媒婆的撮合，男女见了一次面后，两家就都同意了。他们就是在相亲时双方见过面以后，就没有机会再见面了。在这个特殊的年代，没有订婚，没有聘礼，他们同意后只有三个月就结婚了。

结婚这天一大早，张大婶就来到了二爷家。二爷就安排金秋和桂花去接亲。金秋换了一件没有打补丁的平时穿的旧白色衬衣，桂花穿了一件水红色的花衬衣，他们只带了半斤糖果和在河里捞的两条小鲤鱼就出发了。他们来到新娘家后，放了一挂小鞭炮。金秋的岳父和岳母迎了出来，拉着他们的手，把他们接到了屋里。

新娘家只有两个房间，他们搬了几条板凳放在房子中间，让客人就在房间里就座。新娘的母亲在食堂里烧了一壶开水，给每人泡了一碗姜盐茶，大家就在一起高高兴兴地喝茶。有几个邻居家的小孩听到鞭炮声就好奇地跑了过来看热闹，金秋就给每个小孩发了两个糖果。小孩子看到有糖果吃，都高兴得不得了，他们拿了糖果，就跑到外面津津有味地吃起来。有的还没有吃过瘾，吃完了就又跑回来要，金秋就又给他们每人发了一个。没有大人来看热闹，因为大人都到田间劳动去了。

他们喝完茶后，新娘的母亲就把新娘叫出房间。新娘泪流满面，她一米五五的个子，圆圆的脸，用红毛线扎着一对小辫子，是一个温柔贤惠和善良的姑娘。她叫圆英，见到金秋后害羞得脸一下子红了，只轻声地说了声："你们这么早就来了，辛苦了!"这时，圆英的母亲就说："我们现在就出发，因为有这么远的路要走，下午我们就要赶回来，明天还要出工。"金秋和圆英给父母下了跪，拜了父母后，正准备出发。这时，新娘的父亲拉着金秋和圆英的手语重心长地说："你们俩结婚以后要夫妻恩爱，举案齐眉，相敬如宾；不论是富贵与贫穷，还是疾病都要相互搀扶，相濡以沫，不离不弃，白头偕老；希望你们能生活幸福，花好月圆。圆英你到婆家后，一定要与家人、亲人团结，孝敬公婆，妯娌和睦，同舟共济，家和万事兴；无论在何时何地都要为人低调，要与邻为善，敬老尊贤；要勤俭持家，细水长流，不要铺张浪费。"金秋和圆英听后都点了点头，答应："是，谢谢爸爸!"然后大家就准备启程，母亲和弟弟送亲，没有任何嫁妆，六人一起就匆匆出发了。

二婶和二爷就在家里准备酒席，找食堂借了两斤米，买了一个南瓜。他们把米磨成粉，做了一锅南瓜粑粑。但是没有油煎，只好用甑蒸，蒸出的南瓜粑粑黄灿灿的，香喷喷的，快到中午时分，接亲的回来了，二爷和二婶赶紧出门迎接，还放了一挂千子鞭。先把他们安置在用半间厨房改成的新房里。

因为金秋要结婚，生产队就给二爷家临时安排了半间房子，是人家原来做厨房用的。这半间房子全部是用楠竹和芦苇建的，没有一根好木材，东偏西倒的，还打了几个撑。由于搬了几次家，家具都被搬烂了，仅有的一个好一点的床铺，都只好搬给金秋他们结婚用了。

新房里就只有一张旧平头床，一口旧木箱，两把木椅子，一条长板凳。床上用芦苇和稻草铺成，上面放了一床旧垫被和一床盖被。新房显得简单，但还算整洁。他们在新房内喝了一碗姜盐茶，坐了一会儿，就到食堂吃饭。在食堂的一间小房间里摆了一桌“酒席”，席上有一碗清蒸鱼，一碗炸辣椒，一碗韭菜煎蛋，一碗蕹菜汤，两盘南瓜饼。二爷、二婶一家人和新娘及两位送亲的，加上媒人，围了满满的一桌。名为吃喜酒，可席上一无酒，二无烟，三无糖。但这些南瓜饼和这些菜在这困难时期，也算是美味佳肴和奢侈品了。

大家吃了一餐南瓜粑粑也非常高兴，因为好久没有吃过一餐饱饭了。吃了饭休息了一会儿，送亲的就要回家，圆英的母亲就拉着二婶的手对她说：“亲家母，我家女儿在家教育不好，修养不够，不会做人，如果对公婆不敬，对家人不恭，对丈夫不忠的话，就可用家法处治。”二婶说：“哪里，哪里!! 多亏了你们二老的严格教养，带出了一个好闺女，圆英是一个贤淑的女子，能够下嫁到我家，是我们的福气。我们一定会把她当成自己的女儿一样看待，不会看轻她，请你们二老放心。”圆英的母亲说：“我知道亲家母你们一家人都很仁慈，放在你们家，我们就放心了，对圆英的教育那就拜托你们二老了。”说完，他们就要动身回家。二婶就给两个送亲的每人打发了五毛钱的过河钱。五毛钱还是二婶找王满娭毑借的，说好了办完喜事就归还。

他们走了，喜事也就办完了。虽然金秋的婚礼简单，没有什么气派的排场，但二爷、二婶心中还是感到非常的高兴。毕竟是完成了儿子婚姻的一件大事，心病去除了，心中的石头也落了地。

第十八章　少年志坚抗严寒

洞庭湖区的冬天，由于地势低洼，到处都是白水田，没有庄稼，还经常下雨，俗话说：“冬无三日晴”，天一下雨，路上泥泞路滑。国盛穿着一件很旧很旧的烂棉袄，一条单薄的裤子，每天在上学的路上，风里雨里来回奔波。农村田间的小路狭窄，一到下雨就泥泞不堪。他只能选着路边的小草上走，小草上没有那么泥泞，它能防滑，走起路来没有那么吃力。下雨时间长了，走的人多了，小草也被踩成了烂泥。

下雨天不能穿鞋子，只能打赤脚，有时候手脚都被冻得通红。他只好把手放在口前哈一口气，搓一搓，把脚跺一跺，或者把手伸进单薄棉衣的口袋里，用这样的方法来驱散身上的寒冷。虽然天气很冷，但他仍然坚持每天上学，从不愿意迟到与旷课。

一天，天下着鹅毛大雪，国庆、国盛、张凡、大生、正国、五才几个小朋友一起去上学。他们走到一个越口边，越口有四五尺宽。越口里还有潺潺的流水，还没有来得及结冰。这是他们上学的必经之路，怎么过去？周围光秃秃的，又没有什么东西可以搭桥。大家就都议论着怎么过去。正国说："我们把鞋子脱掉，蹚水过去。"大生说："今天天气太冷了，不能打赤脚，我们跳过去算了。"大家看到口子不是太宽，应该可以跳过去，就都想试一试。国庆、张凡和大生他们的劲最大，国庆和大生就先跳。国庆只一个飞步就跳过去了，大生先向后退了几步，然后再鼓足劲猛地往前一冲，一个腾飞，一下就跳过去了。接着张凡也跟着跳，他也一下就跳过去了。五才看到国庆、大生和张凡都跳过去了，他也鼓起勇气准备跳。他退了几步，向前冲了几步，看到口子太宽，没有敢跳。大家只好鼓励他，一起喊："五才加油！五才加油！"在大家的鼓励下，五才鼓足勇气，向后退了很长一段距离，然后猛地向前冲，用尽全身力气，猛地一跳，才跳到了对岸的边缘，大生和张凡立即将他拉住，才没有掉到水里去。只有国盛和正国没有跳了，国盛看到大家都跳过去了，他也鼓足勇气跳，他把退后的距离增加，起跑线延长，这样就增加了惯性，就会跳得更远，对岸的大生他们都站在口子边准备拉他，并喊着号子鼓励他："国盛加油！国盛加油!! 一、二、三，跳!"他猛地一跳，终于跳过去了。只有正国没有跳了，大家就都鼓励他跳。因为大家都过去了，只剩下他一个人在这边，他没有办法，也只好鼓起勇气跳。他也学着国盛的，延长起跑线，猛地一跳，但他踩在了别人踩崩了的地方，他的脚一踩上去，泥巴就往下沉，国盛看到这一情况，就立即去拉他，但没有拉住，还是掉下去了，而且把国盛也拖下去了。国盛的鞋子被打湿了，大家就急忙把他和正国拖上来。正国的鞋子和裤脚都打湿了，在寒风中，他冷得全身发抖，大家只好叫他不去上学了，让他回家去。

正国没有办法，只好又蹚过越口回家去了。大家看到国盛的鞋子打湿了，叫他也回家去算了，国盛不肯，怕耽误了学习。他就干脆把鞋子脱下来拿在手里，打着赤脚就向学校跑去，天寒地冻，雪风吹到身上，全身哆嗦，脚踩在雪花上就像是踩在玻璃碎片上一样，但他强忍着痛。他傲雪凌霜，毫不惧怕，双脚被冻得通红，脚趾都麻木了，根本就没有了防滑的功能，因此经常跌倒。虽然双脚麻辣火烧痛得钻心，但他还是强忍着，坚持跑到学校后，脚已经完全失去了知觉，不知道脚是否还在腿上，他急忙低头一看，还好，脚还在，只是已经被冻成了紫红色，有的地方还发青发白。他赶紧跑到学校的厨房里，向鞋子里面灌了一些草木灰，把鞋子里面的水吸干。草木灰放进去以后不久，草木灰就湿了，他反复搞了几次后，鞋子才稍微干了一点，他就把鞋子穿在脚上。

正在这时，周老师走进了厨房，看到国盛还在厨房里，就问："你还在这里干什么？没有去搞早自习呢？”国盛支支吾吾没有说，周老师走近一看，原来国盛的鞋子是湿的，里面还有一鞋子的灰。周老师看到后很心疼，就对国盛说：“你的鞋子滴水的怎么穿，天气这么冷，脚会冻坏的。”说完就要国盛赶紧把湿鞋子脱下来，她就从自己家里把儿子的一双鞋子拿过来给国盛穿。国盛看到还是一双新布鞋，就不肯穿，他说：“我的脚很脏，会把新鞋子弄坏的。”周老师说：“没问题，这双鞋子就送给你穿，只是你去把脚洗干净一下再穿。”国盛见周老师是那样的和蔼可亲，语气也是那样的坚定，国盛无法推辞，只好把脚洗干净，穿上周老师给的新布鞋就到教室里学习去了。

上课时大家坐在教室里都很冷，教室的窗户根本就没有玻璃，全部是同学们用报纸糊上的，风一刮、雨一淋就全部烂了，北风吹在身上，全身冻得瑟瑟发抖。脚也是隐隐地作痛，只能用双脚互相摩擦，受不了时就轻轻地跺跺脚。

其实这个时候已经有很多同学在跺脚，跺脚的声音几乎掩盖了老师讲课的声音。周老师知道大家很冷，不忍心让同学们挨冻，她只好拿着书走下讲台，来到同学们中间，离同学们近一些，大家就能听得清楚一些。有时候同学们跺脚的声音太大了，周老师就只好提高嗓音，一是示意同学们要轻一点跺脚，二就是能使同学们听得更清楚一些。同学们听到周老师提高了嗓音，就知道是在暗示大家，同学们就只好轻轻地跺脚了，怕跺重了会挨老师批评。这时候，同学们都感到全身冰冷，他们就只能盼望着早点下课了。因为平时下课后，男同学就都会去“挤油”、打陀螺、“打波”；女同学就踢毽子、跳绳、跳房子等。因此大家都盼望着早点下课去做游戏，暖一下身子。

刚一响下课铃，老师还未宣布下课，同学们就蜂拥着往外挤。国盛和同桌的郑小林也跑到了外面。他们俩就一起挤油，郑小林的劲比国盛大，他们俩在一起挤了一阵，挤得全身有点发热了。郑小林不想挤了，他就用力将国盛一掀，国盛挡不住，就只好猛地一让，郑小林的身体失衡，重重地摔在地上，摔了个狗吃屎，手掌擦出了血，扑了一身的泥灰。

同学们看到郑小林摔了跤，就都哄堂大笑起来，他们边笑边鼓掌，还大声喊叫着：“郑小林，冒得用，打架打不赢。”大生就高声地鼓动着：“有本事的再来一次。”郑小林摔了跤，在同学面前失了面子，恼羞成怒，他气急败坏地举起拳头要打国盛，国盛就只好赶紧跑。郑小林比国盛跑得快，眼看就要追上了，国盛只好往教室里面躲，他就跟着往教室里追，国盛就将教室门猛地一推。郑小林的眼睛有点钱，跑的时候眼睛望着天，没看到国盛关门，来不及躲避，直接撞在门上，鼻子撞得鲜血直流，痛得哇哇大叫。同学们见状慌了，大生就赶紧用手捏住他的鼻子，但手堵住了外面，血就往口腔里面流。五才看到他口里也在出血，心里慌了，就和几个同学赶紧去报告了周老师。周老师看到他的鼻腔和口腔里都在流血，就赶紧端来一盆凉水，用毛巾浸湿敷在后颈部，还用棉球塞在鼻腔里，经过上述处理后，出血基本停止了。

周老师把出血处理好后，就把国盛叫到办公室，问他为什么要和同学打架，国盛把事情的经过说了一遍，老师严肃的脸立即变得温和了，用手抚摸着他的头，用同情和怜悯的口吻对国盛说："你们冷是事实，下课后搞点运动暖暖身子是好的，但不能打架，不能伤害同学身体。本来要考虑让你加入少先队的，今天这件事对你影响不好，只能继续接受考验了。"国盛感觉很委屈，因为他不是故意打架，是郑小林自己碰的，怎么能怪他呢？但他也没有和老师争辩，因为毕竟人家受了伤，出了血，他只是委屈得流下了眼泪，并向老师认了错，表示以后再不打架了，再不做这游戏了，并向老师行了个鞠躬礼就回到了教室。

在这样寒冷的冬天，农村孩子上学的条件十分艰苦，不过，苦难可以使人珍惜幸福，折磨可以锻炼人的意志。古人说得好："天将降大任于是人也，必先苦其心志，劳其筋骨，饿其体肤，空乏其身"，"宝剑锋从磨砺出，梅花香自苦寒来"。一个人只有经过艰苦的磨砺才会变得意志坚强，才会不怕困难，才会成才，事业才会取得成功。在成长的路上有好多的苦难和困惑在等待着你，考验着你，世界上没有一帆风顺的路可走。

为了暖身，这么多小朋友在一起，不知道他们以后还能搞些什么其他活动来驱逐寒冷，又将生出些什么事端来。

第十九章　敢把困难脚下踩

以后天冷时同学们真的再不敢轻易"挤油"了，有时候实在冷得难受时，就跑跑步。后来大生做了一副高跷，他踩着高跷在操场上荡来荡去，很是得意。大家看着他踩高跷很有味，就都模仿着做高跷踩。先是五才做了一副。国盛看到大生和五才踩着高跷在烂泥里走，他也吵着国庆要做高跷，国盛说："哥哥，我们也做一副高跷踩好吗？你看他们踩高跷多好玩，现在打赤脚在烂泥巴里走好冷的，踩着高跷不用打赤脚多好！"国庆看到踩高跷好玩，下雨天还不用打赤脚，也就同意了。

国庆就拿了一把柴刀在屋后的杨树上砍了四根树枝，做了两副高跷。国盛拿着国庆做的高跷高兴得不得了，立即就到禾场上去学着踩。他刚一踩上去，高跷摇摇晃晃的，踉跄了几步就摔倒了，摔了好几次，摔得全身是烂泥，屁股都撞伤了，但他还是不甘心放弃，经过反复练习，只有一两个钟头就终于学会了，没有几天，就可以踩着高跷在泥泞的小路上走了。学会了踩高跷，一则可以暖身，二则可以踩着高跷上学，国盛这下高兴了。天晴他们就踩着高跷在一起比赛，大家都踩在高跷上，相互用胳膊肘碰撞对方。开始是大生和国庆比，因为大生的高跷最高，太高了稳定性不好，碰输了，重重地摔在地上，胳膊肘都撞红了，痛得他眼泪都流出来了，他慢慢地站起来红着脸说："你们的高跷那么矮，我不和你们比打架了，和你们比踩烂泥，看谁的踩得最深。"国庆因自己的高跷最矮，自然是比不赢，就提出不比了。五才、正国、张凡等看国庆不比了，大家就都不同意比了，大生说："你们没有本事和我比，那就回去再做一副高的，我们明天再比。"

等大生走后，正国就出了个主意，他说："我们派一个人去监视他，看他回去后做多高的高跷，我们就做得比他的还高。"大家同意了他的建议，就选了五才去做"间谍"，五才就在大生的家门口晃来晃去，佯装没事在那里玩的样子。大生看到五才在他家门口玩，自己取得了胜利，正在得意忘形，认为他们不会做出比自己再高的高跷了，也就放松了警惕。就在家等待着明天的比赛，期待自己明天一定还是会取得胜利。

五才看到大生没有动静，就赶快回来报告，大家就立即动手做高跷，这次大家做的都比大生的高，第二天大生又踩着他的高跷来和大家比高低来了。首先大家都把自己的高跷藏起来了，大生看到他们都没有拿高跷出来，就大声地吹嘘起来："怎么啦？都当缩头乌龟啊！不敢和我比是吧。"国庆、国盛、五才、正国、张凡等都从草垛下拿出自己的高跷来异口同声地说："比就比啊！谁怕谁，看谁是手下败将。"大生一看，傻眼了，大家的高跷都比自己的高了很多，大生就生气地说："你们在背地里搞我的鬼，虽然你们的比我的高，但我也不怕，来！看谁踩的烂泥最深，谁就是英雄。"大生为了显示自己的厉害，他就踩着高跷直奔白水田中，白水田里的淤泥有一尺多深，高跷一踩下去就直往下沉，他站在上面吓得哇哇大叫，国庆看到大生就要被沉入水中，在这千钧一发之际，国庆拉住大生的衣领，大生就势一跳上了岸，但鞋子被打湿了。张凡看到他一副狼狈相，就拍着手大笑起来。这时候大家也就跟着哄堂大笑起来，大生气急败坏地说："张凡你这个坏蛋，看到我危险时你不但不救，还嘲笑我，真是罪该万死。"说完就是一拳打在张凡的脸上。张凡痛得龇牙咧嘴，他也不示弱，也一拳打在大生的左胸上。这时，大生和张凡就扭打在一起，国庆和五才见状，马上就去劝架，他们站在大生和张凡之间，使劲地把他们往外推，国盛和正国也过来帮忙，拉的拉、扯的扯，在大家的共同努力下，好不容易才把他们分开。

大生气愤地说："今天我不和你们比了，我回去做副更高的再来和你们比。"正国说："你把高跷做得再高，我们也要超过你。"以后大家每天回家后就又重新做高跷，把高跷做得总是比大生的高，大生又要反过来超过他们。

因为这样反复赶超，开始站在矮凳子上就可以上去，后来，大生的高跷做得有一米多高了，要站在高桌上才能够上去了，就再没有人能超过他了。张大爹见他们站得那么高，竟吓出了一身冷汗，这样高摔下来不断脚就要断手呀！于是大声喝道："赶快下来!!"但他们已经熟练得游刃有余，健步如飞，如履平地了，甚至还能站在上面相互打斗呢！他们不肯下来。大生终于获得了胜利，高兴得不得了，以胜利者的姿态踩着他的高跷凯旋了。下雨天他们还踩着高跷一路浩浩荡荡地去上学。

一到天气晴朗的时候，不需要踩高跷了，高跷也玩腻了，没有什么游戏玩了，百无聊赖，大家就只好转向了做弓箭玩。国庆、国盛、张凡、大生、正国、五才他们在一起做弓箭。做弓箭需要楠竹篾片和麻绳，大家都各自想办法去找材料。

大生、五才、正国他们都找了一块篾片和麻绳，只有国盛、国庆和张凡在家里找了半天也没找着，国盛只好到队屋里去找保管员讨要。他找到了保管员，这保管员姓何，一脸的和气，见到国盛就问："你今天没读书啊？你到这里来有什么事吗?"国盛说："我想要一块竹篾片做一个东西，你这里有吗?"何保管员指着一堆做农具剩下的废料说："你在那里面找一下看有没有?"国盛在废料中翻了好久，最后才找到了一块适合做弓箭的竹篾片，正好能做三把弓，他如获至宝，赶紧拿回家就立即做起弓箭来。国盛、国庆和张凡一起做。国庆用刀把篾片劈成三块，他们每人一块。

首先把篾片砍成适合做弓箭的大小，然后把两端各砍一个小凹，再用力把它折弯，用一根麻绳子做弦，把竹篾片的两端固定成一个弯弓的形状，弓就这样做成了。再用一根竹篾片削成一个圆柱状，在一端用刀劈一个小口，再用一个小钉子插在上头，用线固定好后，这就是箭。把箭上在弦上，用力把弦一拉，箭就"嗖"的一下飞出去了。有了箭，国盛、国庆、大生、正国、张凡、五才等小伙伴就经常在一起比射箭，看谁的箭射得远，射得准。一次国盛在比赛时，由于紧张，把箭射偏了，箭射出去后，正对着国庆飞去，国盛一看急了，他猛地向箭扑去，人怎能追得上箭呢！真是开弓没有回头箭呀！箭一下就射在了国庆的小腿上。国盛立即奔过去把箭拔下，箭射进小腿内足有一厘米深。箭拔出后，鲜血直流，把他吓呆了。

大家见状，帮的帮着用手压住伤口，大生忙着从衣袖上扯下一块布把伤口包扎起来，并用力把它扎紧，这样才止住了血。大家七手八脚地忙了好一阵子才把伤口处理好。这次事故以后，大家射箭时都格外地小心了。因为射箭有危险，玩了一段时间就不玩了。天气寒冷，大家在一起总要找点游戏玩，才能驱寒，他们只好又改成了打波。

国盛、国庆、大生他们几个人放学以后又聚在一起商量着打波的事，大生说："用什么东西做波呢？"国庆提议说："大家都回家里去找做波的材料，如锅底、碗底、缸瓦片、铜板等，有什么就用什么。"大生在家里找来找去，在抽屉里找到了一块铜板，这个铜板又大又厚，是个做波的最好的东西。张五才和张凡在家里找了好久，没有找到做波的材料，他们就只好到食堂去找，最后在食堂厨房的一个屋角里找到了两口烂锅子。他们看这烂锅子的底很厚，敲下来可以做波，于是他们就拿一块小石头迅速地将锅底敲下，拿回家再用石头将边慢慢地敲齐，敲成一个圆形的铁块，一个圆圆的波就这样做成了。李正国的波是用一个烂碗底敲成的。国庆和国盛的波就是用烂缸瓦片敲的。他们的波真是五花八门，只有大生的最好，是铜的，很精致，大家轮流着拿在手里欣赏了一会儿，都很羡慕他有一块这样漂亮的铜波。

波都做好了，大家就开始玩。国庆用波在地上画了一个四方框，每人放一个子在框内，再在四五米远的地方画一条横线，按波丢的远近决定先后。离横线最近的就先打，波如果丢出了横线的就是出界了，用打波的行话说就叫外死了，就只能最后打。

打波用的子开始是用缸瓦片敲成的一个个小圆片做的，但这缸瓦片容易烂，而且容易把衣服的口袋划破，所以大家都不爱用，玩了几天，就都没有兴趣了。一天，大生突然在他家的抽屉里看到了一些铜钱，非常适合做子，他就迅速把它装在口袋里，然后赶紧去找国庆、国盛他们，他拿出这些铜钱对小伙伴们说："打波有子了，大家都最好是回去找这样的铜钱做子。"张凡、五才、正国听后，都认为这是个好主意，就各自回家把家里的铜钱都搜刮一空，这些铜钱还是新中国成立前遗留下来的。他们每人的袋子里都装了好几个铜钱，多的甚至有十几个。没有几天，正国、张凡的铜钱就输光了。

没有铜钱了，怎么办？大家正在为打波没有子用而一筹莫展的时候，一天正国在他家的抽屉里意外地发现了三个一分的银毫子，他好像看到了宝贝一样，就偷偷地把它藏在衣袋里带出来做子。大家看到他用银毫子做子，就都一一仿效，都从家里偷几个银毫子出来。只有国盛家里穷，没有银毫子，就是家里有，国盛也不会偷。因为他受过父亲的严格家训，不能偷东西，如果偷了东西被父亲发现了，必然会遭受一顿皮肉之苦。因此国盛和国庆就只好在旁边看着他们玩。他们每人拿出一个银毫子放在四方框内，先打的往往先赢或占优势。有时一次就能打几个出来，后打的往往还没轮到他打，框里就没有子了。

有一次是大生先打，他一下就打了个四喜，把框内的子全部打光了。后面的几个小朋友都傻眼了，五才就不同意了，他说："大生你搞了鬼，把子放在了一堆，这样不行，必须重来。"大生也不示弱，他说："子是大家投的，又不是我自己放的，怎么不行?"他们争得面红耳赤，张凡就伸手到大生的口袋里去抢，大生就用左手紧紧地捂住口袋，并用右手抓住张凡的手用力推，他们吵吵嚷嚷，几乎要打起架来了。

国庆看到这阵势，只好出面给他们调停，国庆说："你们别吵了，别闹了，这盘就算了，下盘再注意，再不要把子放在一堆了，要散开点放。"大家听国庆一劝，就都没作声了，就又继续开始打波。没有几盘，五才的几个银毫子就输光了，五才意犹未尽，还想继续打，就只好向大生借子，五才说："大生，你有什么本事，你是靠赖皮赢的，有狠的话，借几个子给我再和你比，一定要比赢你。"大生说："你真的会赖皮，输了还不认账，你的小算盘真会打，你想借我的子来赢我的钱是吧？我才不会上你的当嘞。"

五才见大生不肯借子给他，无奈，只好站在旁边看着他们打。后来又有几个小朋友的银毫子也输光了。大生赢了很多银毫子，高兴得不得了，他想拿这些钱到供销社去买几个棒棒糖吃，因为他赢了大家的钱，还准备给每个小朋友发一个棒棒糖。

大生兴致勃勃地来到供销社，因银毫子打了几盘后就被打得翘七裂八了，供销社的营业员看到大生拿的银毫子都是烂的，上面的字都看不清了，就不肯收，并且批评大生说："你们打波，把钱都打坏了，这是损害国家的人民币，要犯法的，以后再不要用钱打波了，再用钱打波，就会把你们抓起来的，听到没有?"大生看到这些钱供销社不要了，非常心疼，听说还会犯法，他有些害怕了，心里非常懊丧。这些烂银毫子拿回去，又怕家里人看到了会骂人，甚至还要挨打。因此他又不敢拿回去，但又舍不得丢掉，他就想把这些钱分给输了的小朋友，并告诉他们这些钱不能用了，这些小朋友看到钱买不到东西了，就都不要了。因张凡不在，但他的钱也输得最多，大生就想把这些钱送给张凡。于是他找到张凡，就对他说："张凡，你的钱输得最多，还给你。"张凡开始很高兴，他拿到这些银毫子后，又要找其他小朋友打波。大家都知道这些钱供销社不收了，就都不跟他打，还捉弄他，叫他到供销社去买棒棒糖吃。他认为这么多钱，可以买到一大把糖果了，就真的拿着这些钱高高兴兴地跑到供销社去了。

他来到供销社的柜台前，小心翼翼地把钱从口袋里拿出来，生怕人家看到他有那么多钱似的。他把钱递给营业员，营业员一看，又和大生拿的银毫子一模一样，营业员生气地说："你们把这些银毫子打得这样烂了，还轮流着来糊弄别人，你们还有几个人没有来啊？如果你们再来的话，就把你们抓起来。"说完，营业员就拧着张凡的耳朵往外拉。张凡被赶出供销社后，耳朵感到麻辣火烧地痛。听到营业员的这番话，真是丈二和尚摸不着头脑，他不知道大生来过。张凡挨了批评后心里很不舒服，回来后，大生他们就讥笑他说："张凡，你买了好多糖果，给我们吃一点吧？你别一个人独吃了啊！"张凡说："你们还想吃糖，这些银毫子打烂了，供销社不收，还挨了营业员一顿批评，被营业员揪着耳朵赶出了柜台，现在耳朵还麻辣火烧地痛呢。"大家听后，一阵哄堂大笑，张凡知道大家都是在捉弄他，非常气愤地说："你们知道都不去买，要我去买，你们这些害人鬼。"拿根木棒就要去打大生。大家围过来把他的木棒抢掉了，张凡又握紧拳头还要去打大生，这时五才还在一旁讥讽道："这些钱大部分都是你的，不给你，你会干吗？"国庆则将其拦住并劝道："大家都不要闹了，我们天天在一起玩，要保持团结，如果这件事闹得父母亲知道了，大家都会要挨揍的。"大家都怕父母知道了，就只好都不作声了，这样才避免了一场打架斗殴事件的发生。

打波时把家里的、队里的禾场挖出了一个个大洞，大人们已经有了意见，开始骂人了，大家也再不敢偷银毫子出来打波了。天气寒冷时，大家又将玩些什么游戏来御寒呢？

第二十章 同学游戏快乐多

一天下午，国盛、大生、五才和正国几个人在一起玩，因下了几天雪，地面完全被白皑皑的大雪覆盖了，麻雀找不到食物，饿得叽叽喳喳地叫。他们就想起了抓麻雀玩。大家在一起商量着怎样抓麻雀，他们商量好后，大生就拿了一把扫帚，扫开一块雪，放了几粒谷，国盛和正国就用一根绳子把禾筛子吊起来，悬在空中，装备搞好后，人就躲得远远的。麻雀看到地上有谷子，就赶紧飞过来准备吃谷子。开始警惕性很高，抬着头四处张望，还有几只麻雀在外围站岗，只有一两只麻雀小心翼翼地来到谷子边，吃一粒就抬头望一下。这时五才就要放绳子，国盛和正国不肯，五才就到国盛手中来抢绳子，正国就将五才猛地一推，五才被推得一屁股坐在地上，他们差点打起来了。这样一闹，把麻雀都吓跑了。

他们又只好重新等待。国盛对五才和正国说："你们再不能争吵了，至少要进来四只以上，要每人有一只麻雀才能放绳子。”又过了一会儿，一只麻雀进来了。它小心翼翼地吃了一粒谷子后，又抬起头向四周看了一下，看到没有什么危险，就大胆地吃起来了，还叽叽喳喳地向其他麻雀发出了信号。其他的麻雀看到有伙伴在吃谷，也就放松了警惕，还拆除了岗哨，围拢来争抢谷子吃。国盛看到有十几只麻雀了，时机已经成熟，忙把手中的绳子一松，筛子立即罩在地上，一下罩到了五只麻雀。

麻雀吓得在筛子下乱窜，叽叽喳喳地叫个不停。大家都高兴得不得了，就迅速地跑过去抓麻雀。麻雀在筛子下面，隔着一层筛子怎么也抓不着。因大家都是第一次做这游戏，没有经验，在上面抓不着，就只好把筛子掀开一条缝，伸手进去抓。但刚一把筛子掀起，麻雀“呼!”就从缝里飞走了。

大家都非常沮丧，只好再来。谷子被麻雀全部吃光了，又重新撒了一些谷子。这时麻雀吸取了上次的教训，虽然肚子很饿，但还是不敢贸然向前，只是在周围不停地走来走去。麻雀越来越多，一下子聚集了一二十只。有的是上一次吃了亏的，有的是新来的。新来的没有吃过亏，不知道有多大危险。过了一阵，终于经不住这谷子的诱惑，都慢慢地走过来了。人肚子饿了的时候都敢于冒险，何况是麻雀。它们的智商比人低，没有看到这危机四伏的场景。有几只胆大的又进入了“埋伏圈”。国盛想等多进几只后再动手。但是它们警惕性还是非常高，进去吃了几粒后就赶紧出来了。进的进，出的出，始终只有那么一两只在里面。

大家等了好久，都等得不耐烦了，只好把筛子罩下去，这下只罩到了一只麻雀。他们吸取了上次的教训，再不敢掀起筛子去抓了。但是在筛子顶上怎么也抓不着，国盛想了一个办法，干脆把筛子压扁，把麻雀固定在下面，再伸手进去抓，这下终于把它抓到了。五才就用一根鞋底线系住麻雀的一只脚，国盛抓住线的另一端，让麻雀飞，他们就跟在麻雀后面跑。麻雀飞得很快，就像放风筝一样。

飞了很远以后，麻雀飞累了，国盛他们也跑得浑身发热，满头大汗，气喘吁吁了，这时他们早已忘记了天气的寒冷。跑累了，国盛就把麻雀系在屋柱上，还在旁边放了一些谷子。但麻雀受惊吓后不肯吃东西，后来就越来越没力气了，慢慢地飞不动了，只有几天，这只麻雀就饿死了。抓麻雀是小朋友很喜欢做的事情，一则是小朋友在一起玩了游戏，二则是除了“四害”（当时麻雀、苍蝇、蚊子、臭虫属于国家提倡消灭的四害），三则驱了寒冷，真是一举多得的事情，因此有很多小朋友在下雪天喜欢玩捉麻雀的游戏。

有一天放学后，天气很冷，但没有下雪，不能抓麻雀。考虑到这样的天最好是打陀螺，他就找五才、张凡、大生、正国等几个小伙伴们商量着打陀螺的事。他们也无所事事，都有共同的爱好，因此一拍即合。大家就都各自回家做陀螺去了。

没有做陀螺的东西怎么办？国盛和国庆就到处找，七找八找才找到了一根杉木棒。兄弟俩如获至宝，马上找刀砍陀螺。家里没有菜刀，也没有砍刀，只有一把砍柴草的茅镰刀。茅镰刀不快，他们费了九牛二虎之力才把这木棒弄断。然后把它的一端砍成圆锥形，这样就做成了一个陀螺。陀螺做好以后又忙着做鞭子。但家里没有麻，拿什么织鞭子呢？国盛和国庆急得团团转，还是国庆有办法，他看到一件烂衬衣的边掉下来了，正好有一根鞭子长，是做鞭子的好材料。兄弟俩真是喜出望外，忙把它剪下来，系在一根小竹竿上，这样陀螺和鞭子就做成了。他们高高兴兴地拿着陀螺去和大生他们比赛。

大生长着一对圆圆的大眼睛，国字脸，身体胖墩墩的，他力气很大，这时候他也做好了一只陀螺。他的陀螺是用扎木做的，不知他从哪里弄到的扎木，这扎木陀螺要比杉木陀螺重好几倍。大生把陀螺打得飞转，国庆也不示弱，他也把陀螺抽得飞转起来，俩人把陀螺往一处赶，让它们碰在一起。因国庆的陀螺是杉木做的，重量太轻，一下就碰得飞了好远，只打了几个滚就死了。国庆不服气，他说："这次不行，我的鞭子没有抽到陀螺，陀螺没有转起来，再比一次。"因为打陀螺也有很多的技巧，打重了，陀螺会抽死，打轻了，陀螺就转不起来。大生说："好！再比就再比，我反正不怕，你的陀螺不是我的陀螺的对手，你永远是我的手下败将。"国庆也不服输，他们俩又把自己的陀螺打得飞转起来，刚碰到一起，国庆的陀螺就被碰得打了滚。国盛兄弟俩看到自己的陀螺不堪一击，脸都气白了，他们只好垂头丧气地回到了家。

陀螺比输了，他们怎么也不甘心。第二天，国庆在用钢笔打蓝墨水时，看到这圆形的墨水瓶像个陀螺，比杉木陀螺要重得多，国庆灵机一动，这个墨水瓶不就是个天然的陀螺吗？他就找了一个圆形的空墨水瓶，砍了一个木塞塞在瓶口，就成了一只陀螺。兄弟俩拿着这个用瓶子做的陀螺又去和大生比赛。这瓶子的质量虽然比杉木重，但很脆，两个陀螺刚碰到一起，一下就被碰得粉碎了。国盛和国庆俩一副气急败坏的样子，非常不甘心，耷拉着脑袋，只好待在旁边看大生和其他小朋友比赛，正国、五才、张凡的陀螺都不行，都被大生的打败了。国庆下决心，一定要比赢大生，只好又回家到处找新的材料，但没找到。

过了几天，金秋从外面背了一把锄头回家，这把锄头的把是杂木的，是做陀螺的最好材料，兄弟俩见了高兴得跳起来。他们马上就用茅镰刀砍，砍了几下，镰刀口都砍卷了，锄头把上仅仅被砍出了几道刀痕，这样的速度是无法把这锄头把砍断的。

他们正在这望木兴叹的时候，国庆突然想起昨天父亲修家具时用的锯子，他眼前一亮，就在屋角里找到了一把锯子，是二爷从邻居家借来的。于是兄弟俩就赶紧用锯子锯，这杂木很硬，好不容易才从锄头把上锯下了一段木。他们又从李大爹家借来了一把篾刀，费了九牛二虎之力才砍出了一个陀螺的雏形。刚做好的陀螺转不稳，转起来是东倒西歪、摇摇晃晃的，转不了多久就倒了。陀螺上端的圆柱形和下面的圆锥形都必须要圆，重心必须居中，陀螺才转得稳，转得久。这陀螺还有点歪，因此他们就把陀螺放在麻石上磨，要把陀螺磨圆，国盛看到这样粗糙的陀螺要磨圆好难啊！磨了几下就不耐烦了。国庆又接过陀螺继续磨，他说："一定要把它磨好，只要有恒心，铁棒磨成针。"磨了整整半天，终于把它磨成了一个比较正规的陀螺形状。陀螺做好后，还在陀螺的下面钉了一个钉子，以减少与地面的摩擦。做一个陀螺也有好多道工序，不是一蹴而就的。要经过精心打磨，才能做出一个好陀螺。

国庆拿着自己心爱的陀螺，信心十足地又去和大生比赛。两人都把自己的陀螺抽得飞转起来，各自将自己的陀螺用鞭子猛力一抽，两个陀螺就碰在了一起，大生的陀螺被碰得歪了几下就倒了。他很不服气，要求再比。第二次他们俩都将自己的陀螺抽得飞转起来，将两只陀螺赶到一起，并猛力一抽，大生的陀螺又被碰歪了，他吸取了第一次失败的教训，赶紧用鞭子补抽了一下，由于急救及时，陀螺又飞快地转起来了。他继续抽了几鞭，陀螺转得稳定了以后，就又继续比赛。国庆由于第一次胜利了，就松懈了一些，没有将自己的陀螺调整到最佳状态，这次被大生的陀螺碰得歪了几下就倒了。为了分出胜负，又进行了第三次比赛。这一次他们都有了一次失败的经验，他们又将自己的陀螺打得飞转起来，这下两人的陀螺都碰歪了，他们赶紧将自己的陀螺抽了一鞭子，陀螺又转起来了，这样反复比了三个回合，第四个回合又把大生的陀螺碰得滚了好远。国庆和国盛的陀螺获得了胜利，高兴得手舞足蹈，国盛高声喊道："我们胜利啰！我们胜利啰!!"兄弟俩高兴得紧紧地拥抱在一起，庆祝他们比赛的胜利。大生奄拉着脑袋，拿着自己的陀螺闷闷不乐地回了家。以后国庆又和大生比了三场，大生都输了。还和张凡、五才、正国等其他几位同学比了，他们也都输了。因为国庆的陀螺比他们的都大，而且重心在中点，因此转得稳、转得久，所以每次比赛都取得了胜利。

这天，比完赛后，兄弟俩就拿着这宝贝陀螺兴高采烈地回到家中。这时，二爷正坐在床边，横眉怒目地看着兄弟俩说："你们这两个龟子，把锯子藏到哪里去了？那锄头把是你们锯掉的吗？”原来，那锯子是从邻居刘大爹家借来的，他上午来要过，二爷找了很久没找着。刘大爹急着要用，说二爷没有按时归还，不讲信用。二爷是个非常讲信誉的人，因此非常生气。锄头也是借来的，锄头把锯断了要赔人家，两件事加起来使他更气愤。

二爷又把他们俩叫到跟前，大声问道：“你们把锄头把锯掉做什么去了？”原来锯子是他们俩给藏到了草垛下去了，准备还要锯一段锄头把再做一个陀螺，国盛和国庆每人一个。这时他们看到父亲发怒了，两人眼球对视了一下，都没敢吭声。二爷见他们不说就更加火了，大发雷霆，用烟袋脑壳在两人的脑袋上各敲了一下，敲得他们哇哇大叫起来，一摸脑袋起了一个大包。这是二爷第一次下这么重的手打儿子，因为他平时在邻里间借东借西是有借有还，而且是按时归还的。这次使他在邻居面前失了面子，因此格外恼火，才动手打了他们。国庆无奈，只好把锯子拿出来交给父亲，二爷就拿着锯子送给刘大爹家去了。国庆和国盛的头被打起了一个大包，头又痛又晕，天色已晚，不知道父亲还会不会再打他们，就借机赶紧跑到外面躲起来了。二婶见两个儿子被打，现在又不知去向，不知他们在外面是否会有危险，心中非常着急。

第二十一章 从未见过的套鞋

国庆和国盛怕父亲再次打他们，就只好跑到屋后的草垛下藏起来了，二婶见两个儿子都不见了，这时天已经黑了，生怕他们在外面受到惊吓，又怕他们掉到水里去，或者不小心摔断了手脚，她非常担心。就问二爷要人，怪二爷不该打人，二婶说：“你用那么硬的烟袋脑壳打人，把他们打残了怎么得了，会害了他们一世的，现在他们怕你打，躲到外面去了，你赶快去把他们找回来！”二爷说：“他们这样不听话就是你惯的。”国庆和国盛听到父母亲在吵架，怕他们打起来，就只好回家了。二婶见两个儿子回来了，就立即抱着他们，摸了摸他们的头，发现都有一个鸡蛋大的包，伤心得眼泪双流。二爷见状，没有吱声，拿着烟袋就走了。二婶叫他们吃了晚饭，就带他们睡觉了

第二天，他们又把陀螺带到学校里去比赛了。同学们上学时，每人书包里也都装着一个陀螺，手里拿着一根鞭子，雄赳赳气昂昂地地走在上学的路上。每次只要听到下课铃一响，同学们就都拿着自己的陀螺在学校操场上比赛。操场上布满了飞转的陀螺，鞭子抽得陀螺“嘣嘣”地响，同学们的吆喝声、胜利者喜悦的笑声和比输了的谩骂声，那场面真是热闹非凡，好不壮观。

国庆、国盛两兄弟只有一只陀螺，他们每天放学以后，兄弟俩都争着要玩，国盛有些不懂事，老是一个人霸着玩，分得国庆没有玩的，国庆就去抢，抢得国盛哇哇大叫。

二婶知道了就对国庆说道："国庆你大些，你是哥哥，要放弟弟一点让，不要打得他哭脸，你要把弟弟带好知道不？"国庆说："我又没打他，陀螺又不是他做的，他一个人霸着不让我玩，还怪我啵。"二婶说："不怪你，但是你大些，应该要带好他，你害得他哭，叫我怎么做得事，你们不吃饭，不穿衣啊!?"国庆只好又把陀螺还给了国盛，国盛才没有哭了。

这时候新华来了，就问："国盛怎么哭脸啊?"二婶就将情况告诉新华说："是因为国庆和国盛争陀螺，两兄弟打架打得哭，早几天为了做陀螺的事，兄弟俩还挨了他父亲的打呢！每个人头上都还打起了一个包。"新华听岳母娘这么一说，很是心疼。新华回家就请他的邻居李师傅——一个手艺很好的木匠用扎木做了一个陀螺送给了国盛。这个陀螺比他们自己做的漂亮多了，国盛拿到新华送的陀螺，爱不释手。他看了又看，这陀螺做得非常精致，车得又圆又光，上面还涂上了红、蓝、绿颜色的圈。

国盛把陀螺打得飞转起来，转起来时还发出了"嗡嗡嗡"的响声，就好像是要飞起来一样；在陀螺飞转时，那红、蓝、绿就成了一条条绚丽的彩带，也像是陀螺上出现了一道彩虹，啊，多么漂亮的陀螺呀！现在他们每人有了一个陀螺，就各自玩各自的陀螺去了，再也不用争陀螺打架了。

天气寒冷时，同学们每天上学，书包里都装满了各种游戏工具：男同学就是用铁块或瓦片做成的波，用旧书纸做成的炮和用木头做的陀螺；女同学书包里装的就是用旧算盘子做的环子，用鸡毛做的毽子和用瓦片做的子。基本上书包都被塞得满满的，书包经常被塞烂了，免不了要被父母唠叨，甚至打骂。国盛和国庆的书包也常常被涨烂了，二婶经常是不厌其烦地将其补好。

他们经常玩着这些自娱自乐的游戏，小伙伴们虽然生活艰苦，玩具少，都是一些自制的土玩具，游戏项目单调，但他们仍然玩得是那样的开心、幸福、轻松自在、无忧无虑，没有一点精神压力。在玩游戏的同时还忘记了寒冷与饥饿。他们在这种生活条件极端困难的情况下，也感觉是那样的其乐融融。

新华看到国庆和国盛他们在下雨天上学没有鞋子穿，就到处打听哪里有不漏水的鞋子买。后来他看到邻居李师傅家的一个小孩穿着一双用橡胶做的鞋子，不漏水，还很暖和，很适合他们上学穿，就问邻居："李师傅你家孙子穿的这双鞋子是在哪里买的？我也想买几双。"李师傅说："是在南大镇的一个供销社买的。"新华听后，就立即赶到南大镇的供销社，但营业员说："这种鞋子还刚刚生产出来，我们只分配了三十双，这鞋子很俏，已经卖完了。你看其他的供销社还有没有，因为各个供销社都分了计划。”新华听说其他供销社也有，就又马不停蹄地往其他供销社跑。他跑的几个地方都卖完了，只好又赶到新河口的一个供销社，一眼就在货架上看到了那种乌黑发亮的小套鞋，心里非常高兴，赶忙叫营业员拿了一双给他看。这小套鞋正适合国盛穿。他又问营业员说：“还有大一点的和小一点的吗?”营业员在货架上找来找去，只有一双小一点的，没有大一点的了。这只适合国盛和春桃穿，没有国庆穿的，他就给国盛和春桃每人买了一双。

新华就拿着这两双鞋子仔细地看了又看，这鞋子小巧精致、非常美观，里面还有一层棉纱布，很暖和，能在水里和烂泥里走，不漏水，叫套鞋，这种鞋子农村里还从来没有听说过。

新华在这里终于买到了这样新奇的鞋子，心里非常高兴，他回家后就立即把它送了过来。二婶从新华手中接过鞋子仔细地看了看，她从来没有看到过这种鞋子，就问新华道：“这是什么鞋子呀？你在哪里买的?”新华说：“这是套鞋，在供销社买的，它不渗水，可以在水里和烂泥里面走，有了这鞋子，落雨、下雪就不用再打赤脚了。这鞋子很难买到，我跑了几个地方才买到的。”二婶听说这鞋子可以下雨、落雪天穿，非常高兴。她又拿着鞋子左看右看，越看越觉得奇怪，这鞋子的底子和面子好像是连在一起的整体，底子面子都没有布，也没有一根鞋底线，又没有搭口，不知道它是怎么做出来的？她就问新华：“这鞋子是怎么做出来的？真的不漏水吗?”新华说：“这鞋子是橡胶做的，真的不漏水，不信，您可以把它放在水里试试。”

二婶对新华说：“这鞋子真好，我正愁落雪、下雨他们没有鞋子穿呢！新华，辛苦你了，这真的要谢谢你！这鞋子很贵吧？我们家里现在还没有钱，麻烦你暂时垫一下子，有了钱再给你好吗?”新华连连摆手道：“只有一块二毛钱一双，我是特意买给国盛穿的，不要您出钱。”二婶说：“那怎么行呢？要你费了这么多力，跑了这么远的路，还要你花这么多钱，真是难为你了。”新华说：“这是应该的，一点小事，只可惜没有国庆穿的。”

这时候国盛从外面回来了，看到妈妈手里拿着两只乌黑发亮的，鞋子一样的东西，他赶忙从母亲手中拿了过来，就问妈妈：“这是什么东西？是鞋子吗?”妈妈说：“是！是你新华哥买给你穿的。”国盛听说是给自己买的，高兴得跳了起来。他看了又看，摸了又摸，爱不释手，国盛就急忙把鞋子穿在脚上，试了一下正合适，脚踩在里面暖烘烘的、软绵绵的。他舍不得脱下来，穿着就往外面跑。二婶忙拽着国盛说：“现在天气晴，还很暖和，又没有下雪，如果现在就把它穿烂了，下雪天上学就没穿的了，晴天和暖和天都只能打赤脚，要等到冬天下雨或者下雪时再穿。现在只能试一下，看大小合不合适。”二婶就边说边把套鞋脱下来，放到箱子里收好了。

国盛没有办法，他仔细想了一下，妈妈说得是，现在天气暖和确实不应该穿，他也真的舍不得穿，只能等到下雪了再穿。他心里总是记着那双新套鞋，每天放学后总要去看它一眼，摸它一下，依依不舍，生怕它被丢失了。他虽然舍不得穿，但天晴时还是天天盼着下雨、下雪，好早一点穿上这双套鞋。

20 世纪 60 年代的冬天冷得较早，农历十月下旬就下起了雪。一天，国盛一起床就看到天上飘着雪花，地下白茫茫的一片，他喜出望外，终于等到可以穿那双日思夜想的新套鞋了，要试试它到底漏不漏水、暖不暖和。他为了穿新套鞋，起得特别早，饭刚熟，他就急急忙忙吃了早饭，迫不及待地赶忙穿上新套鞋，脚还在地上踩了踩，感觉很不错，非常舒适。他背起书包就兴致勃勃地往学校狂跑。这是他十岁以来第一次穿着新套鞋上学。脚踩在套鞋里比踩在雪地上暖和多了，再没有那种冰冷刺骨的感觉了。

国盛来到学校，其他同学都还没有到。外面的雪还在下，他就站在学校的大门口，迎接着同学们的到来。大生、张凡、五才、正国他们都陆陆续续地到了。看到国盛在大门口迎接他们，都感到很诧异，大生就问国盛说：“今天你怎么来得这么早，吃早饭了没有？”国盛把自己的脚抬起来给他们看，并且说：“吃过早饭了，我是穿这个鞋子来的。”大家一看，国盛原来是穿着一双乌黑发亮的新鞋子，开始他们也不知道这种鞋子是什么鞋子，非常好奇，大家就一齐围了过来，争着要看国盛的新鞋子。

五才叫国盛把鞋子脱下来给他看，国盛一看地上很脏，脚不敢踩在地上，怕弄坏了新鞋子，就只好一屁股坐在地上，把两只脚抬起来给五才他们看。大家搬着国盛的脚左看右看，一不小心，把脚抬得太高了，掀得国盛仰面朝天，倒在地上，大家一阵哄堂大笑。

这时候，周老师来了，她怕是同学们在打架，就大声地对同学们喊道：“大家不要打架了，都到教室里读书去。”并且立即把同学们拉开，把国盛扯起来，帮他把身上的雪花拍掉，把他拉进了教室。大家回到教室以后，就都开始了自习，读的读书，写的写字。国盛每读一篇课文后就要看一眼新鞋子，有时甚至还要用手去摸一摸。

乡村的小路都是泥巴路，在下雨和下雪时就非常泥泞，走的人多了，有时候可以踩出四五厘米深的烂泥来。有一天，国盛穿着新套鞋在泥泞的路上高高兴兴地向学校走去，由于心情高兴，走路有点忘乎所以，一不小心，套鞋就陷进了烂泥里，连鞋面都看不见了。国盛急了，他就用力往外拔，鞋子陷得太深了拔不出来，拔啊，拔！拔了好久还是没有拔出来。他只好猛地用力将脚一提，糟了，因为用力过猛，把套鞋撕裂了一个小口子。国盛急了，心痛不已，眼泪都流出来了。只好干脆打赤脚，用手把套鞋从烂泥里挖出来，拿到沟里洗干净以后，他不敢再穿了，就把它挟在腋下，光着脚往学校跑。

他吸取了这次教训，以后在路泥泞时干脆用稻草把套鞋绑在脚上，就不会再把套鞋扯烂了，这样就可以使套鞋穿得久一点。对于农村的穷孩子来说，一双套鞋是多么的珍贵，简直就是把它视若珍宝。

第二十二章　人小家贫志不短

一天，国盛正在为母亲拔倒睫时，隔壁的邻居陈满爹背着他的小孙子来二婶家串门。二婶看到陈满爹来了，就赶紧搬了把长板凳给他坐，还倒了一杯白开水给他喝。陈满爹看到二婶家的秋良、国庆、国盛三弟兄在家里玩，他们衣衫褴褛，打着赤脚。家里是家徒四壁，房间里只有两个平头床、一口木箱子，显得空荡荡的，厨房里连像样的凳子都没有一条。看到这个样子，坐也不肯坐，水也不肯喝，只是摇了摇头，咂了咂舌，风言风语地说道："这个家怎么得了啊！屋里一窝蛆，一世都难得起水，这三个鼻涕佬将来怎么讨得堂客到？只能够打一世的单身哟！"这陈满爹一米七的个子，60多岁，满头的银发，连胡子都花白了。瘦削的脸上显得有几分狡诈，他边说边往外面退。二婶听了气得眼泪双流，她嘴里嘀咕道："你家儿子只是读了几句书，当了队长，家里才搞得好一点，常言道人无横财不富，马无夜草不肥。如果没有外水掺和的话，还不是和我家一样穷；三十年河东，三十年河西，十年兴败好多人；风水轮流转，说不定我儿子长大了比你家儿子更强呢！你不要狗眼看人低。"这时，二婶就把三个儿子叫到身边，拉着他们的手，语重心长地对他们兄弟三人说："儿子啊！人家儿子读了一点书，当了队长，就认为是生产队了不起的人物了。你们都要发狠读书，一定要争口气，超过他，不要被别人言中了。你们也不要在乎别人的眼光，不要在乎人家说什么，不要自卑，不能死老鼠让猫拖。男儿当自强，自己走自己的路。人家要说什么由他去说，谁人背后无人说，哪个人前不说人，好好读书，把书读好了，做好了自己的事，自然就会有出息的。少壮不努力，老大徒伤悲，不吃苦中苦，难为人上人。小时候不认真读书，长大了没有过硬的本事，就会被人瞧不起，被人欺侮。"母亲就是因为自己没有读什么书，吃了亏，所以她就把平时听人说的一些关于读书、励志、勤奋、成才、为人的一些古训、名言记在心里，用来教育儿女。母亲的声音振聋发聩，就像是烙印一样深深地印在了他们的脑海里，成了儿女们心中的至理名言。

兄弟三人听了母亲的这番话，都点了点头。陈满爹的这些话成了激励他们成长的良言，有句名言说得好："与其说别人让你痛苦，不如说自己修养不够。"要不被别人笑话，自己就要做到十分的努力。国盛他们知道要想出人头地，能叱咤风云、飞黄腾达就必须认真读书。一个懒惰的少年，将来就是一个衣衫褴褛、一事无成的老人。他们都暗自下决心一定要认真读书，长大后好好工作，一定要混出个人样来，不被乡亲们笑话。

母亲的苦心教导只希望儿女能多识得几个字，在生产队能任个一官半职，能堂堂正正做人，不比人家混得差，不被人欺侮就心满意足了。并不是奢望儿女长大了当什么国家干部，做什么大官，因为家里祖祖辈辈就没有什么当官的，她是"不求金玉重重贵，但愿儿孙个个贤"，这是二婶的心愿。

由于陈满爹的那番言语的刺激，二婶推心置腹的教导，国盛和国庆牢记母训，暗暗地下决心：一定要认真读书，摘掉这世代文盲的帽子；一定要勤奋努力工作，冲出这贫穷、落后的牢笼。通过自己的努力学习，他们终于考上了全区最好的一所完全小学。

一天，班主任周老师亲自送来了录取通知书，她笑盈盈地从上衣口袋里拿出一张纸递给二婶说："祝贺您的两个儿子都考上了全区最有名的完全小学，这所学校只招收一百一十个学生，全区有一千多毕业的学生参加考试，录取率不到百分之十，各个学校都是把成绩最好的同学选到了这所学校，不算是百里挑一，也算是十里挑一呀！国庆他们能考上，是他们刻苦努力学习的结果。他们能到这样的学校读书真不容易啊！他们的这种学习精神真是难能可贵呢！这也与你们做父母的家教有方是分不开的。"二婶听到周老师的这一番话，心里非常高兴，盼望子女会读书，有出息，这是二婶梦寐以求的事情，是全家人的希望，也是他们祖祖辈辈的希望。

二婶笑了，非常感激地说："这也更是因为你们老师的教导有方：你们老师为教育孩子日夜操劳，你们每天为学生备课、看作业熬到深夜；每天讲课喉咙都喊嘶，碰到调皮捣蛋的学生肺都气炸。听国庆他们说过，有一次你还被一个学生气得号啕大哭了呢！老师真的辛苦了，请坐！"周老师听了二婶的话，有些不好意思了，她忙说："没有什么，小孩子不懂事，有些调皮是有的，教好学生是老师的应尽职责。有时候是自己水平低，没有管好学生，是自己的责任。"二婶看着周老师还是站着在和自己说话，因为家里没有一把像样的椅子，她就只好搬了一条长板凳，用抹布抹干净后请周老师坐。也没有什么好吃的东西招待老师，感到很窘迫，就只好端了一碗白开水给她喝。

这时，二婶发现周老师的衣裤湿漉漉的，就想叫她把衣服换下烤干，可家中哪有替换的衣服呢？二婶有些为难，周老师见状忙说："没问题，是刚才来的路上，蹚一个很深的水沟打湿的，外面太阳大，容易干，回家再换也没问题。"二婶非常自责地说："太辛苦你了，到我们这里来，没有一条好路走，尽是沟港和越口。把你一身打得透湿的，这真的不好意思。"周老师抚摸着国盛和国庆的头说："我只是送通知偶尔来一次，这没有什么问题，只是辛苦了国庆、国盛，他们每天都要这样来回跑。尤其是冬天，刮风、下雨，特别是下雪天，他们衣服单薄，天那么冷还要蹚几次水，是多么的辛苦，取得这样好的成绩真是来之不易啊！"接着周老师又语重心长地对国庆他们说，"你们到了新的学校，那里都是从各个学校选拔出来的成绩好的同学，竞争性大，一定要更加努力学习，否则就会落后，赶不上班。将来建设好社会主义的新农村需要文化知识，当老师、医生、工人和造飞机、造汽车等各行各业都需要文化，要学好文化科学知识，为建设好伟大的祖国贡献出自己的力量。要当好无产阶级革命事业的接班人。"

国庆他们不懂无产阶级事业的接班人是什么人，但他们能猜测到这无产阶级事业应该是一项伟大和崇高的事业，这接班人一定是需要有很多文化科学知识的人。他们点了点头回答说："好，一定努力，谢谢老师！"说完，周老师就和二婶打了个招呼说："他们是阳历9月1日开学，每人要带三元钱的学费，如果读住学的话，还要带伙食费，你们一定要想办法让他们去读书，别耽误了他们的学习啊！"二婶说："好的，我们会积极想办法的，一定会让他们继续读书，不会耽误他们的学习的，请老师放心，真的辛苦你了，老师，谢谢你的关心。"周老师拉着国庆和国盛的手说："好的，希望今后能听到你们考起中学和大学的好消息啊！"说完，周老师就准备动身回学校去，二婶忙握住周老师的手，留她再休息一会儿，并仔细地凝视了一下眼前这位可敬的老师。

这周老师30来岁，身材苗条，扎着一对羊角辫，头上插着两只花发夹。圆圆的脸蛋，大大的眼睛，眉清目秀。上身穿着一件花衬衣，下身穿着一条蓝竹布裤子，脚上穿着一双旧绣花布鞋。她和蔼可亲，听国庆他们常说，她教学非常认真负责，是一个可亲可敬的好老师。在她的耐心教育下，国庆、国盛他们增长了不少知识。兄弟俩怀着敬仰的心情，站在那里，目送着周老师那越走越远的身影，有些依依不舍。周老师还不时地转过身来向他们挥挥手，以示告别。

送走周老师后，二婶心里既高兴又担忧，高兴的是两个儿子都听话，考上了全区最好的学校，忧的是他们的学费和生活费不知从哪里来。

第二十三章　儿出乡关母担忧

二婶得知国庆、国盛考上了全区最好的完全小学，开心得不得了，但又担心学费的问题，二婶就只好把每天鸡生的蛋集起来，拿到供销社去卖掉，把钱攒起来，家里油都舍不得买，要留给儿子读书用。开学了，家离学校有十五六里路，兄弟俩一大早就起床，二婶就给他们炒饭和热菜，饭菜都是昨天晚上特意留下的。吃了一碗饭后就和大生一起往学校赶。上学的路都是一些泥泞的羊肠小道，又窄又滑，一不小心就会摔跤。他们一路小跑，不知不觉来到一个水沟边，由于害怕迟到，急急忙忙就从水里蹚过去。第一次不知深浅，一下到水中，哪知道水有一腰深，衣服全打湿了，怎么办？若回家换衣服，一则来不及了，因为回家有一段路程，肯定会迟到；二则家里根本就没有衣服换。无奈，只好把衣服脱下来拧干了再穿上，继续上学。湿漉漉的衣服穿在身上，被风一吹，感到有一丝凉意，只好一路小跑，使身体发热。他们在上学的路上一共蹚了三个越口。还好，因为是秋天，天气还比较暖和，这个时候还可以对付。他们就这样天天跑。早上六点多就起床吃早饭，吃的是菜拌饭或者是红薯、芋头等杂粮饭，有时候还吃不饱。早上天刚亮吃的早饭，一直要到下午两三点放学回家后才有饭吃。在回家的路上经常肚子饿得咕咕叫，有时候实在饿得不行了，就只好在路上找吃的。只要路边有什么可以吃，都把它们拿来充饥。

有一天，大生因为作业没有做完，耽误了回家的时间，他一个人回家较晚，经过一片红薯地时，绿油油的红薯藤长势喜人，他看到后非常高兴，肚子正饿得咕咕叫，就想挖一个红薯充饥。他不由自主地弯下身子，掀开红薯藤，寻找红薯藤的蔸子，要看到红薯蔸子的泥土凸起来了的，就证明地下有红薯。他找了几蔸，看到有一蔸的土已经有点鼓了，他非常高兴，就用一根杨树棍子撬，一下子就撬出了一个洞，看到里面有红红的红薯皮了，这下可高兴了。杨树棍子撬不动了，他就丢掉棍子，索性用手挖。挖了几下，手指甲里面全是泥土，把手指甲胀得鼓鼓的，有点痛。但是他全然不顾，还是使劲挖，终于挖出了一个鸡蛋大的红薯。他如获至宝，就赶紧用泥土把洞填满，一则是不能让生产队的人发现了，否则就会骂人；二则是不能让这蔸红薯晒死掉了，因为还没有到收获红薯的季节，正是长红薯的时候，死掉了就可惜了。把土填好以后，他拿着红薯在小沟里洗干净，在衣服上把水擦干一下就赶紧吃起来。吃了一个红薯，肚子就舒服了很多，走起路来也有劲了，他就蹦蹦跳跳地回了家。

有一次，经过一个生产队的一片蚕豆地，看到一行行绿油油的蚕豆苗，上面结着一爪爪胀鼓鼓的蚕豆，非常诱人，馋得国庆、国盛和大生都口水直流。国盛因肚子饿得不行，不管三七二十一就摘起来，国庆和大生也忍不住摘了起来。摘着一把把的蚕豆往书包里塞，一下子摘了半书包。他们就边走边吃，新鲜蚕豆是那样的清香可口，还有一点甜味，不知不觉一下子就把书包内的蚕豆全吃完了。咕咕叫的肚子终于平静了下来，腿也不软了，气也提得上了。

在放学回家的路上，四季都有东西吃：如春季有蚕豆，荸荠；夏季有菜瓜、黄瓜；秋季有菱角、茭瓜、高粱、红薯；冬季有萝卜、洋姜等。可以吃的东西他们都会拿来充饥。有些是野生的，就可以随便吃。但有些是队里种的，就只能够偷着吃。但在这个特殊的年代，偷吃队里的东西没有人说你是贼。因为队里的东西是大家的，可以说人人都有份，也可以说人人都没有份，因此对队里的东西大家都不是很关心，只要你能拿得到就可以随便拿。只是私人家里的东西就不能拿，拿了就是小偷。这是在特定环境下形成的一种模糊概念。

但是到了冬天，不但肚子饿，每天还要蹚几次水，而且常常无法赶上学校的早自习。老师看到这种情况后，就只好叫隔学校远的同学到学校寄宿。

国庆和国盛回家后，就跟母亲讲了学校要读住学的事。二婶听说儿子要读住学，心里就更加着急了，急着他们要带的米、菜、换洗的衣服，还有伙食费，这些东西给二婶的压力都非常大。她连夜就把国庆和国盛的衣服清理好，洗得干干净净的。把烂了的地方赶紧缝了又缝，补了又补，每件衣服都是补了一层又一层，补得连本布都看不到了。虽然看上去已经是斑驳陆离了，但总算是看不到烂的洞了，熬到深夜，才把要带的衣服都补得整整齐齐的。真是：

慈母手中线，游子身上衣。
临行密密缝，意恐迟迟归。
谁言寸草心，报得三春晖。

第二天一大清早，二婶就赶紧起床，煮了一餐白米饭，还煎了两个鸡蛋给他们吃。他们吃着妈妈煮的香喷喷的白米饭和鸡蛋，心里美滋滋的，好久没有吃过这样的白米饭了，饱餐了一顿。这纯净的白米饭是很难吃到的，因为这是他们要读住学，很久不能回家，二婶担心他们在学校吃不饱，就特意为他们做的。二婶还给他们炒了一碗酱豆子、一碗卜豆角、一碗辣椒萝卜，还另外多放了一点油。把这三种菜装在一个花罐中，边装边用筷子压，生怕装少了不够吃。

装满了以后，还要用筷子再在中间用力压出一个小洞，能塞进一块辣椒萝卜就填上一块辣椒萝卜，能塞进一粒酱豆子就填上一粒酱豆子，把罐子塞得满满的以后，就用一张本子纸盖在上面，再用一根鞋底线把它扎紧，生怕蚊子和灰尘掉进去吃了生病。

吃饱饭后，国庆和国盛带上妈妈补好的衣服，还带上一个星期的米和一罐子菜准备出发。这时，二婶又拿了五个鸡蛋放在米袋子里做伙食费。

因为读住学了，只有星期天才能回家。国盛刚迈步出门，又有些犹豫了，不想读住学了。因为他从来没有离开过妈妈，也没有离家单独生活过。他两眼噙满了泪水，回头紧盯着他妈妈看。这时，二婶看到他不肯走，就追了出来，眼眶里也含满了泪水，她对国盛和国庆说："你们走吧！迟早都是要离开妈妈，离开家的。好男儿志在四方，要到外面去读书，闯荡世界，多长见识，长大了才能干大事，才会有出息。成天围在妈妈身边，是长不成才的。"并且还左叮咛、右嘱咐："你们在学校不要和同学打架，天凉了要注意加衣，晚上睡觉要盖好被子，口干了要及时喝水，一定要发奋学习……"国盛和国庆都点了点头。这时国盛记起了以前学过的一首诗，在心中默默地念道：

孩儿立志出乡关，学不成名誓不还。
埋骨何须桑梓地，人生无处不青山。

他暗下决心，一定要认真读书，不辜负父母亲的期望。国盛含着泪水和国庆出发了。母亲送了一程又一程，送到村口，儿子们义无反顾地走了，可是妈妈还站在那儿看着儿子远去的背影，直至看不见了才转身回家。她眼中饱含热泪，虽然儿子连背影都看不见了，还是三步一回头，虽说家离学校只有十多里路，但都好像是出征千里之外。真是儿行千里母担忧啊！不只是儿行千里母担忧，儿行十里、百里母也担忧。虽说她口中教育儿子要男儿有志在四方，要到外面去锻炼自己，长大后要干自己的事业，窝在家里没有出息。叫儿子远离自己，远离这个穷苦的家乡，但她自己何尝不也是更加舍不得儿子离开啊！只是忍痛割爱而已，这就是伟大的母爱。国庆也非常舍不得离开母亲，他不时地回头看看母亲，虽然已经离母亲很远，但好像还隐约看到母亲站在村头，眺望自己和弟弟，这时他对母亲肃然起敬：虽然母亲胸无点墨，但她善良、智慧、仁慈、胸怀宽广、为人通达、善解人意，有一种无私奉献的精神。为了儿女的前程与幸福，什么痛苦都可以忍受，什么困难都可以自己扛，真是母爱如山啊！

在学校读住学快一个星期了，因为国盛他们从来没有离开过家和母亲这么久过，开始很不习惯，没到星期天就老想回家。因为一周没有见到母亲了，到了星期六的那天就归心似箭，这时连饭都来不及吃，赶紧把作业完成后就饿着肚子急奔回家。他们一回家，母亲见到儿子就非常高兴，把儿子拉到身边，心疼不已，仔细地看看儿子：身上受伤了没有，瘦了没有，抚摸着儿子的额头，发烧了没有……还总是不放心，不停地嘘寒问暖，问这问那的："在学校吃饱饭没有？晚上睡了冷不冷？和同学打架了没有？……"二婶经常为儿子们读书牵肠挂肚，只要见到他们回来就很高兴，但同时又很着急，急着没有米和伙食费。有时候米桶里没有多少米了，但二婶总是要优先满足国庆兄弟俩，把他们的米准备好以后，家里就所剩无几了，自己就只好用小菜和杂粮充饥。

二婶把米和菜装好以后，每次都要拿几个鸡蛋放在米袋子里，每个鸡蛋能卖五分钱，拿到学校卖掉做蒸饭的伙钱，因为每斤米要交两分钱的柴火钱。没有钱买菜，只好自己带。二婶早就为他们准备了一些酱豆子、辣椒萝卜、卜豆角、擦菜子，小鱼、小虾等，带一次要吃一个星期，虽然这些东西很普通，但他们每星期都要带，母亲还是经常为这些米、菜、伙食费发愁。

为了做酱豆子，她到处捡黄豆。一天，队里收割黄豆后，地上还掉了一些零星黄豆，二婶看到后，就准备把它捡回去煮酱豆子。但天已黄昏，有点看不清东西了，如果等到明天，怕这些黄豆晚上会被老鼠吃掉，就只好赶紧去捡。二婶她眼力不好，加上这时天色已经很暗，只好把头贴在地面上找，经过一番努力，硬是把散落在地上的黄豆一粒粒地全部捡起来了。她发现沟边杂草中还有一蔸被遗忘了的黄豆，上面结满了胀鼓鼓的豆荚，她舍不得这蔸黄豆，俯下身子去拔。由于拔不出，猛一用力，一个跟斗掉到了水沟里。水沟里污泥很深，她用力挣扎了好久才爬起来，全身打得透湿，一身污泥，但她还是舍不得这蔸黄豆。虽已浑身无力，她硬是用尽全身力气把这蔸黄豆拔下来了。这时天色已经很黑了，她摸着黑，跌跌撞撞地回了家。

虽然经过一番辛苦才捡到了这两斤多黄豆，但是她非常高兴。加上队里分的四斤，一共有六斤多，她把泥灰洗干净后，就倒在一口大锅中，用柴火把黄豆煮熟。一锅黄灿灿的黄豆发出浓郁的豆香味，虽然二婶此时肚子已经很饿，闻到豆香就想尝尝，但这是要做黄豆酱的，要留给儿子带到学校做菜吃的，连尝都舍不得尝一粒。她就拿了一个抽屉洗干净，里面先铺上一层干净的稻草，再把煮熟的黄豆放在里面，盖好，把它藏在家中黑暗阴凉的地方让它长霉。不到半个月就长出了一寸多深的白色的绒毛，这些绒毛就是人们所说的霉。上霉后就把它端到太阳底下晒一下，把这些霉晒蔫，然后用盐、姜、辣椒等拌匀后，就把它装入坛中发酵。半个月后，一坛子味道鲜美的酱豆子就这样做成了。有了这酱豆子，一个学期带的菜就足够了，酱豆子做好以后，二婶心中似乎又卸下了一副重担，但二婶还要为国庆他们准备很多其他的菜，这些菜不知又将从何而来？

第二十四章　观电影英雄激人

二婶真的为国庆、国盛的米和菜操碎了心。每天在家里除了烧茶煮饭、浆衣洗涮以外，还要把一些萝卜叶子、白菜燎了晒擦菜子，萝卜皮晒干做辣椒萝卜。为了改变口味，她还想了很多办法，增加了很多花色品种，如腐乳、霉豆渣、甜洋姜、淡干鱼等，不断地翻新。虽然这只是一些普通的家常菜，但自己没有地方生产，一般情况下都是很难搞到的。二婶只能每天利用空闲时间，到处去收集，有时候还只能低三下四地去向别人讨要。因此，这样一些最普通的东西都是非常精贵的，尤其是用黄豆做的酱豆子。有时候队里没有分黄豆，就没有东西做酱豆子，就连酱豆子都没有吃。

虽然他们每星期带的菜都有翻新，但每次带的菜都要吃一个星期，经常吃这些菜吃腻了，没有新鲜蔬菜吃，口都吃得起了泡，成了口腔溃疡，痛得要命，一接触到冷的、辣的就更加痛得厉害，口水直流。家里带的坛子菜一般都很辣，有时候就只好和同学交换着吃。同桌的张小明同学家庭条件比较好，他父亲是供销社经理。经常带的是腊鱼、腊肉、盐鸭蛋和皮蛋。他天天吃这些菜也吃腻了，就想调换一下口味，就对国盛说："你的这些坛子菜好香的，我好想吃，其实你天天吃这些菜，会营养不良的，我的那些菜天天吃，也吃腻了，我和你交换吃好吗？"国盛也早有此意，想换换口味了，但苦于自己的菜没有人家的好，没有开口，国盛听小明这样一说，是求之不得的好事，非常高兴，就点点头同意了。

小明就总是主动地把自己的干鱼、腊肉、盐蛋、皮蛋分给国盛吃，国盛也就把自己的坛子菜分给小明吃。吃了一段时间后，国盛看到小明的菜比自己的好，经常吃就不好意思了。有时候同学也笑他，用自己的素菜换人家的鱼肉吃，国盛很委屈，也感到有些自卑。小明再把鱼肉给他吃时，他死活都不肯要了。总觉得小明这是在怜悯他，照顾他，很不好意思。他每次吃饭时，就躲得远远的，故意避开小明。

小明知道后，就对国盛说："你尽管吃，我家里还有很多，吃不完，我在家里就不爱吃这些东西，家里没有别的菜带，没有办法，我很爱吃你的这些坛子菜，我们换着吃，换换口味，都有好处。”国盛说：“那好，你爱吃就尽管吃，只是我的没有你的菜高档，我不能吃你的。”小明说：“没有问题，什么高档不高档，只要爱吃就是好的，我家里的这些菜反正也是人家送的，自己也不爱吃，吃不完也会浪费。”国盛听他这样一说，也就只好继续和他调换着吃了。他们这样相互调节，改换了口味，国盛的营养也得到了一些补充。

读住也有一些优越性，每天放学以后，下午就可以把作业做完，晚上就不用在昏暗的煤油灯下做作业了，还可以和同学们搞一些自由活动和游戏。

一天，吃过晚饭后，几个同学在一起玩，听说公社放电影，小明同学就提议说：“今晚我们公社放电影，今天我们的作业反正都已经做完了，去看场电影好吗？”其他同学就立即响应。学校离放电影的地方有十五六里路，电影已经差不多要开演了，为了争取时间，同学们就一路小跑。不一会儿就看到了远处的堤边挂着一块白色的大幕布，堤坡上坐着黑压压的一大片观众。电影已经开始了，同学们加快了前进的步伐，一下子来到了电影现场。大家赶紧钻到幕布前坐下，聚精会神地看起来。

电影放的是《铁道游击队》。他们看到了游击队的战士英勇顽强，不怕牺牲，打鬼子，杀敌人如入无人之境。他们气势如虹，同仇敌忾，杀得敌人鬼哭狼嚎，就像风卷残云，把那些日本鬼子打得落花流水，望风披靡，使他们成天感到风声鹤唳，躲在炮楼里不敢出来。革命战士浑身是胆，英勇善战，前面的倒下去，后面的又跟上来，前仆后继，顽强战斗，在银幕上的形象活灵活现。这场景真是悲壮，感人肺腑，扣人心弦。

国盛因为是第一次看电影，觉得好奇怪，就和小明跑到银幕后面去看，看后面是否有一个好大的舞台。但到后面一看，什么也没有，只有一堆稻草。国盛纳闷了，他又摸了一下银幕，银幕就只是一块白布而已。这些人在银幕上怎么能站得住脚呢？怎么不掉下来呢？怎么还能在上面打仗呢？这些谜团和不懂的科学道理在国盛的脑海中翻腾。

日本鬼子穷兵黩武，在中国奸淫掳掠、胡作非为，残酷地杀戮了无数的中国人民，连孩子、孕妇都不放过，生灵涂炭，激起了全国人民的愤慨。战士们恨得咬牙切齿，“卧榻之侧，岂容他人鼾睡”，只要有敢于侵犯我中华者虽远必诛，一定要把日本鬼子赶出中国。他们机智勇敢地和敌人周旋，在鬼子面前大显身手，在枪林弹雨中和敌人搏斗。在弹尽粮绝时，和敌人短兵相接，开展肉搏战，用刺刀刺，大刀砍，刀光剑影。游击队战士真是锐不可当，杀得敌人丢盔弃甲。敌人也凭借着他们的机枪、大炮负隅顽抗。革命战士宁愿粉身碎骨，宁愿和敌人同归于尽，战死沙场，马革裹尸，也不向敌人投降。他们抱着“为有牺牲多壮志，敢教日月换新天”的豪迈精神和敌人殊死战斗。那些可爱的年轻战士真是“生如夏花之绚烂，死如秋叶之静美”啊！战士们的这种英勇顽强的战斗精神真是长了中华之正气，增了民族之威风。

日本鬼子虽然有枪有炮，看似强大，但在英勇的人民战士面前不过就是一群纸老虎。战士们真是英雄流血不流泪，好男儿以身许国，视死如归，义无反顾。革命战士为了国土的完整，人民生活的幸福而为国捐躯，那强烈的爱国主义精神和大无畏的英雄气概深深地感染了国盛。真是“血沃中原肥劲草，寒凝大地发春华”。他们是生的伟大，死的光荣呀！日本鬼子的阴险狡诈和灭绝人性也深深地刺激了国盛和同学们的神经。他边看边下决心，一定要认真学习科学知识，锻炼好身体，长大后好保卫祖国，要把祖国建设得繁荣富强，不再被外国人欺侮。

看完电影后还写了一篇观后感，观后感中这样写道：“《铁道游击队》的战士们，你们在战场上是那么的英勇顽强，你们为了祖国和人民，不怕牺牲自己的一切，包括自己的生命。有些战士虽然牺牲了自己的生命，但你们用生命打败了日本帝国主义，换来了祖国领土的完整和人民的幸福与安宁，你们的思想是那样的崇高，你们的生命是那样的辉煌。

“我们一定要向你们学习，学习你们崇高的无产阶级革命思想；学习你们为国捐躯的大无畏精神；学习你们的爱国、爱人民的高尚品德。

“我们也要克服一切困难，认真读书，学好文化科学知识，长大了也和你们一样，为祖国的繁荣富强，为祖国的领土完整贡献自己的力量，甚至自己的生命……”老师看后称赞写得好，还在班上进行了宣读。

同学们看了电影后，有很多的同学纷纷模仿《铁道游击队》里的战士，在家里用木头做了小手枪。小班长陈斌还系了一根皮带，把一支乌黑发亮的小手枪别在腰间，更是神气十足。这枪是他父亲请一个木匠师傅用扎木做的，做得非常精致。枪管、枪身都用刨子刨得油光发亮的，还漆上了黑漆，和真正的手枪不相上下，足以乱真。

陈斌戴着一顶小军帽，俨然像个游击队战士。他和同学们在一起玩游击队和日本鬼子打仗的游戏，他站在一个小土包上指挥同学们“战斗”。同学们站成一排，排着整齐的队伍。有几个同学有手枪，其余没有手枪的同学手里就拿着一根木棒代替枪。国盛也没有来得及做枪，因为他在读住学，没有回家，学校没有东西做枪，他就只好拿了一块篾片做大刀，和同学们在一起做游戏。在“战斗中”同学们一个个都像坚强的小“战士”，表现得非常英勇顽强。一次，小“战士”们在冲锋时，来到一个陡坡前，他们像游击队战士一样临危不惧，由于没有得到停止前进的号令，他们仍奋不顾身往前冲，同学都一个个勇敢地往下跳去，只有谢小满同学有点胆怯，他站在陡坡上踌躇不前，没敢往下跳。张小明同学在冲下坡的时候不小心，把脚碰破了皮，鲜血直流，但他没有流一滴眼泪。“卫生员”王晓燕同学就立即用一块布把伤口包扎好，他就又继续参加了战斗。这次电影和这些游戏，大大地激发了同学们的民族主义精神和爱国主义精神，也提高了他们和敌人战斗的勇气和胆量。

国盛星期六放学回家以后，就和哥哥国庆一起做手枪。家里没有材料，他们就只好到队里的仓库里面去找。他们来到仓库时，正好保管员没在，他们就自己进到仓库里面去找。仓库里有一些做农具用的杉木和扎木，国盛从仓库的墙角找到了一块四方形的扎木，刚好能做两把小手枪，他非常高兴，就大声地叫喊国庆：“哥哥，我找到了一块好扎木，正好能做两支手枪。”国庆一看，这四方的扎木好是好，家里没有锯子，怎么分得开，他摇了摇头说：“不行，这个扎木没有锯子分不开，只能用杉木做。”国庆七找八找，真的找到了一块杉木，也刚好能做两把手枪。国庆就对国盛说：“已经找到了一块杉木板，你看，刚好能做两支手枪。”国盛看了一下，真的蛮好，他们就拿着木板走出了仓库。

这时保管员还没有来，他们怕这木板是要做农具用的，不敢私自拿走，他们就坐在队屋的阶基上等待保管员。过了很久，保管员来了，他看到国庆他们坐在阶基上，就问国庆说：“你们两兄弟坐在这里干什么？”国庆说：“我们想做两支小手枪，家里没有木板，刚才你不在，我们在仓库里寻了一块木板，不知道这块木板还要作用的不，如果不作用的话，就给我们做两支小手枪好不好？”本来这木板是可以作用的，但保管员看他们这样诚实，没有私自把它拿走，还在这里等着请示他，保管员也被他们的这种诚意打动了，就点点头同意了。他们对保管员说了声“谢谢!”，拿着这块木板高高兴兴地回了家。

回家以后，兄弟俩就忙着做手枪。国庆先在木板上用铅笔画上手枪轮廓，用菜刀沿着画线把枪体砍出来，然后慢慢地把它修正。经过精雕细琢，两支小巧玲珑的手枪便做成了。还用几根橡皮筋把枪栓连起来，在供销社买了几张火炮，将火炮放在枪栓上，利用橡皮筋的弹力，让枪栓撞击火炮，火炮受到撞击就爆炸，只见火光一闪，发出一声清脆的响声，还有一丝青烟袅袅升起，可闻到一股浓浓的火药味。这小木枪还真的做得像模像样，俨然一支真正的手枪。他们拿着这小枪爱不释手，有些小朋友见到火炮响，还真有一点玩真枪的味道。国盛天天把它别在腰间，和同学们一起玩游击队、解放军和敌人战斗的游戏。通过这些游戏，他们的意志更坚强了，学习也更加认真了。

农村的孩子没有钱买玩具，就只好自己动手做玩具，自娱自乐。如刀、枪、剑、弓箭、陀螺、高跷等玩具，都是他们自己做的，以自得其乐。国盛他们除了自制玩具以外，还要参加学校的各种活动。

第二十五章　校园的义务劳动

在读住学期间，老师还经常组织参加一些学校的义务劳动。一天，学校买了一批杨树，学校郭校长通知各个班的班主任老师，带领各班的寄宿同学帮着学校搬杨树。陶老师来到教室，叫全班二十多个住宿的同学全部集合，大家不知道学校有什么事，就都丢下课本，来到教室外，排着整齐的队伍。这时陶老师就开始传达学校校长的指示，他说："同学们，区里分给了学校一批杨树，好的木材就给同学们做位子，蔸子和树丫子就给食堂煮饭吃。这是区领导对全体同学的关怀，怕大家没有位子坐，没有柴火煮饭吃，会影响同学们的学习和身体健康。请你们住宿的同学都去把它们背回来，现在就请大家出发。"同学们听说有木材做位子，今后会有新位子坐，还有柴火煮饭吃了，都非常高兴，就和其他班的同学会聚一起。全校住宿的同学有一百多人，就像是蚂蚁出洞一样，大家排着队就往杨树山里进发。

大家来到杨树山里，只见一大片被砍翻了的杨树，大家都伸了伸舌头，有的同学还惊叹地叫起来："我的天啦！这么多杨树，能做多少位子啊！"大家就立即动手，背的背、抬的抬，在路上就像是一条长龙。杨树山离学校有一百多米远，由于人多，只有三个来回就搬完了，一大堆杨树就堆在学校的操场上。为了给这堆杨树记个数，班主任陶老师想考一考同学们的数学功底，就问道："哪个同学能把这堆杨树数清楚？给记个数。"一个同学立即举了手，大家一看，这个同学叫谢小满，他平日在同学面前爱出风头，处处是锋芒毕露，做的都是表面功夫，但学习不很认真。

陶老师见他自告奋勇地站起来要数，就点头同意了。谢小满走到树旁，看到这样大的一堆树，大小不一、参差不齐，他心中有些乱了，他叹了口气说道："我的天啦！这么多树，码得这么乱七八糟的怎么数得清呵？"他开始忙碌起来，从这头跑到那头，又从这边跑到那边；数了树头数树尾，数了树尾数树头；时而把树搬开，时而把树码起，费了九牛二虎之力，忙得不亦乐乎，累得满头大汗，折腾了好大一会儿还是没有数清。陶老师扫视了一下同学，指着站在最后面的国盛说："国盛你来数一下，看用什么最简单的方法把这些杨树数清楚。"国盛应声而出，不慌不忙地走到树前，先把东边一头的树头数清，然后再把西边一头的树头数清，把两头的树头加在一起就等于这堆杨树的总数了。那些枝枝丫丫都是树头发出来的，根本就不要去管他，他这样一下子就数清楚了。陶老师很高兴，称赞国盛肯动脑筋。

有一天，陶老师带同学在芝麻地里除草，间苗。陶老师从较密的芝麻中扯出了几根芝麻苗，指着谢小满问道："我这是在干什么？"谢小满不假思索地说："你这是在扯芝麻苗。"陶老师指着谢小满说："这是叫扯芝麻苗吗？还有没有其他更恰当的词语可以用呢？有一个专用词语叫什么？"谢小满被问得哑口无言，面红耳赤，他摇头晃脑，抓耳搔腮，想了很久没有回答出来。陶老师又问："还有其他同学能回答出来吗？"这时只听到张小明同学小声地说："叫间苗。"这时，陶老师就直言不讳地批评谢小满说："这叫间苗，听到了吗？你的回答叫用词不当，文不对题，主要是你平时学习不认真，不动脑筋，只爱耍小聪明，做事夸夸其谈，爱哗众取宠，一旦有事较起真来就茫然无措，就理不清头绪，真是'墙上芦苇头重脚轻根底浅，山间竹笋嘴尖皮厚腹中空'啊！你今后一定要加倍努力学习，遇事要多动脑筋，黑发不知勤学早，白发方悔读书迟，不能当吴下阿蒙啊！"谢小满低着头答应了一声："是！"经过一个小时的劳动，把芝麻地里的草扯得干干净净，把芝麻苗间好以后，大家就回教室学习去了。

一天，学校接到区里通知，全区都在架电线，现在正在架高压线过河，人手不够，要学校支援。放学以后，学校就组织全体住宿的同学去帮助拉线。老师对同学们说："今天我区已在开始架设高压电线，全区架好电线后马上就要通电了，通电以后，每家每户都可以安装电灯了，晚上再不用点煤油灯和蜡烛了；还会建电排，用电排抽水，田里再不用人车水了，今后就可以是水旱无忧了。以后还要建成共产主义社会，家家户户都是电灯、电话，楼上、楼下，那生活美好极了。将来一定会超过苏联的土豆烧牛肉的共产主义生活。"

同学们听了非常兴奋，大家议论纷纷，国盛说："老师说的苏联的共产主义就是土豆烧牛肉，我们家过年吃的红枣蒸鸡不比苏联的共产主义还好吗？"大生说："我们长大了真的会有那样的好日子过吗？"国盛他们并不懂得什么是共产主义社会和共产主义生活，他们只希望能告别昏暗的煤油灯，用上明亮的电灯读书写字；能告别低矮潮湿漏雨的茅草房，住上宽敞舒适的楼房；能告别饥饿，吃上香喷喷的白米饭，就是他们日夜盼望的未来美好的生活了。

一百多个寄宿的同学就排着整齐的队伍从学校出发了。来到河边就看到了一个高高耸立的铁塔，有六十多米高，铁塔上有三根大拇指粗的电线。河对面也有一个同样的铁塔，电线是从对河牵过来的，要把这些线拉直，固定在那高高的铁架上，为今后输电做好准备。

同学们看到这些电线有些纳闷，尤其是国盛，他站在那几根电线面前，用手不停地摸着电线。他看了又看，摸了又摸，就是几根这样的铁丝怎么能够送电，这电线上既没有油，也没有炭，怎么能点灯，怎么能排水。国盛正在聚精会神地看电线的时候，架线的工人师傅就开始讲一些拉线的方法。他说："同学们拿线的时候，要像纤夫背纤一样，用双手抓着电线，弯着腰、弓着背，用力向前走。大家要把这三根线拉直。"工人师傅说完以后，同学们就按照工人师傅教的方法拉线，不到一会儿电线就被拉直了。工人师傅急忙把电线固定在铁架上，固定好后，工人师傅就在铁塔上喊："同学们赶紧松手，放开电线，迅速走开！"大家听到工人师傅喊赶快松手，就都把手一松，电线就迅速地弹起来。有一个叫王强的同学来不及松手，一下就被电线吊起几米高，把所有人都惊呆了。工人师傅就大声喊道："不要慌，不要怕，不能松手！"他们就又迅速地把电线重新放下来了。

王强同学吓得面色苍白，全身冷汗，老师就迅速把他扶到一旁休息，其他同学又继续拉线。这一次吸取了上次的教训，松手时由工人师傅喊号子："一，二，三，松手！"全体同学同时松手，这次成功了。把电线架好后，工人师傅非常感谢同学们的帮助，又给同学们讲了一些电的知识和电的用途。工人师傅说："今天架的这些电线就是用来送电的，这电是看不见、摸不着的东西，这电线上送了电以后，人就不能去碰它，碰到电就会把人打死。电的作用很大，人们的生活各方面都要用到电，电不但可以点灯、打电话，还可以做饭、洗衣，电还可以做好多好多的用，电是提高人们生活质量的必需品，今后没有电就是万万不能的了。"说得同学们心花怒放，还叫同学们认真学习科学知识，将来就能管好电，用好电，为建设社会主义祖国贡献力量。同学们听了工人师傅这番话后，心里非常高兴，但不知这美好的生活什么时候可以实现，同学们都期盼着这一天早日到来。这个愿望在同学们心里那只是河山带砺、遥不可及的事情，但对同学们学习的鼓励作用依然还是很大的，大家回到学校吃完晚饭，点上煤油灯真的开始加班学习了。

一个星期六的下午，国盛回到家中，见妈妈不在家，家里空荡荡的，心里非常失落。妈妈是去照顾桂花姐去了，因她生了小孩还没满月。国盛急忙跑到桂花姐家去看妈妈，因为又一个星期没看见妈妈了，心中非常想念，因此见妈妈非常心切。来到桂花姐家中，二婶正在帮毛毛洗澡，国盛来到妈妈身边，双手搭在妈妈的肩膀上。

二婶见国盛来了，忙问他吃饭了没有？国盛说："吃过了，在学校吃的。"他用手摸了摸毛毛的小脸蛋，非常喜欢。桂花坐在床上，见国盛来了，忙说：

“小舅舅来了，你看外甥乖吗?”国盛仔细地看了看说：“很乖，眼睛黑黝黝的，非常英俊。”桂花说：“姐姐家里没什么好吃的，只有后面园中有甜高粱，你吃吗?”国盛说：“好，现在肚子正有些饿了。”国盛来到菜园中，看到园中有很多的高粱，其中有几根叶子中间是青筋的甜高粱，选了其中一根粗壮的折断，吃起来只有一点点甜味，在没有其他东西吃的情况下，也吃得津津有味。二婶给毛毛洗完澡后，收拾东西准备回家，因为明天就是二爷生日了。二婶嘱咐桂花：“要注意好身体，不要吹风受凉，要按时给毛毛喂奶。”桂花给父亲做了一双新鞋，叫妈妈带回去给父亲生日穿。二婶用一个篮子装好，提着篮子，拉着国盛就回家。

二婶和国盛走在回家的田埂上，这天是阴天多云，北风呼啸，国盛感到有一点寒冷，他把身上的衬衣裹了裹，双手抱在胸前。这时，一股北风吹来，把二婶戴在头上的帽子吹得掉到田里去了。国盛急忙下水帮妈妈把帽子捡起来，帽子打湿了，不能戴了，二婶身上的衣穿得很单薄，感到有一丝凉意，打了个寒战，二婶意识到自己可能会感冒，但她并不知会有大的灾难降临。

第二十六章　母病无医命黄泉

回到家中，二婶就感到有点鼻塞，头痛，还打了几个喷嚏。国盛看到妈妈有点不舒服，就忙问道：“妈妈，你是不是感冒了?”二婶摇了摇头说：“应该还没有，只是刚才在回家的路上吹了一点风，有点不舒服，过一下应该就好了。”到了晚上就感觉有点发烧，没有吃晚饭。国盛和国庆急了，伏在妈妈的床边，抓着妈妈的手，觉得妈妈的手有点发烫，忙问：“妈妈您病了吗？已经发烧了，吃药吧?”二婶说：“可能是感冒了一下，现在家里哪里有药？只有柜顶上还有一把紫苏梗，洗干净，切三片生姜，加五粒红枣和一调羹红糖，熬一碗汤给我喝。”国盛就赶忙烧火，国庆就洗锅，但家里没有红枣和红糖，他们就只能用紫苏梗和生姜熬了一碗汤，送到妈妈的床前，要妈妈喝下。二婶喝下姜汤水后出了一点微微汗，感觉稍微舒服了一点。但是第二天又出现了咳嗽，还有一点点清痰，仍然不想吃饭。

因妈妈生病了，国盛和国庆在校住宿都是心神不安，总是挂念妈妈是否还在发烧？不知道咳嗽好些了没有？吃饭了没有？每天放学后急急忙忙把作业做完就赶回家看望妈妈。在回家的路上要蹚三道深深的水沟，已进入深秋，北风飕飕，衣服单薄，非常寒冷。但他们不顾一切，每天坚持回家看望生病的妈妈。

妈妈还是有点发烧，不爱吃饭，他们就给妈妈熬粥吃。每天给妈妈熬姜汤水、紫苏水、青蒿水、辣椒葱汤水，只要听人说哪样对感冒咳嗽有效，就搞哪样。

但是，二婶的病情并没有好转，咳嗽越来越厉害了，吐出了黄色的脓痰。二婶实在是受不了了，想搞一点胖大海蒸白冰糖吃。家里人都出工去了，没有人给她买，只好等国庆他们回家了才告诉他们。国盛和国庆知道后，急急忙忙吃了一口冷饭，就准备去买胖大海。但是家里没有一分钱，怎么办？思来想去，只好把家里仅有的几斤米背到新河口运输队去，以两角钱一斤的黑市价格卖掉，卖了一块二毛钱，到药铺买了几十克胖大海。回到家天已经黑了，国庆就急急忙忙把胖大海放锅里煮，煮开以后，才知道忘了买白冰糖，没有办法，就只好单吃胖大海了。把胖大海装进碗里时，傻眼啦！胖大海煮发后有好大一粒，一大碗还装不下。国庆就装了一大碗胖大海送给妈妈，妈妈看到有这么一大碗，忙说："一次煮这样多怎么吃得完呢？要做几次煮才行。"国庆哼了一声，只好端到厨房分成两碗，再端给妈妈吃。吃了两次胖大海以后，病情也不见好转。体温更加升高了，开始出现了吐大量的黄色脓痰，呼吸困难，喉头有大量的痰鸣音。全家人都急了，尤其是国盛和国庆，他们就像是热锅上的蚂蚁急得团团转。家里的人都要出工，妈妈没有人照顾，他们只好向学校请了假，回家照顾妈妈。

国庆和国盛回到家，看到妈妈的眼角上还有一点眼屎，因为妈妈是个爱干净的人，在病中自己无力料理，国庆就忙打来一盆热水给妈妈洗脸。这时二婶伸出了她那瘦弱和无力的双手，慢慢地握住了国庆和国盛的小手，深情地望着这两个懂事的孩子，眼泪盈眶。真是父母为儿女做了那么多，儿女都没有感动过，儿女为父母做了一点点，父母就激动得泪流满面。国庆和国盛看着妈妈这样，心里酸酸的，觉得自己为母亲做的太少了。

国庆和国盛在家里每天给妈妈熬这样单方、那样单方，吃了都不见效，病情每况愈下，怎么办？国盛急得要哭了，他就问国庆："妈妈病得这样厉害，好几天没有吃饭了，单方搞了这样多，也没有效果，这样下去怎么行呢？我们还是去请医生来治疗吧！"

第二天一早，国庆和国盛就去请医生。全区只有一个中医联合诊所，只有三个中医医生出诊。全区有四个公社，几十平方公里的地方，上哪儿去找医生，到处找都没找着。后来问了一个捡药的阿姨，她告诉国庆说："秦老中医的家就住在医院的对面，向右走过去十个屋就是了。只是今天他可能没有在家，一般白天都已经到外面出诊去了，要到晚上才会回来，你们现在可以到他家里去看一看，如果没有在家，你们明天一大早就来，就应该能够见到他。"国庆和国盛就按照捡药阿姨告诉的家庭住址，找到了秦老中医的家。家里只有他婆婆，国庆他们就向她说明了来意。秦老中医的婆婆说："他现在不在家，要晚上才能回来，他回来以后我就跟他说，你们明天一清早就来，看他能不能跟你们去？"国盛他们很高兴，终于找到了秦老中医的家。只要明天一大早来，就有可能请到医生给妈妈看病了。

第二天，国盛和国庆起了个大早，来到秦医生家，正好赶上秦医生刚起床，这使他们欣喜若狂，忙拉着秦医生的手说："秦医生，我妈妈生病好多天了，病得很厉害，几天没吃东西了，要请您去给我妈妈看病。"秦医生问了一下病情和家庭住址后说："你们家里没大人来啊？我今天有几个病人要看，会顺便到你们那里去看看的。"国盛和国庆听后非常高兴。国庆说："大人都要出工，请不到假，没时间来，我们都是向学校请了假，特意来请您的，您一定要去啊！"说完他们就迅速地回了家，好像完成了一个大任务。兄弟俩就搬了一把凳子坐在家门口等医生，他们哪儿也不敢去，生怕医生从家门口经过没有看见，错过了机会。他们等啊等，一等没来，二等没来，他们不时地跑到大路上去看看，生怕他走错了路，但到处没有看到，他们就索性坐到大路边等，一直等到太阳落山了还没有等到秦医生来，他们真是心急如焚，心里非常失望，懊恼不已。

在母亲病危之时，国盛成天处在惶恐之中，怅然若失。他看着妈妈那饱经沧桑的面孔，脸上被劳累、贫困、时光刻上了无数的褶皱，看到妈妈的头发已经花白了，身上已瘦骨嶙峋，背驼了，腰弯了，一天天地衰弱了而感到痛彻心扉。一股心酸和内疚涌上心头，这是岁月的画家给她画蛇添足、故意地加上去的几笔痕迹。本来妈妈现在还未满 50 岁，还应该是青丝黑发、满面红光、年轻漂亮的妈妈，可现在已经变得如此的苍老。她是因为长年累月的饥饿、劳累，为儿女们呕心沥血，已积劳成疾所导致的。国盛悔恨自己无能，没有给妈妈饱饭吃，不能给妈妈买新衣服穿，不能给妈妈治病，恨自己是一个无用的不孝之子。他只能无奈地、心痛地、不停地抚摸着妈妈的双手，守护在妈妈的病床前端茶递水。

二婶的病越来越危急，稀饭都喝不下了，一家人围着二婶转。大限来临，在这贫病交加、无医无药的情况下，母亲躺在病床上无奈地呻吟。全家人心急如焚，无计可施，一家人真是无力回天，爱莫能助啊！看着二婶慢慢地衰竭下去，已病入膏肓，国盛心如刀割。不到两天，二婶就永远地闭上了眼睛，她的生命戛然而止。

这一噩耗就像晴天霹雳击在全家人的头上，顷刻间就像天崩地裂。月牙瘦，星星寒，天地黯然失色。国盛感觉犹似五雷击顶，顿时天旋地转，真是椎心泣血，悲痛欲绝。他抱着母亲失声痛哭：“亲爱的妈妈呀！您为何走得这样急？亲爱的妈妈，您回来吧！再活一百年，让儿子挣钱给您饱饭吃，给您新衣裳穿，给您端茶倒水，床前尽孝。亲爱的妈妈呀……”

他哭得声嘶力竭，呼天抢地，哭着，哭着，只觉得天昏地暗，晕晕乎乎地倒在了妈妈的怀里。醒来后他还是坚信妈妈没有死，坚信用自己的声音能把妈妈唤醒。妈妈在那弥留之际是那样的痛苦，那样的无奈，那样的依依不舍，但还是敌不过那病痛的折磨无奈地走了。国盛哀叹道：

母亲劳累伴一生，养育儿女受熬煎。
缺衣少食肌肤瘦，难胜病魔命黄泉。

国盛跪在妈妈的身边不愿起来，他想起母亲一辈子穷困潦倒，生活在水深火热之中，还未享受到儿女们的一点点回报就兰摧玉折了。母亲那慈祥的面孔永远定格在国盛的脑海里，母亲虽死，音容宛在。

二婶死后，一家人沉浸在无限的悲痛之中，国盛心中只剩下了一份悲伤、一份寂寞、一份无奈、一份凄凉。

第二十七章　薄棺简殓悲葬母

二婶走了，大队的民兵营长和大队自保主任来了，生产队队长和左邻右舍也来了，他们看到二爷家既没有棺木，又没有粮食，只好帮忙借了几筒杉木锯成板子做成一副薄薄的棺材。在出殡时，家人围着棺材最后看了二婶一眼，她静静地躺在棺材里。

国盛头脑昏沉，两眼模糊，蒙眬中只看到了母亲那深陷的眼窝、凸起的颧骨、两个塌陷的锁骨上窝，除此之外，国盛什么也看不清了。母亲那模糊的轮廓，仅仅只是轮廓而已，他也不想看，不愿意看到母亲的这个样子，他不相信眼前的这一切都是真的。他只希望母亲永远是他脑海中那个慈祥、年轻、漂亮的母亲。大家看完最后一眼后，李大爹和刘五爹就用四颗大钉子把棺材盖和棺材钉在了一起，自从这一刻起，国盛和母亲就再也不能相见，成了永别。

李大爹就安排几个年轻的后生抬着二婶准备出殡安葬，国盛拖着灵柩不让走，他说：“我的妈妈没有死，她还活着，你们不能把她抬走。”国盛被几双大手拽开，这时国盛已晕倒在地，等国盛醒来时，母亲已经被抬走了，他跌跌撞撞追赶着送葬的队伍，等到他赶到时，母亲已被草草地安葬了。国盛跪在妈妈的坟前痛不欲生，觉得自己无能，没有及时给母亲治病，没有挽救母亲的生命，他痛心疾首，久久不愿起来。

二婶生前怕水，因为她生活在洞庭湖区，长期受洪水的困扰，所以把她葬在大女儿屋前的堤坡上，那里地势比较高，没有水。二婶安葬以后，国盛头脑里只剩下一片空白，每天昏昏沉沉的，陷入了无限的痛苦与思念之中。他茶饭不思，哀毁骨立，时不时地一个人静静地靠着门框站立，呆呆地遥望着西方母亲的坟墓，眼泪止不住地往下流。每当太阳西下时，他就有一种悲凉的感觉，真是：

太阳依山尽，时已近黄昏。
东边儿女屋，西边慈母坟。
双足立门户，两泪湿衣襟。
愿母天堂去，不再受苦辛。

一到晚上，妈妈不在身边，国盛脑海里就思绪万千，辗转难眠，母亲那慈祥的面孔不断地浮现在脑海里。妈妈在时，冷了给加衣裳，饿了给做饭吃，衣服脏了洗干净，烂了给缝补；晚上她伸出柔软的臂膀，让儿子躺在上面，手臂麻木了也不敢动一下，生怕惊醒了手臂上的儿子；天气寒冷时，因被子薄、棉絮旧，怕儿子受凉，就把儿子抱在她那温暖的怀抱里，母亲的怀抱就是儿子的恒温箱。回首往事，母亲的恩情深似海，无以回报。妈妈死后，曾经妈妈心中的王子一下子变成了无人问津的小草，再也听不到妈妈那一声声“儿子”的亲切的呼唤了。他就这样每天在回忆、思念、悲伤、寂寞中度过那漫长与悲切的时光。他长时间处在缠绵悱恻、悲痛欲绝的痛苦之中。

在家待了一个星期，假期已到，他擦干了脸上的眼泪，藏好了心中的悲伤，只得重返学校上课。回到学校，陶老师看到国庆和国盛来了，非常高兴，连忙拉着他们的手问：“你们吃饭了没有?”国庆回答说：“吃过了。”陶老师看到国盛他们兄弟俩是那样的面容憔悴和营养不良，就赶紧把他们带到食堂，给他们每人端了三两米饭，还买了一份白菜、一份萝卜，国盛和国庆正好早上只吃了一碗燎菜籽拌饭，肚子有些饿了，国庆就说了一声：“谢谢老师!”陶老师说：“没关系，你们吃了饭就来上课，要利用早晚自习时间把这一段落下的新课补上来，有搞不懂的地方就来问我。”国庆他们回答说：“好的，我们一定会补上来的。”虽说国庆他们兄弟俩还沉浸在悲痛之中，但母亲的谆谆教导如在耳畔，要化悲痛为力量，更加认真地读好书，才对得起母亲的在天之灵。但到了晚上，在夜深人静之时，国盛就更加思念着母亲，其时真是：

堆枕难眠盼天明，辗转反复望天空。
脑海重重翻波浪，眼光呆呆数寒星。
晓来百事成灰烬，只剩慈母影和音。
一轮残月向西沉，不抛眼泪也无因。

母亲音容宛在，她的精神永远活在儿女们的心中。星期天国盛回家，他来到家门口，大门紧闭，敲了敲门，没人答应，只好把门推开，屋里空无一人。国盛总是情不自禁地来到母亲曾经睡过的房间里，总要习惯性地叫一声妈妈。可是房间里空空荡荡，早已无人回应。妈妈，您在哪里？千呼万唤，哪有母亲的身影，只有墙壁的回音和墙上灰尘的散落。明明知道再也见不到母亲那慈祥的面孔，但在心中总是自圆自解地认为，母亲只是去了那遥远的地方难以回家。

国盛来到母亲的床前，看到母亲曾经睡过的床铺，睹物思人，引发心中一阵阵悲痛。一张平头床，上面用芦苇和稻草铺就，一张烂棉絮垫被，一张用蓝印花土布包的旧盖被，上面还烂了几个洞，是妈妈用旧布把它补上的。他久久地凝视着这床铺和被子，感叹母亲的生活是那样的凄苦，那样的寒碜。

房间里已是空空如也，只有床铺边还有一个母亲曾经用过的鞋皮箩，里面装着针线和一些旧碎布。母亲经常就是用这些碎布将那些破烂的衣服一层层补上，虽然衣服被补得很厚，已看不到衣服的本来面目，但母亲补好的衣服是那样的整齐、干净，穿着是那样的舒适、温暖，依旧可以遮风挡雨。农村有一个观念就是“笑烂不笑补”，衣服打了再多的补丁都没有人笑，衣服破了没补上就会说家里女人太懒了。

国盛在房间里没见到母亲，只好去厨房，厨房里冷冰冰的，再也见不到热气腾腾的饭菜了；再也没有母亲的关怀备至、思念与牵挂了；再也听不到母亲的问长问短，叮咛与嘱咐了，心中有一种无限的惆怅与心酸。这时他是：

推门无人釜中空，
急返房中叫母亲。
只有四壁回音响，
空房踯躅泪湿襟。

母亲在时，虽然箩筐里没有米，但红薯、芋头、冬瓜、南瓜、萝卜、白菜、芹菜、藜蒿等，也都能做出香甜、可口的粑粑、坨子来，也能够填饱肚子，真是巧手能为无米之炊啊！国盛回忆母亲是：

慈母生前坐房中，
撕麻纺线忙不赢。
不忘饭菜锅中热，
生怕儿女饿坏身。

母亲的死对于这个贫困家庭的孩子来说真是雪上加霜啊！

他从碗柜中寻找到了一点冷饭冷菜放在锅里热了一下，勉强吃了两口，因为心中悲痛吃不下，他又回到房中，感到是那样的孤苦伶仃。这时他看到自己的裤子膝盖处烂了一个洞，想起要是母亲在时，早已叫他脱下来补得整整齐齐，洗得干干净净，折得正正方方放在自己的枕头边了。这时国盛只好自己缝，一根缝衣针攥在一个“男子汉”的手中，感觉到是那样的细小，但又是那样的笨拙，不知怎样使唤它。裤子已经被补得一层又一层，厚厚的了，他用针一针一针吃力地缝着，针就像是一根棒棒，怎么也穿不过那厚厚的布面。有时不小心手指被针扎得鲜血直流，痛得钻心。补出来的补丁就像个鸡屁股，青布上面爬满了白线，自己看着都很别扭。平时看到妈妈缝补衣服时是那样的灵巧，她右手中指上总是戴着一个针抵子，她时不时地把针在头发里划一下，是因为头发油腻，能使针变得光滑，就容易穿过那厚厚的布层，她飞针走线，游刃有余，补出的补丁是那样的平整美观，技术之娴熟，可见妈妈缝补衣服的任务有多么的繁重。真是有妈的孩子像块宝，没妈的孩子像根草。补完裤子后，他茕茕孑立于房中，这时太阳已近西山，一阵寂寞袭来，其时心中真是：

日落西山月影偏，望眼欲穿天地旋。
千呼万唤无音影，怎见慈母在人间。

每当夜深人静之时，就是国盛思念母亲最切之时。晚上，国盛就睡在母亲曾经睡过的这张旧床上，盖着母亲曾经盖过的那床旧被子。被子已经烂了几个洞，冷飕飕的，连国盛都感到有一些凉意，但从未听到母亲叫过一声冷，不管是风霜雨雪，还是寒天冷冻，她都是睡在这床旧棉被里，多少个寒冬腊月都是这样熬过来的，国盛越想越心痛。此时一股冷气袭来，国盛心中无限感叹：

寒风冷冻何时了，
往事知多少。
茅屋今夜又北风，
家园不堪回首雨雪中。
烂棉旧絮今犹在，
只是慈母去。
国盛能有几多愁，
恰似一江春水向东流。

母亲的音容总是在脑海中翻腾，母亲那纯洁的心就像冰壶秋月。他对母亲的思念真是魂牵梦萦，每当夜晚更是望眼欲穿。夜深了，他还睡在床上辗转不安，不知什么时候才晕晕乎乎地睡着了。日有所思，夜有所梦，在冥冥之中见到母亲从天而降，飘然而至，把他抱在怀中，从头到脚一遍又一遍地仔细查看：她看到国盛蓬头垢面，头发凌乱、干枯，是好久没有洗过头发了；她又摸了摸国盛的脸蛋，小小的脸蛋上挂满了泪痕，又瘦又粗糙，似乎结了一层厚厚的痂；她又摸了摸国盛的小手，小手脏兮兮的，还开了很多伤口；她又看了看国盛的衣衫，衣衫破烂不堪了，国盛自己缝补的裤子皱皱巴巴的。看到他这样孤苦伶仃，妈妈也流下了伤心的泪水。国盛紧紧地抱着她，拽着她的衣服，生怕妈妈走了，他依偎在妈妈的怀里，尽情地享受着这久违的母爱。

这时，妈妈就要国盛把裤子脱下来重新缝补，还要给他洗头发和洗澡，国盛不肯，不想再劳苦妈妈了，只想让妈妈轻轻松松地休息一下；只想在妈妈的怀中多待一阵，和妈妈多说说话。他就问母亲："妈妈您回来了就再也不走了吧？在天堂过得还好吗？天冷了有没有衣穿？饿了有没有饭吃？病了有没有医生看病？有没有药吃？每天做些什么事？累不累？"妈妈总是默默不语，只是泪流满面，此时母子相拥而泣，国盛更是泪飞顿作倾盆雨。不一会儿，只听到一个声音在叫唤："时间已到，该回天堂去了！"此时，妈妈似乎被一种无形的力量推开，国盛急忙伸手去抓妈妈的手，妈妈也伸手来抓国盛的手，但他们的距离越来越远，妈妈大声地哭喊着："国盛，你要勤洗脸、勤洗澡，要认真读书，不要和同学打架，天凉了你要多加衣服……"她边喊边挣扎着不愿离去。国盛也哭喊着："妈妈你一个人在天堂要好好照顾自己，要吃饱饭，生病了要吃药。"他边喊边追赶着妈妈，脚上却似乎被绑上了千斤重石，怎么用力也挪不动脚步，千呼万唤也留不住日思夜想的妈妈。他用尽全身力气向妈妈扑去，拼命地挣扎着追赶妈妈，但却只见妈妈双脚离开地面，腾空而去，霎时间不见踪影。国盛在挣扎中从睡梦中惊醒，方知是梦。他满脸泪水，枕头和被子都是湿漉漉的了。和妈妈的相聚，原来只是一枕黄粱。此情此景上帝看到也会流泪，那真是“天若有情天亦老，海若有情海亦枯”！

母亲的一生都是生活在繁杂的家务和吵闹的儿女中间。母亲在世时，她常常一个人独守孤灯，那灯光就像是把黑暗的宇宙烧出了一个小洞，透过小洞，只能见到一丝微弱的亮光。母亲坐在灯光下，就像是洞中的一片竹叶，那身影不时地在微风中摆动。母亲每晚就是傍着这昏暗的灯光补衣、做鞋、撕麻、纺线，一直要熬到深夜。每人每年就算只穿一双鞋，也要做十来双，可怜的母亲啊！光这十来双鞋子就够您辛苦的了，您是怎么熬出来的呀？母亲为了养育儿女，用她的双脚踏出了儿女的前程路，同时也送走了自己的青春与年华。母亲不但是一支蜡烛，燃烧了自己，哺育了儿女，直到“蜡炬成灰泪始干”，而且还是一支火柱，传递了她的品德和精神。母亲经过的苦难经历和死亡时的痛苦表情不堪回首。

母亲的一病不起，使国盛伤心至极，因此他下定决心长大了要学医，他有一个要改变中国医学落后面貌的伟大抱负，想做一个解除病人痛苦、挽救病人生命的白衣天使，不辜负母亲的教养之恩。但这一愿望，对于一个农村娃来说谈何容易，他的愿望和抱负不知能否实现？

第二十八章　坚韧不拔勤学路

一天晚上，国盛一个人在房间里感到很寂寞，就跑到禾场上数星星，这天上密密麻麻的星星，每个星星之间又那么大的距离，想起这浩瀚的宇宙不知有多大。在书上看到天文学家说有的星星的光射到地球上要好几光年，光的速度那么快，几光年是多大的距离啊！这宇宙有多大？有没有尽头？它的边缘究竟在哪里？国盛怎么想也弄不明白。有人说宇宙是无边无际的，但世界上的东西都应该有个边际啊！无论延伸到哪里都应该有个尽头。但是这宇宙又不可能有边界、有尽头啊！如果有边界的话，边界的外面又是什么呢？但这宇宙又是实实在在存在的东西，怎么会没有边际呢？真是百思不得其解。他经常爱想些这样离奇古怪的问题，常常把自己弄得晕头转向，使他陷入这矛盾的梦妄之中。很多事情他还不懂，想不通，自认为是知识太少了的缘故。他知道“非学无以广才，非志无以成学”的道理。为了懂得更多的知识，加深对世界的更多了解，他的学习热情更加高涨了。

国盛为了实现他的鸿鹄之志，从此以后更是加倍地努力学习，常常挑灯夜读。有几次做家庭作业，自己家里的煤油灯没油了，他就想尽一切办法克服困难。他看到隔壁邻居家里点着一盏灯，从门缝里射出了一道光线，国盛就抽了一条小凳子坐在门前，就着门缝射出的光线做家庭作业。虽然光线很暗，但还是能勉强看清字，总算是坚持把作业做完了。有一次，国盛和国庆在家里做作业，做到一半时灯就没有油了，不完成作业就会挨批评，国庆和国盛急了，怎么办？这天，天下了大雪，到处都是白雪皑皑，国庆看到了屋外雪光通明，就把书拿到雪地里试着看了一下，很好，字迹还能看得清楚，国盛也觉得这个办法很好，他们非常高兴。兄弟俩就赶紧搬条凳子到雪地里，就着雪光做作业。过了一会儿，他们的手都几乎被冻僵了，连握笔都握不稳了，他们就只好把手放在嘴前哈了一口热气，双手用力搓了搓，手暖和以后又继续做，一直坚持把作业做完。他们的学习常常只能是借着所谓的“囊萤映雪”“凿壁偷光”来进行。真是“书山有路勤为径，学海无涯苦作舟”啊！

他由于平时刻苦努力，终于顺利地参加了小学升中学的考试。考完以后就回到生产队参加“双抢”劳动，每天都在等待、盼望着录取通知书。因为国家还没有普及中学，读初中都需要考试录取，没有考上的就没有书读了，因此他希望自己能考起初中，继续读书。

一天早上，李会计从大队回来，告诉国庆说：“代销点有你的一张通知书，要你亲自去拿。”国庆听到有通知书，就赶紧往大队部跑，国盛也跟着国庆跑，他们一起来到了代销点，向营业员说明来意后，营业员就递给了国庆一张纸，国庆一看，是一张录取通知书。它是用一张小奖状纸写的，国庆收到通知书后非常高兴，他终于盼到了录取通知书。但国盛没有，他就问营业员：“营业员叔叔，还有我的录取通知书没有？”营业员叔叔说：“只有这一张，我还特意把它藏好了，不会丢失的。”国盛没有拿到通知书，不知道是什么原因，心情非常沮丧。他渴望读书，如果没有考上中学，就意味着没有书读了。现在不能没有书读，农村的孩子只有读书才是唯一的出路。因为农村户口，不读书，怎能有机会实现自己的理想呢？不行，壮志未酬，他不甘心，必须到学校去问清情况。

他找到了班主任陶老师，陶老师说：“是因为名额有限，一个家庭不能同时录取两个，只能优先国庆。”国盛听到没有考上中学，一下就精神崩溃了，他头上冒汗，脸色苍白，两腿发软。陶老师看他急成这样，就赶紧给他做工作，陶老师说：“你年纪还小，可以重读。现在国家为了满足你们读书，下半年各个公社会办农业中学，你还可以到公社去读。这农业中学和其他中学也是一样的。”国盛听了还有书读，眼前一亮，这才放了心，真是“山重水复疑无路，柳暗花明又一村”。峰回路转，天无绝人之路。不管是什么中学，只要有书读就行。回家后就到处打听农业中学办在哪里，经人指点才知道办在东风完小。报到时老师告诉他说：“农业中学刚办，还是一个新生事物，只有一个班，而且是借人家学校的一间教室上课。没有任何教学设备，只有两个老师和几张摇摇晃晃的烂课桌，有五六十个同学要挤在一间教室里上课。学习条件非常艰苦，你愿意读吗？”国盛斩钉截铁地回答说：“不管条件怎样艰苦，我都愿意读。”国盛虽然心里有些失落感，但不管怎样，有书读就是好的。

报名后，要交七元钱学费，他一文不名，哪里有钱交书籍费？暑假期间因为“双抢”忙，没有时间捉鳝鱼卖，没钱交学费怎么办？回家后就和国庆商量，国庆说：“现在没有其他办法，只能到沟里、田里捉一些黄鳝、才鱼卖掉做书籍费了。”国庆和国盛就决定晚上去抓黄鳝，他们用两块竹篾片做了一个夹子，用稻草扎了个火把，口袋里还装上了一盒火柴，准备工作做好后，吃过晚饭，国庆就打着火把，拿着夹子，国盛就提着鱼篮，兴致勃勃地捉黄鳝去了。

火把照了一段时间就烧完了，火熄了，只好跑到有稻草的地方，抓了一把稻草，重新做了一个火把，放在还有一点点火星的草把上，迎风舞动着火把，费了好大的劲才把火把吹燃。口袋里虽然装着火柴，火柴也只有两分钱一盒，但要挣到两分钱真不容易，不但要钱，而且还要计划，有点舍不得用，因此很节约，不到万不得已的时候是不会用的。夜晚，黄鳝就都从那闷热的洞里钻了出来，游到田边喝露水和乘凉，它们睡在田边一动不动，尽情地享受着夏日夜晚的凉爽。国庆看到一条大黄鳝躺在田边，他用夹子迅速地将黄鳝夹住，放到篮子里，国庆夹黄鳝有他的独特方法，只要他看到了的黄鳝基本上就没有能逃脱的，一个晚上他们就夹了四五斤。白天午休时也到田里、沟里、塘里去抓鳝鱼和才鱼，不到几天就把书籍费凑齐了，终于领到了新课本。

农业中学是半农半读的性质，读半天书，搞半天劳动。每天上午上三节课，有时还要搞校园劳动，有时搞自习和写大字，上课时间很少。有一天写大字，因为没有钱买大字本，国盛就在墙上撕了一张废纸，把它裁正，在它的反面写上了两排大字，交到老师那里，老师看了一眼，用鄙视的口吻说：“你难道连一本大字本都买不起吗？”国盛小声地回应了一句：“家里没有钱，真的买不起。”回答这句话时，心里很不是滋味，自尊心似乎受到了打击。他心里想，我们现在为什么这么穷？可能就是因为没有文化，不懂科学。母亲曾经说过，“万般皆下品，唯有读书高”，只有读书，掌握了文化科学知识才能改变这贫穷的命运，因此他更加发奋学习了。

国盛家离学校有七八里路，途中还有两个大越口，其中一个越口有两丈多宽，水有一丈多深。一天，天刮着北风，还下着小雪。国盛来到越口边，看到水这么深，天这么冷，他有点畏惧，有点踌躇不前了。他犹豫了好久，准备不去上学了。但他想起母亲的教导，“少壮不努力，老大徒伤悲”，决不能辜负母亲的期望。此时他脑海中有一个声音在呐喊：“你必须认真读书，要掌握好文化科学知识，长大了要当一名医生，要解除病人的痛苦，挽救病人的生命，摘掉‘东亚病夫’的帽子。”壮志未酬无所惧，因此他下定决心，只有背水一战，把自己置之死地而后生。

他脱掉衣服，不顾一切往水中一跳，水中冰凉，寒彻筋骨。水有一人多深，打不到底。他一看周围，异常的寂静，附近及远处都看不到一个人影，心里有些害怕了。因为小时候经常听大人们讲鬼的故事，说水里面有落水鬼、水猴子，他生怕有一个落水鬼来拖脚。越怕就越紧张，越紧张就越游不动，加上冰冷刺骨的水，脚都几乎快要抽筋了。在这又冷又怕的时候，他准备退回来爬上岸不去上学了，但他又担心会耽误一天学习。不行，不管怎样都不能耽误学习，这时他只有一个念头，就是不顾一切地拼命往前游。如果不用力就会沉到水里被淹死。就在这时，天空中传来几声乌鸦的叫声，他心中更加害怕了。因为常听人说乌鸦叫就有鬼，就会死人，所谓的乌鸦嘴。不过有这乌鸦的叫声也就打破了这周围的寂静，给这凝固了的空气带来了一丝生气，反倒使他镇静了许多。

他坚定信心，费了九牛二虎之力才游到对岸。虽然是泡在冰冷的水中，但还是惊出了一身冷汗。他使尽全身力气赶紧爬上了岸，但他还是觉得身后有个无形的阴影在追逐着自己，他感到脚酸腿软，心在怦怦地跳，全身打战。上岸后没敢停留，抱着衣服赶紧往前跑，看到远处有一个人在行走，这颗惶恐的心才稍微放松了一下。他实在是走不动了，赶紧走到一堆稻草前坐下休息，一坐下来就觉得全身酸软，没有了一点力气。休息了一会儿，才使体力恢复了许多，他把衣服穿好，稳定了一下情绪，缓了一口气，又继续向学校跑去。在风雪中踽踽独行，困难和危险没有吓倒他，三九严寒何所惧，他是：

壮志求学不畏难，万水千山只等闲。
沟港湖泊腾细浪，田垄堤坝走泥丸。
雪花飘落水犹暖，上岸才知彻身寒。
更喜江湖冻三尺，过河不用脱衣衫。

同龄的孩子还在母亲怀里撒娇，可国盛就像一根野草在风雨和烈日下顽强地生长着。寒来暑往，他每天就这样在惊吓中、风雨中、严寒酷暑中奔跑在家和学校的来回路上。学习的道路没有捷径可走，学习的道路是艰难的，也是曲折的，在这样艰苦的条件下，他坚韧不拔，湖南伢子真是吃得苦、霸得蛮。他对自己的信念和理想矢志不渝，顽强地坚持学习。人只有经过艰苦的磨炼，九死一生后才能成就事业，一帆风顺是成不了大事的。张凡、大生、正国、五才他们都是因为上学条件太艰苦而退学了。

张凡的父亲希望他继续读书，因为他家也很穷困，三代无人读书，无人识字，没有文化使他们尝尽了苦头，希望张凡能多读点书光宗耀祖，望子成龙这是每个做父母的心愿。他父亲就劝张凡说："凡儿，你年纪还小，做不了什么事，现在正好读书，过去因为家里穷，没钱读不起书，祖祖辈辈被人瞧不起，现在家里有劳动力，不需要你做事，政府政策好，读书又不要多少钱，旧社会读一期书要几担谷呢，现在多好的机会啊！正是读书的时候，赶快读书去。"张凡噘着小嘴道：

春来不是读书天，夏日炎炎正好眠。
秋有蚊虫冬有雪，一心收拾到来年。

他父亲听后，气得肺都要炸了，拿块篾片就追，边追边骂道："你这小畜生，书不会读，歪诗学了一首，今天老子要打死你，你不读书，家中无才子，官从何处来?"张凡说："一个农村户口，读了书又有何用，农民的儿子永远是农民，干部的儿子永远是干部，一个农民的儿子，读了这点书，谁会给你官当。难道锄头、耙头、锹上面有字吗? 拿它们还要很多文化吗?"他父亲没有读书，说不过他，也就拿他无可奈何。

张凡、大生和其他孩子在困难面前退缩了，他们辍学了，因为他们知道自己唯一能做的就是种好田，多打粮食填饱肚子，多抓点黄鳝、才鱼卖点钱贴补家用，能建个三间茅屋，老婆孩子热炕头就足够了。至于个人前途、国家命运他们压根就没有想过，他们在艰难的生活道路上挣扎、徘徊、彷徨，浑浑噩噩地过完每一天。他们不知道要穷则思变，越是穷困就越要学习，越要奋斗。国盛他懂得了这一道理，他不怕困难，风雨无阻，疾风知劲草，在那样艰辛的条件下，只有国盛顽强地坚持了下来。

有一次国盛看到邻居家兄弟分家，吵吵闹闹分了几天都没有分成功。房屋和家庭财产不知怎么分割，也没有人能写字立据，赡养父母的费用也算不清，没有办法，后来只好从其他大队请来一位高人，他叫张智文，当地乡亲称他为张秀才。他能写会算，算盘打得溜溜转，只用了一天就把家分得清清楚楚了，还写了一份分家协议，使分家的全家人都非常满意，大家都心服口服。他还有很高的文学修养，能够出口成章、下笔成文，还写得一手好毛笔字，经常帮人家写状子、写春联，还会砍土分方，让周围的人都佩服得五体投地，十里八乡广为传颂，国盛也从心底里非常佩服他。国盛也想成为一个能写会算的能人，不知能否做到。

第二十九章　学打算盘自求师

读了书种田，不读书也是种田，种田就是插田、扮禾、中耕、除草、车水灌溉，每天都是离不开锄头、耙头、锹，不需要有什么文化。有的家长一般就不强调儿女们读多少书，毕竟读书要花钱，还要耽误一个劳动力，实在是不划算的事情，还不如早点参加队里的生产劳动，赚点工分，分点粮食还实惠得多。因此，农村读书的人很少，称得上有知识、有文化、能写会算的人真是凤毛麟角。农民虽然不重视文化，舍不得花钱读书，但他们还是很羡慕有知识、有文化的人。农村把一个会写字、能打算盘、能砍土分方的人称为文化人、能人，就觉得他是才高八斗，才华横溢，邻里乡间有事必请其出面。

其实农村也迫切需要有文化的人，懂科学的人，就是在这样封闭落后的农村，也要会计、保管员、记工员，也需要砍土分方的人，尤其是科学种田需要文化。农村就是因为不重视文化科学知识，读书无用论盛行，使一代一代的农民缺少文化，才导致了盲目蛮干，产量总是提不高，甚至是越来越低，农村生活总是在低水平徘徊。要想改变农村面貌，建设好祖国的新农村，就要学好文化科学知识。

国盛对打算盘很感兴趣，他很想学习打算盘，他懂得自己只要能多掌握一门知识，就多一条出路，就会多一分生存空间，对今后的生活就能多提供一份方便。要学习打算盘，但是家里没有人会，向谁学呢？他非常着急，怎么办？他就和国庆商量，国盛说："哥哥，我想学打算盘，你看到哪里去学好些？你带我去学好吗？"国庆说："我也早就想学打算盘了，但是没有人教啊！我们找谁去学呢？"思来想去，队里只有李会计会打算盘。国庆说："我们就找李会计去学。"但国盛担心地说："李会计会不会教我们呢？"国庆说："管他同不同意，我们先去求求他，看他怎么说。如果他不同意，我们就再去找其他人，你看怎么样？"国盛说："那好，我们看哪个星期天有时间就去找他。"

在一个星期天的晚上，国盛和国庆吃完晚饭，做完作业以后，没有其他事情做了，就准备到李会计家里去学打算盘。但那是一个月黑风高的夜晚，天黑得伸手不见五指，完全不看见路。他们着急了，这么黑怎么能去呢？没有其他办法，只能用火把，这是农村夜晚出行时，看不见路常用的方法。他们就用稻草扎一个火把，火把在风中被吹得摇摇晃晃，奄奄一息，他们借着火把微弱的光亮向李会计家走去。农村的田垄路都是一些羊肠小道，既窄且滑，还有很多越口。国盛没有看清路，一不小心，就一脚踩在越口里，狠狠地摔了一跤，膝盖被撞得钻心的痛。他爬起来揉了揉膝盖，又一瘸一拐地跟着国庆往前走，好不容易摸到了李会计家。

李会计坐在堂屋里抽旱烟，堂屋里的八仙桌上点着一盏煤油灯，他的堂客就坐在煤油灯下纺纱。他们夫妇俩见到国盛兄弟到来，知道是有什么事情，李会计就问道："你们兄弟俩这么晚了来有什么事吗？现在外边的天很黑吧？"国庆说："现在外面很黑，我们是打着火把来的。我们是来向您请教的，因为白天要读书做作业，要搞劳动，你们白天也要劳动，都没有时间，因此只能晚上来麻烦您了。"李会计就站起来笑着说："你们有什么事尽管说，不用请教，只要我知道的都可以，你们这样爱学习真不简单。"

李会计40来岁，中等身材，国字脸，很和气，他是多年的老会计了，算盘打得很好。国庆说："我们学校现在要求我们学打算盘，因为没有老师教，您的算盘打得好，我们想向您请教，一定要请您帮忙！"李会计听说是要学习打算盘，开始是欣然接受了，但后来他仔细一琢磨，不行，他们学了算盘，今后是不是会想当会计呀？是不是会夺我这会计的位子呢？那岂不是端了我的饭碗呀？他沉思了一下说："现在学算盘有什么用，又没有什么东西算，一个生产队一个会计都没有算的，还用得着几个人算吗？当会计有什么好，还不也是天天在田里做事，和其他人一样日晒雨淋，晚上别人休息了，会计还要在煤油灯下记账、算账，队里就只每月补一斤煤油和三个工，这有什么搞头。还不如多读点书，将来当干部好。当干部的不要天天泥一脚、水一脚，一身干干净净的。"国庆怕李会计误会，于是就立即解释道："我们学打算盘是学校的要求，现在学校没有老师教，今后学校要考试，没办法。我们也想多学一门知识，今后自己做事方便一些，您尽管放心教我们，我们绝对不是想当会计，不会抢您的位子。"其实，国盛他们兄弟俩的目标也不只是想当一个生产队的小会计。李会计听了他们这么一说，也就无奈地起身，慢慢地从房间里的书桌上拿起算盘，走到堂屋里的餐桌前，叫国庆和国盛也坐在餐桌边，首先就是教他们学加法。他用算盘演示了一下一到十的加法。然后就把加法的口诀叫国庆写在一张纸上，就让他们回去天天读，兄弟俩如获至宝。开始就是读加法口诀，一上一、二上二、三上三；一下五去四、二下五去三……开始读到这些口诀感到有点莫名其妙，不懂是什么意思，但只能按照师傅吩咐的每天早晚读，读了一个星期，终于把这些加法口诀读熟了，然后又去请教他在算盘上具体怎么动子。

在一个星期天的晚上，他们又来到了李会计家，李会计教了他们两个练习方法，一个是九轮子，它是“123456789”连续加八次，得数是987654321，看上去很有意思，数字刚好掉了一个头；还有一个就是666，是从1加到36，等于666，这样就可以自己检验你是否加对了。经过李会计的操作演练，他们终于弄明白了口诀的作用。他们感谢了李会计的指导之后，就又准备摸着黑回家。李会计见外面天黑，就拿出一个手电筒借给他们回家，但被他们谢绝了。因为这手电筒很贵重，怕损坏了赔不起，他们硬是凭着路熟慢慢地摸回了家。

以后他们一有时间就在家加紧练习。通过一段时间的练习后，加法已经很熟练了，又去学减法。这次去李会计家，他一看到他们，就知道是来学算盘的，就摆出一副要出去有事的架势。国盛他们看到李会计要出去有事，就不好意思强求他，怕耽误了他的正事，人家会不高兴，他们就只好摸着黑又回家了。第二天晚上又去，他还是说没有时间，国盛知道他是在推脱，就只好拖着他的衣服求他说：“请您再教我们一次减法，以后我们就不再来麻烦您了，好吧？”李会计看他们学习很诚心、很执着，就只好又坐下来教他们。教了他们的减法的方法和口诀。以后一有时间他们就向那些会打算盘的人学习，经过一番努力，终于把加、减、乘、除都学会了。还学会了砍土分方，真是世上无难事，只怕有心人。

他们一有时间就加紧学习文化知识，生产队的一些活动他们很少参加。有些同龄的小孩不爱读书，只喜欢玩游戏、打牌、唱戏、玩地花鼓等，在地方上表现得非常活跃。国盛和国庆他们知道，玩游戏、唱歌、跳舞、打牌等对自己的前途没有什么好处，他们就在学习上加倍地努力。他们是像一句名言里所说的：“虽然你很笨，只要用你所有的智慧去认真学习；虽然你的力量很小，只要用你所有的能力去干你的事业，那你将来就一定会是一个很有成就的人。”因此他们坚持在家学习，没有参与打牌等活动，怕打牌上瘾而不能自拔。为了学习，基本上是两耳不闻窗外事。在生产队邻居们的心目中好像没有他们的存在，他们是要以“淡泊以明志，宁静而致远”来实现自己的凌云壮志。

一天，邻居李满爹来到国盛家，看到国盛家里很穷，国盛也是衣衫褴褛，他就对国盛说：“今年过年队里唱地花鼓，需要一个唱三花子的，你家里这么穷，可以去唱三花挣点包封钱贴补一下家用，自己也可以买件新衣服穿呀！现在就可以去参加排练，你去不去？”国盛没有答应李满爹的邀请，不知道他心中有何打算。

第三十章　勤工俭学芦苇山

国盛想，这演地花鼓要很长的时间，现在没有放假，会耽误学习，他不想让这些蝇头小利羁绊了自己的前程，就对李满爹说：“我很笨，不会唱，也不会跳，这个钱我挣不到。李民不是很爱唱，很爱跳吗，叫他去可以啊！我也不想挣这个钱，我要读书，没有时间，谢谢您的关照。”

国盛知道，靠唱地花鼓挣几块钱，这只是眼前利益，这样会搞坏人的思想，养成好吃懒做的坏习惯，要靠自己的辛勤劳动挣来的钱，才用得踏实。这唱地花鼓是自己不爱做的事，他不想违心地去做自己不愿做的事情。李满爹说：“你不是笨，你是‘两耳不闻窗外事，一心只读圣贤书’，是有更大的理想目标；你是‘玉在椟中求善价，钗于奁内待时飞’，胸有大志，腹有良谋；你只是大智若愚，锋芒不露而已。年轻人是要胸怀宽广，志向远大，能海纳百川，才有出息。”这李满爹是地花鼓戏的发起人和导演，也是这地方上有才华的名人。国盛谦虚地对他说：“哪里，哪里，我是因为家里穷，没有读什么书，现在知识太少，跟不上形势和时代的发展了，只能以勤补拙嘛。”他就这样婉言谢绝了李满爹的邀请。

因为国盛心中想的都是一些有关个人前途命运，有关社会，有关国家的大事，从不会为一点蝇头小利所迷惑，从不为五斗米折腰。他知道成大事者应才识皆全，忌傲惰无为，看到广大的人民群众还是处在贫病交加的日子里，还需要努力奋斗，他真是“心事浩茫连广宇，于无声处听惊雷”。

春节临近，生产队放了几天假，劳动力都趁这春节放假的唯一机会，到漉湖柴山找副业，挣点钱过年。国盛和国庆也放了假，就想勤工俭学，和大人们一起去找几天副业，也挣点钱做学费。因为这只有几天时间，不会耽误太多的学习，劳动也能锻炼人的身体和意志。国盛就去邀张凡，想和他一起去，但他没有读书了，不需要学费，他也不想去打丫，因为打丫太辛苦了，他还觉得打丫很丢人，没有面子。

国盛他们兄弟俩懂得劳动致富的道理，这些道理是母亲经常教导他们的最基本的做人准则。兄弟俩带了两床烂被子，十几斤米，一些酱豆子和辣椒萝卜等生活用品，他们不顾路途遥远，挑着这沉重的担子向着遥远的柴山进发。

从家里到漉湖有三十多里路，他们用自己稚嫩的肩膀挑着这些东西，还要走这么远的路。他们一路坚持走来，把他们累得汗流浃背，全身酸痛，脚都走得一瘸一跛的，肩膀也磨起了血泡。他们咬紧牙关，勇往直前，一直走到太阳西下才到达目的地。真是：

扁担压得弯又弯，
为挣学费进柴山。
腰酸腿软不气馁，
万水千山只等闲。

过了一山又一山，
喉干舌苦全身汗。
遥知山路迢迢远，
不达目的心不甘。

漉湖是个一望无垠的芦苇场，是造纸原料的重要基地。这里每年冬天都聚集了全国各地的农民工在这里劳动，开的开沟，砍的砍柴，打的打捆，打的打丫。工地上搭的柴棚星罗棋布，到处都是劳动的人们。机器声、打丫声、吆喝声此起彼伏，热闹非凡。国盛他们找到了自己队里的工地，这时离收工还有一段时间，他们没有休息，也不顾肚子饥饿，就和队里的劳动力学习打丫，打丫就是把芦苇的枝叶打掉。国盛他们已经一天没吃东西了，肚子饿得发慌，全身已经筋疲力尽了，连篾片都举不起了，他们就只好在旁边看了一会儿。不久就到了收工的时候，大家一起来到宿营地。炊事员早就把饭煮好了，大家经过了半天繁重的体力劳动，肚子都很饿了，就立即吃饭。每人一大蒸钵，大约有八两米饭，国盛吃不完，就和国庆分着吃。菜就是各自带的辣椒萝卜、酱豆子、干鱼、擦菜子等，新鲜蔬菜太重了没人带，买又要钱，而且很贵，都舍不得买，只好就吃自己带的坛子菜。

吃完晚饭后，大家都到棚子里休息。这棚子全部是用芦苇搭成的，很低矮，人进去都要弯腰低头。棚子里很黑暗、潮湿，地上垫了一尺多厚的芦苇，被子就铺在芦苇上面，大家都很疲劳，就坐在床沿上休息，大家每人都卷着一根土烟，吞云吐雾，一下子棚子里就烟雾缭绕，熏得打不开眼睛。人们劳累了一天，饭后抽一支烟，这是他们感到最享受、最惬意的时候，他们有句口头禅是“饭后一支烟，快乐似神仙”，他们劳累了就用抽烟来提神。大家实在是太疲劳了，抽完烟就躺在床上，一下子就呼噜、呼噜地睡着了，国庆和国盛也很疲劳，就和大家一起睡觉了。

第二天天刚蒙蒙亮，炊事员就起床做饭了。饭熟了，大家就起床吃饭。带了毛巾的就在旁边的一个小洞里洗了一下脸，没带毛巾的就用手捧了一点水擦了一下，根本就没人漱口。有的来山里时间比较长的，一个个都是蓬头垢面，手上、脚上、脸上都结了一层壳，就像原始人一样。吃完早饭后，劳动力就背着打梱的工具打捆，小孩和妇女就打丫，国盛和国庆因年纪太小，也只能打丫。

开始很不熟练，国盛也照着别人的样，搬一捆芦苇斜插在一个预先挖好的洞里，拿一块又长又宽的大篾片，这篾片比国盛的身体还要长。他拿着这块笨重的大篾片使劲地砍，要把叶子、丫子全砍掉。由于不熟练加上体力小，人家打两个，国盛还打不了一个。芦苇的丫子、叶子像锯子似的，手、脚、衣服都被划出了一道道口子。国盛一不小心，脚板就被锋利的芦苇蔸扎了一个洞，鲜血直流，为了下一期的学费，他咬紧牙关，强忍伤痛，和大家一起打了三天丫。由于没有新鲜蔬菜吃，不适应环境，口舌都溃疡了，被辣椒萝卜一刺激就痛得口水直流。手足已被芦苇划得伤痕累累，晚上睡在床上浑身酸痛，有时痛得睡不着觉。

这天晚上睡到半夜被痛醒，听到外面一阵阵北风呼啸。虽然有厚厚的芦苇挡着，但在冬季真是“针鼻大的眼，炉碗大的风”。寒风吹在身上是那样的刺骨，不到一会儿就下起了大雪。一粒粒的雪子打得芦苇“嘣嘣嘣”地响着。雪花钻过芦苇飘到了人们的头发和脸上。大家因为过度疲劳，都全然不顾，只是紧缩着身体，把头埋进被窝里，人靠着人、人挤着人，抱团取暖。第二天早上起来，棚子里的地上，被窝上到处都是雪。

这一夜，国盛的手脚几乎被冻僵了，早上起来，大家搓的搓手、顿的顿足，这苦连大人们都受不了，何况是国盛这小小年纪。他能吃这份苦，是因为他怀着伟大的志向而中流击楫。外面全部被大雪覆盖了，无法开工，就只好卷起被窝行李准备回家。大家就把工钱结了。国盛三天一共挣了七元钱，他拿着这七元钱如获至宝，通过自己的艰辛劳动终于挣到了下学期的学费了。虽然非常辛苦，但这种获得感却从来没有过，他知道穷人的孩子只有通过自己的努力才能生存下去。盆景中的花木，被人捧着、奉着是长不大的，终究一天会干枯在这个狭小的花盆里。只有生长在野外肥沃的土壤中，在阳光的哺育下，在风雨中锻炼，才能茁壮成长，才可以长成参天大树。

他把这七元钱藏在贴身的衣袋里，生怕掉了。他和国庆又挑着被子跟着大家迎着风雪，踏上了艰难的回家路。回到家，他就把七元钱珍藏在枕头底下，留着做学费用。钱对于国盛来说是一种既渴求又陌生的东西。

二婶死后，没有人能按时给国盛做鞋子穿了。冬天经常下雨，下雪，泥泞路滑，没有鞋子穿很不方便，一出去就只能打赤脚，晚上只能洗脚上床。其他家的小孩过年都有新衣服、新鞋子和新袜子穿，国盛也想双新袜子穿。但一想到开学没有学费，就只好又把钱藏起来了。他必须未雨绸缪，不然开学时就没处找学费了。他只能用这样的勤工俭学方式完成自己的学业。

为了生存，为了学费，他已过早地失去了童年的生活与快乐；过早地步入了成年人的“日出而作，日落而息”的劳作方式；过早地担负起了成年人才承担的家庭责任与辛劳。他知道只有艰苦奋斗、自力更生，才能继续读书。这也是一个人在艰苦的环境下，应该具备的自我奋斗精神和自我生存的能力。只能靠自己努力学习、顽强拼搏、不断坚持才能改变自己的命运，才能事业有成。

一天，天下着雨夹雪，国盛想外出，但没有鞋子穿。国盛就想了一个办法，自己用木板做拖鞋。他找了一块木板，首先用铅笔在木板上照着自己的脚板画上脚的轮廓，用锯子把木板锯断，再用刀沿着画线砍出脚板的形状。然后把鞋底的中间部分砍成一个凹形，做出一只鞋跟，这样不但有利于行走，还可防滑。当木拖鞋刚要做好时，他一阵高兴，正在他得意忘形时，一不小心，刀子把他的左手小指头切掉了一块肉，鲜血直流，并有钻心的疼痛，但他没有流泪，没有哭泣。他把切掉的肉捡起来重新嵌在伤口上，从衣上撕下一块烂布包好，用一根鞋底线扎紧，等没有出血了后，又继续做他的木板拖鞋。木板拖鞋做好后，他又从队里的机房中找来了一截废皮带，用剪子照着脚的宽度剪断，用小钉子钉在木拖鞋的前面做鞋绊。拖鞋做好后，他试穿了一下，很好，非常合脚，穿着十分舒适。因木板很厚，不但能在干地上行走，还能在浅的泥里、水里走。从此他每天就把木拖鞋当布鞋穿。后来其他小朋友也仿效他，都做了一双，大家都穿着自己做的拖鞋，故意走在泥泞的路上，炫耀自己的拖鞋。这双木拖鞋伴随他走过了好几个春秋。这些往事历历在目，有些往事非常有趣，但有些真是不堪回首。

第二部　青年时代的艰难与自强

第三十一章　毕业回乡把农务

国盛中学毕业后就再也没有书读了，农村只有初中，取消了高中和高考，大学也都停办了，这就意味着彻底阻断了农村孩子冲出农村的唯一道路。

岁月蹉跎，沧海桑田的变迁，物换星移的变幻，物是人非的冷酷，时过境迁的悲凉，错过花期的忧伤，在岁月的积淀里逐渐褪色。一代青少年正是学文化、长知识的时候，这样的大好时光就这样白白地流失掉了。在这个激情燃烧的岁月里，“新鲜事物”层出不穷，奇事、怪事也常有发生，国盛在心中叹道：

九州生气恃风雷，
万马齐喑究可哀。
我劝天公重抖擞，
不拘一格降人才。

国家要强大必须依靠大量的科技人才呀！一位教师看到学生经常上课不认真听讲，非常担心，就这样感叹地写道：

横空出世，大整顿，踏破人间春色。发动闯将千千万，搅得周天寒彻。斗无消停，江河改色，知识成“牛鬼”。千秋功罪，谁人曾与评说？如今我谓整顿：不要文攻，不要搞流血。安得倚天抽宝剑，把汝裁为三截？一截务农，一截务工，一截还科技。太平世界，祖国亟须建设。

国盛经常和大生在一起劳动。出工是同去同归，按底分记工，出了工的就在名字后面打个圈，没出工的就打个叉。没有定额，不查质量，不管你是坐在那里还是站在那里，只要你在那里混了一天时间，就是一个出勤。抓草是你一行，我一行；割禾是你一排，他也一排。有时妇女抓草的速度比男劳力还快，割的禾比男劳力还多，但工分只有男劳力的一半。男女不能同工同酬，有些妇女就有看法，她们就只好消极怠工，有些人就偷工减料，磨洋工。抓草时有的水都没有搅混，抓过以后杂草还是原封未动，没有几天田里又是杂草丛生，田中间的稗草就像是野鸡毛一样遮得禾都看不见了。有的就只把田周围的草扯了一个圈，中间的草动都没动。

追肥也是一样偷工减料。有一天，大生、五才、正国等几个人追肥，他们每人提着一桶化肥，因为田中淤泥很深，感觉很吃力，肚子也很饿，在田中撒了一个圈后，实在走不动了，五才就想出了一个偷懒的办法，看到了一个口子在向田里放水，他就坐在口子旁边把化肥慢慢地往水里撒，让流水把化肥冲到田里去。这样，田里的化肥浓度就不均匀，近处的化肥浓度高，远处的化肥浓度就低，近边的禾苗因过肥而长得黑青，没有多久就倒覆了，远边的禾苗由于缺肥而长得又矮又黄，结果是肥料浪费了，到扮禾时因禾苗肥瘦不均而减了产。由于管理不善，产量一年比一年低。

国盛看到这一情况心里非常着急，他只能是“念天地之悠悠，独怆然而涕下”。他白天和大家一起劳动，夜晚没事就和大生一起守队屋。每人带了一张被子，在牛栏屋里开了一个铺，他就和大生睡在牛栏屋里。这样既能守了队屋，又顺便看了牛，一则可以为队里节约劳动力，二则可以多为家里挣点工分。开始牛栏屋里的那股牛屎、牛尿的臭气味很难闻，有些呛鼻子，闻着有点作呕，但他们为了给家里多挣工分而坚持了下来。过了一段时间后就慢慢地习惯了，还觉得有一点点稻草的香味。

一天晚上，天气很冷。国盛和大生睡在床上，突然外面来了几个知青。毛主席号召知识青年上山下乡，到广大的农村去锻炼，接受贫下中农再教育。因为农村是一个广阔的天地，在那里是可以大有作为的。每个生产队都安插了几个知识青年，这几个知青有一个是自己队里的，还有几个是邻队的，他们没事就在一起玩。那晚他们觉得很冷，就想到队里的保管室来找些废材料烧火取暖。他们和保管员打了一个招呼，问队里有什么东西可以烧火烤。保管员说：“你们自己去找，那些弯的、歪头曲脑的、做不得用的木就可以烧，那些直的，有用的就不能烧。”知识青年来到队屋后，就按保管员吩咐的到处找那些弯木，什么犁弓子、牛轭子都是弯的，他们就搬来烧火烤。他们一边烤火一边谈论。有一个知青说：“明天上工地，要穿草鞋，不知哪里有四十码的草鞋买没有?”另一个知青就问国盛：“你们这儿哪里有四十码的草鞋买吗?”国盛和大生都不知道四十码的草鞋是什么草鞋，因为他们从来没有穿过买的鞋子，也不知道四十码是什么概念?就回答说：“没有，我们这里的草鞋没有码子，合脚就行。”知青听了，他们才恍然大悟，原来草鞋没有码子的。一个知青对其他知青说：“我们今后要加紧向农民朋友学习，不然就会经常闹笑话。”几个知青不约而同地笑了。

第二天，保管员来到队屋里，看到牛轭子、犁弓子这些农具都被烧了，气得大发雷霆，怪国盛和大生不负责任，没有阻止他们烧这些有用的农具。他们俩都觉得很委屈，大生说：“他们不是请示过你吗？是你同意他们烧的，我们又不知道哪些有用、哪些没用，哪些能烧、哪些不能烧。我们有什么权力阻止他们烧呢？”保管员听大生这么一说，也就没有过多地责怪他们了，因为没有和他们说清楚，自己也有责任。

晚上国盛和大生睡在一起谈劳动，谈打架，谈抓黄鳝，谈明天要到哪里去捉鱼、要到哪里去割猪草等，有时候还谈到了未来想干什么，有什么打算和理想，他们晚上是无所不谈。有一次谈到了未来准备干什么时，国盛对大生说：“我们这一世总不能就这样天天混日子吧？你今后打算干什么？”大生说：“我准备学木匠，学门手艺，每天做上门工有饱饭吃，还有鱼吃、有肉吃、有酒喝、还能攒到私房钱。”国盛说：“我今后想学医，农村的医药太落后了，有了病都没地方治。”大生说：“学医生很难，要有天赋，要有很高的学问，还要读好多年的医药书，学好多年的徒弟，我们这点文化能学得医生出吗？当医生风险大，还要走医运，弄不好把病人整死了怎么得了？看病时，病人咳嗽、吐痰、呕吐，还有很多传染病，和病人打交道很邋遢。”国盛说：“我不怕，我学医当了医生后，要把那些要死的病人都从死亡线上拉回来，不能让他们死掉，要让所有的病人都能健健康康地活着。我只怕找不到学医的地方，只怕家里没钱送我去学，只要有机会我就会去学医的。”大生还悄悄地告诉国盛说：“学医生上头还要有人呢！上头没有人是不会要你学医的，你自己学了医，领导也不会要你看病。”国盛也是担心这一点，但他不相信什么天赋，什么天才，他只怕不要他学。他认为天才是由各方面的因素组成的，大概有这样一个公式，记忆力+理解力=聪明；聪明+理想+勤奋+创造力+坚持=天才。人生要成大事者必先立志，有志者事竟成，无志者则一事无成。要成事者，立志、勤奋、坚持，这三者缺一不可。

国盛他怀揣梦想，企图用自己的力量改变农村这贫病交加的现状。他有一种像阿基米德所说的“只要给我一个支点，就能把地球撬起来”的信念。国盛是个敢想敢做的人，他认为一个人要有勇气改变那些能够改变的东西，要有智慧处理那些不能改变的东西。因此，他以后就买了一些中草药书籍在家开始自学。落雨天、下雪天就一个人关在家里学习，晚上就伴着一盏昏暗的孤灯看书，为今后学医做好准备。因为机会永远只会光顾那些有准备的人。人无远虑就办不成大事，不能临时抱佛脚。一个人只要有伟大理想，锲而不舍地追求，他的伟大理想、美好人生就能实现，美好生活就会从足下开始。

第三十二章　农业劳动不示弱

国盛虽然刚出学校，身体还很瘦弱，但评底分时给评了十分，就是和正劳力一个级别，这就意味着做事和分任务也是和正劳力一样多。一天，队里要把一条沟的潮泥打上来做肥料，每十米一段，每人分一段。掀潮泥国盛还是第一次，开始还是干劲十足地和大家一样掀，还勉强跟得上。但是过了一会儿，就感觉力不从心，有点吃不消了。手也软了，腰也酸了，肚子也饿了，全身有点冒冷汗。眼看任务已比别人落后了很多，掀了两个多钟头后，其他劳动力都上岸休息去了。大生、张凡看到国盛一个人还在掀，就大声地叫他："国盛，赶快上来，我们抽烟、喝茶去，休息一下再来掀。"国盛说："你们先走，我掀完这一点就来。"大生、张凡、张志华、王满他们来到附近的一家姓李的邻居家里休息。李二娭毑正在补衣服，看到大家来了，就赶忙起身搬了两条板凳给大家坐，从包壶里给每人倒了一碗用风篷叶（就是大叶子茶叶）泡的茶，还拿出了一竹筒子土烟丝，里面还备有用学生作业本裁成的卷烟纸。张志华、王满、大生、张凡他们喝了一碗茶后，就坐下来，每人都拿了一点烟丝和一张卷烟纸，把烟卷成一个喇叭筒，李二娭毑就用火钳夹来了一坨木炭火，他们轮流着把烟点燃，边抽烟，边聊天。

他们吞云吐雾，一下子满屋里就烟雾缭绕了。经过一阵休息，体力也有所恢复，为了完成任务，大家就又继续去掀潮泥了。

只有国盛看到自己比别人落后，怕完不成任务，不敢去休息。手软了甩一甩，腿酸了揉一揉，肚子饿了裤带子紧一紧。咬紧牙关拼命赶，等到大家休息来时，他将快要赶上他们了。大家看到国盛这样发狠，大生就半认真半开玩笑地说："你这样发狠，是想评劳模吧？"国盛说："哪里，哪里，我已经落后你们很多了，我只是想把它搞完，不拖大家的后腿罢了。"等到收工时，国盛还剩下一米多，他已经是满头大汗，全身酸软，肚子饿得"咕咕"叫了。

天已渐渐地黑了，张凡看到国盛还有那么多，就调侃国盛道："读那么多书有什么用，搞劳动秀才还不如文盲呢。"大生看他一个人搞不完，二话没说就拉着张凡过来帮他的忙。国盛见他们要给自己帮忙，他忙说："谢谢你们，不用帮忙，我自己慢慢来，一会就搞完了，你们也辛苦了，早点回去休息吧！"大生说："你一个刚从学校出来的学生怎么搞得这号路喏，真是难为你了。"国盛说："没问题，都是锻炼出来的嘛！"张凡说："我们三个人一下子就搞完了，一起回去还热闹些，免得你一个人在这里怕鬼。”他们几个人真的只有一下子就掀完了。

潮泥是一种做凼肥的原料，等潮泥干了以后，男女老少都用篼箕把潮泥挑到凼子里，再薅些草皮混在一起，加些水让它们腐烂发酵后就成了肥料。

每年一到春天，人们就进山砍青，这是田里有机肥料的主要来源。主要劳动力都要进山，他们是三个人一组。国盛、秋良和张志华分一条船，三个人一天要砍一船青。一清早起床，吃了两碗菜拌饭，驾着船就出发了。经过一个多钟头的跋涉，来到了草山中。举目眺望，真是“蒹葭苍苍，白露为霜”啊！早上的露水还是拔凉拔凉的。遍野青山，一望无涯，国盛才看到过这么大的青山，他感叹道：“原来绿水青山是这么美好，祖国山河多么壮丽啊！”真是：

芦苇藜蒿三尺高，青茎绿叶万千条。
此画是由何人绘，二月春风似画叟。

大家挥起镰刀就“唰唰”地砍起来，不管是芦苇，还是芹菜、藜蒿，只要能做肥料的统统都砍。国盛的刀有点钝，砍他们不赢，是因为早上大家在磨刀时偷了一点懒，他本来磨刀就不里手，磨了一阵，他就认为刀磨得有蛮快了，他想：磨刀是费力，砍草也是费力，用力磨刀还不如用力砍草。哪知道刀磨得快的砍起草来又快又省力，真是“磨刀不误砍柴工”啊！古人说得好：“工要善其事，必先利其器。”

为了争取早一点砍满一船草，早一点回家，大家争先恐后拼命地砍，一下子就砍了一大片。大家是既分工又合作，砍的砍、捆的捆、挑的挑。国盛、秋良和志华他们很快就每人砍好了一担青，有两百多斤重一担。国盛试了一下，挑着走了几步，摇摇晃晃，腰酸腿软。秋良见状就说：“你赶快放下，别扭了腰，你去砍算了，让我来挑。”国盛就专门砍，秋良就专挑。

过了一阵，天下起了大雨，大家只好穿起蓑衣，戴上斗笠，冒着大雨干。穿着蓑衣挑担子很不方便，泥一脚、水一脚的非常吃力。外面被雨水打湿，里面被汗水浸湿，加上早晨只吃了两碗无油的菜拌饭，肚子饿了，腿也软了，秋良挑着那沉重的担子非常吃力，国盛看在眼里，心里非常不舒服。因为自己力小挑不动，他是在为自己挑重担，非常过意不去，但又有什么办法呢，如果自己挑的话，那会更加慢，就会不能按时完成任务。为了砍满一船草，大家都是在忍受着饥饿和劳累，勒紧裤带、咬紧牙关干，直至把一船草砍满。国盛此时已是筋疲力尽，再也走不动了。

把一船草砍满以后，肚子饿得实在不行了，就赶紧吃着从家里带来的午餐。大家的午餐是五花八门：有的是红薯拌饭，有的是芋头拌饭，有的是蚕豆拌饭，有的是擦菜子拌饭。总之，没有一个是纯白米饭的。饭都是放在地上，国盛端起饭来就准备吃，但他仔细一看，饭里面爬了很多蚂蚁，他看到蚂蚁就怕吃得了。但他一看别人的饭里也爬了很多的蚂蚁，都在吃，志华还风趣地说："吃了蚂蚁还能祛风湿呢。"农民在外做事吃到蚂蚁是经常的事，因为肚子饿，这是他唯一能饱肚子的东西，国盛只好用筷子把蚂蚁剔除，把外面的蚂蚁除干净以后，他就大口地吃起来。但饭里面还藏着很多蚂蚁，牙齿一咬就"叽咕叽咕"地响，他心里感觉有点酸，很恶心，就想吐。但他强忍着，因为带的饭本来就不多，肚子又饿得厉害，如果吐了肚子就会吃不饱，更加没有劲做事，就会影响自己这条船的进度，他只好把饭强行咽下。所有砍青的人都把有蚂蚁的饭吃光了。

吃完饭后，就赶紧回家。秋良看到国盛实在是没有劲了，就叫他在船上掌舵，秋良和志华在岸上背纤。可是他从来没掌过舵，船很不听使唤，就像一只无头的苍蝇，不是撞到这边岸就是撞到那边坑。偏偏在这时还刮起了大北风，连船头都打不开，他总是用力把舵，但越是用力，船就越是不听使唤，国盛哀声叹道："屋漏偏遭连夜雨，行船又遇打头风啊！"秋良和志华在岸上背得汗流浃背，国盛在船上累得气喘吁吁。秋良叫他不要用那么大的力，轻轻地调整就行了。国盛真的将舵轻轻地一摇，船就乖乖地走直了，真是四两拨千斤啊！船走直后，背纤的人也轻松了，国盛一楫在手，轻轻地拨动着寒冷的春水，激起了无数涟漪，船像射箭一样地乘风破浪向前冲。国盛用眼紧盯着船头，生怕船走歪了，不一会儿就赶上了前面其他的船。大家踏着泥泞的道路奋力向前赶，看谁的船走得直、走得快。国盛努力用心掌着舵，使船尽量不出现偏差，紧紧地跟上了船队，终于再没有掉队了。国盛很快掌握了掌舵的技巧，他边掌舵，边欣赏一路上两岸的风光：杨柳树垂着娇嫩的枝叶，翠绿欲滴；鸟儿在树上蹦蹦跳跳，叽叽喳喳叫个不停；两岸的花草鲜艳夺目，清香扑鼻；沟中的鱼儿在清澈的水底畅游，还时不时地蹦出了水面。这景色真像是一幅长长的画卷，使人心旷神怡，也使他忘记了饥饿和疲劳，就这样一路顺利地回到了家。

大家每天都要进山砍青，一大片青山只有几天就砍完了。因为田里还有一部分没有铺上基肥，只好又转移到几十里外的漉湖去砍青。因为离家远，就不能每天都回家了，要吃住在那里。有专门负责砍青的，专门负责运青回家的。在山里砍青是非常艰苦的，除劳动强度大以外，还要风餐露宿，日晒雨淋，吃的是辣椒萝卜、酱豆子、擦菜子，那种日子真是难熬，简直就是度日如年，国盛也是住在山里。一天，他非常想回家，吃过晚饭后，就一个人坐在草棚外，遥望着一望无际的青山，感慨万千，他在心中默默地念道：

青山嵌在一水间，东湖仅隔几重山。
春风又绿江南岸，明月何时照我还。

不想待也得继续待下去，他们又在漉湖砍了半个月的青，国盛手脚被芦苇割得稀烂了，口腔也溃疡了，真的待不下去了，他坐在山边，望着滔滔的江水东流，思乡之情涌上心头，他感叹道：

春月洞庭忧，潇湘水北流。
还家千里梦，为客五更愁。
不用观天色，只想坐船游。
队里人来往，何日返村头。

思乡之情与日俱增，直至把所有的田里的青都铺满以后，才把山里的劳动大军撤回来，准备开始插田。

这些青草运回来后就放在田埂上，在家的男女老幼就用泥船把它们运到田中的各个位置，再撒开到田里，用扑磙把它压到泥里做基肥。胡大嫂在撒青的时候，看到有一捆藜蒿，一捆芹菜，她非常高兴，因为家里的粮食已经不多了，她想拿回去替补粮食。虽然这芹菜、藜蒿已经有点变黄了，但她还是如获至宝，赶紧把它搬得藏起来，生怕人家拿掉了，等到收工的时候，她就悄悄地把它们背回了家。回到家中揭开米桶一看，仅剩斤多米，她就只好把藜蒿去掉叶子，把秆秆切得像米粒一样长短，放点盐炒一下拌在饭里吃，才勉强填饱了肚子。其实每家每户都是靠芹菜、藜蒿等野菜充饥的。真是：

三月青山有蒿芹，
农民赖此把饥充。
风雨无阻勤种地，
翘首只盼五谷丰。

田里都把基肥铺好后，就开始插田。国盛和秋良在一起，每天是两亩田任务，天还没亮就起床，起床时还在睡梦中，天空中还挂着星星和月亮。他们就挑着秧架，拿着秧草摇摇晃晃地出发了。来到田中，秧田里已有两个黑影在晃动，原来是张三爹他们父子俩，张三爹虽是十分底分的劳力，但因年纪较大，加之腰痛，插得较慢。因此只好笨鸟先飞，他们已经扯了二三十个秧了。国盛赶紧跳入田中，田中的水还是冰凉的，但是顾不了这些，加紧扯秧。这时扯秧的人都陆陆续续地来了，不到一会儿，田里就黑压压的一片了。洗秧的声音此起彼伏，大家都在争先恐后地扯秧。不一会儿，东方就露出了鱼肚白，渐渐地出现了红晕，火红的太阳从地平线下喷薄而出，等到太阳出来时，一丘秧被扯掉了一大片，田里只见一堆堆的秧堆得像一个个小山丘。这时，大家开始集秧，五个秧一排放在秧架里，集完以后，秧在秧架上就成了一个圆柱形，把秧都排在田垄路上，就像一排整齐的队伍，非常壮观。一早上每人就扯了满满的一担秧，秧集好后，大家就都各自回家吃早饭去了。

国盛和秋良回到家中，饭菜已经摆上了桌子，今天，桌上摆的都是一碗碗的白米饭，还有几个盐鸭蛋。这样纯净的白米饭好久没有吃过了，盐鸭蛋那更是稀罕，好久没有见过了，把国盛馋得口水都流出来了。他来不及洗脸、漱口，端起香喷喷的白米饭，夹了一边盐鸭蛋就大口地吃起来。因为这是插田的第一天，叫“开秧门”，这天一定要吃白米饭，预示着这年会有好收成。国盛饱饱地吃了一餐白米饭，高兴地、深有感慨地说：“要是天天有这样的白米饭吃就好啰!”秋良接着说：“唉！不要说是白米饭，就是一世人只要能餐餐有饱的白米粥喝就行了。”一餐饱饭，一边盐鸭蛋都能使秋良和国盛如此感慨，他们平时的生活就可见一斑了。在这困难时期，能吃上一顿饱的白米饭都是一种奢望啊！

吃完早饭就开始插田，田里已拖好了架子，密度是四寸乘六寸，要走着往前插，很不习惯，插得又慢，连脚都只能踮着才可踩下去，并且把禾踩得东倒西歪的。而且田里的水要放干，否则水浑了，就看不见架子。秧也被烂泥巴糊得像盐鸭蛋一样，很不好插。他看到这样插的进度太慢了，非常着急，按这种进度怎能完成任务呢？国盛也舍不得把费了好大的劲才车到田里的水又白白放掉，而且这些水已沤得绿茵茵的了，里面含有大量的基肥，太可惜了。国盛就和秋良商量说：“我们还是按老办法，插着往后退，只是尽量地密一点，不偷工减料就行了，这样可以提高工效不少。”秋良同意了，他们就凭着多年插田的经验和技术，弯下腰，放开手，插秧就像鸡啄米一样，插出的禾苗就像一条条绿色的线，非常好看，而且效率还提高了一倍以上。

这样，一上午就完成了一大半任务。下午，天上突然乌云黑暗，电闪雷鸣，春燕在乌云和大地之间轻盈地翱翔，一会儿箭一样地冲向天空，一会儿又飞扑地面，像黑色闪电一样在空中不停地画着弧线，空气中有很多的昆虫在飞舞，春燕在尽情地享受着这大自然送来的美餐。乌云慢慢地下沉了，就像一口锅罩在大地上，天色越来越暗了，空气也越来越显得沉闷了，使人有点透不过气来。然后不久就北风呼啸，真是春雨欲来风满楼啊！不一会儿就大雨倾盆，大家都想进屋躲下雨，但是春插任务大，要插完早稻迎五一，需要争分夺秒，必须风雨无阻。大家只好穿上蓑衣，戴上斗笠继续插田。气温迅速下降，寒气逼人，手指头冷得有些麻木和僵硬了，连秧都拿不稳，有时候甚至打空拳头，蓑衣也挡不住雨，衣服大部分打湿了，冰凉冰凉的，全身打哆嗦，嘴唇都有些发紫了。但是，大家都不肯休息，一直坚持到把秧全部插完。一天的任务完成以后，虽说身体十分疲劳，但心情还是感到非常的轻松愉快。经过一星期的艰苦奋斗，早稻终于插完了。

春插任务完成以后，紧接着就是田间管理，每天就是灌溉，中耕除草，经过几个月的辛劳忙碌，终于等到七月，早稻成熟了，一到稻谷成熟的时候，田野一片金黄，微风一吹，就像一片金色的海洋，真是稻菽卷起千重浪，洞庭处处鱼米香啊！大家是早也盼，晚也盼，早稻成熟的这一天终于盼到了，一场艰苦的“双抢”战斗即将打响。

第三十三章 热火朝天搞“双抢”

大部分的人家早已缺粮了，7 月 15 日是每年发新粮的日子，都盼望着开镰收割。真是：

田间无闲月，七月农倍忙。
夏日南风起，稻穗覆陇黄。
农夫勤耕种，盼此充饥肠。
开镰已在即，群情早激昂。

人们早已做好了收割的准备，先天晚上生产队就已开好了“双抢”动员大会，做好了“双抢”的分工。谁扮禾、谁晒谷、谁耕田、谁走杂，都一一做了安排。镰刀、扮桶都已经准备好了。金秋、秋良、国庆、国盛四兄弟分在一张桶，他们一大早就来到了队屋禾场上领取扮禾用具。禾场上已来了好多人，搬的搬扮桶，搬的搬禾刷，劲大的劳力搬扮桶时还有讲究，尤其是武生、秋良、张志华、李武林他们几个后生子，为了在姑娘们面前显示自己的力量和背桶的技巧，他们先把扮桶竖起来，然后用两只手将扮桶托起，把一只角放在肩上，这就叫背菱角桶，只有年轻气盛的后生子才做得到。一些年纪比较大一点的，力气小一点的就背平桶，妇女和半劳力就背禾刷、挡折和挑箩筐。出发时，背菱角桶的走在最前面，后面排着长长的队伍，就像是一支出征的大军，浩浩荡荡，向田间开去，十分威武、壮观。

来到田里，就立即割的割，扮的扮，只听到“唰唰唰”的一片割禾声和“嗵嗵嗵”的扮禾声，组成了一曲交响乐。在田间，一张张桶成为一个个战斗小组，开展了比赛。大家是你追我赶，喔呵喧天，好不热闹，几乎忘记了炎热、劳累和饥饿。不一会儿，国庆突然尖叫了一声：“哎哟!”秋良回头一看，见到国庆的手指在流血，他是在比赛时不小心被镰刀割了一条大口，鲜血直流，秋良就立即从衬衣的衣边上撕下一条布给他做了简单的包扎，伤口还痛得钻心，手还在滴血，血滴在田里，把田里的水都染红了一大片。大家都劝他休息一下，等血止了以后再割，但国庆没有同意，他说：“没问题，等下就不会出血了，不能因为我一个人影响了总张桶的进度，不能拖大家的后腿。”他只好咬着牙，忍着痛又继续坚持割禾。只有一个上午，就收割了好大的一片稻谷，一筐筐金黄的谷子摆在田间。等到中午，每个男劳力都有满满的一担谷子，这些谷子都要送到队里的禾场上，在那里晒干，整理干净再交给国家。国盛因为也是十分底分的劳力了，也要挑谷子。他挑起满满的一担谷子，走了一段，腰就像是断了似的，全身大汗，气喘吁吁，实在挑不动了，只好放下休息。

从稻田到队里的晒谷场有一里多路，国盛急了，这么远怎么挑得去呢？正在着急时，秋良在前面等他，叫他赶快挑过去。国盛只好咬着牙挑着往前走，费了九牛二虎之力才挑到秋良面前。秋良忙用禾撮箕在国盛的箩筐里撮了一撮箕谷放在他自己的箩筐上，这样国盛的担子就轻松多了，他这才把那担谷子送到队里的禾场上。

吃完中饭，这时烈日当空，骄阳似火，万籁俱寂，杨柳的叶子都被晒蔫了，低下了高昂的头。为了防止中暑，中午人们还是在家里休息。屋里到处都是火辣辣的，连空气都觉得有些烫人，只有房间里的地面上稍微凉快一点。国盛他们兄弟几个索性打个赤膊往地上一躺，地上的清凉舒适成了他们劳动后的享受。很快他们就睡着了。一觉醒来，已是下午三四点钟了，队长已经用广播筒在喊出工了，大家就迅速爬起来准备出工。

外面的太阳还是那样红，那样的火辣。这时蚂蚁被晒得躲进了洞穴，泥鳅晒得钻进了污泥，连知了也晒得喉干舌燥，不愿啼叫了。脚一踩在地上足底都被烫得火辣辣的痛，不敢再往地上踩，只好选择走在路边的草地上，地上的小草都被晒蔫了，踩在这软绵绵的小草上，脚才不感觉到烫得那么痛了。来到田间，田里的小鱼被晒得游到了田角的深水里，就像是锅里炒爆花一样炸开了锅。脚一踩下去就觉得水是滚烫的，但人们顾不了这一切，立即投入了紧张的劳动之中。此时，背上太阳烤，地上热水蒸，对于这种面朝黄土背朝天的劳动，农民早已习以为常了。大家还必须加紧劳动，生怕太阳落下去了，完不成任务。国盛感叹道：

啊！
太阳——火炉，
大地——烙铁，
是否一定要把人烤干？
汗水在脊背上流淌，
血液在身体里沸腾。
只有农夫的心里，
装满了“双抢”的紧张与希望。

不到一会儿大家就汗流浃背，感觉口渴了，一大碗一大碗的开水猛喝，带来的一桶开水一下子就喝完了。正在这渴得口里冒烟的时候，田垄路上来了一群儿童。他们提的提桶，提的提壶，给人们送水来了，这真是雪中送炭啊！孩子们把水送到田头以后，他们就各自到田中拾稻穗去了。人们口渴就只能大量地饮水，这时的水虽然无色，但觉得是那样的美；虽然无味，但觉得是那样的甜，真是渴时一滴如甘露啊！大家的衣服湿透了，没有一个人停下来休息，“双抢”正在如火如荼地进行。因为“双抢”任务太大，时间紧，要争分抢秒。真是：

足蒸暑土气，背灼炎天光。
力尽不知热，但惜夏日长。

白天劳动了一天，非常疲劳。吃过晚饭后，天上已是满天的星星，明月当头，这时大家都想好好地睡一觉，恢复一下疲劳。邻居家张大婶吃了晚饭，洗完澡，想早一点睡觉。但在烈日下劳动了一天，感觉一身还是滚烫滚烫的，房间里就像蒸笼一样，床上还挂着夏布帐子，一睡上去，豆大的汗珠就滚了出来。她刚换上的衣又会被汗湿，这是她夏天唯一的一件换洗衬衣，上面还打了很多补丁，不能把它汗湿了，因为明天就没有衣服穿。她只好把衣服脱掉，光着膀子睡。但还是热得不行，无奈之下她只好大着胆子到外面乘一下凉，因为两屋中间的巷子里有一丝丝凉风。巷子里已经坐了几位大爹、大爷在聊天，她下意识地看了看自己的胸脯，胸前的两座小山已经被岁月、劳累、营养不良磨平了，少妇胸前的风韵早已荡然无存，只剩下两只皮囊耷拉在胸前，已完全看不出女性的特征了。她搬了一条小凳子悄悄地坐在几个男人的背后。几个男人边乘凉边聊天，加上一天的疲劳，谁也没有注意到这个光着膀子的女人。因为光着膀子的女人在农村也并不奇怪，为了节省衣服，为了凉快，夏天经常可以看到一些女人打着赤膊乘凉，多见就不奇怪了。

国盛、国庆、秋良他们也因为天气太热，无法上床睡觉，就只好搬两张门板，用两条板凳搁在屋前的地坪上乘露天凉。夏天的夜晚有露水，落在身上感觉有一点点凉意。但农村夏天的蚊子多，一到晚上，就铺天盖地而来，好像是轰炸机一样，轰隆隆地在耳边叫个不停，一伸手就能抓上几只。蚊子又大又肥，叮一下就是一个包，有时候还会长疖子化脓，非常恐怖。虽然两只手不停地拍蚊子，还时常被蚊子咬得大包小包的。没有办法，只好用禾茅子和稻草烧烟来驱赶蚊子。稻草烧起的一股股浓烟熏得蚊子灰溜溜地跑了，但同时也熏得人眼泪双流，打不开眼睛，时不时还有一股股热浪袭来。尽管身边有烟火的熏烤，但还是比房间里凉快了许多，至少是没有冒汗了。只要没有蚊子，还是能睡上一觉。

在露天下睡到转钟以后，房间里凉快了一点，才爬到床上去睡。农村的夏天，尤其是“双抢”阶段，农民们真是：

白天太阳烤，晚上蚊子咬。
手脚烂脱皮，全身长脓包。

那种日子真是痛苦难熬啊！经过几天的“双抢”，国盛的手指丫开始发白糜烂了，生产队也开始用桐油熬砣碑来预防烂手烂脚。国盛为了防止手脚发烂，天天都在抹桐油砣碑，手上脚上已经形成了一层油痂，但手脚依然在烂，手丫烂出了一丝丝红肉，痛得钻心，稍微碰一下就鲜血直流，没有办法，只好向队长请假。队长看了，也很同情，他说：“请假是不可能的，因为劳动力太紧张了，只能调换劳动岗位，到禾场晒谷去。”禾场晒谷不要下水，都是安排的老人和妇女。国盛一个劳动力和老人、妇女在一起觉得很尴尬，但因为手痛不能下水，没有办法，只得服从安排。

禾场晒谷要靠太阳，越是中午太阳大越要去翻动谷子，不能午休。国盛认为自己年轻，是劳力，争取多干点，让老人、妇女们多休息一下，但他们都不同意。张爹爹看到国盛拿着耙子准备去翻谷，立即上前拦住说："你手痛，中午多休息一下，扮禾的事我们做不了，这些事让我们多干一点，等手好了就好去扮禾。"张爹爹 70 多岁了，门牙都掉了两颗，是一个很有爱心的人，国盛听了很受感动。周大婶、李大婶也劝他多休息，过了几天，国盛的手长好了，又继续扮禾去了。在大家的努力下，只有十来天，禾全部扮完了。

由于任务大，时间紧，只争朝夕，劳动力来不及休息就又全部转入了插田。晚稻秧龄期长，秧苗长得粗壮根又深，很不好扯。国盛来到秧田里，选了一块秧苗比较密、比较细的秧联。因为秧小容易扯、容易洗一些，而且还插得田来。国盛刚扯了几个秧，就有一个十五六岁的姑娘挑着一担箢箕来到国盛身边，她放下箢箕，站在国盛身边，轻声地问国盛："这里的秧好扯吗？我能在这儿扯吗？"国盛抬头一看，这个姑娘叫周小元，她穿着一件水红色的衬衣，蓝卡其布的短裤。圆圆的脸蛋，一双大大的眼睛，一对长长的大辫子，胸廓饱满、身材苗条、蛾眉皓齿，犹似出水芙蓉，楚楚动人，活泼可爱。她皮肤黝黑，是太阳晒出来的健康美。一眼就能看出她内心充满阳光，是心境开阔、落落大方、热爱生活的纯真少女。她的言语和微笑都能显出她心灵的纯朴。国盛很高兴，轻轻地点了点头表示欢迎。

小元就在国盛旁边开始扯秧，她扯秧的动作非常麻利，只扯了三手就是一个秧，只有几下就把秧泥洗净了，秧草一缠，一个秧就成了。小元扯一个秧国盛还只扯得半个，他傻眼了，一个劳动力怎能落后于一个小姑娘呢？他暗暗地给自己加油。小元扯一个，国盛也扯一个，实际上国盛是暗地里在和小元竞赛。但国盛使出了浑身解数都未能超过小元。扯了不到一会儿，一个高个儿的后生也跑到小元的旁边来扯秧，说是小元这边的秧好扯一些。他叫李武生，一米八的个子，身材魁梧，眼睛鼓鼓的像一对牛眼睛，28 岁了还没找到对象。别人给介绍了几个外地姑娘，都因为队里穷不愿意嫁过来，他很无奈，只好在本队的姑娘中间物色了。他看到小元来扯秧，因小元是刚刚从学校辍学回家，觉得她是一个理想的人选，故而找借口来到她的身边打起了小元的主意。

过了一会儿，张凡和大生也找着同样的借口来到了小元的身旁，都想在小元面前露一手。几个男人在一起，无形中开展了一场无声的竞赛。一场没有硝烟的战斗便开始了。你追我赶，一个扯得比一个快，小元也鼓足了劲，她也不愿意输给这几个后生子，尽管几个男人用了洪荒之力，也未能超过小元，真是巾帼不让须眉啊！俗话说得好，哪里有女人，哪里就有男人，这话千真万确。小元在这里扯秧，周围的小伙子就都情不自禁地朝这边靠了过来。

小元姑娘她虽无沉鱼落雁之美，也无羞花闭月之貌，并非倾国倾城的国色天香。但她柔里秀外，天真无邪，举止大方，出落得亭亭玉立，艳若桃李，哪怕她是素面朝天，也显得花容月貌，在当地也算是小家碧玉了。农村的姑娘浑金璞玉，并无巧笑之瑳、佩玉之傩，未加修饰，也显得非常漂亮，尤其是这穷乡僻壤，姑娘少，单身汉多的地方，物以稀为贵嘛。“窈窕淑女，君子好逑”，在这个狭小的天地里，可谓是众星捧月，男人总是围着姑娘转，真是“桃李不言，下自成蹊”啊！小元姑娘在这群大龄单身男青年的眼里堪比西施，她自然就成了这些单身青年的追逐对象。由于大家相互竞争，不到吃早饭时，每人就扯了满满的一担秧。

吃过早饭后，武生主动提出帮小元挑秧，小元不同意，她说：“谢谢！我爸爸马上就会来挑，你自己也有一担秧要挑，就不用你帮忙了。”但武生不由分说，帮她挑着秧就走，小元只好默默地跟在后面。

大家都各自挑着秧来到田间，把秧都甩到田里，秧在田里就像天上的星星，密密麻麻地占了好大一片田。国盛站在田埂上一看，吓了一跳，这么大一丘田，要一蔸蔸地插，怎么插得完啊！好在是出大寨工，大家在一起插，人多热闹。大家下田后，排成一排就开始插。插田是你一排，我一排，一排一般是七蔸禾，插得快的先上岸，就可以休息一下，抽根烟，喝口茶，或者方便一下；插得慢的就没有时间休息，要不停地追赶。武生总是挤在小元旁边插，他比小元插得慢，经常掉在后面，有时候把他关在里面，武生既心急又羞愧，有时把禾插得东偏西倒的，牛绊颈、鬼打伞、烟壶脑壳、浮蔸子等层出不穷，真有些自惭形秽。大家见武生插田心不在焉，就都批评他插的禾质量太差，武生只好编个理由说道：“没有办法，今天腰痛，插不好。”因为没有其他理由，他也只能这样自圆其说。

由于他插得慢，挡了别人的路，他就被调到最外面去插了。武生离小元远了，他总是抬着头去看小元，速度越来越慢。队长来了，看到武生插那么慢，禾又插得不好，就对武生说：“你今天怎么插这么慢，你是在磨洋工吧！你不想插田就去挑秧去。”武生没法，只好很不情愿地挑着秧架子去挑秧。大生看到武生去挑秧就嘲笑他说：“你去挑秧啊？你的小元会被别人抢掉的呵！”武生恼羞成怒，拿了一坨泥巴朝大生砸去，泥巴刚好朝大生的头部飞去，大生头一低，才没有被砸着，好险啊！

武生悻悻地走了，大家又集中精力插田，你追我赶，喔呵喧天。大家忘记了疲劳，尤其是男女青年在一起，干劲更足，这叫“男女搭配，做事不累”。插到黄昏的时候，蚊子的叫声如同飞机声一样，“嗡嗡嗡”地向人们扑来。这时，一个蚊子叮在国盛的脸上，就像是针扎一样的痛，国盛来不及多想，就是一巴掌打去，蚊子虽然被打成了肉泥，但国盛的脸上却是糊了一脸的泥巴，一下成了个大花脸。站在旁边的小元看到后就“咯咯”地笑起来，国盛扭头一看，小元身上是干干净净的，国盛只好自我解嘲地说：“脸上敷点泥巴更加凉快，蚊子看不到皮肤，也就不会来咬人了。”小元听他这么一说，就又抓了一把泥巴敷在他的另一边脸上，逗得大家一阵狂笑。经过一天的努力，天刚黑就终于把田里的秧全部插完了。大家站在田埂上看到这样一片密密麻麻的秧苗，真有些后怕。

“双抢”已经进行了一月余，人们都已筋疲力尽。插完最后一丘田时已是农历的七月半了，家家都在给祖宗菩萨烧包。国盛刚从田里回来，二爷就吩咐他到肉食站去买半斤肉，因为没有其他荤菜，就还烧了一碗冬瓜，用肉和冬瓜敬了祖宗。听说只有冬瓜能敬祖宗，其他素菜不能用来敬祖宗，但什么原因不得而知，反正是祖宗手里遗留下来的规矩，后人都是全盘照办。敬完祖宗后，晚上就用这半斤肉炒了一碗辣椒，还炒了几个小菜，全家人就打了个牙祭，这就算是庆祝“双抢”的胜利完成吧。

“双抢”刚一结束，禾苗才由黄转青，又被炙热的太阳烤蔫了，人们焦急万分，又迅速地转入紧张的田间管理之中。

第三十四章　骄阳似火抗旱忙

田里早上灌满了水，不到晚上又干了。队里有五六条水车，每条水车四个人，三个男的，一个女的，只有男女搭配，这样在力量上可以起到相互调节的作用。如果全是四个妇女的话，连车筒子都会背不起，车水也没力量。国盛、大生、武生和小元四个人一条车，分了五片田，有四十多亩，需要从早到晚轮流灌溉。开始沟、港、塘里的水都是满的，车起水来很轻松。后来水越车越干，扬程越来越高，车起水来就越来越费劲了。刚车满这片田后，那片田又干了，因为秧苗浅，每次水不能灌得过深，以免把秧苗淹没，所以每天要搬五到八次车。车筒子又长又重，只有武生人高大，力气也大，而且想在小元面前露一手，就每次都争着背车筒子。国盛和大生就背车轱辘和车架子，小元就拿一些零星东西。装车、试车这都是男人的事，小元只是在旁边递递东西。大家装车的技术都很熟练，只有几分钟车就装好了。

车水是定时的，用一卷线装在车轴上，就像是钟表里的发条一样，等这卷线转完了就换人。在车上车水就像是爬山，下面脚要用力蹬，上头太阳烤，真是挥汗如雨，不一会儿汗水就湿透了衣背，口干舌燥的。小元每次不等线转完就没力气了，老是掉蛤蟆，武生每次都要提前替换她。夏天的时间特别长，尤其是车水，换来换去一天要换好多次。腿都车软了，肚子也饿了，大家都时不时地抬头看看天上的太阳，有时候看着太阳离下山只有两丈高了，但是车了一阵抬头一看，太阳仍然还是那么高。这该死的太阳就像一个巨大的火球老是钉在天上不动，炙热的阳光烧烤着人们的肌肤与心灵。

大家的心情都非常矛盾，想到车水的辛苦，巴不得太阳就下山，但为了把每丘田的水灌满，不干死禾苗，又希望太阳慢一点下山。大生骂骂咧咧："这鬼太阳死在那儿了吗？老是不下去，把人都快要烤干了。"可武生说："你叫它下去那么快干什么？田里的水还没有灌满呢！"虽说太阳是那么的炙热，像火盆一样，车水也是那样的辛苦，可武生不但要完成自己的任务，还要帮助小元，虽然非常辛苦，但只要能和自己心爱的女人在一起，就觉得心里凉快，巴不得太阳永不落山。他好像有使不完的力量，他的精神和力量确实让人钦佩。

人们常说人的一生短暂，犹似白驹过隙。但车水却相反，那真是度日如年啊！一天下来，国盛的双足底走路都很疼痛，双手前臂也伏得红肿了，晚上痛得睡不着觉。但心里还在焦急着禾苗是否会被晒死，那真是：

赤日炎炎似火烧，野田禾稻半枯焦。
农民心内如汤煮，半夜担心田中苗。

连续晴了十多天，为了禾苗不被干死，大家只好坚持天天车水抗旱。沟里塘里的水位越来越低，车水也就越来越费力了。

一天，一条沟被车得只有几寸深的水了，沟里面有好多的黑丝草，黑丝草可以阻挡水的流速，武生就下去捞黑丝草。刚一捞，一条大鱼一冲，大家都欣喜若狂，一下就忘记了天热和疲劳，都赶紧下到沟里去捉鱼，只有小元没敢下去。这条鱼真的厉害，在泥水中一冲到这头，又冲到那头，如入无人之境。大家跟着它一追到这头，又追到那头，追了好久，总是抓不到。后来还是大生用一根木棒推着一堆黑丝草，从这头一直推到那头，这样，鱼就再也没有办法逃跑了。李武生一下就把那条大鱼抓着了，把它迅速抱起来，大家一看，原来是一条三四斤重的黑才鱼。这样大的才鱼没东西装怎么办？只见武生把才鱼放在稻草上，把稻草的两头扎紧，把才鱼包在中间，再把草收拢，扎紧，他把才鱼扎得严严实实后，就把它交给小元。小元感到莫名其妙，不肯要，她说："这沟是大家车干的，鱼是你们几个人抓的，应该你们几个人分，怎么能给我一个人呢?”开始大家也没明白怎么回事?这时大生做了一个鬼脸，国盛终于明白了，他们就都鼓动小元拿着。小元红着脸迟迟不肯要，武生便说：“这里面还有很多的鱼呢！你把这条鱼送回去，免得晒死了，再在家里带个鱼篮来。”小元说：“我回去拿鱼篮可以，但鱼我不要。”武生见状，就主动提着才鱼往她家里送去，小元无奈，只好接过鱼送回家去了。武生紧盯着小元，看她那走路的姿态，举手投足间的一举一动都觉得是那么的优美，婀娜多姿，真是情人眼里出西施啊！就这样一直目送着她回家。

水里还有很多鱼在跳动，像炸开了锅似的，真是“闹若雨前蚁，多如秋后蝇”。他们都在加紧抓鱼，但捉了鱼还没有东西装，武生就叫小元赶快把鱼篮送过来。大家是你一条，我一条，一下子就捉了大半篮子。小元在岸上来回奔跑着，不停地叫喊着：“你们快来呀，这儿有一条好大的啊！哟，哟，那儿又一条！”大家越捉越有劲。一下子鱼篮装满了，武生就用稻草把一个小洞围起来，把鱼倒在洞里面，然后提着篮子又下到沟里继续捉鱼，直到把鱼全部捉尽。鲫鱼、泥鳅、黄鳝足足有两篮子，每人分了五六斤。

分完鱼后，太阳还没下山，有一丘田的水又干了，几个人又把车搬到这丘田，直到太阳落水才把这丘田的水灌满。

回家吃完晚饭，洗了个澡，正准备乘凉，突然听到队长用广播筒在喊：“今天晚上大队部放电影，大家都去看电影啊！”一听到看电影，国盛可高兴啦！因为农村没有娱乐活动，一年都难看上两场电影，只有在“双抢”结束，在工地上或是逢年过节才能放场电影慰问群众。这时他一看路上，已经有很多人在向大队部走去。有的背着长板凳，有的背着椅子，有的手里拿着小蛤蟆凳。国盛拿了件衣服就匆匆地跟着大家走了。

一会就来到了大队部，一眼就看到了一块用白布做的大银幕。放映员正在从铁盒子里面取出一卷胶卷上到放映机上，堤坡上已经坐满了人，大家坐在自己带的凳子上，没有带凳子的就在附近的草垛上拿把稻草扎个把放在屁股下垫坐，一些还没有来得及洗澡的，就索性一屁股坐在堤坡的草地上。武生特意带了一条长板凳，他在人群中寻找一个人，要和她共坐这条凳子。找来找去，找了很久没有找到，蓦然回首，她就站在那电影机旁。他迅速跑过去，原来他要找的人就是小元。他把凳子递给小元，小元不肯要，她说：“我们有几个人，在一起站着看就是，你留着自己坐吧！”武生不肯，非要她坐不可，小元拗不过，只好拉了邻居家小女孩跟武生一起坐在旁边一个比较僻静的地方看电影。

农村的青年男女很少有机会能单独在一起。白天，男女青年只有在参加集体劳动时能在一起，到了晚上，大部分时间都是生产队开群众会。经常是开关于生产队关于生产上的大事、小事。有时候甚至为了一把蒲扇、一坨肥皂的分配都要开会讨论。晚上开会只有男人参加，妇女一般是不参加的。父母亲一般是不允许姑娘们晚上随便出门的。农村有个不成文的规矩，肩膀高的女不离娘身，晚上必须待在家里。哪里有和男朋友花前月下、谈情说爱的机会，只有像看电影这种集体活动，除此之外，女孩子晚上是没有机会单独外出的。

武生想和小元单独见面真比登天还难，他想尽一切办法，无计可施，真是烦死了。因此，晚上看电影，这是唯一一个能单独在一起的好机会，当然他是不会轻易放弃的。他暗自下决心，一定要抓住这个难得的好机会。武生对小元真是朝思暮想，他试图借看电影的这一良机和小元说点什么，交流一下感情或亲近一下，但碍于中间还坐着一个小女孩，无奈他只好默默地、无心地看着电影。他时不时地侧过脸去看小元一眼，能够和小元在一起看场电影是非常开心的，他感到无比的幸福和甜蜜。武生非常爱小元，每次见到小元时的那种心情真是妙极了，这种感觉只可意会，不可言传。

电影在不知不觉中放完了，武生他并不知道电影中放了些什么，电影的内容对他来说并不重要，他在想要如何才能捕获到小元的心，能够得到小元的好感。

正在冥思苦想的时候，电影散场了，小元和小姑娘说了声谢谢，也就走了。周围的人都慢慢地走完了，放映员见他还呆呆地坐在那里，就问他："电影已经放完了，你还不走，还在等谁呀？"这时武生才如梦方醒，忙说："哦，哦！我刚才打瞌睡了。"只好背起凳子就去追赶小元。小元已在人群中找到了她的邻居，和他们一道回家去了。武生在人群中找来找去，并没有找到她，只好一个人孤独地、心神不安地回了家。

由于武生对小元的一次次追求，队里面就有了一些微词，一些堂客们在一起就悄悄议论："武生和某某姑娘经常在一起，是不是有什么路啊？十五六岁的姑娘就勾搭男人成何体统……"一些难听的话在队里传开。后来传到了小元父母的耳朵里，她的父母很生气，要找媒婆做介绍，给她找个婆家嫁了算了。农村的风俗习惯是男女不能单独在一起，不能自由恋爱，只能通过媒人介绍，是所谓的"天上无云不下雨，地下无媒不成亲"。不久，媒婆就真的给她在外地物色了一个对象，小元死活不同意，认为自己年纪还小，不要这么早就嫁人。但父母并没有征求她的意见，就是不同意她在本队谈爱，因为队里太穷了。

她父母请媒婆在外地物色的这个对象，虽说他家境比较好一点，能少打一点饿肚，但那男的30来岁了，嘴有点歪，说话大舌头，脚还有点跛，第一次来小元家相亲，小元给他递茶时，他就对着小元嬉皮笑脸，还去摸小元的手，小元被吓得跑到她姑姑家去了，并在她姑姑家痛哭了一场。她姑姑劝慰和安抚了她一个晚上，第二天生产队通知她出工时，姑姑才把她送回来。她的抗争，不知能否挣脱这包办婚姻的枷锁？

第三十五章 爱在心灵的痕迹

过了不久，中秋节到了。中秋节那天，天气晴朗，秋高气爽，天气还蛮热。小元知道那男的又会来调节，为了躲避心中厌恶的人，她就打了一把小阳伞出门了。正好从国盛的家门口经过，她用眼瞟了国盛一眼，示意叫他出来一下。国盛赶紧出来，见她情绪低落，面容憔悴，满脸的悲伤，心里疑惑不解，忙问："怎么啦？你生病了吗？你要到哪里去？"她说："我心情不好，想出去散散心，你今天有事吗？可以陪我出去走走吗？"国盛迟疑了一下，看到她那渴求的眼神，出于同情，还是勉强答应了。因为今天是中秋节，田里也没有什么事做，国盛也是难得浮生半日闲，他还正不知道做什么好，就点了点头。国盛穿了件打了补丁的衬衣，戴了一顶没有边的斗笠，小元看到他戴的斗笠太烂了，就对国盛说："我打了伞，你就不用戴斗笠了。"国盛取下斗笠跟着小元走了。

两人默默地走着，谁也不知道说什么好。小元只是时不时地叹口气，有些心神不宁、心猿意马的样子。国盛观察到小元有心事，就问小元："怎么啦？今天不高兴，是父母骂了你吗？"小元说："我的心事你不知道。"国盛说："你可以说给我听听吗？看我是否能帮帮你。"小元微笑着用手捏了国盛的肩膀一下说："你这猪脑子，我说给你听也听不懂。"国盛心想，莫不是她跟父母吵了架？或是她没钱买新衣裳穿？还是她今天生病了？应该都不是，国盛只好对小元说："那你说给我听听试试看吧？"小元欲言又止，只是摇了摇头，闪烁其词，"我才不会跟你说呢，你是个大木头，说了也是白说。"说完后小元对着国盛嫣然一笑，还做了个鬼脸。这时才看到了小元的脸上有了一丝青春的活力。

国盛在心里冥思苦想，是不是她不同意父母亲给她找的对象？或者是爱上了武生？国盛一边猜着小元的心事，一边跟在小元后面走，突然看到一片鲜花，小元毫不犹豫地伸手就折了一枝。国盛说："这是人家栽的花，折了人家会骂人的，常听别人说路边的野花不能采。"小元说："'花开堪折直须折，莫待无花空折枝'，不采白不采。"说后用手捏了国盛一把说："你这块木头懂吗？"说完，小元还用眼深情地看着他，爱慕之情溢于言表，这是不是少女们惯用的伎俩，叫暗送秋波吧！但国盛全然不知，并没有听出这话的弦外之音，边走还是在边猜想着小元今天的心事，想来想去，还真是有些不懂。他压根儿就没想到她对自己会有点什么想法。因为国盛考虑到自己年纪还小，家里穷，生产队困难，连饭都没有吃的，现在哪有条件谈爱。加上自己又没有什么特长，人家姑娘是不会有这个想法的，这是癞蛤蟆想吃天鹅肉，是想都不敢想的奢望

国盛和小元踏着山水，一路观看着沿途风景，他们感到心旷神怡。因为他们从来没有这样出来自由自在地玩耍过，每天都是在生产队忙忙碌碌地劳动。今天他和小元像兄妹一样，玩得很开心。一路上国盛总是关照着小元，走得累了，就叫小元坐下来休息一会儿。他们来到一个越口边，国盛看到小元穿着鞋袜，就想要背她过去，他就站在水中对小元说："你穿了鞋袜难得脱，我背你过去好吗?"小元瞥了他一眼，红着脸说："你背得动吗？背得了一次，背不了一世，那有什么用?"国盛憨厚地回答道："啊！千金小姐重千斤是吧？让我背一下试试看，背得一次就算一次，暂时把你背过去，把目前的问题解决了再说。"小元说："那不行，要背就背一世。"国盛说："只要我们天天在一起，我就可以天天背你，只是你好好的，怎么会要人家天天背呢？你一次都不让我背，还会要我背一世吗?"小元站在水边，只见她的身影倒映在水中，是那样的清秀和柔美，真是"身影横斜水清浅，暗香浮动蝶销魂"呀！这时，只听到小元小声地说："女人被男人背了一次，那女人这一世就是他的……"她的声音压得很低，低得几乎听不见了。国盛没有听懂她这句话的意思，他只好把裤脚卷得高高的，做出要背她的姿势。小元看了一下周围，四周没人，她犹豫了一下，国盛看她犹豫，不想让自己背，就准备走开，再想其他办法时，小元突然猛地一下扑在他身上，双手紧紧地箍住他的脖子。因为国盛没有做好思想准备，差点被她扑倒在水里，国盛踉跄了几步方才站稳。这时，国盛猛然回头看了小元一眼，她焦虑的脸被爱情洗礼，略显娇羞，脸色红润艳若桃花，眉宇间流露出的那种爱慕与深情，是那样的真挚和倾心，真使人心醉。真是"惊鸿一瞥现红颜，烙印心间若千年"啊！

他把小元背过越口以后，小元就对国盛说："男子汉大丈夫，一言既出，驷马难追，要遵守自己的诺言啊！"国盛被她说得丈二和尚，摸不着头脑，他被弄得一头雾水，就反问道："我刚才说什么啦？许了什么诺言？没有说错什么话使你不高兴吧?"小元嗔怪道："我说了你是木脑壳吧！你怎么就一点都不开窍呢。"

这时天空飞来了两只鸟，它们并排着自由飞翔，小元看到了，奇怪地问道："这两只鸟怎么飞得这么近，不怕翅膀撞着翅膀吗?"国盛说："这叫比翼双飞，它们应该是感情很好，可能是一对夫妻。"小元瞟了国盛一眼说："要是我们也

能变成这样一对小鸟那该多好啊!”国盛说:“你真的是痴心妄想，人怎么能变成小鸟呢?小鸟有什么好，一不会说话，二不会做事，每天只知道飞啊飞的有什么意思?一不小心就被人家用枪打死了。”小元说:“人能说话有什么用，想说的话又不能说，说了人家也听不懂，木脑壳，还不如鸟儿叽叽喳喳的心领神会嘞!”国盛只好附和着说:“那你就变成一只小鸟吧!”小元说:“我现在就是一只小鸟，你能和我一起飞吗?”国盛没有理解小元的心，只好随便答道:“我怎么能和你一起飞呢?你们女孩子今后爱嫁到哪里就嫁到哪里，我们男人哪里也不能去。”小元叹了口气说:“我哪里也不嫁，就老死在家里。”国盛听了小元这样一说，心中非常着急，他只好劝小元道:“你不要这么犟嘛，父母已经给你找了婆家，听说还很富裕，你为什么还不满意呢?”小元说:“几块钱蛮稀奇啊?两个人只要心投意合，勤俭持家，齐心合力搞劳动，就不怕会没有饭吃，我嫁给他还不如嫁给一个木头人。”国盛说:“你想嫁一个木头人!什么木头人?”小元做了一个鬼脸说:“你这样听话不懂的大宝就是个木头人。”国盛虽然悟到小元的一点心思，但他不相信小元说的是真的，是误解了她的意思，她只是在和自己开玩笑。别人家那么有钱她都不爱，自己家里一没有钱，二没有当官的，自己又没有什么本事，人家怎么会爱上自己，是自己自作多情，一厢情愿，想到这里，他的脸就红了。国盛在心中不停地告诫自己，不能这样歪想，要是小元知道了，一定会认为自己在欺侮她，以后就不会和自己做朋友了，他就立即打消了心中的念头。真是:

无心随元初上街，
不识少女有心怀。
小鸟双飞犹比翼，
有花不采树空栽。

可是小元真希望国盛能心有灵犀一点通，能够读懂她的心，能够和她心心相印。但国盛心里始终还是一片茫然，贫困和无能占满了他大脑中的爱情中枢，他边走边想小元这话的意思，就像放电影一样一幕幕在脑海中不断地翻腾，他知道这只是可遇而不可求的事情，这时他们不知不觉就到了幸福港。

幸福港是离他们家里最近的街道小镇。这里只有一条人们俗话说的鸡肠子街，只有一条水泥路。街道两旁有供销社、医院、粮店，还有几个小工厂，农场场部就设在这里。国盛还是第一次走在这样平整宽大的水泥马路上，但这水泥路为什么叫马路?他有些弄不明白，大概是要人民走马克思主义的道路吧?

他们走进了供销社后，这供销社很大，有很多人在里面买东西。他们看到大厅中央吊着一个葫芦一样的东西，柜台上还有一个像铁墩一样的黑匣子，这可能就是以前老师所说的电灯和电话吧？虽然以前没有看到过，但听老师经常讲过，说到了共产主义社会的时候，家家户户都是楼上楼下，电灯电话，所以对它们有了一定的印象。国盛看到这供销社是两层的楼房，他就想，今后到了共产主义社会，我们就能住在这样的有电灯和电话的楼房里了，还有饱饭吃，有新衣服穿，能过上无忧无虑的生活那该多好呀！

正当国盛站在柜台前遐想，还在好奇地仔细观看、揣摩这儿带有一个把手的黑匣子是什么东西时，一个干部模样的人走过去，他用手抓着那摇把摇了几下，拿起话筒说："喂！是总机吗？请接场部啰！"国盛的心里一亮，这下更证实了他的猜测，非常肯定这就是电话机。他感到很奇怪，这铁墩样的东西用手摇一摇就能和远方的人说话，真是有点匪夷所思。这电灯和电话还只是国家单位才有，还没有进入寻常百姓家。

国盛只想他把电灯也打开看一看，这电灯像一个葫芦吊在大厅中央，旁边还有一根拉线。因为是白天，人家不会开灯，这一奢望未能实现，只是他见识到了这真正的电灯和电话。他们走到供销社的柜台前，一边柜台上摆着一些南货，几个亮缸里摆了几种副食品，有小花片、雪枣、发饼、糖粒子……饼干要五毛钱一斤，但还要八两粮票。他们又到百货柜的布匹台前看了一下，柜台上只摆着蓝竹布、青土布、卡其布等寥寥几种单色调的布匹。他们在大厅里到处看了看，还去了生资柜，不过没有什么需要的买。

他们逛了一阵又回到百货柜，小元买了一瓶雪花膏、一双袜子和一条围巾。因为天气渐渐凉了，国盛没有小罩衣穿，小元看到有一种蓝卡其布比较适合，要八毛钱和一尺布票一尺，小元就建议国盛扯六尺布做一件小罩衣。国盛就信了小元的话，扯了六尺蓝卡其布。扯完布后还在街上到处逛了一下，他们还看到了拖拉机和汽车。

这时候肚子有些饿了，他们来到一个小饭馆，找了一张小桌子坐下，国盛身上只剩下几毛钱了，吃饭的话，两个人一餐至少要块把钱，没有办法，只能吃面。光头面一毛钱一碗，肉丝面两毛钱一碗，小元要拿钱出来吃饭，国盛不同意，其实国盛肚子也很饿，很想吃饭，只是因为一个男子汉还要女孩子请客不好意思，心里过意不去。但自己又囊中羞涩，他只好用四两粮票，四毛钱买了两碗肉丝面。吃完面后，国盛身上已无分文，就只好和小元一起回家。在路上两人默默地走着，小元突然叫了声："国盛！"但欲言又止。国盛不知所以，知道小元有些心里话要跟自己说，但似乎又不能启齿。国盛也从未有过这些儿女情长的经历，哪懂得什么谈情说爱。

这时，正好前面有一片树林，国盛看了一眼树林，中午的天气正闷热，想在树林里休息一下，顺便探问一下小元的心事。这时小元也看了一眼树林，国盛说："天气太热了，我们休息一下吧？"小元轻轻地点了一下头，真是心有灵犀一点通。他们俩就不约而同、默默地朝树林走去，此时无声胜有声，两人心照不宣地走进了树林里。这树林很茂密，地上的树叶足有四五寸厚，像一个天然的大沙发床，而且非常幽静、凉爽。本来是想到树林里休息一下，好促膝谈心。国盛就躺在树叶上，软绵绵的，感觉非常舒适、惬意，他示意小元坐下，小元就依着国盛而坐。

国盛推了一下小元，轻轻地问道："你到底有什么伤心的事给我说说，是不是父母帮你找的对象不满意？是不是你自己心中有了意中人？说出来我帮你拿拿主意。"小元含情脉脉地望着国盛说："你还是先给自己拿主意吧！我心里只有一个大笨蛋。"说完，就用拳头去捅国盛。国盛身子一闪，小元拳头扑了个空，身子一歪，她的头快要撞到旁边的柳树上了，在这千钧一发之际，说时迟，那时快，国盛什么也来不及多想，一把将小元抱住。小元也无力反抗，小鸟依人般地依势倒在了国盛的怀里。

国盛看到小元那温情脉脉的眼神心潮澎湃，心中就有一股暖气荡漾。两个炙热的身躯紧紧地贴在了一起，彼此间可感受到对方剧烈的心跳。空气凝固了，巨大的磁场将他们紧紧地裹在了一起，越裹越紧，两片滚烫的嘴唇紧紧地粘在了一起，他们共同写下了一个爱的侣字。突然有一个声音在国盛的脑海中响起："你还不能谈爱，不能结婚，你还有崇高的理想没有实现，还有伟大的事业没有完成，你还要继续努力读书，学好文化科学知识，为完成你的理想和事业做好准备。"这是母亲的声音，这是时代的呼唤，国盛听到这声音后，他意识到男子汉要有责任与担当，顶天立地，不能沉浸在儿女私情里不能自拔，强烈的责任感和使命感唤醒了他，国盛猛然把小元推开了。

过了一会儿，等他们恢复理智后，两人都惊出了一身冷汗，你望着我，我望着你，他们的纯洁和天真无邪，使自己感到羞愧难当。小元面红耳赤，泪流满面。她还只是一个情窦初开的少女，这是她第一次和男孩子接触，脸羞得通红，心怦怦直跳，她感到无地自容，因为她还必须要守身如玉。他们相互心中在问，我们是否已经越雷池了？他们并不懂男女之情，认为亲一下、拥抱一下就是越雷池了。古人造字也很有意思，认为只要两个人的口凑到了一起就成了情侣。国盛在想："难道我和小元只亲吻和拥抱了一下，就真的成了情侣了吗？"国盛和小元虽然是青梅竹马，两小无猜，但要真正成为爱情，那还有一段距离，还受很多外部因素的制约，还要看两颗心是否能真正融合在一起，必须两情相悦，心心相印才行，这样草率的决定是会害了自己和小元的。

这时小元哭了，她噘着小嘴对国盛说："你坏，我今后再不喜欢你了，再也不和你在一起玩了。"话音刚落，就知道自己说漏了嘴，一个"再"字把埋藏在少女心底的秘密暴露了出来，她的脸更红了。国盛忙安慰她："这事不能怪你，是我心急，怕你的头会撞到树上，一时失手，太鲁莽了，这次就请你原谅我，下次我离你远一点就是了。"其实他们俩的话都是言不由衷，国盛看到小元深邃的眼眸里渗透着少女的内心世界，放射出了一道爱情的荧光。他也从小元那句"再不喜欢你了"话中的"再"字读出了她的心思，这才知道小元原来是真喜欢自己的。但国盛又不敢相信小元会爱上自己，他怕判断失误伤害了小元那纯洁的少女心灵。也怕在小元面前丧失了自己的人格与自尊。自己何德何能，一没当官、二没技术，家里又穷，生产队那么多后生都在追她，她都不爱，她能爱自己吗？想想有些自不量力，是在痴人说梦。

国盛的一番忏悔小元不知是喜还是愁，她站起身来就要走，国盛也忙站起身来，因为天色已晚，此地不宜久留。既然小元喜欢自己，自己就更应该注意，不能让流言蜚语伤了小元，古人说得好"莫待是非来入耳，从前恩爱反为仇"。国盛此时才定睛观察了一下小元：她害羞的脸颊是那样的红润，饱满的胸脯虽然被那狭小的胸衣裹得很紧，但还是显得格外的傲挺，透过那薄薄的衬衣释放出青春的活力。今天为了出门，她已着淡妆，略施胭脂，轻抹水粉，娇小的脸蛋显得非常的稚嫩，白里透红，眉清目秀。一股淡淡的清香沁人心脾，使人陶醉。

小元被国盛盯得有些不好意思，赶紧转过身去低声地说："你有什么话要说吗？我今天穿的衣服是不是很丑？光看不说有什么用？"国盛感到自己有些失态，忙说："你不丑，很美！"国盛平时是个很粗心的人，从未这样仔细观察过小元，常言道"女为悦己者容"。国盛在琢磨，今天小元是为谁而打扮呢？今天她从自己家门前路过是无意经过，还是有意为之呢？他摸不透女人的心思。国盛为了弥补对小元的鲁莽，要把自己买的那段布料送给小元，但她执意不要，并对国盛非常关心地说："你留着给自己做件小罩衣穿，你也有这么大了，不能穿得太烂。你母亲不在了，衣服烂了也无人补，你现在又没想要别人来照顾你，只能自己照顾好自己啊！"小元一席话使他感动得热泪盈眶，一股暖流渗入心田。但同时也有一块千斤重石压在心头，他暗自下决心，一定要努力奋斗，混出个人样来，否则就无脸见小元，将会耽误她的青春，毁了她一生的幸福。他看到小元心事重重，国盛也很心痛，他们是惺惺相惜。小元擦干了脸上的泪水，默默地走了。没走多远，她又停住了脚步，对着国盛轻轻地回眸一笑，欲说还休，国盛心领神会，立刻点亮了他因家庭贫困早已熄灭了的那盏爱情灯塔。国盛由衷地爱上了小元，只好跟着小元走，默默地将她送到了家门口。

小元在进家门时，她眼里含着盈盈秋水，回眸一望，怀着依依惜别的深情进了家门，真是“笑语嫣然空待放，回眸一望亦倾心”。小元回家后，回想起今天的事心潮澎湃，脸上还是火辣辣的，经过今天的这一幕，使她更加心神不宁，寝食难安，一夜未眠，从此打破了少女那平静的心扉。

国盛回到家也是思绪万千，他对小元的言行一点也摸不着头脑，站在门外，眼望着天上的明月，默默地念道：

秋高气爽夜月明，
中秋夜静倍思亲。
捧起月饼分两半，
一份留给思念人。

国盛一个人静静地坐在月光下，凝视着小元家的方向，内心非常的矛盾，他不知道心中有一种什么东西在使他不安，这是不是就是爱情的萌芽。秋天的夜晚已经转凉，一股股凉意袭来，他这才意识到夜色已晚，方才进屋睡觉。

第二天出工时，武生看到小元精神萎靡，一脸憔悴，非常心痛，就关心地问：“小元你怎么啦？生病了吗？昨晚没有睡好觉啊？”小元低着头，随便地回答了他一句“没有什么”，说完就走开了。她每天就只能是默默地、心事重重地参加生产队的劳动。她不知道这有情人能否终成眷属，也不知道怎样才能挣脱这世俗婚姻的枷锁？她内心痛苦地呻吟道：“可怜的父母啊！你们不要这样苦苦地逼我，我心上的人啊，你赶快来到我的身边吧！”她心中怀有“我欲与君相知，长命无绝衰。山无棱，江水为竭，冬雷震震，夏雨雪，天地合，乃敢与君绝”的决心，一定要和自己的心上人在一起。

这年秋天，公社要在东湖村建电力排灌站。大队开了一个群众动员大会，每个生产队都要抽几个劳动力参加电排的修建工作，因为东湖村是全区最低洼的地方。这里有句民谣是“天晴三天田开坼，天雨三天水成灾”的积水地，这电排是改变东湖村面貌的重要设施。电排要建在地势最低洼的东湖村的大堤边。国盛听到要真正开始建电排了，高兴得不得了，但不知道这电排何时能真正建成。

第三十六章　大队建了新电排

秋收刚刚完成，就开始动工建电排了。每年抗旱、排积要几个月。尤其是在“双抢”的时候，扮禾、插田都搞不赢，生产队劳动力非常紧张的情况下，还要派部分劳力车水，这样就严重地影响了“双抢”的进度。每年繁重的抗旱排涝任务使人们身心疲惫，人们对电排产生了强烈的好奇心和迫切感，群众是日也盼、晚也盼，可是等了几年仍无动于衷，年年只是喊，只听楼梯响，不见人下楼。现在终于开始建了，因为建电排对于这个地势低洼、贫穷落后的地方来说，是一个改变面貌、改善人民群众生活的大好事，也是改变这个地区人民群众命运的大好事，群众怎能不高兴呢！大家奔走相告。

工人们每天忙着立电线杆，架电线，农民就忙着修渠道。国盛因为还是在学校读书的时候就听到了电排的威力和作用，因此他对建电排尤其感兴趣。每天收工以后，吃了晚饭，有时候澡都没洗就和大生一起跑去看建电排和竖电杆。公路上每隔几百米就有几根电线杆，国盛走近电线杆，看到那电线杆有十多米长，他伸手抱了一下，最大的部位有一米五左右。国盛和大生第一次看到这些电线杆都惊呆了，大生惊叹道：“啊！这些电线杆怎么这么长，这么粗啊？”他想，这样又大又长的电线杆，都是用钢筋水泥做的，少则也应该有两三吨重吧？这么粗大的电线杆怎么搬得动啊？国盛和大生都想看看工人们是怎么搬动这些电线杆的，总想见识见识这个大力士，但是他们去了几次都没有看到。工人们还在做其他的基础工作，他们不甘心，就每天都去看。

为了赶时间，工人们每天都收工很晚，有一天他们终于赶上了工人们搬运电线杆。国盛和大生想走近去看看他们究竟是用什么办法搬动这些电线杆的，但被工人师傅们拦住了。一个工人师傅对国盛他们说：“你们一定要站远一点，这里危险，怕电线杆倒下来打到人。”国盛和大生就只好站在很远的地方看。看到他们首先在电线杆的两头各绑了一根钢丝绳，用一部吊车把电线杆大的一头先吊起来，放在两部板车上，然后再把小的一头吊起来放在另一部板车上，又用绳子把它固定起来，不让它滚动。然后几个农民用绳索背着板车在公路上缓缓前进。

运到目的地以后，几个农民在那里早已把竖电线杆的洞挖好了。工人师傅先把一块四方形的底座放在洞里，然后又把两块水泥夹板放到洞的两边，准备工作做好以后，再把电线杆的头部伸到夹板的中间，为了安全起见，他们又加用了一根钢丝绳捆住电线杆的尾部，使它变得更加牢固。吊车钩着钢丝绳，只听到起重机的轰鸣声，电线杆就被慢慢地吊起来了。

工人师傅站在电线杆的周围，大生的心非常紧张，他说："这么重的电线杆如果倒下来，工人师傅不就没命了呀！"国盛说："应该是有危险，不然的话，他们怎么会叫我们站这么远呢？他们自己是没有办法，这是他们的工作，工人们自己是不能回避的。为了国家建设，再苦、再累、再危险他们也要上。像解放军战士打仗一样，为了全国人民的解放事业，他们奋不顾身，就是枪林弹雨也不怕，各行各业都很辛苦，这是没有办法的。"大生说："那也是，工人做工，农民种地，解放军打仗，只是分工的不同。为了国家的建设，人民的幸福，什么困难的事、什么危险的事都要有人做。"电线杆被慢慢地竖起来了，它的头部已经插入洞里的夹板中。工人师傅们就将电线杆慢慢调正，经过仪器测量，确定电线杆竖正了以后，就用绳索将其固定，将两侧的夹板夹好，再用混凝土浇灌在电线杆的周围，将其牢牢地固定好。经过这样复杂的过程，才算是把一根电线杆竖好了。在工人和农民的共同努力下，从高铁塔到东湖村电排，一排整齐的电线杆竖起来了。国盛感叹道："还是人有办法，还是社会主义好，人多力量大。"不久，大拇指粗的电线已被架好了。

每个生产队都安排了 1 个至 2 个劳动力在修电排，张凡和正国也被派到了电排工地。由于工期很短，必须在秋冬两季完工，并且要赶在春耕生产前能够抗旱排涝。农民兄弟建电排的积极性非常高，他们每天从早到晚忙着挖堤，不到半个月就把大堤挖开了一个 30 多米宽的大口子。大队林支书和其他干部每天穿梭在工地上，检查质量和督促工期。工地上红旗飘扬，热闹非凡。

人们在修电排时议论得最多的就是电排是怎么能够抽水的？正国说："听说这电排每天能排一千多亩田的积水和抗二千多亩面积的干旱，不管是积水还是干旱，一个大队只有一两天都能解决问题，我们都不用再车水了，那多好呀！"张凡说："那只怕不可能，一天要车那么多的水，哪有那么大的车筒子呀！电有那么大的力吗？"正国说："那应该不是用车筒子车水，如果是用车筒子车水，那车叶子也没有那么大呀！那车栓子也会受不了，只能用铁做就差不多。"他们对电排有种种猜想和怀疑，恨不得马上就把电排建成，看看它到底是个什么样的怪物，有多大的能耐。

因此他们每天天还没亮，张凡就跑到正国家里，叫他起床去工地。他们一来到工地就开始挑土，等到天亮时，其他生产队的民工也都陆陆续续来到了工地，大家看到他们俩已经挑了一方多土了，就都称赞他们是修电排的积极分子。张凡听到大家的表扬感到很不好意思，就对大家说："我们不是想当积极分子，不是想图表扬，而只是想早一点把电排建好，看看它到底是个什么怪物，一天能够排那么多的水，我还真的有点不相信呢。”正国接着说：“我们都要加油干，要在明年雨季以前完成任务。如果真正能排积抗旱的话，那就能派上用场了。”周满爹立即竖起大拇指说：“还是你们年轻人有思想，好，我们大家都加点油干吧！争取在雨季前把电排安装好。”由于大家的努力，堤很快就被挖开了。

堤挖开后就忙着打基脚、电排的基脚都是用钢筋混凝土构筑的，非常牢固。

一天，一条大轮船运来了几筒水泥管，四台电动机和一个硕大的变压器。水泥管直径足有四米多。一天不知从哪里开来了一台大吊车，它的臂足有十多米长，大家不知道是个什么怪物，一下子就围了上百人看热闹。工人师傅慢悠悠地转动吊车的长臂，一下子就将一筒大水泥管像老鹰抓小鸡一样轻松地吊了起来，稳稳地放在了水泥基座上，不到两天就把水泥管安装好了。只有几天，几个电动机也被安装好了，变压器也被安装到位，高压线也架到了电排站。过了春节不久，就开始恢复大堤。只有半个月，大堤也修复好了。

春天来了，一天，天下大雨，因东湖村是地势最低洼的地方，就像是一个盆地，只要一下雨，四处的水就都往这里流，一下子就是汪洋一片了，这就到了电排发挥威力的时候了。大家听到电排要开机了，四面八方的人们都涌向电排站看热闹，看这个怪物是如何抽水的。电排的周围、大堤上、堤内、堤外到处都是黑压压的人群。大家都认为电排抽水时会发出雷鸣般的响声，都在注视着这一神奇时刻的到来。

大队还派了几个民兵站在渠道的两边维持秩序，以保障群众安全。大家只看到公社党委郭书记和大队支部一干人，还有电排师傅等走入了电排站。郭书记走到闸刀前，揭下了闸刀上的红布，在大家的一阵热烈掌声之后，电排站的师傅走到闸刀前，迅速将闸刀合上。

这时，只听到“嗡嗡”的电流声。顷刻之间电排沟里的水就像倒油一样向电排站流过来，堤外闸口的水就像排山倒海一样，一股巨大的水柱向堤外冲去。人们还未缓过神来，还没有听到任何机器的响声，发现得早的人就欢呼雀跃起来，高声喊道：“电排抽水啦！电排抽水啦!”堤外的水就像瀑布一样向外河奔流。人们都蜂拥到水渠边看稀奇。公社党委书记和大队支部人员看到这一情况，怕引起骚乱和踩踏事件，如果因拥挤掉到水里，就会被水冲到河里去，十分危险，因此立即下令停机。把群众劝离渠道边，组织大家排好队，有组织、有秩序地观看。

大家通过支部人员的组织，里三层、外三层地排在渠道的两旁。排好队后，党委郭书记再次下令开机。支部书记看到电排的威力这么大，从此以后就可以水旱无忧了，他兴奋地振臂高呼："中国共产党万岁！毛主席万岁！社会主义万岁！"在场的群众也跟着喊起了口号。正在兴奋之余，大家又看到了水里有几条被打死了的鱼，有的还被打成了几节，有些附近的群众就回家拿的拿虾绕子，拿的拿绕斗，站在渠道的两旁绕那些被打死了的鱼。有鲫鱼、才鱼，还有四五斤一条的草鱼、鲤鱼等。因为绕鱼也很危险，支部书记就把大家都劝退了。经过几个小时的排水后，被淹没了的田垄路渐渐地被显露了出来。只有两天，垸内的积水就全部排干了。大家看到电排排水的威力真的有这么大，群众心里乐开了花。今后就再也不用担心积水和干旱了，再也不用顶着烈日车水了，就可以水旱无忧、旱涝保收了。国盛、大生、张凡、正国、五才他们几个都高兴得合不拢嘴，兴奋得手舞足蹈，大家都将这一好消息奔走相告。

自从有了电排以后，大家就很少车过水了，劳动强度大大降低。到了冬天，塘里、沟里的水都被电排抽干了，田里没有水，就种上了红花草、蓝花草和大片的油菜，到了春天，红花、蓝花、金黄的油菜花漫山遍野，把洞庭湖区变成了花的海洋，洞庭湖平原的景色更加迷人了，稻田也更加肥沃了。

电排修好后，修渠道和护大堤就更加重要了。因为电排的威力大，渠道不通畅，水流就受阻。电排一开机，震动较大，堤垸不牢固就怕出危险，因此每年一到秋、冬农闲时，农民就要修水渠，挑大堤。

这年秋天，修堤的任务更加大，除了其他大堤需要修复以外，电排的大堤还需要进一步加固，男女老少都要上工地。工地离家有十多公里，大家带上劳动工具和柴米油盐浩浩荡荡向工地出发，农民朋友又将进入一场新的战斗。

第三十七章　修好大堤防洪涝

民工们一来到工地，就在附近的农民家里安营扎寨。大家把被窝行李一放，就到保障山里砍芦苇铺在地上，再把被子往芦苇上面一铺，整个堂屋的地上都铺满了芦苇和被子，这就是所谓的打地铺。几十个男民工基本上就是挤在一间堂屋里，只有几个女民工就寄宿在老板家的房间里。工地上是每天早上六点起床，六点半早餐，七点出工，妇女和半劳力就煮的煮饭，走的走杂，劳动力就全部到工地挑土。一两百斤一担的泥土压得扁担弯得像牛轭一样。有的男劳力一到工地就脱掉上衣，打着个赤膊，生怕扁担把衣服磨破了。各个队的劳动力摆得工地上黑压压的一片，各路挑泥队伍就像蚂蚁出洞，来来往往，川流不息。工地上歌声、笑声、吆喝声响成一片，真是热火朝天。

打夯的同志叫着号子，把手中的石夯举得高高的，将一层层松散的泥土砸紧。这时有一个年轻妇女从旁边经过，他们就信口编着段子唱了起来：“这个堂客真的乖啰呵，两条辫子迎风摆呀，呵啊！嗨呀！眉毛弯弯像弹弓啰呵，两边脸蛋像桃红呀，呵呀！嗨呀！胸前堆着两座山咯呵……”那女人听了，羞得面红耳赤，一溜烟跑了。这堂客就是周大嫂，她年轻漂亮，聪明能干，是刚从工地送开水经过这里。

一到休息时，抽的抽烟，讲的讲故事，年轻人就摔跤，这里一团，那里一伙，好不热闹。国盛挑得累了，他的肩膀也挑红了，麻辣火烧地痛，两腿酸胀，没有体力参与打架，就坐在旁边看热闹和听讲故事。

队里的壮年劳力在一起就只讲哪家的媳妇漂亮，哪家的媳妇聪明能干，哪家的媳妇贤惠善良，哪家的媳妇不守妇道。大家正在谈得火热时，王满爹开始讲故事了，他说：“从前有一个姓王的后生子爱吹牛，他在众人面前吹嘘，我们村里这些堂客们都不漂亮，今后我要找一个最漂亮的给你们看。后来这个姓王的经人介绍找了一个对象，介绍人知道他只爱漂亮的姑娘，在他看亲的那天就使了一个坏，因为这姑娘长得很丑，怕他看不上，就叫她的那个长得乖的嫂子替她。给她嫂子涂脂抹粉，打扮得花枝招展，在房间里纺纱，冒充这姑娘。这个被相亲的姑娘就系着一条腰围裙，扮成嫂子在厨房里做饭。小王误以为房中纺纱的一定是给自己介绍的对象，看她长得非常漂亮，瓜子脸、柳叶眉，身如杨柳，面似桃红，两腿修长，皮肤娇嫩，真是如花似玉，美若天仙。看她那巧笑之瑳，佩玉之傩，心中暗自高兴。回家后就在众人面前吹嘘自己找的堂客如何漂亮。但等到结婚那天，拜了堂以后进入洞房，小王掀起盖头一看，原来是个丑八怪。她是牙齿龅、脸又麻，背心里还背了个大南瓜，比当地的其他媳妇都丑十分。他当时就气得肺都快炸了，直跺脚，全身发抖，大发雷霆，企图冲出新房。但他家里早有防备，把他推入新房后，外面就给上了锁，还派了几个人在外面把守。生米已经煮成了熟饭，由于农村的封建思想，又不允许离婚，无可奈何，只能将就。以后小王就成了人们常常调侃的对象。他经常被人家羞辱得面红耳赤，气冲牛斗。从此这小王再也不敢在众人面前说媳妇了。”说得众人捧腹大笑。

他这个故事刚讲完，另一个故事又开始了。周三爹接着说：“从前有两兄弟，老兄叫柴进，讨了一个老婆，他老婆嘴巴尖，眉毛粗，一脸横肉，既自私，又横蛮不讲理，她怕老弟今后结婚要花钱，就闹着要分家。家里有三分菜地、三亩田，还有一条耕牛和一只狗，这嫂子硬要分那三亩田和一条牛。

“这弟弟叫柴明，他老实巴交，但聪明能干，勤劳俭朴。他懒得和兄嫂争吵，就只分得三分菜地和一只狗。分家以后，他就精心经营着这三分菜地。他在菜地里种了一块韭菜，天天给韭菜除草，追肥，韭菜长得又嫩又壮。他非常爱吃韭菜，还经常挑着韭菜到街上去卖。一天，一个财主老爷在他旁边经过，他刚好打了一个屁，这屁其香无比，使人一闻到就精神抖擞。财主老爷叫仆人停下轿子，就问这卖韭菜的柴明道：‘这是什么香味？’因柴明是个忠厚老实人，听老爷这么一问，就吓得战战兢兢地说：‘老爷，不好意思，我不是故意的，是因为吃了韭菜，屁多，忍不住才打的。对不起，请老爷原谅！’老爷说：‘这屁真的是你吃了韭菜打的吗？如果是你打的，就请你再打一个试试。’柴明无奈，只好奉命又打了一个，这屁真的是香味迷人。老爷赶紧叫家人把这些韭菜用高价全部买下，并且叫他天天把韭菜挑到他家里去卖。柴明见有这样的好事，高兴得不亦乐乎。

“回到家他还特意多吃了点韭菜，第二天又挑着韭菜到老爷家去卖。他还特意在老爷面前又打了一个非常神奇的屁：这屁格外的响，它的声音真是绕梁三匝，余音未绝，声音优雅动听，犹似天籁；香味浓郁，香飘十里，余香未散，闻了这屁真使人心旷神怡。老爷非常愉快，觉得神清气爽，还特意奖了他一些银子。

“他拿了这些银子回家买了几亩田，想借哥哥的牛耕一下，但嫂嫂不同意。弟弟无奈，只好用锄头挖地。他养的那条狗很通人性，就咬着他的裤脚往他哥哥家的犁那里拖，拖到犁边，它就自己钻到牛轭下，背着犁就跑，柴明看出了狗的意思，他就只好试着用这条狗耕田。狗很听话，它耕田力大无穷，比牛毫不逊色，很快就把田耕完了。他嫂子看了，不知道他从哪里搞到了这么多钱，就怀疑他的钱是偷的，就想弟弟告诉她，自己也去偷一点，就逼着柴明问：‘你一下子这么多钱，钱是从哪里来的？如果你不告诉我，我就去告官。’柴明因为嫂子不停地逼问，他只好如实地告诉了嫂子。嫂子自私，心性狡诈、歹毒，听了后就打起了歪主意，要用自己的田和牛换他的菜地和狗。弟弟开始不同意，嫂子就说：‘家里的东西要轮换，你不能一个人老是占着这菜地和狗。’弟弟无奈，只好就跟她换了。

“换了以后，她也天天挑着韭菜去卖，一天她故意在老爷面前打了一个屁，这屁奇臭无比，臭得老爷一家人晕头转向，还恶心呕吐。老爷叫家人将她痛打了三十大板，打得她皮开肉绽，并把她赶出了家门。

“嫂嫂回到家大发雷霆，说是弟弟骗了她，又要把她家的田地换回去。柴明无奈，他只好又将田和耕牛退给了嫂嫂，哥哥看弟弟的狗耕地力大无穷，舍不得用他自己的牛耕田，就想用弟弟的狗耕田。这狗知道他们夫妇心性歹毒，不愿给他们出力，就坐着不动。他哥哥就用鞭子抽，只有几下就把狗给抽死了。弟弟看了非常心痛，只好把狗抱回了家，给它洗了个澡后，就把它放在床上，准备用几块木板做副棺材把它厚葬，棺材还没做好，狗又慢慢地活过来了。弟弟非常高兴，就天天精心地喂养着这条狗，还天天辛勤地种韭菜和卖韭菜。哥哥嫂嫂就只能干瞪着眼看着弟弟发财。”他讲完这个故事后感叹地说：“人啊！一世总要凭良心做事，心术要好，钱财是自己的就是自己的，不是自己的就不要强求。”他的故事讲得那样绘声绘色，出神入化，那些扑朔迷离的故事情节，使大家听得开怀大笑，如痴如醉。

在另一旁看打架的，不停地鼓掌，叫喊着加油！加油!! 那场面也非常热闹。大生和武生也想试试，他们脱掉了上衣和草鞋，只穿了条短裤，两人都是摩拳擦掌，他们又在另一片平地上开始打起来。看到这边也打起来了，大部分视线又转到了这边。武生身材高大，肌肉丰满，但只是一个暴虎冯河的莽汉，缺乏灵活性，大生虽较他矮小，但比较灵活机动。武生伸手去抓大生，大生一闪，躲过了。大生突然一转身，腰一弯，双手抱住了武生的大腿，猛一伸腰，头往他胸前一撞，把武生掀了个趔趄。武生还未站稳，大生就将他的腰抱住，就是一脚将他掀翻在地，四脚翘天。围观的群众拍手称快，吆喝着再来一次。

武生从地上爬起来，看了一下周围的人群，觉得有些失面子，自己输给了大生，很不甘心。故又双手叉着腰，提高嗓门对大生说：“你太狡猾了，刚才我没有防备，再来一次。”大家正期待着他们再打一架，可这时开工的号声吹响了，大家又只好拿起箢箕扁担开始了挑土。挑了一阵，国盛的肩膀痛了，肚子也饿了。正在这时，吃饭的号子响了，大家一听到吃饭的号声，丢下手中的工具就向食堂飞奔而去。

食堂的饭菜都已准备好了，每桌一大钵南瓜和一大钵芋头，因为南瓜、芋头没有油也能吃，饭就是一桌桌摆在屋前的地坪上，大家都聚集在地坪上吃饭。一眼望去，黑压压的一片望不到尽头，就像是一条长龙阵，这场景好不壮观。有的站着吃，有的坐在凳子上吃，有些没有凳子的就干脆席地而坐。国盛观察了一下其他生产队吃的菜，左边队上有辣椒炒肉，右边队上有芋头合子炖鱼。国盛的生产队因为比较穷，吃不起鱼和肉。由于油水少，功夫重，消耗的能量过大，因此饭量大增。国盛吃了一钵八两米的饭后，感觉肚中还是空空的，他又端了一钵，一餐吃了一斤六两米饭才吃饱。

挑了一天土，经过一天的劳累，大部分的人吃过晚饭，洗了个冷水澡后就睡觉了。国盛刚洗完澡准备睡觉，这时外面有人在喊：“公社电影队来工地演出啦！是特意来慰问全体民工的，大家都去看电影啰！”国盛正在犹豫是去还是不去时，大生就在外面叫他，他就和大生一起看电影去了。幸亏离电影场地不远，只有几百米，电影已经开始了，电影演的是《地道战》，已经看过几次了。因为《地道战》《铁道游击队》《小兵张嘎》《鸡毛信》《智取威虎山》《红灯记》《沙家浜》等是经常演的几部革命现代样板戏。看了一会儿就打瞌睡了，旁边还有几个人也不想看了，他们就一起回家睡觉了。

第二天晚上收工后，国盛吃过晚饭准备洗澡时，突然记起昨晚因为看电影，忘了洗衣服，衣服还丢在床头边。他急了，今天洗澡没衣服换，洗完澡后只能打赤膊。他忙跑到床头去拿衣服，准备洗完澡后把两天的衣服一起洗了。谁知来到床前，没有看到衣服了，他傻眼了，衣服到哪里去了呢？他到处找都找不着，这时小元知道国盛在找衣服，她就故意跑到外面去了。

国盛找了一会儿找不着，非常着急，就去隔壁问煮饭的两位大嫂。一个叫周小梅的大嫂朝外面努了一下嘴说："早就有人帮你洗好了，放在你的床头，你还不快去感谢人家。"国盛纳闷，是谁帮我洗了衣服呢？他就问李大嫂："是你帮我洗的吧？"李大嫂说："我想帮你洗还没机会嘞！有人抢先帮你洗了。"国盛不信，跑到床头去看是不是真的，但床头还是没有看到，只是床头的被子拱得高高的。他掀开被子一看，衣服折得整整齐齐的放在枕头下，用被子压着。国盛看了非常感动，这是谁呢？这时，小元进来了，她向国盛做了个鬼脸，这时他心里才明白了，原来是她帮忙洗的。

国盛非常感激小元，但一时不知怎么感谢。心想这么多人在，怕引起大家误会，又怕大家看到会笑话，这样对小元的影响不好，要和她保持距离。为了感谢她给自己洗了衣服，不欠她的这份人情账，国盛吃完晚饭后，在附近的代销点买了一个漂亮的小发夹偷偷地放在她的衣服上。第二天，国盛故意别开小元，只是在远远的地方看到她已经把发夹戴在头上了。吃午饭的时候，周大嫂故意在问小元："你的发夹这么漂亮，是在哪里买的？"小元结结巴巴答不出来，周大嫂笑着说："是你亲爱的送的吧？"小元的脸"唰"的一下就红了，她急忙跑到外面去了。

小元红着脸跑到外面，感到面部和全身火烧火辣的，外面有一丝凉风吹来，才吹散了脸上的红晕与火辣，也吹出了她心灵的平静。

这天下午，刮起了一阵阵北风，秋天天气渐渐凉了，下起了毛毛细雨，工地上泥泞路滑，不能开工，大家只好回家休息。只有国盛是个闲不住的人，他念念不忘想学医，但不知他能为学医做些什么准备。

第三十八章　立志为民把医学

他知道学医需要很高的学问，没有文化知识是不行的，要学好医就先必须把文化基础打好，在学医的道路上一定有很多的困难，就好像是水要流入大海一样，途中一定有很多的山、石阻隔，必须转很多的弯，冲破很多的障碍才能进入大海。他为了扫除文化上的障碍。就在家里看书，书都是从朋友和同学那里借来的小说，如《红楼梦》《三国演义》《水浒传》《西游记》《林海雪原》《山乡巨变》《烈火金钢》等，对这些书进行认真的阅读。

他很爱看小说，因为这些小说是中国文学艺术之瑰宝：它们可以让人学到很多的文学知识，提高个人的文学修养，可以使人了解民俗风情，丰富自己的社会知识，还可以提高人们的思想素质、品德和精神内涵。他博览群书，好像书里面蕴藏着学不完的知识和吸收不尽的营养。古人说得好“以学愈愚，勤能补拙”。他还特意买了一本小《中华字典》，不认识的字，看不懂的地方就把它记录下来，然后翻翻字典，把它们搞懂。他学习起来是那样的孜孜不倦，有时候看得困了、累了就抱着书本睡着了。

一到晚上，因为家里看书没有灯，就只好到邻居家去玩一下，他看到李武生、孔大生、张五才、张凡他们在一起打骨牌。由于天下雨，这个时候田里也没有什么事做，一部分劳动力就聚在一起打打牌，搞搞娱乐，这是一年中唯一能休息的好机会。

白天，李武生、孔大生、张秋生、张凡他们就在一起聊天，聊了一阵，觉得枯燥无味，就想打骨牌。但是没有牌，他们就派大生到供销社去买，可他跑了几个供销社都没有买到。其实这样的骨牌供销社根本就没有，因为很多其他日常用品尚且没货，更何况这牌是属于赌博性质的娱乐工具，就更加没有卖了。

供销社没有卖怎么办？就只好想办法自己动手做。大家到处找做骨牌的材料，农村把这骨牌又叫竹脑壳，它是用竹子或是用扎木做的，因此扎木和竹子都是做骨牌的好材料。大生从家里找来了一筒竹子，张凡做牌很里手，他们就自己动手做起来。先把这竹子劈成一条条的，用刨子刨光，再把竹片锯成一段一段的，然后就用一根铁丝烧红，在竹片上按照牌的规定，在一定的位置上烙一些小洞，再用印油和墨水把洞涂成红色和黑色，这样一副骨牌就做成了。

骨牌做成后就开始打牌，他们打的是一分钱一墩的小牌，纯粹是为了娱乐和消磨时间。大生手气很好，一盘打了个十墩，每人要出三毛二分钱，周围围观的人很多，叫的叫、喊的喊，大家都拍手叫好，为他鼓劲，闹得热火朝天的，大家在一起玩得很开心。国盛在那里看了一会儿，觉得整天玩牌没有什么意思，一生总得要做点什么有意义的事情，不能这样碌碌无为。这时他的肚子有点饿了，就回家了。

为了节约粮食，农村在农闲时都只吃两餐，而且还要在饭里面加些蔬菜或杂粮。因此到了晚上肚子就饿了。虽然肚子很饿，但家里也没有什么东西可以吃，他为了第二天继续看书，就只好早早地睡觉了。

国盛认真看书学习，他下决心想当医生的主要原因，就是母亲感冒了没有医生看病，得不到及时的治疗，并发了肺炎而死的。国盛日夜思念母亲，懊悔当初不懂医，痛失治疗良机，使母亲失去了宝贵的生命，这成了他的一块心病，也将成为他一生的遗憾。他看到周围也有很多乡亲们得了病没有地方治疗，他们也是和母亲一样，没有得到及时的治疗，被病魔夺去了年轻宝贵的生命。国盛不忍心看着乡亲们再这样继续受病痛的折磨和失去生命，他为了弥补对母亲的这一遗憾，心中已立下了一个宏伟的计划就是下决心要当一名医生，要把那些有病的乡亲们从死亡线上拉回来。

他借来了一些医药书籍，尤其是中草药书籍，自己还用平时积攒下来的零花钱也买了一些，在家里仔细研读，有些医学书籍深奥难懂，但是他不怕困难，他相信山再高，只要你肯登攀，总会到顶；路再长，只要你坚持走，定能到达；环境再差，只要你认真改造，总能变好，他是：

不负韶华始读书，
少年立志在悬壶。
药学书山勤为径，
矢志为民百病除。

因为湖区的荒坪、草地，甚至田埂上，到处都有中草药，只是不认识和不知道应用。他想只要认识了这些中草药，学会了它们的使用方法，就可以用这些中草药为乡亲们防病治病，就可以不花钱也能治好病。

国盛拿着这些中草药书如获至宝，他每天书不离手，看每一样中草药的性、味、功能和主治。虽然看了好久，知道了它们的性、味、功能，但还是不认识这些草药。国盛很着急，如果不认识就没有办法找到它们，就没有药给人治病。他记得母亲在世时说过百草皆为药，只是不认识，不知道使用而已。他就想办法，找那些认识一些草药的人请教。有些老人认识一些草药，但又说不出它们的性、味、功能。有一位蛇医，他认识一些中草药，国盛去请教他，他怕国盛学了会抢了他的饭碗，就保守不肯说，不是说搞不赢，就是说找不到，老是推脱不愿意教他。

国盛没有办法，就只好到书店里面去买中草药图谱，找了几个书店都没有。但他没有气馁，最后终于在南大镇的一个书店里买到了这本中草药的彩色图谱，他非常高兴，把它视若珍宝，一有时间，就到田野里对着书本找药。

一天，张凡、大生来找国盛玩，看到国盛低着头到处在找什么东西，就跑过来好奇地问："国盛，你丢失了什么东西，我们来帮你一起寻。"国盛说："不是丢了什么东西，我是在寻找中草药。"大生说："你找药干什么？你家谁病了？"国盛听大生说自己家里病了人，就不高兴地骂大生道："你这乌鸦嘴，谁家里病了人，我是在学着认中草药，以后谁得了病，我就用这些药给他们治疗。"大生讥笑国盛道："喔哟，你真的想当大医生啊！真是癞蛤蟆想吃天鹅肉，你不要好高骛远，能当上一个队长、会计、记工员就了不得了。你这样寻草药，寻到哪一天才能成为医生呀！你又没有拜师傅的，莫把人家诊死了啊！"国盛狠狠地瞪了他一眼，没有理他，因为他的理想并不只是在生产队任个一官半职，是要为群众治病，他知道学医很难，要掌握很多医学知识，但他知道，知识和财富一样，要靠一点一滴地不断积累，古人云"不积跬步，无以至千里，不积小流，无以成江海"。只要有精卫填海的精神，自己的理想就一定能实现。他决意已定，就又独自一个人寻他的中草药去了。

大生和张凡见国盛没有理睬他们了，大生就说："你一个人寻药去吧，我们玩去了啊！"国盛说："你们玩去吧，别在这里捣蛋！我今天没有时间，明天再去陪你们玩。"张凡说："那好吧，我们走了喔！"他们走了，国盛继续在寻找中草药。他经常把这本中草药的图谱带在身上，劳动之余，回家的路上都要去寻找。陈满爹看到国盛天天在路上寻找草药，想当医生，就摇摇头，轻蔑地说："唉！这样一个泥脚杆子、土蛮古还想当医生，真是癞蛤蟆想吃天鹅肉，不自量力哦！"一个没有社会背景的农村孩子想当医生，在众人心里那简直就是天方夜谭。

学习上的困难和别人的冷嘲热讽就像是前进道路上的一块巨石，但他为了自己的事业，有勇气把它搬走。国盛全然不顾，不管人家怎样说，不管学习上有多大困难，他仍然坚持，因为农村青年要想有点出息，能够冲出农村，一个就是当兵，复员后可以安排工作；一个是考上大学，大学毕业后就是国家户口，可以直接安排工作。但湖区的青年大多有血吸虫，当不了兵。大学也停办，高考被取消，国盛没有其他选择，只有自学一点医学知识能为乡亲们防病治病，解决大家一些疾苦就是好的，不管能不能成功都没有问题，他认为只要努力，成败皆英雄。

后来，国盛想用草药为群众治病的事被一个会用草药治红眼病的张三爹知道了，他看到国盛每天在认真地寻找草药，就对国盛说：“这草药子有什么好寻的，俗话说得好，草药子郎中不发家，寻得头晕眼又花，过得三天去问信，搭帮菩萨好了些。草药子郎中是狗咬老鼠，费力不讨好。”国盛说：“我给乡亲们治病不是为了图名图利，我只想把乡亲们的病治好，减少他们的痛苦，让他们健健康康的就心满意足了。我妈妈那时候如果有个人能给她把病治好，那我会感谢他一辈子。”张三爹见国盛这样一说，被他的这种精神感动，就竖着大拇指称赞道：“好样的，好孝子，你还在为妈妈病了没有人给治疗伤心是吧？我都要向你学习了。”国盛说：“哪里！哪里！您德高望重，经常为乡亲们治病从来没有收过人家的钱，您做了很多好事，乡亲们是不会忘记您的。”张三爹说：“我并不是要人家的钱，也不要人家感谢，就是有些人不知道好歹，你帮他治好了病他还不承认，还说是搭帮菩萨治好的。”国盛说：“只要你为他治好了病，不管他口里承认不承认，他们心里还是有数的，只是当时拿不出什么东西感谢你，才不好意思说是你治好的。”张三爹说：“只有国盛你就会理解人家的心。我已经老了，眼睛不好使了，有些草药看到都认不清了，老眼昏花了，我把治红眼病的药告诉你，让你多为大家做点好事。年轻人，有志气，多学点东西，今后能多治好几个病人，多积点德。”

国盛听张三爹这样一说，高兴得不得了，赶紧叫了一声：“师傅在上，请受徒弟一拜。”张三爹忙阻止道：“现在不兴这一套了，这一雕虫小技不是你，现在还没有人愿意学呢！因为学医是一件很难的事，要活到老学到老的啊！”国盛说：“没问题，我会努力学习的，现在有些人都是趋利之人，没有利益的事就不想干，您只管放心，我不会是那种人，只要能给群众治病的我都学。”张三爹说：“那好，只是今天要出工，等哪天下雨了，不能出工的时候，我就带你去寻治红眼的药。”国盛说：“好，等哪天下雨我就一定来拜访您。”张三爹说：“可以，哪天得空你来就是。”说完他就劳动去了。

国盛就是这样向所有懂药的人学习，为了找准药，他经常拿着书本对，是对了叶子对秆子，还要对气、味，每一种药都是认真地校对，生怕有半点差错。他通过不懈努力，终于认识了像车前草、蒲公英、益母草、青蒿、半边莲、满天星、苍耳子、菊花、金银花等几十种中草药，并且掌握了几十种常用中草药的性、味、功能和用法。国盛对学医是朝斯夕斯，念兹在兹，磨砺以须。他要努力学好医学，为乡亲们防病治病。队里的一些邻居知道国盛天天在看医药书，有些小伤小病就来找国盛，国盛就用自己所学的中草药给予了他们精心的治疗，使他们能够及时康复。

一天，五才在去田里抓草时，被蛇咬伤了，痛得很厉害，他们家里人就赶紧去找蛇医，但蛇医不在家，急得像热锅上的蚂蚁，就只好来找国盛去先给他暂时处理一下。国盛就迅速来到五才家，看到他躺在床上，表情非常痛苦，还不停地呻吟，他的脚已经肿胀到了踝关节以上。国盛就按照书上的方法，立即用一根布条在脚的肿胀上部扎紧，阻断静脉回流，减少毒液流入心脏。马上又用一把小刀在蛇咬伤的牙痕处给划了几道口子，挤出了很多乌血，还扯来了一把草药，用草药在伤口上反复擦洗，把伤口都洗白了以后，再用口在伤口上反复吸，把伤口中的毒血吸掉，然后还用一把草药捣烂敷在伤口上。还搞了一些腹泻的药给他吃了，通过腹泻，内外排毒的方法以后，肿胀明显减轻，疼痛缓解了，精神也明显好转了。

这次实践大大地增强了国盛用中草药治病的信心。有些喉咙痛的、口疱了的、上火了的就叫他们用生石膏、车前草泡水喝，长脓包疮疖的就扯一些草药给他们外敷，效果也还蛮好。他力学笃行，这样不但培养了他对医学的爱好，也为以后的学医打下了一定的医学基础。

国盛为了实现他学医的理想，达到治病救人的目的，他总是在自己理想的道路上孜孜不倦、锲而不舍地追求。他非常相信“天生我材必有用”，厚德载物，深信自己的理想总是会实现的。他是：

咬定书山不放松，立根原在医学中，
千磨万砺还坚劲，任你东南西北风。

秋收以后，各生产队忙着交征购粮，要把最好的粮食先送给国家，叫作送爱国粮、送忠字粮。大家都踊跃交粮，不知他们是如何完成国家征购粮的。

第三十九章　洞庭湖美丽传说

为了交爱国公粮，全队的劳动力都是一大清早就挑着满满的一担金黄的谷子，送到十五里外的国家粮库。国盛也和大家一样，挑了一担谷子，虽然比人家少了一二十斤，但挑了几里路以后，肩膀就麻辣火烧地痛，腰酸腿软，气喘吁吁，汗流浃背，挑不了几百米就要歇一气，人们戏称他是盖灰印，国盛费了九牛二虎之力，用了两个多钟头才把谷子送到粮库。连续几天，把国家的粮食送完以后，剩下的粮食就是农民的口粮。农民就把那些禾丫子谷、二卡子谷及所有的其他谷子收集起来进行统计，看还剩下多少粮食，再按“劳三人七”的方案分配。分到的粮食还只能按月发放，因为一次发下去怕大家不按计划用粮，只几个月就全吃光了，一到来年春耕生产的时候就没有粮食吃了，会影响生产。国盛家劳力多，一个月的粮食只够吃半个月。如果冬天落雪，下雨休息就只能吃两餐，即使天晴劳动也要加蔬菜或杂粮吃。

一到冬天下雪，不能出工，所有的劳动力基本上就都到莫愁湖去挖藕替补粮食。国盛也和大家一样，一大早吃了两碗菜拌饭，挑着一担篼箕随着挖藕大军出发了。来到莲湖，只看到黑压压的荷秆望不到边，荷叶、荷秆到了冬天就枯萎变黑了。

这莲湖离国盛家不远，只有七八里路，是国盛常来的地方。秋天他来这里摘莲蓬，那时候，满湖的荷叶是绿油油的，就像是一把把绿色的小伞，微风吹动，绿浪翻腾，就是一片绿色的海洋，一眼望不到边。他看到有几只小小的青蛙跳到荷叶上，它们在荷叶上蹦来蹦去，有时就伏在荷叶上休息，尽情地享受着这荷叶和莲花的美丽与芬芳，它们是那样的悠闲自得，国盛觉得这青蛙多么地自由自在，就想起了一首咏蛙的古诗，将其改了一下，咏道：

独居荷上似虎形，湖边杨柳好遮阴。
春来我不先开口，哪个虫儿敢作声。

微风吹着荷叶摆动，一朵朵莲花在荷叶中跳跃，有红色的、紫色的、白色的，还有淡黄色的，真是五颜六色，有的含苞待放，有的像仙女散花，争奇斗艳，绿色的荷叶被鲜艳的荷花点缀，真是“接天莲叶无穷碧，映日荷花别样红”呀！这荷叶和莲花交相辉映，如诗如画。空气中散发着一股淡淡的清香味，真是沁人心脾、令人陶醉。这莲湖是洞庭湖中的一个大盆景，使得洞庭湖更具有生气和活力。

那藏在荷叶下的一个个鼓眼莲蓬则格外诱人。有一次国盛看到一个特大的莲蓬，他就不顾一切地跳到水里，奋力向那莲蓬游去。不料水太深，一下水就把他的头都淹没了。他两脚悬空，里面的菱角藤、黑丝草很多，缠在脚上使两只脚动弹不得，只有两只手在水中扑腾。这附近又没有人，心中是又急又怕，越怕就越是手足无措，身体在不断地往下沉，有一种窒息感和死亡的预感袭上心头。在这千钧一发之际，他的手无意中碰到了一根荷秆，他急忙用手抓住这根荷秆，顺着荷秆慢慢地往上爬，这荷秆成了他唯一的救命稻草。他扶着荷秆浮出了水面，这时，眼前一亮，他看到了蓝天白云，好像自己在做一场噩梦，刚从噩梦中惊醒。长长地舒了一口气，庆幸自己能从死亡线上逃脱出来，重新获得了新生。他好不容易才爬上了岸。如果不是有荷秆，他差点就为了这只莲蓬丢了性命。

这一望无边的莲湖成了农民的第二大粮仓。这莲湖土地肥沃，物产丰富。它不只有藕和莲蓬，还有鱼、虾、菱角、鸡菱丫等，有了这个湖的藕就不担心饿肚子了，因此把它叫作"莫愁湖"，这美丽、富饶的莲湖养育着一代代洞庭湖区的人民。

这洞庭湖的来历还有一个美丽的传说："本来这里没有洞庭湖，是在很久以前，传说龙王的女儿被关在龙宫感到寂寞。少女总有怀春之意，就想到凡间来体验人间的生活。她不顾父母的反对，偷偷地来到一个姓轻的人家做媳妇。这轻婆婆心思狠毒，折磨媳妇。每天白天要她洗衣、煮饭、放羊，晚上还要纺纱织布。麻要撕得头发丝大，纱要纺得穿得针，做饭还不给她油盐。但小龙女心灵手巧，做出来的饭菜很好吃，既有油味，又有盐味。轻婆婆觉得很奇怪，难道是她偷了家里的油和盐吗？就叫女儿去偷看她做饭。

"小龙女在炒菜时，先向锅里吐了一口唾液，然后再把菜倒入锅中，这样炒出来的菜味道非常鲜美可口，比放了油盐的菜还要好吃。女儿把这一情况告诉了轻婆婆，轻婆婆知道后将小龙女暴打了一顿，说她是一个邋遢婆娘，从此后更加折磨小龙女了。一天，轻婆婆拿一斗黄豆叫她一天种完，种完了还要等黄豆发了芽才能回家。小龙女一个人种到三更时才种完，种得累了就在黄豆地里睡着了。第二天早上一起来，看到黄豆已经发芽。她这才高兴地回到了家。轻婆婆看到她这么快就回了家，就叫女儿去看黄豆是否种完了，是否长出了苗，女儿看后回家告诉母亲，已全部种完并且长出了嫩绿的小苗。

"轻婆婆有些纳闷，就更加疯狂地折磨她。一天，轻婆婆又把一升芝麻倒在地上，限她在一天时间内，把芝麻一粒粒地从地上捡起来，不能少一粒，没捡完就不能吃饭睡觉，并且叫女儿在一旁监督。小龙女就边捡边哭，可不到两小时就一粒不少地全部捡起来了。轻婆婆又想了一个更毒的主意，叫她一个人看两百只羊。小龙女赶着羊上山吃草，刚好这天碰上了暴风雪，一不小心，一只羊被吹到山下摔死了。轻婆婆知道了，就要罚她在雪地里跪三天三夜。

"小龙女跪在雪地里又冷又饿，饥寒交迫，实在受不了了，跪在那里痛哭流涕。这时一个上京科考的书生从她的旁边经过，这书生叫柳毅。他看到一个小女孩跪在雪地里哭泣，就上前问小龙女说：'小姑娘，天这么冷你跪在这里干什么？还不赶快回家，会冻坏身体的呀！’小龙女就把事情的经过告诉了他。柳毅就问：‘有什么事我可以帮助你吗？’小龙女说：‘我写了一封家书没人传递，你是否能帮我送一下？’柳毅说：‘我是上京去科考的，但是没有问题，今年不行，可以明年再考，只要能救姑娘，我万死不辞。’小龙女非常感激，就在头上取下一根金钗和家书一并交给了柳毅，并把去龙宫的路线图告诉了他。柳毅拿着小龙女的家书日夜飞奔，他逢山开路、遇水搭桥，一路闯关来到龙宫，把信交给了龙王爷。龙王爷看到女儿的信和金钗后，怒发冲冠，赶紧派虾兵蟹将去捉拿小龙女。虾兵蟹将们根据小龙女家书上的地址，将小龙女捉了回来。

“小龙女回家后把在凡间受苦的事细说了一遍。龙王爷听后，大发雷霆，手一颤抖，马上就乌云黑暗、电闪雷鸣、大雨倾盆、天崩地裂，顷刻之间大地下沉了，变成了一片汪洋，惊涛骇浪，就这样成了八百里洞庭。龙王爷本来是只想沉掉轻家的，但因为他在大怒时手抖动的幅度太大了一点，一下就沉陷了八百里。轻家全部覆没，轻家从此就从百家姓上消失了。

“龙王爷除掉轻家后，解了心头之恨，心情舒畅了许多，他看到柳毅相貌不凡，心地善良，爱助人为乐，是一个忠诚可靠的人，就要把小龙女许配给他，把他招为了驸马。”

这个故事在当地广为流传，还把柳毅传书、八百里洞庭、十二月放羊等编成了故事、戏曲，在民间广为传诵。洞庭湖经过历史的变迁，沧海变桑田，如今的洞庭湖成了祖国的大粮仓。

国盛看大家都在使劲地挖藕，挖藕也有一些技巧，首先要认识荷秆，子荷秆多的地方藕就多。但国盛没有挖过藕，看上去都是黑黑的荷秆，不知道什么是子荷秆，什么是老荷秆，也不知道哪里有藕，哪里没藕，他就只是找了一片荷秆比较密的地方开始挖。

他脱去了身上的棉袄，扎起裤脚就下湖去挖藕。湖里的水冰凉冰凉的，寒气刺骨，双脚就像是踏进了冰窟。双脚踩在已结冰的地上，那被踩碎了的冰块就像是一块块的碎玻璃，锋利无比，刺到脚上如刀割。脚的毛孔眼里都出了血点，全身冻得直打哆嗦。国盛为了暖身，就赶紧把冰雪扒开，用力挖泥，用藕锹切下几十斤一坨的泥巴，一坨坨地不停地往外搬，不一会就挖下了一个两尺见方的洞。

由于用力，已经驱散了身上的寒冷，全身开始暖和起来了。国盛就只顾着找藕去了，挖了好久还没看见藕的踪影。这时他心里有点着急了，看到别人一支支的藕取出来放在洞旁，自己还没有挖到一支藕，莲藕的影子都还没有看到，人有点烦躁起来，他加大了挖泥的进度，不一会儿，全身已经开始出汗了。

经过一番努力，好不容易看到了一个荷箭，心里像得了宝贝似的，非常兴奋。荷箭下面一定是连着藕的，他赶忙顺着荷箭往下挖，可是挖下去只见到一根藕根子，有了藕根子就总会找到藕的。但又不知道藕是往哪一头长的，他只好把藕根子周围的泥巴挖掉，仔细辨别这藕根子哪一头大，哪一头小，大的一头必定是有藕的一头。把藕的方向搞清楚以后，挖藕就有目标了。藕的位置足有一米多深，一大坨一大坨的泥巴用力搬，足足追了两米多远才把这支藕取出来。这支藕约有一米五长，有小腿那么粗，搬在手里沉甸甸的，有十多斤重。国盛高兴得不得了。他越挖越有劲，可是挖了一大片，还是没有见到藕，直到收工时才又挖了几支叉藕子。天黑了，大家都在收拾准备回家。他们都把藕搬到有水的洞旁，用稻草把藕擦洗干净，再放在藕络子里面，这样挑起来就要轻一些，大家洗完藕以后，就挑着自己的藕开始回家。

因为挖了一天的藕，中午就只吃了自带的一蒸钵菜拌饭。大家的肚子已经饿了，还要挑一担藕回家，实在是有一点吃不消了。但是没有办法，虽然没有劲挑，大家还是为自己挖到了这些藕而感到高兴，人有三分护财之力，有了藕就有了劲，因为大家都要靠这藕当饭吃。

国盛这时才定睛地看了一下湖面，湖面上到处都是人头攒动，黑压压的人群几乎占据了整个湖面，几百上千亩面积的硕大莲湖，不到半个月，几乎就把它翻了个底朝天。民以食为天，为了填饱肚子，一没有人动员，二没有人号召，都是自发地来到这里挖藕，足见群众的力量是无穷大的。走在回家的路上，看到大生、张凡、正国和五才他们都是一大担的藕，国盛只挖到了一支大藕和几支小藕，感到有些不好意思。藕没挖到，但全身累得酸痛酸痛，回到家吃了两大碗饭，洗脚上床就睡觉了。

二爷看到粮食紧张，心里非常着急，他听人说粮店里有黄豆卖，二毛六一斤，也可用米兑，一斤二两米兑一斤。二爷心想，黄豆能够换米，能不能种点黄豆来缓解一下粮食的紧张。

二爷真的在队里的荒坪隙地上种了一些黄豆，并且获得了好收成，队里的群众就有些意见，吴队长也有些眼红了，就要将二爷的黄豆全部没收。国盛就和吴队长理论，国盛说："我家利用队里的荒地种了一点黄豆，用来充饥，你就要没收，那你家用队里的正地种烟叶那又该怎样处理呢"？吴队长说："我种的烟叶不是粮食，不是搞资本主义，没有人反对"。国盛气不打一处来，便说："你当队长，群众是有意见只是不敢当面提"。国盛见跟吴队长纠缠下去没有意义，就拖着他到大队支部书记那里去评理。支部书记见他们俩人吵吵闹闹，就问是什么事情？国盛就将事情原原本本地告诉了支书，支书听后就跟吴队长说：

"国盛家用队里的空坪隙地种了一点黄豆，也是为了解决饥荒问题，有了他家种出了样，以后集体可以照着种，还能为集体解决一些粮食困难，是坏事变好事了，不过你自己用队里的正地种烟叶，就更加不对了，你自己没有以身作则，还带了个坏头，你要带头把烟叶收归集体，作个榜样，这样才能以理服人啊"。吴队长听了支书的话，窝了一肚子火，但又不敢发作，只好悻悻地回家了。过了几天，大队要选赤脚医生，让青年报名。

第四十章 因祸得福福有根

村里要推荐赤脚医生了，让青年们报名。

林支书对全大队的青年可以说是了如指掌。他对大家报上来的名单仔细看了一眼，摇了摇头，都觉得不太满意。他只好问这些到会的队长说："你们还有没有适合的人选提出来，如果没有了的话，我再提一个，看大家有没有意见?"大家听说林支书要亲自提名，都认为可能是林支书的什么亲戚，大家都议论纷纷，会场有点骚动起来。

林支书咳嗽了一声，用目光扫视了一下会场，大家都不作声了，会场安静了下来，尽心地听着。他严肃地说："这赤脚医生是关系到全大队广大群众的健康与生命安全问题，必须有一定的文化，要有一定的爱心，对工作要认真负责的人，刚才大家报上来的名单我仔细看了一下，现在我还有一个人选，提出来大家比较一下，看谁最合适。我们用人要任人唯贤，不能搞任人唯亲，不能搞裙带关系。只要他合适，不管是亲戚朋友还是曾经反对过自己的人，甚至是仇人，我们都应该用他，这叫任贤不避仇。我先讲了我的这个用人观点，请大家注意。"

林支书在说这话的时候，用眼盯着吴队长，他是有意说给吴队长听的，他说完以后停顿了一下，喝了一口茶后接着说："我想提的这个人就是吴队长你们队上的孔国盛，吴队长你看怎么样? 你应该不会反对吧?"吴队长听林支书说真的要选国盛当赤脚医生时，心理上还是转不过这个弯，他的脸一下子就红了，听到林支书在问他，好久才转过神来，他表示了极大的反对，结结巴巴地说："孔国盛不能当……当赤脚医生，我……我反对!"林支书问他说："为什么他不能，你说说道理。"他说："孔国盛他家搞资本主义，他本人也支持家庭搞资本主义，还对抗领导，打击报复领导，这样的人怎么能当赤脚医生呢?"

但林支书并不认同他的观点，林支书说："吴队长你把国盛家的黄豆砍了，但你自己占用队里的正地种烟叶又算什么呢？你是只准州官放火，不许百姓点灯是吗？你当队长的不能以身作则又怎能服众呢？”他把国盛写的告吴队长的“状子”拿给各位队长看，队长们看了国盛写的“状子”，都点头称赞说：“写得好，有道理。”林支书就说：“大家同意国盛担任赤脚医生的就举手。”结果除吴队长外，其余的都举了手，吴队长看到这情况，也就无可奈何地举起手表示了同意。林支书就当场宣布：“现在大家都已举了手，全票通过，国盛当赤脚医生的事就定下来了。”

过了几天，国盛吃过早饭正准备出工，大队的团支部委员小王找到了他家，国盛见到小王，非常高兴，因为小王还是国盛的入团介绍人呢。他就握着小王的手问道：“小王，你今天怎么有时间到我家里来？有什么事吗？”小王说：“没事就不能到你家里来呀？我还真是无事不登三宝殿呢！我是特意来给你报喜的。”国盛说：“喜从何来？是真的有事吗？你别骗我，没什么事的话，我还真的要去出工呢，否则我今天的任务就会完不成。”小王对国盛说：“你今天不要去出工了，大队林支书要你去大队部一趟。”

国盛感到莫名其妙，林支书要我到大队去干什么？国盛心里纳闷了，除了上次砍黄豆的事情以外，还能有什么事呢？国盛忐忑不安地问小王道：“林支书叫我到大队去干什么？”小王说：“我也不知道，他没有说什么事，你去了就会知道的，听林支书那口气，大概应该是好事。”国盛心里越发没底了，“对我来说，凭空之间又能生出什么好事来呢”？他心里非常紧张，不知是祸还是福？是不是因为上次的事是对抗领导，是搞资本主义要挨批斗了？他只好和小王一起到生产队长那里请了假，就硬着头皮，心里七上八下地来到大队部。

大队支部正在开会，国盛就坐在会议室隔壁等待，等会散了后，国盛壮着胆子去找林支书。林支书见到国盛，笑容满面地迎上来握着他的手说：“你来啦？正好有件事情要通知你，经大队支部研究决定，要你担任大队赤脚医生，明天就要带上被窝行李到公社卫生院报到，学习一个月，生活费、学习费凭发票到大队报销，有什么困难没有？”国盛听后高兴得几乎要跳起来，他百感交集，他不相信自己的耳朵，问自己是不是在做梦。他用手掐了一下大腿，大腿有痛觉，这是真的，不是做梦。他怎么也没想到自己的理想这么快就要实现了。

这时他心中倒打起了鼓，我能胜任吗？能完成党和人民交给自己的任务吗？但有一种想法促使他鼓起接受这次组织安排的勇气，那就是对一个人来说，所期望的不是别的，那就是他能全力以赴和献身于一种美好事业，实现自己的崇高理想，一个人只要有理想就会奋斗，只有奋斗就会成功，只要自己努力就一定能够把事情搞好。正是基于这一点上，他就觉得自己是能胜任的。

林支书见他还在发愣，没有回答他的问题，就说：“怎么，你是不同意呢？还是有什么困难啊？如果没有学习费用的话，你打个借条，我签个字，你先到大队会计那里拿十元钱，等学习结束以后再到会计那里去报销就是。”国盛喜出望外，忙说：“没困难，我愿意服从支部安排，明天就去公社卫生院报到。”林支书知道国盛家里很困难，就给了国盛一支笔和一张纸，要他打了张借条。国盛对林支书的关心和细心安排真是感激涕零。他从会计那里拿到了十元钱，回家后非常兴奋，就提笔在自家门前写了一副对联：有志者，事竟成，刻苦学医，三千日坚守信念感百乐；苦心人，天不负，卧薪尝胆，一颗心为民除疾终成功。横批是，矢志不渝。写完对联后，马上就准备了衣服和生活用品，第二天背上被窝行李就到公社卫生院报到去了。

国盛多年的梦想现在终于要实现了，真是天道酬勤，功夫不负有心人。他的勤奋学习终于得到了领导的赏识和肯定。国盛他一直坚信：一个人只要通过自己不断的努力，理想总是会实现的，是金子总是会发光的；人生命运的机会绝不是空穴来风，只会眷顾那些有理想、有准备、有追求的人。国盛虽然出生在农村，但他没有颓废，没有自卑，这时候他还庆幸自己出生在这个家庭，长期受父母的谆谆教导，没有外力的帮助，全靠自己坚持不懈的努力才争取到的，这样才不会被别人笑话，甚至被指责是靠父母衣钵、家庭背景和裙带关系得来的。

大生通过自己的努力，后来也真的学了木匠，成了当地的一个很有名气的能工巧匠，真是有志者事竟成。一个人只要有理想，锲而不舍地追求，目的总是能够达到的。

因为农村缺医少药，在党和政府的关怀下，合作医疗便应运而生。国盛到卫生院报到以后，就和其他同学一起到寝室里开铺。寝室里没有床铺，大家就把稻草铺在地上开地铺。每个大队一个，一共有十几个人睡在一个房间里。吃饭是凭饭票，素菜是五分钱一份，荤菜是一角或两角钱一份。学习的场地是借用抽水机站的一间会议室做的教室，老师是上海防治血吸虫病医疗队的医师。

第一堂课是医疗队吴队长给讲政治课，首先讲了学医的重要性和特殊性，他说：“医生是与病人的生命打交道，医疗战线和军队一样，军队是和敌人作战，保卫国家安全；医疗是和病魔斗争，是守护人民的健康。我们作为一名人民的医生，学习一定要认真。因为人民群众的身体健康和生命安全就掌握在我们的手里。我们不但要搞好业务学习，还要以无产阶级专政为主导，要做一名又红又专的好医生。”

上完政治课后，首先就是讲人体解剖，没有尸体解剖室，就只能根据解剖图上的标示，在学员自己身上指认每个器官的大致位置。学了五天解剖后，就开始学习常见病和多发病的防治。如感冒、支气管炎、肺炎、流脑、乙脑、麻疹、肝炎、肺结核及血吸虫病等的诊断、治疗及预防。因为每个大队只有一个医生，没有护士和药剂员，所以还要学配药、肌肉注射和静脉注射等。

没有实习基地，没有病人练习，就只好在学员自己身上练。开始学员都不敢往自己身上扎针，血防医疗队的队长胡老师就解开了自己的裤子，露出了臀部，叫学员先在他的身上扎。学员们哪敢在老师身上做实验啊！你望着我，我望着你，迟迟不敢动手。这时国盛鼓起了勇气，按照老师教的方法和步骤在老师身上操作。

由于心里紧张，手无定准，下手太轻，没有穿破皮，只好再用力一按，按的角度不对，把针尖都压弯了，差点断在肉里。他吓出了一身冷汗，赶紧把针拔出来，但是忘记了用棉签压迫针眼，鲜血从针眼里冒了出来，血流到了地上，旁边的杨世明同学忙拿了一根棉签帮着压住针眼，才止住了血。但皮下出现了一片青紫，国盛很内疚，责备自己没有认真学习，害得老师吃苦了，再也不敢在老师身上扎针了，只好拿茄子和黄瓜练习。同学们按照正规的操作程序操作，熟练后再两人为一组对练。特别是练静脉注射，难度就更大了，针头不是进深了就是进浅了，不是偏左了就是偏右了，血管就好像是一根橡皮筋，戳得它这边滚到那边都戳不进去，经常急得满头大汗，越急就越打不到，有时还打起一个大血包。

注射器里的空气也不好排，有时空气没排尽，药反而被挤了一大半。空气必须排尽，如果空气注到血管里，会引起空气栓塞，严重者会导致死人。虽然大家的臀部都已打肿，手臂被打青了，但还是坚持练，当时的医训是“医者仁心也，医生要用仁爱之心关心病人，爱护病人，宁愿在自己身上多打一针，在病人身上就能少打一针”。有些同学看到学医难度大、责任重，想打退堂鼓，有一个同学办完学习班回去以后，就干别的工作去了。

但国盛学医意志坚强，百折不挠，开弓没有回头箭，多年从医的梦想一定要实现。他早也练、晚也练，操作熟练以后，就到卫生院和血防院见习了一个星期，纠正了一些不规范的操作方法，通过一个月的学习就算是“医科大学”毕业了。国盛也从一个农民变成了能为群众防病治病的医生，这是经过他自己的不懈努力取得的结果，终于破茧成蝶了。

毕业后回到大队，大队有一个小小的合作医疗站。医疗站设在大队部的一个小房间里，对外开了一个小窗口，室内有一个西药宝篮，里面有几十种西药，还有一个中药柜，有一百多种中药，还有几包医疗器械，房子的角上还有一个铺满了稻草的床铺。国盛望着这些既杂乱又陌生的器械、药品，他心里是既兴奋又非常着急，眼看着自己多年的理想终于要实现了，但又不知这工作将如何开展。

第四十一章 心有大志梦成真

这合作医疗以前是一个姓胡的医生在管理，因担任大队团支部的工作调离了。他把合作医疗的药品和器械交给国盛后，就到大队团支部工作去了。

国盛望着这些药品和器械有些茫然了，这些器械和药品还从未见过，也更没用过，来了病人如何应对，心中还没半点底儿。国盛真的有些着急了，怎么办？但一定不能辜负大队党支部和全大队群众对自己的信任和期望，一定要把这个工作做好。他踌躇满志，决心不懂就认真看书学习，世上的事没有生而知之，只有学而知之。他首先就把西药的说明书全部看一遍，记录每种药品的用途和用法，并把它们分门别类：如退热药放一起，消炎药放一起，止咳药放一起；外用药和内服药分开，剧毒药和普通药分开。把每样药都做到心中有数，对于每样药的功能、作用、用法都要如数家珍。这样用起来就得心应手，不会出错。他还打开了一个手术包，里面有手术刀、剪刀、钳子、镊子、缝合针和线等，这些东西以前是从来没有见过，怎么使用更是一窍不通。

国盛把药品清理好后，白天就背着药箱走村串户，到各个病人家里去看病，除开巡回医疗和出诊以外，一有时间就加紧自学。大队医务室装了一个60W的电灯泡，照得房里亮堂堂的，比起家中那昏暗的柴油灯不知强了多少倍。有了这样好的学习环境和条件，就能够更好地学习了。他开始从临床医学学起，把一些常见病、多发病一个病一个病地了解，它们的临床症状及体格检查和药物治疗都反复学习，牢记在心，并做了详细的学习记录。还要练习使用手术器械，平时只拿过锄头、耙头、锹的手，拿起那手术刀、钳子、镊子、针线是那样的笨拙，使命感和强烈的责任心迫使他努力自学，参照书本反复练习，要熟练掌握这些器械的使用技巧。因为医生的技术和责任心对病人来说是生命攸关的大事，必须要不畏艰辛，认真对待，不能马虎。

国盛他刻苦学习医学知识，真是卧薪尝胆，对技术精益求精，晚上在诊所看书，经常看到深夜，有时甚至是通宵达旦。有时累了、困了就弯弯腿、伸伸腰，有时候困倦得厉害时，就用双手挠头，或者用冷水浇头来提振精神。白天看病遇到的问题，晚上就在书本上找答案。“带着问题学，学以致用，学而时习之，温故而知新”，这是他学习的座右铭。要学习广泛的医学理论知识，经过反复实践。只有厚积薄发，才能得心应手，把工作搞好，真是：

立志为民把病除，刺股悬梁下功夫。
走村串户踏风雪，防病治病苦悬壶。

他对一些常见病、多发病的诊断和治疗已经基本掌握。在农村看病，一个人独当一面，什么中、西、内、外、妇、儿等科都要一肩挑，必须是个十足的全科医生。经过刻苦努力学习，他终于在较短的时间里掌握了很多常见病、多发病的防治知识。

他第一次背起药箱到群众家里巡诊，当他拿起听诊器和体温表给病人看病时，心中感到无比的激动：为真正实现了自己多年梦寐以求的治病救人的崇高理想，成了一名真正的白衣战士而感到骄傲和自豪！但同时也觉得自己的责任重大。诊所虽小，赤脚医生也是微不足道，但他承载着全大队两千多名群众的防病治病的重任。他只能义无反顾、专心致志地学习和工作。俗话说“药是纸包枪”，弄得好是治病的药，弄得不好就是杀人的枪。药量下轻了无效，药量下重了有不良反应，有时甚至中毒。必须根据年龄、体重精准计算，来不得半点马虎和麻痹大意。国盛自当上医生的第一天起就觉得医学的道路曲折而艰辛，他只能是“路漫漫其修远兮，吾将上下而求索”。他将在医学的这条道路上砥砺前行，坚定地走下去，不停地探索与追求。为了表明自己的心志和行医之道，这年春节他写了一副对联贴在诊所门前，对联是：提笔处方一世行医治百病；悬壶济世终生施药济苍生。横批是，救死扶伤。

国盛为了给病人治好病，保证病人的生命安全，他每次看病都必须仔细地询问病情，详细地检查体格，制定出周密的治疗方案，遵循严格的用药原则，深思熟虑后才下诊断，才开处方用药。既要在询问病情、体格检查时认真仔细，又要在诊断治疗时迅速、准确，不能优柔寡断。要做到稳、准、快地为病人治疗，才能做到少出差错，药到病除。为了不辜负党和人民的期望，不辱使命，对技术要精益求精，融会贯通，他好像对医学着了魔似的，常常是焚膏继晷，加倍地努力学习医学知识。

国盛从背起药箱的第一天起，就常常想起自己的母亲，也更加思念母亲，心想那时如果自己是医生多好啊！就能及时给母亲治病，绝不会让一个感冒成为不治之症，绝不会让母亲英年早逝。

一天，国盛背起药箱跑到母亲的坟前跪着对母亲说：“妈妈您走了多少天，儿子就盼了您多少天，总盼着您回来，儿子好再为您做点什么。妈妈您在天堂过得还好吗？如果过得不好，思念自己的儿女了，您就回家吧，全家人都在盼望您回家呢！儿子现在长大了，参加工作了，还当上了医生，这都是您教导儿女要认真读书，要好好做人的结果。现在儿子有能力孝顺您了，您如果肚子饿了，儿子就给您煮白米饭吃，搞大鱼大肉吃；您的衣衫烂了，儿子就给您做新衣裳穿；您的睫毛倒了，儿子给您拔，或者为您手术治疗；您累了，儿子给您揉揉肩，捶捶背，做做按摩；您生病了儿子就给您看病，给您打针，给您煮药熬汤……”说毕，国盛已泪流满面。他跪在妈妈的坟前久久不愿站起来。明明知道妈妈不可能再回来，但他还是深深地盼望着母亲归来。国盛总在琢磨，妈妈只是一个普通的感冒咳嗽，怎么就成了不治之症呢？如果当时有医生看病，有药物治疗的话，肯定不会死。回忆起母亲苦难而短暂的一生，含辛茹苦地把儿女们带大，自己却被疾病折磨死了，一想到这些，国盛就如同万箭穿心。故而，他写下了这段文字以悼念伟大的母亲：

呜呼吾母，遽然而卒。
寿终五十，凄苦一生。
往事历历，皆伤心史。
母生乱世，旱涝饥荒。
日寇侵华，背井离乡。
战事连年，四处流浪。
颠沛流离，无家可归。
寄人篱下，苦不堪言。
生育有六，四男两女。
旧法接生，命悬一线。
儿多母苦，千真万确。
缝补浆洗，艰辛备历。
监督学习，操之心碎。
教儿勤奋，自强不息。
望子成龙，祖德流芳。
饥荒少饭，先让儿女。
自己忍饿，糠菜充饥。
白天辛劳，操持家务。
夜晚缝补，五更不眠。

双眼倒睫，泪眼蒙眬。
摧折作磨，因此遘疾。
染上风寒，儿幼无力。
病入膏肓，无药无医。
未能救母，命丧黄泉。
养育深恩，春晖朝霭。
母恩如山，无法细数。
吾母高风，首推博爱。
施仁布德，亲疏覆载。
邻里和睦，以德为先。
言语谦虚，心底和善。
慈祥恺恻，感动庶汇。
诚信至上，信念为先。
事无巨细，亲力亲为。
主事至微，唯恐有失。
邻里相帮，无私无报。
点点滴滴，儿女心中。
生命虽息，精神永存。
母德流芳，万古不忘。
音容宛在，儿女心伤。
母在儿幼，儿大亲亡。
想报母恩，今世无缘。
子未孝母，肝肠寸断。
泪雨倾盆，尽是枉然。
慈母恩德，早报为宜。
号泣祭祀，难诉衷肠。
此时家奠，尽此一觞。
醒示儿女，母恩勿忘。
思念如绵，与日俱长。
伏惟尚飨！

写毕，他捶胸顿足：母在天堂无音信，儿在人间泪不干。他擦干泪水，要化悲痛为力量，更好地为人民群众治病，以杜绝类似的悲剧再次发生，他背起药箱又到各家巡视去了。

一天，有一个50来岁的女病人康秀英，她的发热、头痛、咳嗽、鼻塞、打喷嚏等症状很符合感冒。吃了两片阿司匹林，出了一些汗，头痛好了一些，但咳嗽加重，出现了吐黄色脓痰，高烧不退的症状。国盛急了，感冒怎么这样顽固，又给她吃了两天治感冒的药，还是不见效，他想：是不是还夹杂有其他病呢？发热、咳嗽、吐黄色脓痰这不和大叶肺炎的症状很相似吗？他马上给病人做体格检查。根据望、触、叩、听的顺序进行了详细的检查。望，看到她呼吸急促；触，右胸壁语颤音增强；叩诊浊音；听诊右肺呼吸音减弱，有少量的湿性啰音。这完全符合大叶肺炎的诊断。一旦诊断明确了，就要迅速确定治疗方案，他当机立断使用青霉素和链霉素治疗。检查仔细、考虑全面、胆大心细，沉着冷静是一个医生的基本心理素质。青霉素是很紧缺的药物，每个大队每月只有十到二十支计划，只有有明显用药指征的患者才能用此药，一般病人是舍不得用的。青霉素有二十万单位、四十万单位、八十万单位一支的。国盛选择了四十万单位的，先给病人做了皮试，皮试阴性才能注射青霉素。为了应对青霉素过敏反应，药箱里还特意准备了肾上腺素、地塞米松等抗过敏的急救药。青霉素一天至少要注射两次，青霉素加注射用水注射后局部很痛，病人痛得咧着嘴："哎哟，这药怎么这样痛啊！你没有搞错药吧？"国盛说："这药本身就有这么样痛，不是搞错了药，大娘请你放心。"

下午国盛再次给她去注射时，她就不同意了。国盛只好耐心地给病人做工作，他告诉病人说："这病不打针是会死人的。"但病人只是半信半疑，认为一个普通感冒怎么会死人，是不是这医生不会看病，把病看错了，病人就对国盛说："上午打了针现在还痛，病情又没有见到一点好转，是不是这病搞错了？"还叫他儿子去请一位老中医来看看。她儿子说："国盛是我们大队特地培养的医生，是专门为我们大队群众看病的，其他医生很难请到，先让他治两天看看，没疗效再想办法好吗？"病人还是用怀疑的眼光看着这位年轻的医生。

国盛急了，他心里想，能肯定这病没诊断错吗？能肯定这药物治疗有效吗？他自己心中也在打鼓，正在焦急之时，病人看到这医生服务态度很好，检查也很仔细，就同意了她儿子的决定，让国盛继续给她打针。国盛打完针后，心中还是忐忑不安，生怕诊断和治疗有误，辜负了病人的信任，回到诊所又将大叶肺炎的诊断和治疗仔细看了一遍，确认无误后，这才放下了一颗悬着的心。

第二天一早，国盛吃过早饭背着药箱就往病人家跑。在进屋之前他心里还是感到有些紧张，有点心神不安：不知道病人的病情是好些了还是严重些了？为了早些看到病人，他迅速走进病人的房间，可是床上没人。国盛有些急了，是不是病情加重了，到公社卫生院住院去了呢？国盛又来到堂屋里，原来病人已在桌子上吃饭。他们全家人看到国盛来了，都忙起身打招呼，叫他上桌一起吃早饭。国盛说："谢谢！我已经吃过了。"就问病人情况怎么样？全家人异口同声地说："好多了，谢谢你！"病人自己简单地介绍了一下情况："自从打了这两针后，人就感觉舒服多了，烧也退了，咳嗽也减轻了，人也爱饭了，今天早上还吃了一大碗饭呢，真是立竿见影，妙手回春，好技术，开始我小看你了，对不起！年轻人，认真学，将来一定是个好医生。"

国盛听了心里很高兴，悬着的心终于放下了。又给病人做了一次体检，体温已基本正常，肺部啰音已减少，又继续给她注射了青霉素。他每天都给病人量体温，做体格检查，他要跟踪肺炎演变的全过程，掌握肺炎的病情变化规律和药物治疗效果。

国盛把这个肺炎病人治好后，心里非常高兴，小试牛刀，就获得了成功，有一种成就感和自豪感。他反复思考着肺炎的发病原因和病变过程，这时他联想起自己母亲得病的过程与此基本相似，也是受凉后出现发热、咳嗽、吐黄色脓痰，但因当时的缺医少药，母亲的遭遇却截然不同，因没及时治疗而死亡了。国盛悔恨交加，后悔当时没有想尽一切办法把母亲送到有条件的医院治疗，恨自己当时不懂医，没能力挽救自己的母亲，让母亲宝贵的生命白白地被病魔夺走了。

他一想到母亲被疾病折磨致死就心痛不已、潸然泪下。可怜的母亲啊！您怎么走得那么匆忙，那么不是时候，连一张照片都没有来得及留下，儿子现在想看一眼您的照片都没有，真是悔青肠子也无法挽回日思夜想的母亲啊！不过母亲的音容笑貌、慈祥的面孔、爱老慈幼的高尚人格已永远地定格在国盛的脑海中，没齿也不会忘记。

这年冬天，麻疹大流行，全大队每天有几例甚至十几例麻疹病人发生。这个病人还没好，那个又发病了，都是发高烧，咳嗽，眼泪鼻涕一把交。每天要给他们量体温，听心肺，看疹子出得快不快，齐不齐。有的人家关门闭户，空气不流通，家里既闷又臭气难闻，要跟病人家属讲清道理，要打开门窗通风，还要用醋或菖蒲、艾叶空气消毒。麻疹出得不畅的要用芫荽菜煎水洗澡，还要服升麻汤。如果并发了肺炎，就要注射青霉素。每天必须严密注视着每一个病人的病情变化。

十队有一个姓张的人家有三个小孩先后患麻疹，都是高烧不退，小的还只有一岁多，身体比较虚弱，高烧三天后出现咳嗽加剧，呼吸困难，精神萎靡，家里天天给他服升麻汤，用芫荽菜煎水抹澡，麻疹仍出得不透。病情越来越严重，孩子的父母急得像热锅上的蚂蚁，在家里忙得团团转。国盛用听诊器听了一下心肺，肺部有干湿性啰音和痰鸣音，已并发小儿肺炎。病情危急，就给他做了皮试，立即注射了二十万单位的青霉素，还给喉头吸了痰，经过处理后，病情有所好转。国盛又到其他地方巡视病人去了，到晚上才回到诊所。刚刚吃了一碗饭，奔波了一天，觉得身体有点疲劳，准备休息。但想起那麻疹并发肺炎的小孩又放心不下，小孩在家生死未卜，国盛哪里放得下心，他坐立不安，只好又背起药箱朝病孩家走去。

这天晚上寒风潇潇，风雨交加，雨中还夹着雪花，纷纷扬扬地向大地飘落，雪花落在泥水里就立刻融化了。夜色茫茫，一时间整个村子里变得空旷无人，鸦雀无声，乡村的夜晚静谧得出奇，好像是整个世界都进入了冬眠状态，真是“天寒鸟飞绝，夜静人迹疏”啊！在这寒冷的冬天，尤其是这下雨和落雪的时候，如果没有特殊的事情，人们是不会出门的，都待在家里烤火和煨被窝，只有一些学生还伏在油灯下做作业。

只有国盛一个黑色的身影像幽灵一样，在朦胧的夜色中，孤零零地走在这泥泞的小路上，黑暗的小巷里，阴风飕飕，真有点毛骨悚然。他壮着胆子，向着病孩家里缓慢地移动。天越来越黑了，穿着草鞋，踩在冰冷的水里，有时草鞋陷进烂泥里拔不出来，国盛干脆把草鞋脱掉，打着赤脚走。国盛的身上飘落了一些星星点点的小雪花，雨点和雪花滴在他的脸上，融合在一起，流到了颈部、背部和胸部，感到全身透心的凉。脚被冻得发红，有些麻木，手也冻得麻辣辣地痛。他傲雪凌霜，勇往直前，只是不时地将双手搓一搓，把身上的薄棉袄裹得更紧一些，经过艰难跋涉才赶到病孩家。

国盛全身已经被冻得冰冷，但他顾不了自己的寒冷，立即给病孩做检查。他发现孩子病情又严重了，咳喘无力，喉中痰鸣，他立即拿出听诊器给病孩听心肺，但听诊器被冻得冰凉，小孩的生命非常微弱，已经不起这冰凉的刺激了。国盛只好用手把听诊器抓热，但他手和听诊器是一样的冰凉，他只好将听诊器放在自己的胸前捂热，然后再给小孩看病。

这时小孩已经出现了心跳微弱，呼吸困难，继而心跳呼吸停止。他立即给患儿进行抢救，做胸外心脏按压，口对口人工呼吸，注射呼吸兴奋剂，经抢救后，患儿又慢慢地恢复了心跳和呼吸。但喉头又出现了痰鸣音，他又迅速用注射器给吸痰，吸出了一坨坨的脓痰后，气管通畅了，呼吸慢慢地变平稳了，他如释重负，这才松了一口气，他又给患儿注射了一针青霉素。

家长看到儿子又活过来了，心里感到无比的高兴，破涕为笑了。国盛虽然全身很冷，但一股成就感像暖流一样流进了心窝，他感到医生这工作是虽苦犹荣。其实在农村当医生经常栉风沐雨，工作又脏又累，风险又大，但他还是安之若素，从未后悔过。国盛对当医生的决心是矢志不渝的，自从他当上医生的第一天起，就知道当医生这条路崎岖不平，这条从医之路是任重而道远。国盛同时也感觉到自己的幸运，能够如愿以偿地当上医生，他庆幸自己是：

生在新社会，长在红旗下。
手拿纸和笔，悬壶把世济。

国盛从来不像其他同龄人一样，抱怨自己生不逢时。一个人不管你生长在什么时代，都会因你的努力与不努力，使你变成幸运者或不幸运者。

这时大家看到国盛还打着赤脚，脚被冻得通红，两手沾满了痰液，孩子的母亲赶紧打来热水给他洗手脚。国盛洗完手后不肯洗脚，因为没有鞋子穿。大家都劝他把脚先洗一洗，暖和暖和。正在这时，隔壁的一位邻居来探视病儿，他姓刘，是一名兽医，大家叫他刘医生。他看到这样大冷天，国盛没有鞋子，还打着赤脚这一情况后，立即从家里拿来了一双深筒套靴，叫他穿上。国盛见是一双还没穿过头次的新套靴，就不肯穿。因为这套靴太珍贵了，要计划，要找关系才能买到。

刘医生见国盛不肯穿，就同他解释说："没问题，你只管穿，我有熟人能买到，这样冷的天还打着赤脚怎么行呢?"国盛开玩笑说："赤脚医生嘛，就该打赤脚啊！这套靴你也同样需要。如果有熟人能买到，等你买到了，再给我也不迟。"但他执意要国盛穿上，他说："我家里还有一双旧的可以穿，这双套靴是备用的，你尽管拿去穿好了。"周围其他人也劝他穿上。他见这刘医生瘦高个子，忠诚老实，心地善良，态度非常诚恳，看到这盛情难却，便接受了他的诚意，就说："恭敬不如从命，我就不客气了，那就谢谢你了！这套靴多少钱?"刘医生说："五元钱。"国盛立即付给了他五元钱。

国盛穿着这双乌黑发亮的新套靴暖烘烘的，心里非常高兴，这是他第一次穿上自己买的新套靴。记得还是在十年前穿过大姐夫新华给他买的一双套鞋，所以觉得这双套靴尤为珍贵。有了套靴方便舒适多了，泥里水里都可以走。他穿着这双新套靴喜滋滋地回到了大队合作医疗。这晚他好久没有睡着，因为那麻疹患儿虽然被他从死亡线上抢救过来了，但还很危险，随时都有死亡的可能，心里还老是牵挂着他。

第二天一大早，他又背着药箱来到了病孩家。病孩好多了，体温降到了 38 摄氏度，两只眼睛滴溜溜地在转动，呼吸也平稳了。国盛给他继续做了治疗，病孩全家都非常高兴，孩子的母亲忙打来热水给国盛洗脸，又端来了一碗热腾腾的荷包蛋，国盛推辞不肯吃，但病孩母亲硬是把它塞到国盛的手里说："我儿子的病多亏了你，你是我儿子的救命恩人，我们还不知道如何感谢你呢!"国盛听后非常激动，为自己能把病人从死亡线上拉回来感到高兴。听到病人家长的赞扬，又觉得有些受之有愧。自己只是尽了自己应尽的责任，至于技术那只是"山中无老虎，猴子称大王"罢了。治病救人是自己应尽的职责，他忙说："这是我应该做的。"说完他背着药箱又到其他病家巡视去了，每天他要围着全大队转上好几圈。整个大队的田间、地头和每一个角落都踏满了他的足迹。哪里有病人，哪里就有他的身影。他的愿望是闻到病人的呻吟声而来，踏着病人的欢笑声离去。

后来大队建起了广播站，病人在合作医疗找不到国盛，就到广播站去要广播员通知他去病人家。有时刚到东头的病人家，西头的病人又在叫他去；刚到南方，北方的病人又在喊，常常是一天忙得吃饭的时间都没有。因为食堂一旦超过了时间就没饭吃了。煮饭的周大爹常常跟他开玩笑说："国盛你这医生是怎么当的，连饭都赚不到，过去的医生不但有大鱼大肉吃，而且还要轿子抬呢!"国盛说："现在不是过去，现在是为人民服务，加之现在的粮食是计划供应，把群众的粮食吃了，他们自己就要打饿肚，怎么能经常麻烦群众呢?"周大爹听后竖起了大拇指，赶紧给他热饭热菜。国盛经常是昃食宵衣，饿着肚子给病人看病。后来群众知道了这一情况，进屋就只问吃饭了没有，国盛深受感动，医生和病人之间真正形成了鱼水之情，真是"衣带渐宽终不悔，为病消得人憔悴"。

他为了尽量减少病人家庭的麻烦，只好自己买了一个小电炉和一口小锅，万一食堂没饭吃就自己煮饭吃。自己煮饭吃也有很多的麻烦，有时候饭刚刚煮开锅就有病人叫出诊，只好把火熄了，等回来时，就煮成了烂粑饭或夹生饭，有时甚至是一锅粥。没办法，生米已煮成了熟饭，只能将就着吃。他在大队为群众治病，不分白天黑夜，风霜雨雪，经常是废寝忘食，披星戴月奔波在各个病人家。他在医疗实践中砥节砺行，不断地磨炼自己。

由于他对医术的刻苦钻研和对病情的仔细观察，医疗技术有所提高，但接触的病种也越来越多了，由于业务越熟练，病人就越多，有点应接不暇，有时甚至是焦头烂额。不知国盛将怎样应对这个局面。

第四十二章　自古上医治未病

国盛看到病人越来越多，合作医疗的经费越来越不够，他心里非常着急。这些疾病中大多数都是传染病，是可以预防的可控疾病。这些病的预防要比治疗的意义大得多，而且是花钱少，有些传染病只要一针、两针防疫针就可以解决问题。

防疫针不但可以预防本人患病，还可以切断传播途径，消除传染源，可以起到事半功倍的效果。如结核病、麻疹、小儿麻痹症、乙脑、流脑、疟疾、肝炎等，这些传染病每年要给人民造成极大的痛苦和灾难，不但需要消耗医疗资源，花费经济，有的可以因病致贫，因病返贫，因病致残，有的甚至死亡。如果只治不防，再好的医术也是解决不了问题的。

有些传染病有成流行趋势，古代就有“上医治未病”的著述。国盛意识到必须以预防为主。于是他平时就利用广播给群众宣传卫生常识，动员群众打防疫针，服预防药。他一贯坚持送药到手，看服到口，吞了再走。小孩子打防疫针是一个很费劲的事情，他们一看到医生就跑得无影无踪，一批流脑疫苗，国盛费了九牛二虎之力，还剩几个不愿意打预防针的孩子没有完成。这天，天下着雨，国盛准备天晴了再去打，但晴天家长都出工去了，孩子也到外面玩去了，很难打到，加上这防疫针是有时效性的，国盛下决心一定要将这些孩子的任务完成，不能漏掉一个，他还是冒着雨出发了。宁愿自己吃亏，也不愿孩子们生病。因为国盛知道，古人都有“宁可架上药生尘，但愿世上人无病”的意境，何况现在的医生是为人民服务的，一个医生的职责就是为群众防病治病，保一方平安。

这些没有打完针的都是一些特别害怕的孩子，尤其是桂花姐家的几个小孩是打针的“钉子户”，一看到舅舅来打防疫针就跑。一个叫嫦娥的小女孩长得特别聪明伶俐，但又特别怕打针。她知道如果只有她一个人不打的话，就会挨父母亲的打，会挨舅舅的骂，她也知道法不责众的道理，只要大家都没打，自己就不会挨骂，就只好煽动其他几个姐妹也不打。她说：“打防疫针会痛死的，打了针的肉都会烂掉。”因此每次来打防疫针时，她们就躲得远远的，总是打不到。如果不打防疫针得了传染病怎么办？如果传染病导致了残疾或者死亡的话怎么得了？国盛就只好想了一个办法，口袋里特意装上两颗糖果，她们看到国盛来了，知道又是来打防疫针的，准备又跑。国盛就从口袋里拿出两颗糖果在她们面前晃了晃说：“这里有两颗糖，谁先打的就奖给谁，打后的就没有。”嫦娥怕痛，但又想吃糖果，她就想出了一个主意，用手掐了妹妹一把，把妹妹掐得号啕大哭，她赶紧跑到国盛面前说：“舅舅，妹妹怕打针，她哭脸，糖不给她吃啊！”国盛就因势利导，赶紧对嫦娥说：“妹妹是个怕死鬼，你最勇敢，你先打，这两颗糖就全部奖给你，并且用最小的针给你打，一点都不痛，行吗？”她还是怕痛，她又不愿意放弃这两颗糖果，就只好跑到姐姐面前说：“姐姐你先打，两颗糖果一人一个好吗？”姐姐还是懂事一些，她知道不打针会挨爸爸妈妈的打，况且先打的还有糖吃，她就点了点头。

因为在那个困难时期连饭都没吃，哪里还有糖吃，想吃到一颗糖果实属不易，这两颗糖算得上是重奖了。俗话说“重奖之下必有勇夫”。姐姐勒起了袖子走到了舅舅面前说：“舅舅，我不怕痛，我先打。”国盛说：“好样的，你打了防疫针就不会得病，得了病的就要打好多的屁股针，还读不得书，吃不得饭，会饿死去，你听话，奖你一颗糖果。”姐姐打完针后、拿到糖果以后就在妹妹们面前说：“我打了防疫针就不会得病了，一点都不痛，你们快打啊！”嫦娥看到姐姐没有哭，没有痛苦的表情，她知道真的不痛。为了得到这颗糖果，也只好鼓起勇气，把袖子勒起，虽说是没有哭脸，但她的嘴巴扁得像只荷包，眼泪在眼眶里打转转，国盛看到她这个模样，既心疼，又觉可爱，她硬着头皮打了一针。刚打完针，国盛就把糖果奖给了她，她们俩拿着糖果就蹦蹦跳跳地走了。小孩子为了一个糖果都变得勇敢了，其他几个看到她们两个打了针，也就都只好跟着打了。这叫作堡垒只有从内部攻破，内部瓦解了，堡垒就不攻自破了。

还有一个叫张文的家长，他们俩夫妇的思想都不通，怕麻烦。因为有时打了防疫针还有一点点发烧的反应，他们怕耽误了出工和做家务，就不想给孩子打防疫针。国盛来到他家，要给他们的三个孩子打麻疹疫苗，张文说：“打什么防疫针，年年打，麻疹还不是照样出，打了小孩子还有反应，害得大人都做不得事、出不得工，我们不打防疫针。”国盛说：“打防疫针是党和毛主席的号召，国家花了很多钱才生产出疫苗来，如果没有作用的话，国家会花这样多的钱来做这些无用功吗？国家现在还这样困难，都愿意拿出这样多的钱来搞预防，都是为了你们好啵，在旧社会我们这些穷人被人瞧不起，有谁会免费来给你打防疫针。你看旧社会没有种牛痘，天花到处流行，新中国成立后，不是因为种了牛痘，天花就已经消灭了吗！过去得了天花的，不但要病得九死一生，还要破相，你看好痛苦。”他没有说得了天花会麻脸，因为这张文他就得过天花，还落下了一脸麻子，差一点还丢了小命，他对这麻脸很忌讳，因此国盛没有刺激他。

这件事经国盛一提醒，他才有所触动。国盛继续说：“并不是防疫针打了没有作用，是因为有些人还没有打，没有打的人还在继续出，打了的已经控制了，你看现在已经有三分之一的小孩没有出麻疹了，还有其他的传染病已都在减少，但还没有完全控制下来，就是因为你们这些不打防疫针的人成了传染源，痛脚连累了好脚。”经国盛这样一说，张文夫妇俩的思想通了，把三个孩子都叫到跟前，让他们把防疫针都给打了。

国盛就是这样一家一家，一个一个地做工作。有的人就只看到眼前利益，不懂得预防疾病的重要性，不懂得得了传染病的严重后果，还需要做很多的思想工作。碰上生病的小孩不能打防疫针的，要等他们病好了再补打，有时候为了一个小孩打防疫针要跑上好几趟才能完成。但国盛总是不厌其烦，栉风沐雨，一次又一次地上门做工作，由于预防工作的加强，传染病有所控制。

合作医疗既优惠又便利，看病、打针、换药都只收五分钱，加上国盛勤奋踏实的工作，他因此赢得了广大干部群众的赞扬。他被评为了地区青年积极分子、优秀共青团员，参加了地区共青团代表大会。只要你为人民做了工作，做出了贡献，人民群众是不会忘记你的，党是不会忘记你的。

县工作组看到他工作认真负责，想让他担任大队党支部书记，和国盛谈了一次话，国盛为这事思考了很多。对于大队来说，党支部书记固然重要，他关系到党的政策的贯彻实施，大队的生产和群众的生活。但是能胜任支部书记的人选应该比医生的人选要多，想当官的大有人在。但国盛他知道自己是一个爱干实事的人，当一个好的医生，为人民防病治病是他的夙愿，是他一生的追求，想当医生的人和能够胜任医生的人就不一定有很多。国盛心想人各有志，既然自己选择了当医生这一职业就要好好干下去，一定要在医疗事业上有所作为，要为人民的健康事业做出自己应有的贡献。即使有千般困难“亦余心之所善兮，虽九死其犹未悔”。

当医生，为群众治病，救死扶伤是他梦寐以求的职业，他当然不愿意轻易放弃，因此迟迟没有向组织表态。不过如果组织已经决定，那也只能是服从。后来经支部和工作队的几次研究，有的认为培养一个医生要比培养一个支部书记难得多，好不容易培养一个医生，而且他对医疗事业非常热爱，对群众的身体健康认真负责，工作兢兢业业，对技术肯钻研，业务水平提高很快，是一个当医生的好苗子，随便更换不合适。由于意见没有统一，以后就没有再提这件事了。从此以后，国盛就安安心心地当他的医生了。

在从医的实践中，他越来越觉得自己的医学知识太浅，不能满足人民群众健康的需要。临床上还有很多病的病因、病理不太清楚；一些疑难杂症诊断不清，治疗非常棘手。有些疾病连书上都找不到，因为培训的书非常简易，只有几个常见的疾病，对于一些疑难杂症提都没有提，根本就不知道怎么治疗。怎么办？国盛非常着急，自己的医疗水平还满足不了群众的需要。他决心要到上级医院继续深造，但这样的机会是很难得到的，他没有办法，只好自己到新华书店去买了一些权威的医学书籍，如适用内科学、外科学、手术学、传染病学、病因病理学、药理学等书籍自己在家里学习。常常是学习到更深夜静，人们都已进入了梦乡，他还在苦读医书。他是带着问题学，平时临床上遇到的疑难问题，就在书本上找答案，并学以致用，他在自学中成长，在磨砺中发展，他自从当上医生的那天起，就决心为人民的健康事业奋斗终生，鞠躬尽瘁，死而后已。

第四十三章 医者责任重如山

一天，一个姓徐的中年男人来叫国盛出诊，他焦急地说："我妹妹病得很厉害，发高烧三天了，没有吃饭，请你赶快去给她看看。"国盛赶紧背起药箱就往他家里赶。来到病人家里，看到病人蜷卧在床上，呼吸急促，他就立即给病人量体温，体温高达 40 摄氏度，呼吸 32 次/分，心率 110 次/分，听病人说开始得病时有畏寒、发热、头痛，在家里吃了几次感冒药没有效果，后来出现右侧胸痛、咳嗽、呼吸困难。根据患者的症状初步考虑是肺炎或者胸膜炎。肺炎和胸膜炎的检查必须解开上衣进行望、触、叩、听。国盛就只好叫她把上衣解开一部分，小徐听到要解开上衣检查时脸色就变了，她害羞得满脸通红，有些生气的样子，身子往里面一转说："丑死了，不看了，还是搞点退烧的感冒药给我吃就行了。"国盛急了，耐心地劝病人说："你只要把上面的衣服解开一点，我在你背部能够做检查就行了，要先做检查，等病情诊断清楚后才能治疗。你已经吃了几次感冒药了没有效果，不能再盲目吃药了。病情没诊断清楚就吃药，不但治不好病，如果误诊了，耽误了治疗，弄不好是会死人的。"但患者躺在床上依然不动。检查遭到了病人的拒绝，这时国盛心急如焚，不知如何是好。

病人叫徐凤英，年方十八，圆圆的脸蛋，两条辫子又粗又长，一双乌黑发亮的大眼睛，亭亭玉立，犹似一朵出水芙蓉，是一个人见人爱的小姑娘。现在病得这样厉害，家人、亲戚和邻居都非常着急。国盛看到她病情危重，感觉责任重大，更加着急。他忙向病人和家人解释："她这病可能是肺部发炎或胸膜发炎，说不定胸腔里面已经化脓，非常危急，若不及时治疗是会死人的。她不肯配合治疗，你们赶快把她送医院治疗好吗？"说完，看到病人和家属有些犹豫，她哥哥焦急地说："家里没有一分钱，怎么能送医院。你也搞了这么久的医生了，难道一点办法都没有吗？她平时又没有什么其他病，就是早几天淋了雨感冒的，这发烧不是很明显的吗？你先给她打个退烧针，把烧退了再说。连个感冒发烧都不能治，还要到医院住院的话，那还要你这个医生干什么？还要合作医疗干什么？'没有金刚钻，别揽瓷器活'。"另一个来探视病人的邻居也附和着说："是啊！'不是撑篙手，勿捏竹篙头'，要戴王冠，必承其重，艺高人胆大，你是看病不准，不敢下药是吧？他们家里没有钱怎么送医院？只能请你在家里治疗。"

国盛面对乡亲们的质疑和期盼，面对年轻鲜活的生命有被病魔吞噬的危险，这责任心和使命感燃烧着国盛的心。医生面对自己的病人一筹莫展的时候，就是医生最难过的时候，也是医生最悲哀的时候。治疗刻不容缓，但病人不能理解，又不肯配合他的检查，怎么办？怎么办?！如何说服病人接受检查和治疗的问题在国盛的脑海里飞转。国盛只好又跟他们耐心地解释说："这发烧并不只是感冒才能引起，很多疾病都可以发烧，在病因没有搞清之前就使用退烧药那只是扬汤止沸，治病不能头痛医头，脚痛医脚，必须釜底抽薪，才能彻底把病治好。"病人和家人都用怀疑和期盼的眼光看着他，但也认为他说的有道理，但一时也不知道怎么处理才好。国盛更是忧心忡忡，心急如焚，真是：

灵台无计施医术，病患如针扎我心。
寄意寒星荃不察，愿以丹心献病人。

他的心情如牛负重，他必须要把这病人治好，否则就会无脸见江东。他思考着病人不配合检查和治疗的症结所在，觉得她是因为害羞才不肯检查的，农村的姑娘思想还是比较封建的。这时他急中生智，茅塞顿开，他立即撒腿就往公社卫生院跑。

病人家离卫生院有七八里路，他一口气跑到卫生院，只看到一个老中医——张医生在坐诊，有几个病人围着他在看病。国盛就问张医生："医院是否还有女医生在家?"张医生说："还有妇产科柴医生在家。"国盛迅速跑到柴医生的办公室。柴医生正好没事，坐在办公室看报纸，国盛拉着她就走。柴医生忙问："国盛，什么事这么火急火燎的?"国盛说："有一个危重病人，请你赶快去看一下。"柴医生听到有危重病人，因为病情就是命令，她背起药箱跟着国盛就走。这哪里是走，简直就是跑，他们一路小跑来到病家。一个来回十五六里路，只用了个把钟头的时间。

国盛带着柴医生来到病人旁，他对病人说：“我给你请来了公社医院的女医生，请你配合检查。”病人和家属看到国盛这样认真负责，被他的精神感动。病人按照柴医生的吩咐把衣一层层地打开，在柴医生的指导下，最后把那层扣得紧紧的小衬心解开了，准备做好后，柴医生才同国盛招手，示意叫他过去。

国盛赶紧过去，在凤英的背部做了详细检查。望诊：发现右侧胸廓呼吸运动减弱；触诊：语颤减弱；叩诊：实音；听诊：呼吸音低，基本诊断为胸腔积液。但他对这病的诊断还没有百分之百的把握，毕竟还只是经过了自己的初步体格检查。因为农村医疗条件差，既没有X光机，又没有B超机，连化验都没有，他还有些担心诊断失误，只能够给她做胸腔诊断性穿刺治疗。国盛选择了右侧腋后线第九、十肋间进针，消毒和局部麻醉后，他拿着穿刺针准备穿刺，因为是第一次穿刺，又没有老师在场指导，心里非常紧张，手都有些打战。只是他的每一步骤，都是按严格的正规操作方法进行，边进针边观察病人反应，穿刺针刚刺入不到 三分之二就有一种突破感，知道穿刺针已经进入胸腔，就将穿刺针固定好，用注射器回抽了一下，见到有乳白色的脓液流了出来，他的心一沉，这病好凶险啊！但国盛又为自己能及时做出正确诊断而高兴。他激动地说：“是化脓性胸膜炎。”这时他悬着的心才放了下来。

周围的人见了非常惊讶，都竖起大拇指称赞道：“啊，这么厉害呀！胸腔里面既看不见又摸不着，经他这么敲一敲、摸一摸、听一听，就知道里面有脓，真是神奇，了不起。”国盛面对群众的质疑—批评—赞扬是宠辱不惊。他沉住气，穿刺出脓液以后，就用注射器抽，一共抽出了六百毫升左右的脓液，抽完后，又给病人胸腔内注射了地塞米松、青霉素、链霉素。病人经过治疗后感觉舒服多了，呼吸也轻松了，国盛这才终于松了一口气，他为病人治病真是殚精竭虑。

国盛刚回到诊所，正在聚精会神地看关于胸膜炎的诊断和治疗的书，他要把化脓性胸膜炎的病因、病理、诊断、治疗全部温习一遍。他正在心无旁骛地学习医学知识时，小元来了，他全然不知。直到小元扭了一下他耳朵，他才抬头一看，方知是小元来了。国盛问小元：“你今天没有出工啊？你到这里来有事吗？”小元做了个鬼脸说：“你这里是衙门吗？没有事就不能来呀？”国盛说：“哪里，哪里，我还求之不得呢，你能天天来我都欢迎！”“真的吗？那我以后天天来，你莫嫌弃啊！”小元调皮地说。国盛和小元好久没有见过面了，他就到隔壁代销店买了几粒糖果给小元。正在这时，大队林支书来了，看到小元在这里，就开玩笑说：“吃喜糖啊！这是你女朋友吧？”国盛说：“不是，是我们队上的邻居。”小元听后捏了国盛腰部一下。林支书说：“现在不是，将来一定是。”林支书说完后，他就到大队部召开支部会议去了。小元正要和国盛说点什么，这时外面来了一个病人家属，在叫国盛出诊，说他小孩发高烧，要他赶快去看看。国盛只好对小元说："你在诊所等我，我看完病就回来。"他就背起药箱出诊去了。

国盛来到病人家，病人是个小女孩，只有四五岁，体温高达40摄氏度。他给小女孩做了体格检查，初步诊断是感冒发烧。他给患儿做了醇浴，打了退烧针，服了抗病毒的药物，病情稍微稳定后，他才离开。国盛回到诊所，小元已经走了，桌子上还留着半截糖果。小元是在国盛刚出去不久，因为天没下雨了，生产队在喊出工，弟弟只好来叫她，她就跟着弟弟回去了。

国盛拿着小元留下的半截糖果，不知小元是何用意，使他思绪万千，真是丈二和尚摸不着头脑。他仔细揣摩其中的用意，总是百思不得其解。是要和自己共同品尝这颗糖果的味道，还是寓意着要和自己同甘共苦？还是要从此一刀两断，永远再不相见呢？国盛感到忐忑不安，总有一种不祥之兆涌上心头，这半截糖果到底寓意着什么？国盛始终是不得而知，一夜辗转未眠。

小元回到家中，思绪万千，每日心神不安，心中若有所失，自己也不知道是什么原因，做事总是心不在焉，丢三落四，整日闷闷不乐，一副神不守舍的样子。国盛的音影总是在她的脑海中萦绕，总是盼望着他来到自己的身边。见不到他，心中总是有些烦躁不安，不知是思念、是爱，还是恨；见到了又怕，又有一些心里话无法启齿，又怕自己的情绪难以控制，又怕旁人闲话。真是没见到又想，见着了又急，矛盾重重。每天早晚总要站在屋外朝国盛所在的方向眺望，但望穿秋水也难见踪影。她父母看到她每日里心事重重、闷闷不乐的，她母亲就问她："小元，你怎么了？有什么心事可以告诉我吗？憋在肚子里会憋出病来的。"小元回答说："妈妈，冒得什么事，您放心好了。"她父母怕她在和队里的小伙子谈爱，就更加加紧了给她结婚的准备。

这段时间她经常受到武生的"关照"和父母的逼婚，使她精神崩溃。思念的人虽近在咫尺，但犹似远在天边，望眼欲穿都不来。但武生爱小元是爱得发疯，时刻在有意无意地干扰着她的正常生活。每天早晨、晚上他总是围着小元家屋前屋后转。只要看到小元一出门就立即迎上来，帮她提东西或帮她挑东西，真是如影随形。小元总是拒绝他，并语重心长地对他说："你不要再来了，别抱妄想，不但我不会同意，我父母亲那一关也过不了，这样对你对我的影响都不好，你年纪也不小了，赶紧找一个比我好的成个家，别耽误了你的青春。"武生说："小元，你就是世界上最好的姑娘，我是非你不娶，我可以等，愿意等你一生一世，只要你没结婚我就有希望。小元，我是真心爱你的，爱你爱得头发昏，我可以用生命来保护你；我可以日夜不睡，想尽一切办法赚钱来养你；我可以不吃饭，把饭省给你吃；我可以不穿衣，把衣省给你穿。”小元只是摇了摇头，叹了口气说：“我们今生无缘，再看来世吧！你要是真爱我，那就离我远点，别来打扰我，别来烦我，免得别人闲话。”她怕队里的人误会，风言风语，一见到他就心中烦躁，就想躲避他，每天担心他时刻会来骚扰。

自从小元反复拒绝以后，武生也怕小元发脾气，不敢接近她，每天只能向着小元家的方向遥望，“所谓伊人，在水一方”，只要能看到她的背影，心里就感到舒服、踏实。在这种现实情况下，想拥有一个女人也是不现实的，只要心中有一个可以幻想的女人也是一种莫大的安慰。武生对小元是有些渴望、有些痴心、有些梦想、有些不合时宜的想入非非，武生爱小元是寤寐求之，但那只是镜中花、水中月而已。而小元对武生却有些陌生、有些疏远，还有些厌恶。但青春少女又怎能守得住这份内心的寂寞，又怎能不春心萌动呢！她的心中有一股青春的怒火在燃烧，只要遇到她心中喜爱的人，这股怒火就会像火山一样喷发出来，她每时每刻都想出去见那自己心中的人儿，真所谓是“春色满园关不住，一枝红杏出墙来”。

国盛也是时刻挂念着小元，但又没有时间去看她，他每天要给全大队的人防病治病，只能利用到她家附近看病的机会，朝她的家门前望一望，也不敢直接到她家里去看她。因为，如果自己经常到她家里去，会引起她父母的反感，还会引起周围人们的猜测和不好的舆论，会对她的名誉造成不良影响，他总是感觉自己“身无彩凤双飞翼，心有灵犀一点通”。古人说得好：“莫待是非来入耳，从前恩爱反为仇。”国盛知道和小元谈爱是不可能的事情，就不去胡思乱想，他是非常有自知之明的。

第二天一早起床，国盛又去看凤英，她的体温已接近正常，呼吸平稳，精神明显好转。国盛又间断给她抽了三次胸腔积液。治疗了半个月，凤英的身体完全恢复了正常。病人和家属非常高兴，对他赞不绝口，百般感谢。当地群众交口称赞国盛医术精湛，合作医疗办得好！他们把合作医疗比喻为办在病人家里的医院，赤脚医生是病人的家庭医生。别看这合作医疗小，赤脚医生是名不见经传，但他要肩负着全大队一千多人的防病治病，它一没有照片，二没有化验，三没有专家会诊，就全凭一个人的望、触、叩、听来诊断和治疗疾病，这就是赤脚医生和合作医疗的可贵和难能之处。

由于国盛的努力，群众从不认识到认识；从不理解到理解；从不信任到信任。病人都认为一般的常见病并不需要到什么大医院，找什么大医生，在家治疗就可以了，正所谓：

山不在高，有仙则名。
水不在深，有龙则灵。

一个乡村赤脚医生只要有责任心，肯钻研技术，同样可以治好病。国盛也为自己治好了这样一个危重病人感到高兴，很有成就感。国盛知道，虽然群众给予了极高评价，但盛名之下，其实难副。国盛还是认为自己水平低，离为群众防病治病的要求相差甚远，还有很多疑难病感到非常棘手，医疗技术还有待极大的提高。只好自我安慰“ 自诩不是人间玉，化作春雨润残花”，只能尽自己的努力，把自己的光和热献给病人，献给群众的健康事业。

他给凤英看完病后，背着药箱又到其他病人家巡诊去了。每天都是这样忙忙碌碌，他对病人总是有求必应，整天围着病家转个不停，真是席不暇暖，一心想把所有的病人都治好。

过了一段时间，他来到小元家前的一个病人家看病，看完病后，经过小元家门前，看到她家屋西边有一座新坟，国盛很诧异，这里怎么有一座新坟，这坟是谁的呢?

第四十四章　爱情价高胜生命

国盛非常纳闷，小元家谁死了？他就问旁边田间劳动的五才。五才告诉他说：“这新坟里埋的就是小元。”国盛听到这坟是小元的，就像个晴天霹雳，心中一惊，顿时感觉心慌意乱，四肢无力，几乎瘫坐在地上，好久没有缓过神来。国盛用手压在胸前，使自己镇定下来，忙问五才道：“小元怎么会死的，她得了暴病吗?”五才就将小元死亡的经过原原本本地告诉了国盛。

原来自从武生喜欢小元后，队里的闲言碎语就铺天盖地而来，把武生的单相思、武生给小元的献殷勤编成了他们的风流韵事，在队里传得沸沸扬扬。彻底颠覆了小元在人们心目中娇小玲珑、活泼可爱的少女形象。有些堂客们对于这些八卦事最爱捕风捉影，添油加醋，捡到鸡毛就是信。因为武生经常去找小元，这件事后来被她父母知道了，她父亲气得大发雷霆，将小元狠狠地骂了一顿，以后一到晚上就不让她迈出家门半步。她父母怕小元跟队里的后生子谈爱，就请媒婆说了一个婆家，小元一直不同意。中秋节那天，那男的来定亲，男家带来了单车、手表、缝纫机，还有的确良、的确卡、灯芯绒、毛哔叽等三套半衣料，这些衣料对于农村来说，都是上等的好料子。一般人在供销社是买不到的，都要凭计划，开后门才能买到。这些聘礼装了一板车，还放了一挂万子鞭。大家听到鞭子响，就都来看热闹，吃喜糖。那男的见来人了，就出来张烟、发喜糖。他一瘸一跛的，邻居们看后，就在背后议论纷纷，东边邻居张大妈说：“真是一朵鲜花插在牛粪上，我们队上这么多的英俊后生子不谈，要对一个残疾人。”西边邻居李大嫂说：“是男的家里有钱呗，人都是见钱眼开呀！只要有了钱，什么人都有人要啊！你看这些布料，我们一世人连看都没有看见过，摸都没摸过；这崭新的单车、手表、缝纫机我们做一世都买不起，小元好享福呢！”真是众口铄金，积毁销骨，小元在房间内听了这些话又恨又气。她不愿意和一个又瘸又拐的陌生男人在一起生活，她只想要找一个她心爱的人在一起。

她父亲看到来了很多客人，就叫小元出来端茶倒水，小元不肯出来。她父亲就只好去拖，边拖还边骂她：“你放着这样好的人家不要，你还要对什么样的人家啊？”小元见父亲又拖又骂的，就只好往外面跑。她父亲就拿块篾片追，用篾片把她的手和脚砍得鲜血直流，瘫坐在地上。她父亲还要打，但被邻居们扯住。小元被父亲追打逼婚，心中好似滚油煎，哀莫大于心死，这时她被逼无奈，气得就只好跑回房中把门一关，拿了一瓶甲胺磷农药就喝起来。大家知道情况不妙，就到窗户里去看，看到她在床后面正在喝农药，就赶紧撞开房门，把她手中的农药瓶夺下。

这时大家都慌了，正不知所措的时候，武生来了。他看到小元手臂和小腿满是鲜血，口中和衣服上都是浓烈的农药气味，其状惨不忍睹。他心痛不已，急忙扶住小元，赶紧把手指伸到她咽部，刺激她呕吐，想把她胃内的农药尽快地呕出来。小元是决意要死，不肯人家施救，在挣扎之时，还把武生的手指咬出了血，但他全然不顾，还吩咐旁人端来了一瓢盐水，将其强行灌下，让她把胃内农药全部洗出来。

洗完胃后，就赶紧扎了一个简易担架，几个人抬着她一路小跑，刚抬到卫生院，小元就已经停止了呼吸。医生检查后发现已没有生命体征了，武生还紧紧地抓住她的手不放，声泪俱下，看着她的脸，不相信她已经死了，还叫医生继续抢救。医生已经告知他三遍，病人已经死了，他才无奈地、慢慢地站起来，紧紧地抱着小元的尸体痛不欲生，难舍难分，他要亲自把她抱回去。抱着她跌跌撞撞地往回走，直至抱到筋疲力尽，完全走不动了，大家都劝他放手，他这才恋恋不舍地将她放在担架上。此时他真是无可奈何，眼睁睁地看着小元被众人抬走了。

这时他忍不住放声痛哭起来，真是“鱼沉雁杳天涯路，始信人间别离苦”，他只好摇摇晃晃地跟在后面，浑浑噩噩地回了家。小元死后，家人就把她埋在了这里。五才说完后感叹道："人言可畏啊!"

国盛听后只觉得一阵头晕目眩，潸然泪下，但又不能在五才面前表露，真是火烧乌龟肚里痛呀!

国盛问五才道："她心中是不是已经有了心爱的人？那心爱的人是谁呢?"

五才说："她曾经告诉她姑妈，他们是青梅竹马，两小无猜。虽然他家里穷，也宁愿和他节衣缩食，同舟共济，风雨相随一生，也不愿意嫁一个有残疾的人。但这男的究竟是谁，她姑妈也没有说，听她姑妈的口气应该不是武生，但我们也猜不着。这事她并没有和她父母亲说，因为是本地的，她父母亲嫌这地方穷，怕他们不同意。"

五才说完后，又摇了摇头，深深地叹了一口气道："一个如花似玉的鲜活的生命就这样灰飞烟灭了。武生的希望破灭了，他多年的希望成了镜中花、水中月，多年的努力是竹篮打水一场空哟!"

这就是贫穷与无知的悲剧啊！真是：

大爱无缘也枉然，封建思想是祸根。
贫困怎能生错爱，刚性烈女命黄泉。

武生还经常半夜三更偷偷地跑到小元的坟前来痛哭呢！武生站在小元的坟前默默地、自言自语地叹道："小元啊！从此以后，我们天各一方，人海茫茫，我还能在哪里找到你呀？我还能听到你的欢声笑语吗？如果我能和你在一起，不管是去天堂、下地狱，不管是欢乐还是苦难，我都愿意和你一起承受。"小元的死给武生带来了无穷的痛苦，但武生还是觉得小元的音容笑貌仍在，他满脑子里都是小元的身影，好像是放电影一样在脑海中翻腾，真是"无可奈何花落去"啊！小元虽然已死，但在武生心中还好像是如影随形。

小元死后，武生已陷入了痛苦深渊不能自拔，他心中空虚，悲观失望，一副失魂落魄，神不守舍的样子。他心如死灰，整日里萎靡不振，唉声叹气，有时甚至自暴自弃。经常在家喝闷酒，借酒浇愁，常常是醉生梦死。他形单影只，不愿和别人接触。他是千回百转自彷徨，别不下那多情的小元。武生也是可怜兮兮的，家里穷，没有钱人家瞧不起，一个姑娘不会因为你专一痴情而喜欢你，真是好汉无钱是钝铁啊!

武生命运多舛，有些自惭形秽，从此一蹶不振，就这样不断地消沉下去了。常常是卧床不起，集体工也不出了，这情景真是使人心痛，这是一个男人在贫困线上挣扎的无奈、辛酸与悲哀。过了很长一段时间，经左邻右舍及朋友的劝导，他才慢慢地振作起来。

国盛来到小元的坟前，面对孤坟，秋水伊人，看着小元已香消玉殒，哎，自古红颜多薄命啊！

他想这就是封建婚姻的父母之命、媒妁之言和嫌贫爱富、门当户对的后果。他呆呆地静立了许久，心中默默地念道："小元啊！人生漫漫，我们是否能携手同游？寒夜凄凄，我能否用你的温情取暖？我能否凭着你的芳香导航，游到我们幸福的彼岸？你怎么这样傻呢？你怎么走得这样匆忙呢？你不是还有很多话要和我说吗？你怎么不能等一等我啊！等得云开见月明嘛！"

国盛不相信小元已死，脑海仍然沉浸在梦幻之中，他默默地对小元说："我希望你能成为我的心上人，这也应该是我们共同的心愿。你和你姑妈说的心上人是谁？你留下的半颗糖难道就是这个意思吗？"这时他才明白小元说的"花开堪折直须折，莫待无花空折枝"这句话的弦外之音了，就是暗示国盛，如果你爱我，就要早对我说，免得以后失去了机会，后悔就来不及了。

国盛这时才如梦方醒，等到他恍然大悟，茅塞顿开时，为时已晚，这时他是：

面对孤坟两泪噙，
阴阳两隔心如焚。
含羞带笑音犹在，
枉费少女一片情。
尤恨当时太愚钝，
家贫无知把脑蒙。
明白为时方恨晚，
万悔难释断肠人。

他后悔地自言自语道："你心中的话怎么不早和我说呢？这并不是'落花有意随流水，流水无情恋落花'啊！'两情若是久长时，又岂在朝朝暮暮'。我没有来看你，不是不爱你，只是怕影响你，'落红不是无情物，化作春泥更护花'呀！你心中的话也应该和你父母说呀？你为了爱，生命都可以豁出去，还有什么话不能说呢？你父母应该是很爱你的呀！你说出来父母亲也许会同意你的选择呢。父母把你对一个富裕人家，都是为了你好呀，你怎么不能体谅父母的心意呢！"小元的遭遇正如当地山歌所唱：

姑娘已有心上人，
怎敢直言告双亲。
只怪情郎心大意，
辜负少女一片心。

她心中的人儿望穿秋水也不见来到身边，少女之心又怎能轻易向人言呢！国盛开始也不知道小元对他的心意，后来经过多次接触，慢慢地感受到小元对自己的情意绵绵，才有所察觉。但因国盛才刚刚当上医生，学习任务紧张，工作上千头万绪，还未来得及和小元交流，国盛也因为自身条件太差，怕误了人家的终身大事，“莺花犹怕春光老，岂可教人枉度春”。国盛还未来得及向小元吐露自己的心声，她就这样匆匆地走了。真是：

单思无缘将断线，
劳燕大限也分飞。
无缘恩爱何时有，
别梦依稀已成仙。

为了弄清事情的缘由，国盛来到小元家，她父母都躺在床上，心情颓废，见国盛来了，他们忙起来打招呼。国盛装着不知道，就问他们道：“你们怎么啦？身体不舒服吗？”小元的父亲就跟国盛说：“不是得病了，是小元出事了，我们给小元说了一门亲事，小元不同意，定亲那天，遭到小元的反对，没想到害得她服毒自杀了。真是悔不当初啊！”说完悲痛不已，国盛伤心地问道：“她为什么不同意？她心中是不是有意中人了？”她父亲说：“也没看到她和其他人相好，只有武生对她好，那也只是剃头挑子一头热啊！也未见小元对他有好感。其实人家对他们俩的风言风语都是子虚乌有的事，纯属空穴来风。但人言可畏，唾沫都可以淹死人啊！我怕坏了她的名声，就只好给她找了一个婆家，以死了武生的心，堵住人家的嘴。如果换作国盛你的话，我们也不会反对。”国盛听她父亲这样一说非常震惊，他简直不相信自己的耳朵，国盛和小元平时只是“鱼在深泉鸟在云，从来只得影相亲”，她父母是怎么知道的？于是他急忙追问：“是真的吗？那你们怎么不早说呢？你们怎么能知道小元会不会爱我。”她母亲说：“但我们并不知道她的心思，也不知道她心中到底有没有人，也不知道她会不会爱你，这只是你和武生之间我们会选择你。但没有人做媒，这样的话我们怎么好启齿。”国盛说：“但是我还不如武生啊！他身材魁梧、英俊潇洒，真是玉树临风、风流倜傥，堂堂一表人才，犁、耙、锹、锄样样行，搞农业他是一把好手，挑担子也比我强，他是一个怜香惜玉的好男儿，他们是珠联璧合，天生一对呀！小元跟他应该是很相配的，她连武生都看不上，还会爱我吗？”她母亲说：“你人单纯，心地善良，家庭责任感强，有文化，还有一门好技术。”国盛说：“我成天在外面跑，对家里不能照顾，这技术又赚不到钱，我们家比武生家还穷，你们要是嫌贫爱富的话，那肯定不会同意。”他父亲说：“我们也并不是嫌贫爱富，我们也是为了她好，那男的只是脚有点跛，但他能写会算，还是生产队会计，他们那地方好，生产队富裕，经济作物多，他家的粮食每年都基本够吃，不会打饿肚，每年还能进几百元现金。订婚都是单车、手表、缝纫机，还有三套半好料子布，像我们生产队一世都添置不起那么多东西。”国盛说：“人各有志，一个人找对象也不单纯是物质和钱，所谓的找爱人就是要找自己所爱的人。一个人和自己不爱的人在一起你看是什么滋味？一个人为了爱情连生命都可以豁出去，一点家庭困难还不能克服吗？俗话说得好，‘生命诚可贵，爱情价更高’嘛！”她母亲说：“你们年轻人只知道感情用事，什么爱情长、爱情短的，爱情又不能当饭吃。”他父亲接着说：“俗话说得好，酒肉朋友，柴米夫妻，巧媳妇难为无米之炊，穷困夫妻百事哀，只能热一阵子，不能好一世。夫妻之间是实实在在地过日子，没有一定的物质基础是不行的，是搞不长久的，我们都是过来人，希望她能少受点苦。我们也不知道她有这样倔，早知道她会干这样的蠢事，就是她要嫁一个讨米叫花的我们也不会反对，因为讨米也比这死了的强，真是悔不当初啊！”他说出这番话时，边哭边跺脚，是那样的后悔与伤心。

国盛觉得他说的话不是没有一点道理，他埋怨小元道：“何必这样倔，‘天涯何处无芳草’，只要你把自己的想法跟父母说清楚了，父母也会同意呀！”但这时说什么都为时已晚，他一时也找不到什么理由来说服他们，而且现在无论讲什么道理也没有任何意义了，国盛只能安慰他们说：“事已至此，无法挽回，你们只能节哀，保重好自己的身体。”

小元一死，国盛就再也无法见到她的人影了，他一有时间，就只好到小元的坟前看看，见景生情，睹物思人。这村庄依旧、花草依旧，只是伊人不再，心中感到十分悲凉。真是“年年岁岁花相似，岁岁年年人不同”。他想入非非，真希望小元能奇迹般地活过来，能在她身边说说心里话，他面对孤坟，深感忧伤：

你，
一个人走远，
心中哪有不流连。
能知否？
有人站在你身边。
默默流泪，
默默抽泣。
不见你的身影，
不见你的欢笑，
不见你的娇甜，
不见你的花俏，
只有一座孤冢。
阴阳两隔，
何日得重逢？
我问苍穹，
无以回答。
人间悲哀，
唯吾能达。

心中总有一种“长恨春归无觅处，不知转入此中来”的感觉。他为小元感叹道：

茅屋泥泞路，
寂寞开无主。
已是黄昏独自愁，
更著风和雨。
高贵不低头，
零落成泥碾作尘，
只有香如故。

这真是“天涯地角有穷时，只有相思无尽处”，小元死后，国盛是缠绵悱恻，常常坐立不安，怅然若失。

在悲伤之余，国盛还是一直坚持努力学习医学知识，对技术精益求精，经过多年的努力工作和对医学知识的锲而不舍的追求，在大队的威望也越来越高了，人们不论什么病，什么疑难杂症都来找他看，经常是应接不暇，有点感到力不从心了。他有自知之明，一些疑难杂症的病因，病理还只是一知半解，渴望有一个继续学习深造的机会。他知道要成就一名好医生，不但思想素质要好，还要有过硬的技术。十年磨一剑，要想跟上时代的步伐，能与时俱进，就只有不断地努力学习，因为“业精于勤、荒于嬉”。

一天，国盛在区医院开会，公社卫生院的张医生特意跑来告诉他说：“现在我们公社有一个到卫校学习的指标，是社来社去的，读两年书后仍回大队当医生，有几个人想去，你去不去？”国盛听了很高兴，忙说：“当然想去，学习是我梦寐以求的事情，我想了好久了，就是没机会。”张医生说：“但要大队推荐，公社批准后才能去，你先要到大队报个名，做好大队支部的工作，争取他们推荐你。”国盛有些犯难了，这工作好做吗？大队会同意我去吗？去读书的生活费又从哪里来？张医生见国盛有些为难，他就说：“如果你想学习，这就是个好机会，你不要坐失良机啊！我和你们大队支部书记很熟，我就说是公社安排你去的，这样大队就会同意你去了。在学习期间，生活费和粮食都是由国家发。”国盛听张医生这样一说，非常高兴，他很感激张医生，就握着张医生的手说：“那好，这事就拜托你了，谢谢！”

这时天正在下雨，张医生打着一把雨伞立即赶到大队去了。因为这事宜早不宜迟，迟了这名额就被别人占了。这时大队支部正在开会，张医生就把国盛学习的事向支部做了汇报。支部开始不同意，后来经过张医生做工作说：“因为这是公社安排的，又不要大队花钱，学成后仍然回大队，能够免费为大队培养一个高明的医生不好吗？这样的机会难得啊！”林支书听张医生这样一说，就答应张医生道：“大家再考虑研究一下，支部决定后再告诉你，好吗？”张医生说：“那好，我就等你们的通知，因为我还要向公社党委汇报，好做决定，否则就要安排其他人。”林支书说：“好的，我们马上就研究，张医生你辛苦了，吃了饭再走好吗？”张医生说：“也好，我就在这里等你们的结果。”

张医生就坐在会议室的隔壁休息，大队支部就进行了研究，在研究时，大家议论纷纷：有的认为国盛去学习的这两年大队又没有医生看病，会给大队群众看病带来困难；有的认为国盛通过学习以后，技术提高了，肯定会飞掉，不送他去学习能够留住他，送他去学习的话，反而会失去他。是否让国盛去学习，大家争论不休，不知结果如何。

第四十五章　卫校深造更上楼

经过一阵热烈的讨论，意见还是不能统一，最后林支书发言说：“考虑到对大队的群众防病治病有益，也是关系到国盛个人前途命运的大事，这是一个难得的机会，就算是飞了，也是为国家培养了人才，我们不能太自私，思想不能太狭隘，学习反正不要大队负担，公社已经点名要他去，我看还是让他去学习。”经林支书这样一说，大家也就同意了。会后，林支书就把会议情况告诉了张医生，林支书还特意买了一瓶酒，留张医生吃过饭后，张医生就把名额报给了卫生局。

过了几天，地区卫校真的来了通知。国盛接到通知后，真是高兴得手舞足蹈，经过多年的踔厉奋发，梦想到医学院校系统学习的愿望终于要实现了。

因 9 月 1 日要到卫校报到，大队又安排了一个退休的老中医，他带着他的孙子当徒弟，来接管合作医疗了，国盛赶紧交了班。他把班交好以后，就带着一口小木箱和几件破旧衣服赶紧到卫校报到去了。

学校不是在卫校本部，而是在农村小镇的一所中学租的一间教室，这就是所谓的分校。从卫校派了几个老师到分校上课，这可能是响应毛主席的“把医疗卫生工作的重点放到农村去”的号召吧！只开了一个班，全班有六十多位同学。

报到后，同学们都聚集在操场上举行开学典礼，因为都是来自农村的各个公社，大家都是一些憨厚的农民，他们没有见过世面，大家都不相识，见面后都感到有些腼腆。大家在一起只是点点头，微笑一下，没有握手，没有寒暄。

同学们穿着都很朴素，确切地说是叫寒酸。有一个叫王小玉的女同学显得很活跃，她 20 来岁，扎着两只小羊角辫，长着一对大大的、圆圆的眼睛，一件白底红花的衬衣，一条蓝竹布裤子，裤子还有些短，吊到了足踝上面，脚上穿着一双红色的旧布鞋，背着一个黄色的小军袋，上面还印着毛主席的语录“为人民服务”，她站在队伍的最前面。还有一个叫陈卫民的男同学，他穿着一件蓝竹布衬衣，两肘部还打了补丁，一条青布裤子吊到了小腿上，脚上穿着他母亲做的一双土布鞋，提着一个塑料提包，他站在队伍的最后面，默不作声。

所有的同学身上都带有浓厚的时代气息，大家的胸前都别着一颗毛主席像章，大部分的男同学都是穿的中山装，中山装左上小口袋里挂着一支黑色的钢笔，戴着鸭舌帽，脚穿力士鞋。女同学大部分都是穿的红花、绿花的衬衣。

在开学典礼上，张校长给同学们做报告，他在报告中说："同学们，你们是贫下中农推荐出来的优秀青年，从今天起你们就是一名医务工作者，是守卫人民健康的白衣天使，你们肩负着为人民群众防病治病的重任：要做到又红又专，用一根针、一把草为群众防病治病；要对中国古代医学取其精华、去其糟粕；要中西医相结合，土洋并举，要活学活用医学知识，不要死记硬背书本；要高举毛泽东思想伟大旗帜，坚持无产阶级革命路线，反对资产阶级的学术权威，你们不能染上资产阶级知识分子的恶习，只埋头拉车，不抬头看路……"大家听完张校长的讲话后，还照了一张同学合影，以作留念。

开学后，学校给每个同学每月发了十五元钱生活费和二十九斤国家粮票。国盛拿到粮票后简直不相信自己手里拿的是粮票，他又定睛看了一下，这确实是粮票，而且是国家粮票。他从来没有见过这么多的粮票，以前想要半斤粮票买一斤饼干吃都想不到。

记得有一次，家里的一只小猪得了病，没钱治疗，病得骨瘦如柴，就把它给宰了，肉就用盐腌了后放到太阳下晒，边晒边用烟熏，熏了两天后，这猪肉就被熏得金黄的了，而且喷香的。国庆中午休息，就坐在屋前看着这些猪肉，怕被猫、狗叼走了。一个公社的张干部路过时看到了，闻到了这肉的香味，很想吃，但又不好明说，就只好问国庆："你家杀了猪啊？这肉熏得好香哦！怎么不搞哒吃呢？"国庆说："是一只病死的小猪肉，新鲜的怕有毒，不敢吃，你吃了中饭没有？这肉你敢吃吗？"张干部说："还没吃中饭呢！这肉经过腌制以后就没有毒了，可以吃了。"听他这么一说，就留他吃中饭，搞了一大碗辣椒炒小猪肉，张干部因为有好久没吃过肉了，闻到这香喷喷的猪肉味就口水直流，他大口大口地吃着，一下子就把一大碗肉吃得精光了，边吃边赞美这肉好吃，色、香、味俱全。吃完饭后，他硬是要给半斤粮票和八毛钱，因为干部纪律严明，在群众家吃饭不给钱粮就是多吃多占，当时粮食非常紧张，你如果吃了农民一餐饭，农民就要打一餐饿肚，干部不敢在群众家里随便吃喝。

国庆拿了这半斤粮票及八毛钱，就邀国盛一起跑到供销社买了一斤小花片回家。正好秋良也在家里，他们三兄弟围在一起，你一片、我一片，吃得津津有味，一下子就吃完了，这是他们兄弟第一次在一起饱餐一顿小花片。因为供销社的饼干没有粮票就只能望而兴叹。粮票只有国家干部才有供应，因此，这粮票就成了农村孩子不可奢求的东西。现在一下子拿到这么多国家粮票，真是像在做梦一样。那种幸福感一下子就涌上了心头。

第二天开始上课了，全班同学水平参差不齐，有赤脚医生、公社卫生院卫生员，有的还是直接从生产队派来的，真是有教无类。发了六本新书：人体解剖学、病理生理学、药理学、内科学、外科学和中医学。这是响应毛主席的号召，走中西医相结合的道路，既要学西医，又要学中医，还要学习针灸，使中西医相辅相成。发扬一根针一把草治百病的精神，这样既能够提高疗效，又能够少花钱多治病。

国盛领到这些书非常兴奋，这些都是他渴望已久的，迫切需要学习的新知识。第一堂课讲人体解剖，学习医学知识需要从解剖、生理、病理、药理到临床有步骤地学习，循序渐进，不能断章取义。这医学知识是一个相互联系、融会贯通、不可分割的总体。

老师把人体解剖图一挂上黑板，有些女同学看到是一张男性的人体图，有些不好意思，脸一下子红了，把头埋到了桌子底下。讲解剖的是一位女老师，姓何，一米五八的个子，一张瓜子脸，扎着两个小辫子，穿着一件花衬衣，十分文静，和蔼可亲。她看到很多女同学低下头以后，何老师就说："同学们，你们从今天起就是一个医生，是人民群众称之为的白衣天使了，你们肩负着治病救人的天职。要把病人作为自己服务的对象，当作亲人，在医生眼里没有男女之分，没有老少之分，没有高低贵贱之分。不能有任何私心杂念和邪想，大家都把头抬起来。"女同学看到讲解剖的老师也是女的，经过她这么一讲，大部分女同学慢慢地抬起了她们那羞涩的头，有的女同学还大胆地把目光注视到了人体解剖图上。

人体的各个器官在人体图上一目了然。何老师把每根神经、每块肌肉的位置和功能讲得有条有理，简单而明了，省去了很多马尾巴的功能。当何老师讲到男性生殖器时，还讲了一个笑话，何老师说："我们一定要把解剖学好，否则在临床上就会闹笑话，以前有一个实习医生给一个男性外伤病人检查，发现他外阴受伤，实习医生因为学解剖学得不好，认为阴茎有骨头，怀疑有骨折，因此，就在病历诊断上写上'阴茎骨折'，并且打了个问号。"此话一出，全班同学笑得前俯后仰。

上完课后，大家来到食堂吃饭，有的同学拿着饭盒，有的拿着碗，有的拿着蒸钵，食堂的案板上摆了五六个菜，有黄瓜、豆角、辣椒、茄子、鱼和红烧肉，小菜是五分钱一份，鱼是一毛钱一份，红烧肉是四毛钱一份，小菜有几大盆，鱼则只有一小盆，肉就只有一小蒸钵。因为小菜便宜，大部分同学都只吃两份小菜，一部分同学是吃一份小菜和一份鱼，很少有同学舍得吃肉。国盛拿了一个蒸钵，打了三两米饭和两份小菜，坐在一个靠近角落的地方，狼吞虎咽地吃起来，一下子就吃完了。他每次总是比别人迟来，他怕来早了要排队，有时候饭菜没有熟，怕耽误了学习时间，吃完饭后又总是比别人先走，他要抓紧时间搞学习，不愿意浪费每一分钟时间。

每天只有上午三节课的业务学习，下午就是政治学习。学校没有强调业务学习，废除了业务考试，因此晚饭以后，就有很多同学都到街上玩去了。因为大家都来自农村，很多同学还没有到过城镇，真是乡里伢子没上过街，对一个小镇都感到陌生，觉得很新鲜，想到处逛逛。但国盛没有去，就和几位同学在教室里看书。因为能到卫校学习，这是千载难逢的好机会，真是一刻值千金，正如孔子所说“逝者如斯夫，不舍昼夜”。时光易逝，两年一晃就过去了，要把握好这一学习的好机遇。

国盛和同学们每天如饥似渴地学习医学知识，他深知民间的疾苦，他决心要做到：

医学无涯苦作舟，技术求精永不休。
民间疾病无医治，进校苦读两春秋。

每天早上同学们起得很早，都在认真地看书学习：读中药汤头，看解剖；有些同学就聚在一起，讨论学习中一些没有弄懂的问题。国盛、吴正、王小玉、王亮他们都对中医医学非常感兴趣，认为它十分神奇：如根据脉象能诊断疾病，根据阴、阳、表、里、寒、热、虚、实能辨证疾病，脏、腑的相互联系，神经、经络与穴位的微妙关系等，看起来都很玄，有的甚至不着边际，但中医医学能够把它们巧妙地联系在一起，出神入化，成了亘古不变的真理，真是无法理解。但在实际应用中确实有它的一定规律和科学道理，因此他们就经常在一起讨论。

古代医学家在科学那样落后的情况下，能够摸索和总结出这样高深的、科学的医学经验实属不易，有些剧毒药人连碰都不敢碰，要搞清它的性、味、功能、用法、用量确实很难。古有“神农尝百草，日中百毒”的说法。这些经验的得来是经过了无数代医务工作者的不懈努力才能完成的，有的甚至是用生命的代价换来的。祖国医学博大精深与神奇，值得我们继承和不断发扬。中医中药的理论需要灵活运用，融会贯通，不能死记硬背，这就是中医医学的神奇之处。

经过一年多的理论学习，各科的理论课上完以后，就要进行人体解剖实习。分校没有解剖室，没有实验室，到哪里去实习，这是分校领导和教师的一大难题，不知他们将如何解决。

第四十六章　学用结合得真知

其实卫校本部解剖室、实验室一应俱全，为了响应毛主席的“把医疗卫生工作的重点放到农村去”的号召，只好把学校搬到农村去办，但农村没有实验室和解剖室，领导和老师们想尽了办法，但无法解决，还是只能到卫校本部进行。

同学们来到卫校，看到卫校好大，有好几栋教学大楼和宿舍楼，还有一个很大的操场和篮球场，但都是空的。国盛有些纳闷，这么多的教学楼都空着，为什么还要到乡下去借人家的教室上课呢？这对教学资源是多大的浪费啊！这是机械性地执行毛主席的号召，歪曲了毛主席的指示精神的真正内涵。应该是要把在医学院校培养出来的医务工作者下到农村去，改变农村缺医少药的落后面貌，而不应该是放弃教学条件好的学校，到乡下去办学，这是教条主义。同学们对这些资源的浪费感到非常的惋惜。他们来到益阳卫校后，每天就坐在这宽敞明亮的教室里上课，在整洁、舒适的寝室里睡觉，是多么的惬意。

老师给大家简单地复习了一下解剖知识后就带同学们进解剖室。解剖室有几个大的储尸池，池子里浸满了横七竖八的尸体，还有几个解剖台。大家刚一进解剖室，就闻到一股浓烈的刺鼻的福尔马林气味。有的女同学看到池子里有那么多的尸体，吓得哇哇大叫起来，就赶紧往外跑。何老师看到同学们往外跑，就严肃地说：“医生应该是无神论者，不应该相信鬼神。这些尸体是值得同学们尊敬的，他们死后还在为你们的学习提供帮助，还在为人类的医疗卫生事业做贡献。在尸体面前要严肃认真，这样才对得起死者。”大家听何老师这样一说，都严肃认真起来。几个男同学拿了几把钩子，把一个个尸体从池子里钩起来，放到解剖台上。何老师就把一根根神经，一根根血管和一个个脏器指给同学们看，把它们在身体里的位置和其他器官之间的相邻关系一一讲给同学们听。并对同学们说：“学好解剖是一个医生的基本功，尤其是外科医生，如果解剖学得不好，对今后的手术影响极大。他手中的刀就是一把双刃剑，用得好是为人治病的工具，用得不好就是杀人的凶器。”同学们听后就跟着老师认认真真地学习。同学们通过这次实体观察收获不小，对神经、血管的分布，内脏器官的位置和相邻关系，基本上都有了一个比较全面的了解，做到了心中有数。

看了解剖后，中午食堂吃湖藕，那湖藕的皮和尸体的皮颜色一样，一个叫张威的同学指着桌上蒸钵里的湖藕说：“这湖藕就是用尸体的小腿做的。”一个叫王灿的女同学夹着一块藕正往口里塞，听到张威同学这么一说，吓得立即把藕往地上一扔。还有一个叫李媛的女同学听了后，“哇”的一下，把吃进胃里的东西全部吐了出来。这些女同学都放下碗筷不吃了。张威同学看到女同学都不吃了，于是说：“现在只剩下我们几位男同学在吃了，这样一人钵藕可以让我们饱餐一顿了，正好好久没有吃过这么多的藕了。”吴正同学就批评张威说：“你这样说怎么行呢！害得她们都不吃饭，饿着肚子下午怎么学习呢？你赶快去看厨房里还有其他菜没有，再搞点菜来叫她们吃点饭。”张威只好到厨房里找厨师王师傅说：“厨房里还有什么菜没有？有几个女同学病了，吃不得藕。”王师傅说：“只有萝卜、白菜了。”“萝卜、白菜也行，请你给她们炒两碗。”张威把几位女同学带到厨房，让她们在厨房里吃了一点饭，这样，女同学下午才没耽误学习。因为这些同学能聚在一起学习是一种缘分，能得到两年的学习机会实属不易，因此要格外珍惜这两年宝贵的学习时间，半天也不能耽误。

解剖见习完后，还要进行其他各科的实习。主要是学习针灸，体格检查，常见病的诊断和治疗。卫校没有附属医院，只好和当地医院挂钩，把学生分到几个县级医院实习。国盛和吴正几位同学就分到安化县人民医院实习。

国盛来到安化县人民医院后，他实习的科室有一个坐骨神经痛的病人，带教老师要国盛给病人扎银针，在老师的指导下根据病情选用穴位，结合中草药治疗，经过几天的精心治疗后，疼痛有所缓解，病人能拄着拐杖下地活动了，他对国盛非常感激。经过一段时间的治疗，他病情痊愈后，出院回到家里，就把他自己家中经过多年精心栽培的两蔸草药挖了，用一个大塑料袋装好，背过几里山路，亲自送给国盛。国盛不肯收，并说：“治病救人是医生的天职，给病人治好病是医生应该做的，不能收受病人的礼物。”那病人说：“这哪里是什么礼物，只是两蔸草药，也是送给你给病人治病的，是清热解毒的良药，治蛇伤和扁桃体炎的特效药。我现在年纪已经大了，身体不好，这些草药用不着了，放在我这里浪费了，送给你还能给人治病，还能发挥它们的作用。”说完就把两蔸草药硬塞到国盛手里，国盛非常感动，他就把这两蔸草药栽在自己家屋后的荒地里。经过一段时间的精心培养，它们都长得非常茂盛。有几个喉咙痛的用了都说效果好，屡试不爽，国盛就把它们当宝贝一样保护起来了，以后他就经常用这草药给人治病。

暑假期间，农村已开始“双抢”，学校的老师、同学和各部门的干部都要下乡支援“双抢”。国盛和吴正同学分在一个生产队。这个生产队很偏远，离医院有二十来里路，山路崎岖，他们早上在医院吃了两个馒头和一碗稀饭，就走山路赶到生产队去参加“双抢”劳动。他们来到这个生产队后，就去找队长，这时队长正拿着广播筒在给大家安排农活。这队长姓张，他看到国盛和吴正来了，没等他们开口，就知道他们是来支援“双抢”的，就很热情地握着国盛和吴正的手说：“你们来啦，这又要辛苦你们啊！”吴正说：“不辛苦，这是应该的，你们更辛苦啊！”张队长就把他们带到一张桶旁，对正在扮禾的几个农民说：“这两个干部就在你们这张桶帮忙扮禾，他们能扮就扮，不能扮就割，不要勉强他们。”他还将其中一个农民拉到一旁，耳语了几句后就对国盛和吴正说：“你们二位领导中午就在这姓杨的同志家里吃饭，生活不好，请原谅啊！”吴正说：“哪里，哪里！你们能吃的我们就能吃，只是我们做不了什么事，反而给你们添麻烦了。”张队长说：“你们坐办公室的能够来支援‘双抢’，真是难为你们了。”说完，张队长就到其他地方安排工作去了。

国盛这还是第一次听人称呼他为干部和领导，当时心里特别别扭，脸上火辣辣的。国盛和吴正勒起袖子，撸了一把禾把子就要扮禾，姓杨的同志就向他们摆了摆手，示意要他们把禾把子放下，就去拿了两把镰刀给他们，要他们去割禾。因为怕他们没有扮过禾，扮不好会把谷子浪费，再一个就是扮禾会把他们一身弄脏。国盛和吴正没有明白他的意思，就坚持要扮禾。

他们其实在家也是经常扮禾的，只是现在是用打稻机了，好几年没有用扮桶扮过禾了，不过他们对扮禾还是很熟练的。因此国盛就说：“杨同志，我们能扮禾呢！不信，我们试试看，如果不行的话，就再去割禾行吗？”杨同志见他们这么一说就同意了。他们一人扮一下地转，扮得桶“嘣嘣”地响，姓杨的农民看了他们扮禾的姿势这样熟练，而且没有谷子浪费，也就放心了，就同意让他们扮禾，他自己就拿着镰刀割禾去了。这山区的田是弯弯曲曲的，很不规则，很小一丘，还有什么斗笠丘、蓑衣丘，扮不了几下就要抬桶，一丘田还扮不了一担谷，这抬桶既费时又费力。每次抬桶都要四个劳动力，这样一上午都只扮了四担谷子，就到了吃中饭的时候了。杨同志就招呼国盛、吴正说：“两位干部同志，你们肚子饿了吧？现在是吃饭的时候了，回家吃饭去吧？”国盛的肚子正有些咕咕叫了，就说：“我们事没做得，只知道吃饭啊！”杨同志说：“哪里，哪里，你们扮禾还很里手，不但进度很快，而且还没有浪费一点谷子，你们上午的功劳还不小呢！如果不是你们，我们还连桶都抬不动。”说完，杨同志就安排他女儿带国盛和吴正回家吃饭，他和另外几个农民就挑着谷子送往队里的禾场去了。

国盛他们回到女孩家里，杨同志的妻子早就把饭做好了，菜都已经摆上了桌子，有蕹菜、韭菜、黄瓜，还有一碗盐鸭蛋。杨嫂看到大家回来了，就开始装饭。她先给国盛和吴正装了一大碗白米饭，然后给他们自己各装了一碗。国盛看到他们的饭呈黑色，就定睛一看，原来他们自己吃的是红薯丝拌饭。这碗里绝大部分都是红薯丝，基本上看不到什么饭，国盛就问："杨嫂，你们怎么'双抢'期间还吃红薯丝呢?"杨嫂说："我们这里土多田少，每年政府号召要多种粮食，我们只会种红薯，红薯国家又不收，卖又运不出去，只能自己吃。我们一年四季大部分时间都只能吃红薯，习惯了。"国盛和吴正听后立即端起自己的饭要斛红薯丝吃，杨同志看后立即起身阻止，他说："不行，你们没有吃得惯，弄不好会拉肚子的。"国盛说："没问题，我们那里也吃杂粮，红薯是经常吃的东西。"杨同志说："你们来时我们队长就交代过了的，不能让你们吃红薯丝，如果出了问题我们负责不起。"吴正说："不会出什么问题，我们在家也是搞劳动的，身体没有那么娇贵，不会出问题，出了问题也是我们自己负责。"国盛他们坚持把饭倒在锅里拌匀，大家一起吃。吃完饭后，国盛站在窗前遥望着山坡上的梯田，一层层金黄的稻谷覆盖了山坡，是多么的美丽壮观，他非常感慨，随口吟道：

窗含山坡千丘稻，门晒队里万斤粮。
两只箩筐装稻穗，一群农民收割忙。

大家中午没有休息，他们吃完饭就又一起出发了。因为下午收割的田是在山的东边，没有什么太阳，不是太热，要趁天气晴朗，赶紧收割。大家正在扮禾时，听到张队长在喊："同志们，你们搞'双抢'辛苦了！为了慰劳大家，县里特派电影队到我们大队来放电影，请大家吃完晚饭后就到大队部去看电影。八点正式开演，请大家千万不要错过这一大好机会啊！"杨同志的女儿听队长喊看电影，她感到很稀奇，就问她父亲说："爸爸，电影是什么东西，好看吗?"他爸爸说："我也只听说过，没有看过，不知道好不好看。"她又问她旁边的其他人，他们也说不知道。她就只好走到国盛和吴正面前好奇地问："两位哥哥，我问你们一个事啰，那电影是什么东西啊？好不好看啊?"国盛说："电影是用一种胶带把戏拍在上面，再用电光投影到一块白布上，很好看的，你想看吗?"这女孩好像还是没有听懂，她摇了摇头说："我不懂什么投影，但我很想去看，两位哥哥，你们能不能够带我去看一次电影啊?"国盛说："你以前没有看过电影吗?"女孩说："我 16 岁了，还从来没有看过电影。"国盛和吴正爽快地答应了她："好，吃过晚饭后一定带你去看电影！"女孩听说国盛他们愿意带她去看电影，高兴得手舞足蹈，割禾的干劲就更大了，只想早点完成任务后，就好去看电影。

吃过晚饭后，国盛和吴正就带着她去看电影，来到电影场，电影刚开演，这电影放的是《智取威虎山》。她看到银幕上的人物栩栩如生，非常好奇，她一会跑到这边看看，一会又跑到那边看看，有时候还跑到幕布后面去看。她想看看这些战士是怎样在幕布上打仗的。但是到处都只能看到一块幕布，四面都看不到战士的身影，看了好久还是不知道怎么回事。看完电影后，在回家的路上她总是好奇地问这问那，女孩说："哥哥你们说那白布上面的人是真的吗?"国盛说："那人不是真人，是胶卷上面的人像影子。"女孩说："不是真的怎么能动，还能说话呢?"吴正说："那是配的音。"女孩说："那上面打死的人真的死了吗?"国盛说："没有，那上面的人都是演员，那枪是道具，不是真枪。"女孩"哦"了一声："原来如此，我当时看到打死人心里好怕的。"他们一路上边问边答，没有好久就到了女孩家，这时，杨嫂已经帮国盛和吴正他们把铺开好了。国盛他们因为很疲劳，上床就睡觉了。他们连续支援了一个星期的"双抢"后才回医院上班。

同学们经常在一起学习，一起讨论一些疑难问题。有时候为了一个观点可以争得面红耳赤，常常讨论到深夜，经过两年的艰苦学习终于毕业了。大家将要回到各自的大队，为当地的群众防病治病。同学们在一起学习虽然只有两年，但已经建立了深厚的同学感情。在即将分别之时，同学们都难舍难分。大家在一起谈收获、谈理想、谈感情、谈回家以后的打算。这两年的同窗生活，使同学们感慨万千。他们回忆着这两年的学习、生活情景：同学们早上在教室里那琅琅的读书声，在校园里的杨柳树下讨论医学知识的美好时光；课堂上，老师和学生在一起讨论医学难题时的师生情谊；中午在资江大桥的桥头上，观看鱼儿戏水时的欢快情景；男女同学傍晚在资江边上闲聊，漫步的身影；在回龙山上爬山时嬉戏打闹时的青春活力。这一切都似乎刚刚发生在昨天。

在分别的那天晚上，大家三五成群，促膝谈心。有几个玩得较好的男女同学，他们有的坐在床边，有的坐在校园的石凳上，有的坐在河边的柳树下倾吐各自的心声，在那里山盟海誓，谈得通宵达旦。虽然同学们分别时都很眷恋，但大家都还是很理性，因为毕业后都必须回到自己的大队和生产队去，回家后还不知道怎样安排，都是前途未卜，所以真正谈情说爱的还是寥寥无几。

时间虽然短暂，但这也是人生的一个转折点，通过两年的学习，大家学到了很多的医学知识，为进一步给群众的防病治病打下了坚实的基础。

第二天大家就挑的挑着笼子，提的提着箱子，背的背着被窝行李走在校园的一条狭长的水泥路上，准备回到各自的家乡去。分别时大家握的握手，拥的拥抱，依依不舍，大家都热泪盈眶。在分手时，王亮同学还写了一首诗，他举着诗高声念道：

两年同窗似亲朋，
不知何日再相逢。
转眼犹似一刹那，
只有友谊永相存。

念后，同学们都鼓了掌，挥泪告别。这时大家都是朝气蓬勃，“恰同学少年，风华正茂；书生意气，挥斥方遒”。大家各自怀着悬壶济世、妙手回春、为群众防病治病、使自己真正成为一名白衣天使的伟大理想和美好的憧憬，背着自己的行囊，奔赴各自的工作岗位。国盛和他本区的几个同学带着行李乘轮船回到了自己的家乡。

因为是社来社去的学生，都只能回本大队工作。有几个大队因为在这两年里又安排了其他人，这几个同学回到大队以后就没有地方安排了，他们非常着急，不知道该怎么办！

第四十七章　学成反失用武地

有几位同学学成回来以后没有地方安排，找了大队、公社领导，都没有得到解决，只好又回生产队劳动。国盛还算幸运的，他一回到家，第二天就到大队去报了到。林支书看到国盛回来了，非常高兴，他忙握着国盛的手说：“国盛，你回来啦！不会再走了吧？”国盛说：“我已经毕业了，不会再走了。”他就把这两年的学习情况向林支书做了汇报，国盛说：“林支书，我们是属社来社去的，这两年学的主要是基础与临床知识，毕业后仍然回大队工作。”林支书听说国盛真的要回大队工作，非常高兴，他对国盛说：“那很好，通过两年学习，医疗水平肯定更高了，你回来得正好，老中医已经退休了，他孙子到医院顶他的职去了，我们正在犯愁没有医生给群众治病呢！你回来得非常及时，刚好解决了这个燃眉之急。你回来休息一两天，把家里料理一下后，就立即上班好吗？”国盛说：“不必休息了，我回去就把被窝行李搬来，把药品、器械清理好后，明天就可以上班。”林支书说：“那好，群众是巴不得你早一点上班，越快越好，现在群众看病都只能往公社卫生院或区医院跑了，这样既耽误劳动力还要多花钱，你能早一天上班，群众就能少耽误工，还可以减轻群众的经济负担，这只是要辛苦你了。”国盛说：“没问题，不辛苦，我马上就去合作医疗把药品器械整理好。”林支书说：“好的，我向支部通报一下，让群众都知道你回来了。”国盛答应了一声：“是！”他就到医务室清理药品和器械去了，清理好药品和器械后就立即回家去拿被窝行李了。

大队支部和群众听说国盛又回来了，都高兴得不得了，有病的群众就纷纷前来找他看病。国盛刚把被窝行李背到医务室，就见有几个群众来到了医务室门前，他就将被窝行李往床上一丢，背起药箱就到病人家里看病去了。

他通过两年的学习，受益匪浅，如虎添翼，对疾病的诊断和治疗有了理论依据，可以用学来的理论知识指导自己的实践，看起病来得心应手，心里踏实多了。俗话说：“艺高人胆大”，对每一个病他都能用病因、病理、症状、体征来解释，这就大大地减少了误诊的概率。他天天背着药箱马不停蹄地走村串户，努力地为全大队的群众防病治病了。

群众也一有病就来找他。常见病、多发病基本上不要出大队。他独当一面，一个人要管理着一个大队各科的大小病人。一个基层医生每天要经受着各种考验：病人病情的疑难复杂，考验着医生的技术与智慧；病人的危急，考验着医生的胆量和应变能力；病人的经济困难，考验着医生的仁心与医德。因此，仁心、睿智和医疗技术，是一个医生应该具备的最基本的职业道德与素质修养。

一天，国盛给邻队的周大婶看病，她得的是风寒感冒伴有发烧，她不肯吃西药、打针，要吃中药，国盛就给她开了三剂中药，服完三剂中药，病就好了，她非常感激。她看到国盛还没有成家，一个人每天风里、雨里跑，回家还要自己搞饭吃，自己洗衣服，很过意不去，就想给他做个介绍。等国盛到他家询问病情时，她就将这一想法告诉了他，看他同不同意，国盛说：“可以是可以，就是我们队里太穷，家庭条件也不好，怕人家姑娘会不愿意，怕以后会害了人家姑娘，如果人家来了没有饭吃怎么办?”周大婶说：“你人好，心地善良，对家庭责任感强，又有一门好技术。那姑娘身体好，农业劳动样样行，插田、割禾比男人还快，家务事也样样行，她是一个吃得苦、耐得劳，勤俭节约的好姑娘，她懂规矩，守妇道，外面没有半点风言风语。你们结婚以后，家庭一定会搞得红红火火的。只是她没有读好多书，只要你不嫌弃她没文化，应该会有蛮好?”国盛说：“我们家里什么也没有，这个条件哪里还有什么资格挑剔别人，只要人家不嫌弃就是好事。”周大婶说：“你如果同意的话，我明天就去和她家里说说，如果她家里同意的话，你们见个面，双方认为可以，就定下来，择个日子就把婚结了，你家里也需要人用。”国盛点点头答应了周大婶。

过了几天，周大婶就要国盛和她一起到姑娘家里去看看，周大婶说：“姑娘的父母都同意了，她父母说：‘生产队和家庭现在反正都不富裕，差不多都是这个样子，只要人好，家庭责任感强，能养家糊口就行了。’她父母都是很通情达理的人，你去了他们一定会同意的。”国盛跟周大婶到了姑娘家，只有她母亲在家，姑娘和她父亲都出工去了，还没有回来。国盛在她家坐了一会儿，喝了一杯茶，国盛因怕家里有病人找不到他，他准备回家，正在这时，姑娘和她父亲从田间收工回家了，他和姑娘打了一个照面，姑娘一米六的个子，虽然每天在田间劳动，但皮肤还是很白净，身体很健壮。她姓刘，名冬娥。他们见面后也没有说什么话，只是相视一笑。见过面后，她母亲要留国盛在她家吃中饭，但国盛没有同意，因为粮食都很紧张，而且买鱼、买肉都很困难，不愿麻烦别人，再者还不知道人家同不同意，国盛就说了声：“大婶，麻烦您了，我回去还有很多的事，不能在这里吃饭，谢谢了。”说完他就回家了。过了几天，周大婶告诉国盛说：“姑娘同意了，她的父母亲也同意了。他们问你准备什么时候结婚。”国盛说：“结婚，现在还七字没一横，八字没一撇呢，怎么能结婚!”周大婶说：“她父母亲说了，没有东西没关系，以后成家了再置，现在都困难，不要搞什么铺张浪费，花费多了，欠了债以后要还，结婚时就只有亲戚搞一两桌就行了。”

国盛非常感激姑娘和她父母的理解和同情，但他心里还是过意不去，想给未婚的妻子买一两件时下流行的衣服，这样才对得起她。一天，国盛听一个病人父亲说供销社到了的确良布，有白的、红的、绿的、黄的……花色很多，不要计划指标，也不要布票，他听后非常高兴，这真是千载难逢的好机会。第二天一大早他就赶到供销社，看到供销社的墙外一个小窗口下有很多人在排队，国盛上去一问，果真是卖的确良，他也赶紧排了队。大家都把钱抓在手里，生怕到时候拿钱耽误了时间。过了一会儿，小窗户打开了，一个男营业员在窗户里面大声喊道：“今天的确良数量有限，大家排好队按先来后到的秩序来，卖完为止，大家都把钱抓在手里，不要耽误了时间。”大家听说数量有限，卖完为止，都生怕自己买不到，就一窝蜂地往前挤。都把抓着钱的手伸进小窗户里，营业员收了谁的钱，就把布递给谁。这时，有一个人突然大叫起来：“你收了我的钱没有给我布。”营业员听到后马上停止了售布，就大声问道：“是谁拿错了布?”这时候大家就都你看看我，我看看你，都说自己没有拿。营业员没有办法，只好搜身。经过一搜，身上有钱的没布，有布的没钱，搜了一个遍没有搜到，营业员没办法，反倒批评这个人不真实，是打冒诈的，这个人急得直跺脚，坐在地上大哭起来。这人30多岁，一米七左右的个子，人还长得蛮帅，就是因为家里穷，一直找不到对象，最近才经人介绍找了一个生了孩子的女人。他高兴得不得了，一大早就赶过来买布准备结婚。这钱还是他利用过年放假找副业攒来的，这布料没买到，钱丢了，没有布过礼，这婚事还不知是否会搞砸。

这布其实是一个好吃懒做、游手好闲的人拿走了。这个人无事在供销社门前经过，看到很多人在窗户下排队，他也走过去看热闹，大家都把手伸进窗户里拿布，他也把手伸进去，营业员看到他手里没钱了，就误以为是收了他的钱，故而就把布递给了他，这个人拿到布后就迅速地逃之夭夭了。

营业员只好叫大家重新排好队，还叫来了一个领导维持秩序。国盛幸亏最后也买到了一段红色的确良，也算是了了他一个心愿。几个月以后，就按照她父母的意思办了两桌饭，简简单单地结了婚。

结婚以后，国盛就再也不担心回家没有饭吃了，衣服没人洗了。过了一年多，他们的宝贝儿子就降生了，从此，国盛就有了一个幸福的家庭。他就更加全身心地投入为群众防病治病的工作中去了。

他在给群众看病时，经常遇到一些疑难杂症无法解决，如腰椎间盘突出、颈椎病等。有一天他出诊到一个叫张三爹的病人家，他叫张正明，60 多岁，因为挑一担谷子，一不小心扭了一下腰，睡在床上动弹不得。国盛给他做了详细检查，考虑是腰椎间盘突出引起坐骨神经痛，国盛给他做了推拿按摩，针灸、牵引和服中药等治疗，治疗半个月效果仍不佳，后来转到一家省级医院做了手术，但手术失败了，引起了瘫痪，一直卧床不起。国盛每次去看他时，都感到束手无策，对于一个医生来说，这就是最困惑、最无奈、最羞愧的时候。

这件事深深地刺痛着国盛的神经，经常有一种羞耻感和责任感压在心头，他想起了宋朝陆游的一首诗："古人学问无遗力，少壮工夫老始成。纸上得来终觉浅，绝知此事要躬行。"他决心要继续努力学习，边学习边应用，一定要掌握这治疗腰椎间盘突出的方法。为了寻找到治疗腰椎间盘突出的有效方法，他定了几种医学杂志，广泛地学习他人的医疗经验。一发现有对治疗腰椎间盘突出有效的报道，他就去试用，但很多方法并没有起到作用。但他从不气馁，国盛为了求索各种有效的治疗方法，经常是四处求学。

而有几个同学因为没有安排工作而非常苦恼，经常到国盛这里来玩，看到国盛每天看病忙不赢，群众非常信赖他，这些同学就非常羡慕他有工作，总是唉声叹气，总想找到一个施展自己才华的机会和平台。

一天，王亮同学找到国盛，他对国盛说："听人说公社卫生院需要一个医生，还有一个名额，想请你一起去找公社抓文教卫生的领导说一说，看是否能安排？"国盛是个不愿求人的人，他说："公社的领导我也不认识，我也不想求他们这些领导。"王亮说："你陪我去一趟吧？这是我唯一的希望，我一个人去怕他不理我，你不帮我谁帮我？"国盛在同学的软磨硬泡下，没有办法，只好陪他去了。

他们一同来到公社，正好抓文教卫生的邹委员在家，他看到王亮他们来找他，就露出了一副笑脸，忙问道："你们找我有什么事？"王亮同学说："邹委员，我想向您请示一个事情，我是七七届卫校毕业的学生，因为我们大队已经有了一名赤脚医生，因此一直没有安排，毕业后就一直在家务农，读了几年卫校，学了一些医学知识，想为群众防病治病贡献自己的一份力量，听说卫生院还有一个医生的名额，您是否可以把这个指标照顾给我？"邹委员听后说："你听谁说的？现在医院的指标都用完了，要等以后来了指标再说。你现在必须服从组织安排，一颗红心，两种打算，安心务农，党叫干啥就干啥，农村是一个广阔的天地，在那里是可以大有作为的，只要你听领导的话，表现好，以后如果有机会就会安排的。你这样私自打听党组织的机密是不对的，以后不能这样做。如果还是这样的话，就是有指标，组织也不会安排你。因为你这样做是不信任党组织，是厌恶农村劳动，是个人主义思想在作怪，是'封、资、修'的东西。有这样思想的人，党是不会欢迎的，人民群众是不会需要的，领导也是不会安排的。这种不爱劳动的人，资产阶级思想严重的人，在社会主义的中国是行不通的……"他还讲了很多这样冠冕堂皇、自欺欺人的话，他的这些大话、官话、套话已是到了登峰造极，无以复加的地步。

他满口的马列主义思想就只搁在别人身上。王亮同学听了，心里非常生气，他想：读了书想工作这也是人之常情啊！能够发挥自己的特长，为群众防病治病，贡献自己的力量，这有什么错呢？怎么就成了厌恶农村劳动呢？成了"封、资、修"的东西呢？群众应该知道的一般事情，怎么就成了打听党组织的机密呢？这当赤脚医生不也是在农村吗？不也是劳动吗？王亮同学只好向邹委员解释说："不是我私自打听什么组织秘密，这是人家告诉我的，这样的事情不是党的机密，这些有关群众利益的事情群众应该知道，党组织也应该向群众公开。现在有指标都不能安排，时不我待，那还要等什么时候才安排呢？"邹委员显得有些不耐烦了，他发怒了，他收起了那套官场客套话，要起权威来。瘦削的脸上没有了笑容，把脸拉得很长地说："这些事情不是你们过问的事情。莫说没有指标，就是有指标我爱给谁就给谁，我有这个权力。"狐狸尾巴终于露出来了，狼终究是狼，只有在挑战他的权力、动摇他的权威底线时，他的本性就显露出来了。王亮同学听后眼睛都红了，他的自尊心受到了严重打击，气得半天没有说出话来。

过了很久，王亮才把憋在心里的话说出来，他气愤地说："应该有个先来后到吧？先毕业的应该先安排，后毕业的后安排吧？你不应该把这个名额留给后毕业的，就是她和你再亲，关系再好也不应该呀！”邹委员见王亮话里有话，戳穿了他的阴谋，气得脸像猪血一样，面对着墙壁，眼望着屋角上的天花板，半天没有说话。国盛见状，知道这样僵持下去于事无补，只会越弄越僵，胳膊肘扭不过大腿，以后有名额就真的不会给他了。他只好拉着王亮同学就走，这时，王亮同学气得两眼通红，还流下了两行伤心的泪水。国盛就边走边对王亮同学说：“哭什么哭，男儿有泪不轻弹，社会不会相信眼泪，在人生的道路上，眼泪是没有用的，后悔是没有用的，懊恼和抱怨更是没有用的，只有认认真真地学习，踏踏实实地工作，百折不挠地奋斗，才能够取得事业的成功。不要着急，留得青山在，不怕没柴烧，此处不留人，自有留人处。仁者见仁、智者见智，只要你有技术、有本事，自然会有伯乐相中你这千里马的。找他不行，我们就找其他领导去。”国盛为王亮同学感叹道：

学成归来技更高，得心应手自有招。
英雄没有用武地，怀才竟被腐官抛。

后来王亮同学打听到公社卫生院确有一个名额，邹委员是要留给他那七八届尚未毕业的干女儿的。

第四十八章　千里马终遇伯乐

同学们毕业两年了，部分同学还没有安排，七八届毕业的同学国家都搞了一次考试，择优录用，邹委员的干女没有考上，被他安排在公社卫生院上班，当了一名妇产科医生。

其实公社卫生院早就有一个名额，群众讲的没有一点错，大家早就知道邹委员是要留给他那个“干女儿”的，只是敢怒而不敢言而已。尤其是王亮同学，他受了邹委员的那次窝囊气以后，心里总是愤愤不平，经常是牢骚满腹，但也没有办法，牢骚归牢骚，牢骚找谁发呢？他只能找同学说说，偶尔也在同学面前发发牢骚，但同学们都知道他受了委屈，都能理解他的心情。

七七届的同学们聚在一起，就议论纷纷地讨论这件事，他们也盼望着有一次择优录用的机会。王亮同学发着牢骚说：“为什么七八届的同学能够考试，择优录用，我们就不能呢？为什么我们毕业在前不能安排，名额要留给后毕业的人呢？这是什么道理？这样做太不合理了，我们找卫生局评理去！”吴正同学说："这有什么作用，名额掌握在他们手里，爱给谁就给谁，找卫生局也是没有用的，卫生局还有权管得了公社干部吗？我们只能等待国家的政策了，党和政府肯定是会关心我们的，只是现在还没有来得及，等到他们知道以后肯定会要解决的。"王亮同学说："等上级的政策，就只有我们这一个班，还不知道上级晓不晓得有这个班呢？如果下面领导不向上级反映，他们怎么会知道呢？如果不知道的话，那会要等到猴年马月呀！我们还能这样等下去吗？还是想想别的办法吧！"国盛说："既然卫生局领导说了，只能等上级指示，那我们就等一等再看吧，卫生局的领导也一定会为我们说话的，我们如果操之过急，卫生局会有意见的。"大家听国盛这样一说，也就都没有作声了，只好耐心地等待。但是左等右等，左盼右盼，总盼不来这一考试的消息。

信写了半个多月了，还没有消息。大家正在焦急之时，不到一个月，同学们就都接到了通知，七七届益阳卫校社来社去班毕业的全体同学，于10月20日，到卫生局考试。接到通知后，大家都高兴得不得了，王亮同学更是激动得热泪盈眶。大家都按时来到卫生局。考场就设在卫生局会议室，由卫生局的同志监考。考场规则还蛮严格，身上带的书和纸都必须上交，考试时不能交头接耳，不能互相抄袭。

考完后大家在一起交流时，有一个题目出现了分歧。吴正同学得知自己的答案与大家都不同时，当时就脸色惨白，差点晕倒在地上。国盛看到后立即将他扶住，叫周围几个同学将他抬到教室休息，给他喝了一杯热开水，并且劝道："你不要着急，只要其他题目做对了也没有问题，分数达到了线就能录取。"通过同学们的劝解，他情绪稳定了一些。国盛还和他一起到监考老师那里去说明了一下情况，国盛说："吴正同学是一个勤奋好学，忠诚老实的人。平时成绩很好，是班上的三好学生。今天的考试是个失误，他是一个当医生的好料子，请领导全面考察，不要浪费了人才。"卫生局的领导也知道吴正同学的情况，表示会综合考虑的，不会唯成绩论的，叫他们回去安心工作，做好"一颗红心，两种打算"的准备，回家等候通知。

通过做工作，吴正同学的情绪虽然稳定了很多，但国盛还是不放心，因为他和吴正同学是好朋友，在校时是睡上下铺，吃饭有时饭票都放在一起。国盛又陪着他在街上转了一圈，散了一下心，等他情绪基本稳定后，就各自回家了。虽然各自回了家，但国盛还是不放心，因为吴正同学自尊心极强，这一次考试是关系到每个同学的前途和命运的大事，国盛怕他心理压力大，惺惺惜惺惺，就只好写信安慰他说："你不要着急，卫生局领导已经答应了，会全面权衡考虑，你就安心在家等待。"不到半个月，通知下来了，国盛、吴正和王亮都被录取了，而且是国家干部编。

听到这一消息后，考上了的同学都高兴得跳起来，吴正同学高兴得围着屋柱转了五个圈，几乎要晕倒了。因为这个编制是走上工作岗位的通行证。编制是分国家干部编、国家职工编、集体职工编，国家干部编是最高级别的编。一个普通的农村青年想得到一个国家干部编那真比登天还难。农村有句俗话叫“龙生龙，凤生凤，老鼠子生崽会打洞”。家庭出身决定了农村青年的命运，成了农村青年改变自己命运的羁绊。其实农村有好多的优秀青年，他们生得聪明，又会读书，思想道德又好，就是冲不出这农民家庭出身的樊笼，走不进国家干部的队伍。国盛常想：“一个农村青年除了个人的努力奋斗外，还需要有国家好的政策支持，才能有所作为。”人们常说一个人的命运是聪明加勤奋加机遇，但在有户口的框架下，人的命运绝大部分是由出身决定的。同学们能够得到这个机会，如果没有党的政策那是万万不可能的。他们得到了这个千载难逢的好机会，能不高兴得跳起来吗？

考试以后过了不到一个月，一天上午，天下着大雨，国盛背起药箱正准备出诊，这时区医院的张院长穿着一双深筒套靴，打着一把雨伞来了，国盛很惊奇，不知他有何要事。

第四十九章　功夫不负有心人

国盛看到张院长冒雨来到自己家，非常高兴，他忙握着张院长的手说：“张院长，天下这么大的雨怎么下来了？辛苦了！你是从哪里来？衣没有打湿吧？”“从医院来，还好，衣没有打湿。”张院长说。国盛抽了一把椅子给张院长坐，还端了一杯热开水给他喝。国盛心中在猜测，张院长冒着这样大的风雨，这么远来我家，不知道他有什么重要事情？是不是来送录取通知书的？正在国盛疑惑的时候，张院长问国盛：“你们大队现在病人多吗？还忙得过来吗？”国盛说：“还好，现在经过加强预防以后，传染病就明显减少了。”张院长接着说：“如果你走了，你们大队还有人来接你的班吗？”国盛从张院长的话里听出了他的来意，国盛激动地问道：“我能走得了吗？我真的被录取了啊?!”张院长就从衣袋里拿出了一张通知书说：“恭喜你，昨天卫生局来通知，你已被录取为正式国家医师，安排在我们医院。王亮同学被分配在血防医院。”国盛听到这个消息后心情非常激动，也为王亮同学感到高兴，他通过自己的努力，终于如愿以偿了。国盛感叹道：

医学路上多艰辛，不怕困难砥砺行。
党的政策施恩德，有志青年理想成。

他很感激张院长，天下这么大的雨还亲自上门来送通知，国盛深受感动。这时，张院长起身要走，国盛忙握着张院长的手说：“天下大雨，走了这么远的路辛苦了，在家里休息一下，吃了中饭等雨小一点再走。”但张院长不同意，他说：“谢谢！我不能在这里吃中饭，因为医院还有台手术要做，我现在必须赶回去。你被分配在我们医院，只是我们医院工作和生活条件不好，委屈你了。通知要求你将于1980年1月3日到医院报到。你赶紧把大队医务室的交接班搞好，到时候按时到医院报到。”国盛说：“好！我马上就去向大队支部汇报，交好班以后就来医院报到。”张院长向国盛交代完以后打着雨伞，冒着大雨走了。

国盛送走张院长后，在家吃了中饭，这时雨还在淅淅沥沥地下个不停，他就打着一把雨伞到大队向支部汇报去了。

支部委员们正在开会，国盛正好就这个机会，向支部汇报了自己通过考试后，被国家录取的事。林支书听到这个消息后，既为国盛感到高兴，又在考虑大队要重新安排一个赤脚医生的问题，林支书握着国盛的手说：“国盛，我虽然为我们大队失去了一位认真负责的好医生而惋惜，但为了你的前途，我还是代表党支部和全大队的群众向你表示祝贺，并希望你在新的岗位上继续努力工作，更好地为人民服务，做一个人民的好医生，一个真正的白衣天使。”国盛非常感激地说：“我应该感谢大队支部和全大队的人民群众，如果没有党支部的培养教育和贫下中农的关心与支持，就没有我的今天。我平时在工作上有很多做得不够的地方和这一次我的离开，给你们带来的不便深表歉意，请支部和全体群众原谅！”李大队长也握着国盛的手说：“你到医院去了以后不要忘了我们和全大队的父老乡亲啊！要经常回家看看，大队的人到你们医院去看病，一定要多加关照啊！”国盛说：“一定！一定！！只要有时间就会回来看望你们和乡亲们的，同时也希望大家到我那里去做客。如果大家有什么需要，只要我能帮得上忙的一定效劳。”国盛说完就问林支书：“我什么时候能交班？”林支书说：“你不要那么着急嘛！你考上了国家医生，我们想留你也留不住啊！你什么时候要走？”国盛说：“通知上要求1月3日到医院报到。”林支书说：“今天正好支部在开会，我们马上就研究接替你的人选，你就等我的通知吧！”国盛说：“那好，我就等你的通知。”说完就背上药箱继续巡诊去了，他要站好最后一班岗。国盛巡诊以后回到诊所，因要做好交接班的准备，他就着手清理药品和器械。

经过大队支部的研究后，支部决定由大队的李兽医来暂时接替国盛的工作，因为他以前也参加过一些医疗培训班，有一些医学基础。第二天，支部就安排妇女主任通知了李兽医来接班。国盛就把清理好的药品、器械分门别类地交代清楚后就向大队支部正式辞行。支部的同志看到国盛马上就要到医院去上班了，就特意买了一本笔记本和一支英雄钢笔，并在笔记本上写下了几句留言：

医者仁心，治病救人。
无私无畏，精益求精。

愿你成为一名人民的好医生，真正的白衣天使。

林支书亲自将笔和笔记本送到国盛的手里，国盛非常激动地说："我一定努力工作，全心全意地为人民服务，当一名人民的好医生，来报答党和人民对我的培养和教育。"

国盛考上国家医生的消息不胫而走，一传十、十传百，一下子传开了。大队的群众听说国盛考上了国家医生，都为他感到高兴，但也为失去了一位家门口的好医生而感到不舍。

一时间，国盛和国庆两兄弟都成了当地的名人。因为国庆读完高中后也被录取为国家教师，农村的孩子没有一点社会背景，能当上国家干部的那真是凤毛麟角。人们动不动就把国庆和国盛当成教育孩子的楷模，经常对自己的孩子说："你看人家国庆、国盛，没有一点社会关系，全靠自己努力读书，当的当上了教师，当的当上了医师，都是吃国家粮，多好啊！你不发奋读书，将来就只能作一世的田，抓一世的锄头把。"国庆、国盛当上国家干部后是一鸣惊人，轰动了十里八乡，真是"十年窗下无人问，一举成名全乡知"啊！

国盛交完班后回到家，清理了几件换洗衣服，挑着一个箱子和一个笼子正准备到医院去报到，刚动身，他的那些布衣兄弟听说他要到医院去上班，就都赶过来了。大生、正国、五才、张凡他们隔大老远的就喊："国盛，祝贺你考上了国家医生，你要走了，我们都才知道，你一个人就准备逃跑啊！把我们扔下就不管了是吧？"国盛说："好兄弟，我怎么会扔下你们不管呢？我们永远是好兄弟。医院离家里也不远，我会经常回来看你们的。"五才说："那你今天要走怎么不告诉我们一声，大家都来送送你啊！不是你到哪里去了我们都不知道。"国盛说："这点小事哪敢惊动你们啊！东西又不多，只有几件换洗衣服和几本医学书，很轻的，我一个人完全可以挑得动，不要你们费力。"大生说："你考上了国家医生，要请我们兄弟吃一餐吧？庆祝庆祝一下，我们兄弟也要略表心意啊!”国盛说:“我今天就要赶到医院报到,没有时间了,以后你们在农闲时,到我那里去玩,我请你们吃饭、喝酒好吧?”大生说:“还是国盛有毅力,你的愿望终于实现了。”国盛说:“你也一样啊!你的理想也实现了,你现在也是远近闻名的大师傅了啊!”这时,张凡见国盛要走,就主动地给他挑行李,国盛忙阻止道:“不用你费力,现在队里很忙,别耽误了你们出工,等下生产队又要扣你们的工分。”正在这时,生产队长在喊话了:“大家喝口茶,抽根烟以后又要开始做事啦,要不然今天的任务就会完不成啊!”国盛就趁机催着他们赶紧去出工,自己挑起行李就走,并招呼他们说:“我一有时间就会回来看你们的,你们有时间也一定要到医院来玩啊!”他们异口同声地说:“好的,今后一定来看你,你也要常回来看我们啊!”他们目送着国盛走远了,就都回田中劳动去了。

国盛来到医院,一位后勤干部——张主任接待了他。张主任把他带到一个房间说:“你就暂时住在这个房间里,每个房间要住三个人,这房间已经住了两个人了,因为医院条件有限,只能先挤一挤,没办法,请原谅。开好铺以后,就到总务室去办好手续,领好饭菜票,明天就准备上班。”国盛说:“好的,这里条件还不错,比大队强多了,谢谢你的关照。”这房间里还剩下一个空床位。国盛就把行李放在这床上,房间里还有各自的笼子、箱子等物,挤得满满的。虽然很挤,但觉得温馨。卧室里面有日光灯、自来水龙头和吊风扇,非常方便,他觉得非常满足。他把铺开好后,就在医院各科室转了转,熟悉一下医院的周围环境和各科室的情况。

第二天吃过早饭就准备上班,上班的科室就在楼下。国盛来到办公室,张院长也在办公室,他向护士长和科主任介绍了国盛,张院长说:“这是新分配来的医生,姓孔,名国盛,他是社来社去卫校毕业的赤脚医生,这次通过择优录用考试,已被录取为国家医生了,他平时工作很努力,有一定的临床实践经验,希望大家在工作中相互关心、相互帮助。希望大家、特别是你们这些科室领导和高年资的老同志要多关心,多帮助他。”国盛也接着说:“各位领导,各位师傅,我是刚从学校出来不久,才疏学浅,有很多东西还不懂,希望各位多多帮助、多多指导,谢谢大家。”科主任听说国盛是赤脚医生考取的国家医生,竖起大拇指称赞道:“那不错,赤脚医生能考上国家医生,真了不起,现在人家想考个集体医生都难。”还有一个姓潘的医生则在一旁冷言冷语地说道:“那好呀!我们科室来了一个当赤脚医生的国家医生,打赤脚的也能穿皮鞋呢,我们都要向他学习当赤脚医生的经验啊!我今后倒要看看你用银针和草药能治好病哟!”张院长和马主任都知道他是在嘲笑国盛,就用鄙视的眼光看了他一眼。国盛知道他这是在冷嘲热讽自己,但他佯装不知,他还是谦逊地说:“学生不才,老师见笑了，请多指教。”他知道只有把自己放在最低的位置，像大海一样，才能容纳更多的东西。

刚到医院工作时，每月工资是二十九块五毛钱一个月，这是国家干部级医生的基本工资。集体职工的基本工资更低，只有十八块钱一个月。国盛有生以来第一次拿到这么多工资，还领了二十七斤国家粮票。他拿到这些钱和粮票就像是做梦一般，自己的夙愿终于实现，多年艰辛的汗水没有白流，他高兴得热泪盈眶。护士长给国盛发了两件工作服，还有一个听诊器、一个血压计、一个体温表，这就是所谓的医生的三件宝。国盛第一次正式穿上了白大褂，洁白的大褂穿在身上，国盛此时的心情是无比的高兴与自豪，他自言自语地说：“我这就是真正的白衣天使了吗?”这时他的心情真是无比的激动。

国盛分配在内科上班，内科有十多个病房，三十多个床位，两个主治医师，一个姓马、一个姓潘。四个经治医生，就是国盛和三个分配来不久的大专生，一个叫周进，一个叫吴宏，一个叫刘旦，每个经治医生管三个病房，九个床位。每个主治医师负责两个经治医生的查房、医嘱、病历书写和指导危重病人的抢救工作。

张院长就安排国盛跟马主任在一组，由马主任带班，国盛刚来到病房，病房工作千头万绪，他因初来乍到，心里有些茫然，不知从何做起。

第五十章　舞台更大好施才

国盛的这个指导老师叫马德云，30 多岁，大学本科毕业，主治医师，担任内科主任，他临床经验比较丰富。国盛就和马主任跟班学习。先熟悉一下科室的基本情况、规章制度和一些基本的技能操作。在他的指导下，开始每天就是锻炼望、触、叩、听的基本功；誊处方、写病历，巡视病房。把病人的病情变化情况和对药物的反应随时记录在病历上，整天就是这样在病房里转。在四个经治医生之间，虽然国盛的学历最低，但他有在大队多年的医疗经验，临床经验要比他们丰富，有时候他们在诊断、治疗方面还要向国盛请教。他们相处得很好，还经常在一起学习讨论。

上了几天班后，下午出班休息，国盛马上到肉食站找同学帮忙买了一斤猪肉，因为肉要计划，没有肉票是买不到肉的。儿子在家好久没有吃肉了，还给儿子买了一斤饼干，国盛带着肉和饼干兴冲冲地往家赶。医院离家有十三四里路，走路要一个多钟头。回到家中，儿子在摇篮中睡着了，睡得是那样的甜。

他将儿子从头到脚，从左到右看了一遍，用手抚摸着他的头和小手。儿子取名环宇，已有一岁零一个月了，白白净净的，虎头虎脑，很是可爱。但似乎瘦了些，有点营养不良，国盛内心感到有些心酸。

他妈妈在屋前的田里抓草，国盛就自己动手把肉剁成肉泥汆汤，等儿子醒了就喂给他吃。过了一会儿，儿子终于醒了，国盛赶紧把他抱起来，他望着国盛感到有些陌生，因为已有好些日子没有见到他爸爸了。他哭了，挣扎着不肯让国盛抱，国盛只好把他放在地上，端来了香喷喷的汆汤肉。儿子饿了，见有吃的，眼睛望着他爸爸，慢慢地往他身边移动。国盛舀了一勺肉汤，放在嘴边吹了吹，又用舌头舔了舔，看是否烫人，等温度合适了再喂到他口中。

儿子有点等不及了，抓着他的手就往口边拖，国盛怕烫着了儿子，又怕饿着了儿子，懊悔没有预先把它冷却，但又怕冷了味道不好，又怕吃了坏肚子。唉！真是左怕右怕，左难右难啊！小心翼翼地把儿子喂饱后，这时儿子似乎对他爸爸熟悉了许多，拽着国盛的手往他身上爬。国盛将儿子抱起，亲了亲他的小脸蛋，他开心地笑了，还用小手摸摸爸爸的嘴唇作为回敬。儿子觉得好久没见到爸爸了，心里有些舍不得离开，紧紧地抱着爸爸的脖子，生怕他走开了。国盛也很想多陪陪儿子，打算以后利用出班时间多回家看看。但医院离家很远，早上要很早就赶到医院接班，尤其是刮风下雨就更不方便了。

国盛为了不耽误回家和上班的时间，想买一辆单车和一块手表。但二十九块五的工资，除去自己每月的生活费和日常开支，家中四属户的粮食指标还要拿钱买，还要给儿子买营养品，自己连两毛钱一份的肉炒辣椒都舍不得吃，每餐就只买五分钱一份的萝卜、白菜吃。除非是好久没有吃肉了，人烤得实在是受不了了，才偶尔买一份肉吃，哪里还挤得出这么多的钱来买单车、手表这样的奢侈品，那纯粹只是一种幻想而已。国盛由于很需要这两件东西，就经常到供销社的柜台去转转。看到单车、手表就只能向营业员问问价格。上海永久牌单车要一百八十元一部，上海手表要一百二十五元一块，不但钱是个天文数字，还需要凭计划供应。他看着那晶亮的单车摆在那里，不时地用手去摸一下，围着它转上几圈，左看右看，久久舍不得离去，只能是望车兴叹。

一天，国盛在供销社看了一会儿单车，因为没有钱买，就只好回到医院值班，突然接到了一个电话："喂，医院吗？这里有一个服农药的，情况危险，请赶快做好抢救准备，病人马上就到。"国盛接到电话后，就马上告诉主治医师马德云，马主任听说有农药中毒的患者，就立即通知护理部，做好洗胃、输液等抢救的准备工作。刚把准备工作做好，就只见外面熙熙攘攘，一群人簇拥着一台担架向医院急奔而来。国盛赶紧出来把病人带到抢救室。是一个女病人，30

多岁。国盛用手电筒看了一下瞳孔，瞳孔已经只有针尖大小，脸色苍白，口吐白沫，心跳微弱，两肺大量的湿啰音，马主任立即吩咐说："马上插胃管，用PP水洗胃，立即建立静脉通道、上氧，首推阿托品5mg、解磷定2g观察反应。"注射两分钟后还没有任何反应，马主任又吩咐道："加大剂量，阿托品10mg，五分钟一次，直到肺部啰音消失，瞳孔恢复正常，面部红润，心跳达80次/分以上，就可改为静脉滴注维持。"几个护士一直在洗胃，不停地推药、吸痰，国盛也一直在帮助洗胃，观察血压、心跳、呼吸、瞳孔等指标。

虽然大家都弄得一身农药气味，但经过半个小时的抢救，病人肺部啰音减少了，瞳孔稍微增大，马主任吩咐说："继续抢救，不能放松。"又经过三四个钟头的奋力抢救，病人终于转危为安了。病人有了意识，肺部啰音基本消失，血压、心跳、呼吸等生命体征基本稳定，国盛这才吁了一口气。又继续治疗观察三天后，病人痊愈出院。国盛看到医生们能够把一个病人从死亡线上拉回来，看到了医生们团结合作的力量，看到自己的这个职业是多么的神圣和责任重大，他为自己的职业感到自豪。

一天，国盛值晚班，刚上班就来了一个危重病人，已经昏迷，全身持续抽搐，口吐白沫，初步诊断为癫痫持续状态。病人家属没带钱，怎么办？病情危急，国盛只好打电话请示院长，院长指示："马上抢救，及时催款，不能跑账。"国盛就立即给病人上氧、输液、吸痰、注射安定等基础治疗，一边催家属筹款。这时，其父突然双膝跪地，双手向国盛作揖，并求他说："医生修福，一定要想办法抢救儿子，钱没问题，女儿已从深圳赶回，明天早上就到，不会少一分钱。"国盛心都软了，眼泪都快流下来了，都是有儿女的人，儿子病成这样，做父母的谁不心痛啊！国盛赶紧把老人扶起，安慰他说："不要着急，我们都会尽力抢救的。"国盛根本就没有考虑钱的问题，想尽一切办法在抢救，能采的措施都采取，需用的药物全部都用上了。经过一个多小时的抢救，抽搐停止了，呼吸平稳了，他这才松了口气。

刚坐下来写病历，外面又来了一个病人，他只得丢下病历，又去处理新病人。把新病人处理好后，又来写病历。刚刚把病历写完，准备上床休息一下，正在这时又来了一个病人。这样接接连连一晚上来了五个病人，国盛忙得一个晚上都没有休息一下。到第二天早上交完班后，还有很多事情要做：要到各病房查房，看昨晚抢救的病人现在的情况怎样了；还要去催这病人的家属交费，防止跑账；还要开医嘱，写病志。国盛刚一走到病房，病人的父亲就把东西都清理好了，因为他知道这个病是治不断根的，只要病情控制了就可以了，因此他要求出院。国盛说："病刚好些，在药物控制下才没有抽搐，根据情况这病还要治疗观察几天才能出院，你的药费还没交吧？”病人的父亲说：“病好了一点，没有抽筋了，女儿还没回来，我们先回家，等女儿回来了再给你们送钱来。”国盛说：“那不行，一则，你儿子的病还没好，是药物刚刚把它控制下来的，还怕他反复发作；二则，你还没交钱，不能办出院手续，没办手续是不能出院的。”国盛安排两个勤杂人员看着他们，别让他们跑了。

过了一个多小时，病人的父亲看到跑不了，就只好拿出一张银行卡说：“卡上有钱，你们医院派人到银行去取吧！”医院怎么能拿别人的银行卡到银行取钱呢？只能叫他本人去取，医院派了一个人跟着去拿。病人的父亲就叫儿子和家人先回去，他自己到银行去取钱结账，医院就把他儿子和家人放走了。他自己在去银行的路上，借故要大便，到处找厕所，一不小心被他溜走了。

后来医院只好派两个同志到他家里去结账。到病人家后，只有病人在家，病人恢复得还不错，病人说：“搭帮你们为我治好了病，只是我没钱，要找我父亲。”医院的两个同志就只好跟着他转弯抹角来到田头，走了好久才找到他父亲。给他说明来意后，病人父亲说：“家里没钱，你们医院那么大，这一点钱还到家里来要什么？你们医院不是为人民服务的吗？不是救死扶伤的吗？我们贫下中农没钱治病就只能看着死啊！”医院工作人员说：“医院不是没给你们治病，医院已经给你儿子把病治好了，你应该要付钱啊！如果都像你一样不付钱，医院不会垮掉吗？如果医院垮掉了，以后群众病了，又到哪里去治疗呢？为人民服务、救死扶伤不等于治病不要钱啊！”病人父亲说：“你们为人民服了什么务，我儿子一个小病，你们就给他用了几十块钱。”医院工作人员说：“你儿子进院时那么危险，医生护士抢救了一个晚上，现在不是恢复得很好吗？这几十块钱，只是一点药费，如果不是党和国家政策好，这几十块钱连付医生、护士的工资都付不起呢！”病人父亲说：“抢救了起啥用，又没根治，以后还不是会复发。”他一边说一边拿起锄头就走。医院的人不但没收到钱，还碰了一鼻子灰。他们回来后把这经过原原本本地告诉了国盛，他听后肺都气得快炸了，心一下就凉了半截。小时候读过《农人和蛇》及《东郭先生和狼》的故事，没想到自己真的当了一回农人和东郭先生，发誓下次病人不交钱就再不给抢救了。由于账没收回，医院还按规定扣了国盛五元钱工资。

因为医院职工多，每个职工都有自己的亲戚朋友，如果医院不把关，让不交钱跑账的话，医院不要几年就会垮掉，无规矩不成方圆，医院也只能按规矩办事。国盛跟病人无亲无故，他虽然是为了工作，为了病人，但违反了医院的规矩，也只能接受医院的处罚。虽说国盛发誓以后再不干这蠢事了，但这样的事情还是经常发生。因为农村经济困难，没钱治病的人多，不可能见死不救，医者仁心矣。医生本来就是个施仁布德的职业，不能一朝被蛇咬，十年怕井绳，不能因为没钱就让病人白白地失去治疗的机会。国盛当初要学医，就是想要不遗余力地抢救病人，挽救病人的生命，他不忘初心、牢记使命，以救治病人为中心。因为绝大多数的人还是能按时把钱还上的，不讲信用的毕竟只有极个别者。

但这些没钱的病人也还是有些医生不愿意收，尤其是姓潘的医生，他见到这样没钱的病人就避之不及，赶紧推脱给别人，见到有钱有势的病人就抢着收。他的名字本来叫潘高之，大家见他这副德性，就戏称他为“攀高枝”。国盛和他打了几次交道后，一叶知秋，一眼就能看出他是个趋炎附势的人。他身材高大，面目清秀，长得一表人才，做事圆滑，八面玲珑，最会培养领导感情，很有些嫌贫爱富的感觉。见到领导点头哈腰，卑躬屈膝，殷勤备至；见到老百姓就趾高气扬，鄙视，瞧不起，爱理不理，甚至推诿。他仗着刘支书的势，处处爱出风头，总是锋芒毕露。他经常在医院门楼边徘徊，一看到领导来看病就立即迎上去，热情接待。

一天，区委杨书记得了感冒，他的下属及工作人员看到书记病了，就都急得像热锅上的蚂蚁，忙得团团转，刚好吉普车又下乡去了，就只好用睡椅扎了一副担架，十多个人抬着，前呼后拥地把他送来医院。刚好这潘医生站在门楼边，一眼就看出了是区里杨书记，他就立即上前扶着担架，簇拥着把书记送进病房。还亲自倒茶、开铺、测体温、量血压、摸脉搏、听心肺，忙得不亦乐乎。还亲自带他做了 B 超、心电图、照片等，并抽血做了全套化验，生怕哪里有半点疏漏。忙了半天，潘医生是忙得满头大汗，但杨书记也被他折腾得够呛了。杨书记的夫人就埋怨说：“一个小小的普通感冒需要这样烦琐的检查吗?”杨书记的夫人也看出了潘医生有点马屁精的味道，她也依仗丈夫的权势，说话咄咄逼人，就质问潘医生说：“你会不会看病啊？搞了半天，还没有看到药，只是没完没了的这样检查、那样检查，已经围着医院转了两三个圈了，病还没有看出来呀？没病都会被你折腾出病来。”潘医生也是一肚子的苦水无处吐，费力不讨好。周围的其他医生看到潘医生这样奴颜婢膝的样子，也非常鄙视他。一阵忙碌，把所有的检查做完后，就开始开医嘱：白蛋白一瓶，氨基酸一瓶，ATP、辅酶 A、维生素等开了一大堆，都是营养药。护士小王拿着这密密麻麻的一叠医嘱头都痛了。白蛋白和氨基酸是限用药，只有营养不良的病人和手术后需要恢复伤口的病人才能用，普通感冒病人是不能用的。小王不敢执行医嘱，因为这医嘱违反了医院的规定，她只好拿着医嘱去找护士长。

护士长姓陈，她护理技术很好，原则性也较强，小王委屈地对护士长说：

"护士长，你看潘医生这医嘱怎么执行，等下又要批评我违反原则。"陈护士长看了一下潘医生的医嘱，心中也有些恼火，只好拿着医嘱去找张院长。张院长看了医嘱，就愤怒地骂了一句："饭桶，死马屁精！"他也未贸然拒绝，不知道是不是杨书记亲自授意的？张院长就只好拿着这医嘱去看杨书记。书记来住院，院长也是理应去探望，看看杨书记的病情有没有必要用这些药，顺便试探一下他自己的意思，这些药是不是他自己授意要用的，看如何圆滑地处理好这个事情，既不得罪领导，又不违反医院规章制度。

张院长来到杨书记病房，书记看到院长来了，一脸的怨气消了一半。院长问长问短，杨书记抱怨说："来了半天了，这潘医生还没开药，检查做了一大堆，明知是一个感冒病，要做那么多检查干什么？他究竟会不会看病啊？"院长见杨书记这样一问，心中有数了，灵机一动，就汤下面地说："潘医生已行医多年，有一定的临床经验，但只是他见了领导有些紧张，如果领导不满意，我就给您换个医生。"杨书记听了很高兴地说："要得，请你快一点，我家里还有很多事情要处理。"

因为每一个医生都要在门诊部和住院部轮流值班，以利对各种病种的熟悉和技术的提高。潘医生为了完成晋升职称的论文，就向刘支书提要求，他说："刘支书，你让我在住院部多待一段时间，我要完成论文，好晋升副高，国盛现在又不要晋升，就让他到门诊部多待一段时间好吗？"刘支书看他要晋升了，这个要求也还合理，就同意了他的请求，并且叮嘱他说："你一定要抓紧写，不要等到要晋升了，论文还没有写好。"潘医生答应了一声："是，我一定尽快写好。"因此国盛就被换到门诊部上班去了。

国盛已在门诊上了半年班了，他为了尽快地提高自己的医疗技术水平，弥补自己学历上的不足，缩短在技术上与同事的差距，要在自己的岗位上站稳脚跟，他在门诊部除了完成对病人的检查、治疗和病情记录以外，一有时间就经常到医院的图书室看书，潜心学习，韬光养晦，要不让别人笑话自己。不能盲目地治疗病人，不能搞"一将成名万骨枯"，用病人的健康和生命为代价换来的经验成就一个医生。他到医院图书室苦苦寻找治疗疑难杂症的方法，如腰椎间盘突出、坐骨神经痛、颈椎病、肩周炎、哮喘、小儿腹泻、肛裂、腱鞘囊肿等的治疗方案。在他的刻苦钻研和不懈努力下，找到了一些新的方法，在以后的治疗疑难杂症时取得了一定的疗效。真是：

半间书房万卷开，
医生学者共徘徊。
问君获得些如许，
为有源头活水来。

在门诊部工作了一段时间以后，由于杨书记治病的原因，张院长才把国盛调回住院部，把潘医生又安排到了门诊。杨书记的病就由国盛经手治疗。国盛就根据杨书记的病情，按普通感冒重新开了医嘱，只有三天，杨书记的病就已痊愈出院了。国盛的治疗方案较潘医生的方案，减少了国家的医药费一千多元，并且还没有滥用那些贵重药品。国盛认为："一个负责任的医生应该是全心全意地为病人治病，该怎么治就怎么治，不要去搞那些歪门邪道，刻意去阿谀奉承什么人。不论病人高低贵贱，在医生眼里都是病人。一个人只要你踏踏实实地工作，为党和人民做出了贡献，就会实至名归，清者自清，无须你在领导面前吹吹拍拍，也无须你去沽名钓誉。"

潘医生被调到门诊以后，对他完成论文和晋升有影响，他心中十分焦虑不安，担心论文不能完成，会影响自己的晋升，不知他能否如期完成论文和晋升。

第五十一章　救死扶伤是天职

潘医生被安排到门诊以后，心里很不是滋味，工作懒懒散散，经常要找国盛下象棋，认为自己的棋艺比国盛高，想用象棋来羞辱他，国盛有很多的事情要做，没有时间陪他。一天，他老缠着国盛不放，国盛无奈，只好陪他下了几盘。开始国盛是根本无心下棋，输了两盘，潘医生就得意扬扬地嘲笑他说："你这号智力怎么当得医生？"国盛说："一定要会下棋才能当医生吗？"国盛因为有事不想下了，潘医生硬是还要下两盘。国盛只好振作精神和他下，国盛搞了他一个逼将，但潘医生反悔了，说国盛搞的阴谋诡计，突然袭击，不能作数。国盛说："你在哪个棋书上看的，走棋还有搞阴谋诡计，搞突然袭击的，有输了不作数的吗？"潘医生自知理亏，只好自我解嘲地说："算了，智者千虑必有一失，愚者千虑必有一得，再来。"国盛也未计较他的自作聪明，只是轻轻地说了一声："你的阿 Q 精神还蛮强嘛！"潘医生没有理解国盛的这句话，还兴致勃勃地要和国盛再下两盘。国盛只好又和他下，他又连输了三盘，只好红着脸说："今天是家里有事，心情不安，否则你应该不是我的对手，哪天有时间再下，我一定要杀你个片甲不留。”他的这种精神胜利法国盛是多次领教过，国盛也正好有事，没有时间听他的胡言乱语，就说了声：“可以！”潘医生本来是要以棋制胜，难堪国盛，却反被国盛大败，有点无地自容的感觉，心中很是懊恼，国盛从未计较什么胜负，就做他的事去了。

潘医生总认为国盛阻碍了他的晋升，以为国盛是张院长的亲戚，院长对他有偏心，故意把他推到门诊去的，对国盛怀恨在心，处处找事想为难他，羞辱他，潘医生的这些想法纯属子虚乌有，国盛根本就不是张院长的什么亲戚，国盛知道他小肚鸡肠，佯装不知，不和他一般见识。因为潘医生也是多年的主治医师，马上就要进副高了，还要赶写论文。他的论文题目是《关于危重病人的抢救成功率与时效的关系》，这篇论文需要很多危重病人的抢救实例，再进行统计学处理。门诊没有危重病人的抢救，所以对完成论文增加了困难，就认为是院长在为难他，就把这些气撒在国盛头上，还把这些事情告诉了刘支书。

这潘医生平时在刘支书面前爱吹吹拍拍，阿谀奉承，深得刘支书的喜爱。刘支书听到潘医生的汇报以后，认为张院长故意把他喜爱的人调出住院部，是对他的不忠和对抗，心里也很生气，就问潘医生：“是什么原因把你调到门诊去的？”潘医生就把为杨书记看病的事一五一十地告诉了刘支书，刘支书说：“你也太不争气了，当了这么多年的主治医师了，看个感冒病都不会看，平时你在看病上用一点心好不好。如果你的技术高明，病看得好，医院正需要有技术的好医生，人家呵护你还来不及呢！还会刁难你吗？你要给我争口气啊！”潘医生说：“我是在认真地看病啊！给杨书记看一个感冒病都花了几个钟头，做了好多的检查，生怕疏漏了什么病没有看出来。如果不是杨书记，不是怕在他面前丢您的面子，我才不会这么认真嘞，懒得费这么多工夫做这么多的检查呢！”刘支书说：“一个普通感冒你都看不出吗？值得你这样大张旗鼓地做全面检查吗？做那样多的检查有个屁用，你这完全是画蛇添足，多此一举。难怪杨书记有意见，一个感冒病，做了半天的检查，还不把杨书记折腾得够呛？半天了还没有用上药，他家里工作那么忙，跟着你在这里瞎折腾，他能不发火吗？还不是让张院长有了借口，借题发挥，把你调到门诊去了，看你的论文怎么完成？今后国盛都进主治医师了，你还是一个主治医师，你今后一定要加强学习，争口气，否则，我怎么给你说话。”潘医生只好在刘支书面前点头哈腰，唯唯诺诺地说：“是，是！我是看在您和杨书记的分上，如果是个普通农民，也不会给他做这么多的检查呢？我今后一定听从您的教导，加强学习，再不会犯类似的错误了。”刘支书虽然口里说是潘医生的错，但心里对张院长还是耿耿于怀，认为张院长是在排挤他的人。

医院看似平静，其实也是暗流涌动。人事关系也是盘根错节。潘医生为了完成他的论文，想调回住院部。但现在住院部的医生都已配备好了，不能无缘无故又把他调回来，领导只好跟潘医生做工作说："你暂时在门诊部安心工作一段时间，等一有机会就把你调回住院部，你一定要尽快把论文写好，争取早日晋升。"潘医生没有办法，只好忍耐，等待机会。

到了夏天，河水猛涨，刘支书参加了区里的防汛大会，区防汛指挥部要求医院派一名医务人员上防汛工地，要做好工地劳动力的防病治病和防暑降温工作。刘支书这下可高兴了，他要把潘医生调入住院部的机会终于来了。他开会回来后，就马上通知国盛上防汛工地，把潘医生调入了住院部。他安排好后，就把张院长叫到他办公室说："现在洪水猛涨，区防汛指挥部安排国盛上了工地，住院部缺人，就把潘医生调到住院部去了。这段时间防汛任务比较重，我可能参加防汛工作多一些，医院的事情你可能要多操点心。"张院长知道刘支书的意思，他也用半谦虚、半挖苦的口吻说："医院业务上的事情本来是我应该做的，您够辛苦的了，不但要操行政上的心，还要操业务上的心，这只怪我太无能了，您就放心吧，目前医院业务上的事情您都安排好了，为了医院的正常工作，我会按您的指示办的，没有特殊情况，我是不会改变您的安排的。"刘支书说："哪里，哪里！你操的心也够多的了，医院的工作我们只能协同着办，共同把医院搞好。"张院长说："您说的是，应该协同。"张院长和刘支书相互客套一番后就走出了办公室，他来到医院的各个科室巡视去了。

国盛在工地上每天给民工发放防暑药，给外伤的换换药，没事的时候就在指挥部看看医学书。过了半个月，洪水渐渐地退下去了，劳动力大部分回家"双抢"去了，国盛也就请假回家搞"双抢"去了。

一天上午，国盛准备赶插晚稻，刚刚把秧扯好，正准备开始插田，这时一个病人家属跑来了，他哭丧着脸焦急地说："国盛医生，快救救我儿子，他现在正在发高烧、抽筋，已经送到了医院，医院的医生搞不赢，我只认得你，要请你做好事，帮忙抢救我的儿子，我来帮你插田都要得。"国盛说："医院有医生值班啊！我已经请了假回家搞'双抢'了。"病人家长听说他已经请了假不上班了，就急得哭起来，他双脚跪地，国盛见状，忙将他扶起说："这万万使不得，有话好说。"病孩家长央求国盛道："你一定要做做好事，帮帮忙，修修福，你帮我救了儿子，我做牛做马来还你都要得。你对治疗乙脑有经验，我们队上的两个乙脑小孩都是你治好的，没有一点后遗症，他们都要我来找你。我就只有这么一个儿子，如果有个三长两短，我就只有死路一条了。"国盛听后，非常同情，他儿子高烧抽筋，这病情刻不容缓，人命关天。病人家属找上了门，治病救人是医生义不容辞的责任，他哪还顾得上插田，丢掉手上的秧跟着病人家属就走。

他们一路小跑来到医院，到病房一看，来了四个乙脑小孩，都是高烧昏迷伴抽搐，病人家属都急得团团转，有两个还急得号啕大哭。病房里只有潘医生和主治医生赵医生值班。潘医生见乙脑小孩家属还没有交住院费，他知道农村经济困难，交不起住院费的多，尤其是这样的危重病人抢救费用高，死亡率高，如果没有先交够住院费，一旦小孩死了，家属不但不愿补交医药费，有的甚至还要找医生的麻烦。潘医生是怕这怕那：他怕病人欠了钱不结账，要扣自己的工资；怕抢救过程中有失误，会被追究责任；怕小孩没有抢救成功，死亡了会影响自己的名誉，影响自己的晋升，因此不愿接手这样的麻烦病人。他治病都要看人来，常常是富人富治，穷人穷治，没钱的就不治。在富人面前，领导面前是奴颜婢膝，关怀体贴，殷勤备至；穷人面前就是爱理不理，该用的药不用，该做的治疗不做，常常使病情延误，小病拖成大病。他因为顾及病人没钱，就安排主治医生赵医生在做抢救治疗，正好这时又来了一位区委领导，他就给区委领导看病去了，这边四个危重病孩就只有赵医生一个人在做抢救，怎么忙得过来。

这年乙脑流行，夏季是乙脑的高发季节。国盛看到这个情况后，根本就没有顾及个人得失的时间和理由，因为人民把自己的生命安全、家庭幸福全部交给了医生，这是人民对医生的无限信任和依赖。医生只有治病救人的天职，没有选择病人贫富和高低贵贱的权力。“升官发财请往他处，嫌贫爱富勿入斯门”，既然选择当了医生，就应该要抛弃一切私心杂念。国盛平时只是遇到了那些治了病不交钱的人有些气愤，真正遇到了这样的危重病人，压根就没有考虑病人有没有交钱的事了。无私者无畏。他急忙吩咐家属搞来两百斤河沙放在薄膜袋内，还放了一桶井水，做成一个大沙床，就让他们睡在这沙床上，头下还枕着冰块，进行物理降温。同时进行药物治疗，退热药、镇静药、抗病毒药一起上，真像是打仗一样，飞机大炮一齐攻。不到几个小时，患儿的体温就开始下降，抽搐减轻。

为了观察患儿的病情变化，国盛日夜守候在病人身边，及时地观察、处理病情。到了晚上，等小孩病情平稳了一些后，国盛感觉很疲劳，想去休息一下，但刚准备动身，一个小孩又开始抽搐，他四肢强直、角弓反张、喉中痰鸣、两眼凝视、嘴唇发绀，将有窒息的危险。国盛就马上给他吸痰、上氧、镇静、止惊，很快抽搐就又减轻了，十五分钟后抽搐就停止了。经过两天的抢救治疗，抽搐就基本上被控制住了。治疗五天后体温就已恢复了正常。经过精心治疗，只有十天就已基本治愈。由于经济和“双抢”的原因，病人家属把家里的谷子卖掉，把账结了就要求出院，回家休养，医生同意了他们出院。出院时小孩的精神状况还很好，神志清楚，没有一点后遗症，家属非常感激，患儿的父亲拉着国盛的手，眼含热泪地说：“医生，辛苦了，你们真是我儿子的救命恩人，再生父母，谢谢你们!”说着双膝就要跪地，国盛急忙扶住，阻止他道：“别，别，别，千万别这样!! 治病救人是医生的天职，回家后还要精心调养一段时间，以后要及时打各种预防针，有些传染病要以预防为主。”患儿父亲说：“好！经过这次教训，以后一定要听医生的话，按时打预防针。”

病孩痊愈出院了，国盛看到这经历了九死一生的病孩现在活蹦乱跳地走出了医院，非常高兴和自豪。但他也在心中默默地想，要当好一个医生也不容易：“每一个医生每天都要面对很多棘手的疑难问题：如疑难病人的诊断和处理，危重病人的抢救；病人家属的质疑、指责和不理解等；危重病人的病情瞬息万变，时刻考验着医生的心理素质，业务水平，责任心和应急能力；对待危重病人要临危不惧，随机应变；医生需要心境坦荡，宠辱不惊，实事求是，这是一个优秀医生应该具备的心理素质。一个医生只有努力工作，把自己最好的技术、最好的治疗方法和一颗最忠诚的心献给病人，以‘上善若水，厚德载物’的胸怀对待病人，才能够挽救更多危重病人的生命，这样才是一个真正的白衣天使，才对得起祖国和人民。”国盛有了这些感悟，更加坚定了他行医的初衷，等病人出院后，国盛才回家继续插田。

这天，大生、正国、五才、张凡他们自己的田刚好插完了，看到国盛的田还没有插完，就都赶过来帮忙了。大生说：“国盛你的田还没有插完，我们来给你帮忙插好吗?”国盛说：“那是求之不得的好事啊！你们自己的田都插完了没有？你们也辛苦了，还麻烦你们怎么行呢?”张凡说：“有什么辛苦的，你这一点田还没有我们一天插的，你只是要准备一碗盐鸭蛋，一碗辣椒炒肉哦!”国盛说：“那还用说，麻烦你们兄弟帮忙，我还有一瓶好酒嘞!”正国说：“那好，我们兄弟好久没有在一起喝酒了，今天大家要加点油，插完这点田后，我们在一起一定要喝个痛快。”五才说：“只怕喝醉了回去不得，要挤在你家里睡啊!”国盛说：“我家后面有一个好大的猪牢，十个五才都睡得下。”大生、张凡、正国听后都大笑起来。正国说：“只有一瓶酒还会醉得回去不得吗？你是想赖在他家睡猪牢屋吧?”五才说：“我都回去得嘞，只怕你们回去不得哦!”大生说：“谁回去不得谁就睡猪牢屋吧!”说完，他们就加紧插田，只有一天，他们真的把田全部插完了。插完田后，他们就在一起畅饮了几杯。

虽然插秧的季节推迟了，但挽救了几个患儿的生命，也由于及时地治疗，减少了患儿的后遗症，改变了几个小孩和几个家庭的命运。虽然粮食减了一点产，自己有一点小小的损失也是值得的。

由于国盛工作认真负责，医院想提名他晋升主治医师，但不知能否如愿以偿。

第五十二章　医学路上勤攀登

医院想提名国盛晋升主治医师，但考虑到他资历还不够，就推荐他到湘雅附二医院去进修学习，但需要通过考试才能录取。由于国盛平时爱学习，肯钻研，他顺利通过了湘雅附二医院的进修考试，在附二医院深造了两年获得了心血管内科的结业证书，还获得了国家血液病学会会员资格。

国盛面对困难踔厉奋发，砥砺前行，通过进修学习，医疗水平有了大幅度的提高，危重病人抢救的成功率也明显上升。他晋升主治医师的论文通过了专家评审，业务考试已获得通过。

但潘医生由于平时对危重病人的抢救怕担责任，拈轻怕重，只挑那些病情很轻的看，总是把那些危重病人推给别人。因此，潘医生在群众中的印象很是一般，他是聪明反被聪明误，不愿参与危重病人的抢救，就没有抢救危重病人的实例和素材，也没有抢救危重病人的经验，他的论文由于没有真实的素材做依托，只能是在书本上、杂志上东抄一点，西抄一点，凑合成文。他写出的论文空洞无物，真是画虎不成反类犬，张院长看了他的论文是哭笑不得。他从心底里骂了一句："硁硁然小人哉，浪得虚名，可谓之朽木不可雕也。"几次评审都无法通过，导致几年一直没有晋升副高。

但潘医生认为没有晋升副高并不是自己的水平问题，论文都是抄录那些专家、教授的，还在孤芳自赏自己的论文应该是一流的，还在庆幸自己聪明，会踩着别人的肩膀往上爬，自己觊觎已久的副高迟迟不能到手，应该是国盛抢了他的风头，或是在领导面前说了他的坏话，或是张院长阻挡了他，影响了他的晋升。如果不是他们作梗，应该早就晋升副高了。但他不知道是自己的不思进取、固执己见、刚愎自用所造成的。因此他就总是想找国盛的岔子，想方设法诋毁、亵渎国盛，使他也不能晋升主治医师。

一天，一个老人牙龈发炎，痛得很厉害，找国盛看病，国盛就给他开了替硝唑，叫他饭后服用，但老人记性不好，忘记了，空腹时服的，服后有点恶心呕吐。老大爹的家人怕他中毒了，就扶着他来问国盛，家人说："医生，我父亲本来只有牙痛，吃了药后就出现呕吐，是不是药吃错了，中毒了?”国盛问：“你是什么时候吃的药，一次吃了多少?”老大爹说：“因为牙痛得厉害，回家后，家里饭还没有熟，我就只好把药吃了，吃了药后不到半个钟头心里就不舒服，接着就呕吐，吐了三次了，吐了后心里舒服了一点，是不是药开反了?”国盛说：“牙龈炎是要吃替硝唑，只是要饭后服用，空腹服药对胃是有一点刺激，没问题，过一阵子就好了。”家属还是不放心，要找院长来证实一下，如果真的没问题，他们才放心。周围有很多病人在围观，有一个病人是国盛在给他治疗，对国盛很信任，就说：“国盛开的药应该不会错，可能是你没有按医嘱，空肚子吃的药，对胃有点刺激。”老大爹听病人这样一说，也就没说什么了。但正在这时，潘医生来了，他看到这么多人在找国盛的麻烦，就幸灾乐祸地故意大声问道：“老大爹你怎么了？哪里不舒服?”听老大爹说明情况以后就说：“老大爹，你吃了药不舒服是不是药开错了、中毒了。只会用草药的人，开西药不一定不开错，要不要去做几个检查?”老大爹说：“现在好多了，药物应该不会错，没有必要做检查了。”潘医生说：“那不一定，粗心大意有时候也会开错药。”旁边的人听到他这样一说，知道他是在挑拨，就用藐视的眼光看着他，老大爹也没有理会他，见老大爹不听他的，就悻悻地走了。他走到刘支书那里，就把这件事说了，还添油加醋地编了病人一些意见，说国盛水平低，不会看病，给病人开错了药，病人药物中毒了，找到医院来了。这样会严重影响医院的信誉，要刘支书在会上狠狠地批评他。国盛看到潘医生那个态度，就知道他会到刘支书那里去告状，他把病人处理好后，就把这件事向张院长汇了报。国盛还特意把病人的家庭住址留下了，张院长就派医务科长去病人家里了解一下情况，看病人情况怎样？医务科长回来说：“病人很好，现在没有一点反应了，牙痛也好多了，他不怪国盛，只怪自己没有听医生的话。”张院长听到汇报后就放心了，叫国盛放心，安心工作。晚上开职工大会的时候，刘支书就在会上批评国盛，说他工作不认真，看病不仔细，草菅人命。刘支书发言后，张院长心里很不舒服，认为刘支书没有经过认真调查，偏信一面之言，带着观点说话，这样会使做事的人挨批评，不做事的人反而逍遥。就会是做事越多的人犯错越多，这样会严重影响那些工作勤奋的人的积极性。因此他就把调查的情况在会上进行了说明，全院职工听到院长和支书对同一件事的评价截然不同，他们的观点大相径庭，一时不知信谁的好，这时，医务科长发言了，他把到病人家里了解的情况跟大家做了汇报，大家听后，对刘支书的话都有点愤慨。

潘医生经常在刘支书面前告国盛的状，捏造了一些子虚乌有的事情，不让国盛到住院部来。国盛知道了潘医生在埋怨他，在故意找他的岔子，他愤怒地骂道：“真是扯淡，我只是一个小小的主治医生，怎么能挡着你晋升副高呢？这不是与那个‘狼和小羊’的故事差不多吗？羊在狼的下游喝水，狼还说是羊弄脏了它的水，这不是无稽之谈，强盗逻辑吗？”国盛防汛回来后就一直被刘支书安排在门诊部上班，很多危重病人要求把国盛调回住院部为其治疗，但刘支书就是不同意，有的病人宁愿住在门诊急救室，也不愿去住院部治疗。

这年春天，脑膜炎流行，国盛在门诊看到两个高烧昏迷的病人，怀疑是流行性脑膜炎，即收入住院。这天正好是潘医生值班，他看到一下子来了两个高烧昏迷的危重病人，而且是具有非常强的传染性，看到这样两个烈性传染病，他吓得面如土色。

这天主治医生刚好出班休息了，只有他一个人在值班，没法逃避。他没了主张，只好跟刘支书打电话，他说：“刘支书，现在病房里收了两个流脑病人，只有我一个人值班怎么办？出了问题我负责任不起啊，赶快再安排一个人来吧！”刘支书说：“你现在问我要人，我到哪里去找人啊？业务上的事情你去找张院长吧！”潘医生说：“住院部的人员平时不也是你在安排吗？”刘支书说：“你别啰唆，平时那不是为了你，我才插手的吗？”潘医生只好硬着头皮去找张院长，他马上打电话给张院长说：“住院部来了两个流脑病人，病情危重，家属很着急，要请您过来会诊一下，现在住院部只有我一个人值班，抢救的人手不够，还要请您安排一个医生过来。”张院长知道他是不愿意抢救危重病人，尤其是这种有烈性传染性的病人，张院长接到电话后就立即赶到了住院部。看过病人后，就吩咐潘医生赶紧抢救治疗。潘医生因平时没有为主抢救过这样的危重病人，一下犯愁了，他无从下手，急得只知道在办公室内打圆圈。

张院长有些火了，骂道：“你赶紧抢救啊！病人这么危险了，还在这里磨磨蹭蹭，抢救危重病人要争分抢秒，你知道吗？”潘医生说：“我一个人不好操作，还要叫一个人来当助手才行。”张院长知道他不行，就直截了当地说：“你是自己只能当助手吧？你就干脆去把国盛请来。”潘医生平时是仗着刘支书的势，在众人面前孤傲不羁，趾高气扬，今天遇到了这样的危重病人，他没有办法，人在屋檐下，怎敢不低头，他只好硬着头皮去请国盛。

他来到门诊部，国盛正在给一个病人看病，他是一个腰椎间盘突出引起坐骨神经痛的病人，这个病人也是慕名而来的，从几十里外赶来找国盛治疗的。国盛正在低头给病人做检查，潘医生不管三七二十一，拖着国盛就跑，国盛忙问：“潘医生，你今天怎么啦？这样火急火燎的，出什么事了吗？”潘医生边跑边说：“你收进去的两个脑膜炎病人现在很危险，你帮我一起去抢救。”国盛听说要他去抢救病人，就二话没说，把病人交代好，国盛对病人说：“请你在这里休息一下，我去把病人处理好后就马上过来给你治疗好吗?”那病人很通情达理地说：“没问题，抢救病人要紧，你赶快去吧，不要管我。”国盛就跟着潘医生赶到住院部，他检查了一下病人，病人已经深度昏迷，两侧瞳孔缩小，布氏征、克氏征、巴氏征阳性，吩咐护士赶紧上氧、降颅压、磺胺类药物抗感染和其他对症处理，随后又给腰穿，做脑脊液检查。潘医生看到国盛在处理病人，他就对国盛说：“我父亲来了，他生病了，我要去招呼一下。”国盛说：“好，你赶快去把你父亲安排好后就要马上过来啊！这里还有很多事情需要你来处理，我那边还有病人在等我。”潘医生答应了一声：“我知道!”他就这样走了，再也没有见到他回病房里来了，国盛只好一直坚持在病房里抢救病人。

国盛把医嘱、检查单等开好，把病志写完后还不见潘医生来，门诊那边又在催他去看病了，国盛打电话给潘医生，但潘医生不接，他就只好打电话给张院长，国盛说：“张院长，现在住院部有两个流脑的危重病人，值班的潘医生不知道到哪里去了，现在住院部没人值班，门诊那边的病人也在催得急，您赶快派一个人到住院部来值班吧!”张院长知道病孩病情危急，就立即打电话给潘医生，潘医生也没有接，他又只好打电话给刘支书：“喂！刘支书吗？现在病房里来了两个流脑的危重病人，今天是潘医生值班，但没有看到他的人，你没有安排他去干别的事吧？跟他打电话没人接，你知道他在哪里吗?”刘支书说：“住院部值班的事是你院长的事吧，怎么没有人就来找我呢?”张院长有些生气地说：“潘医生的事你不是一直在管吗？怎么现在值班不见人了你就不管了呢?”刘支书见张院长有些生气了，就说：“那不是我爱管你们业务上的事，这不也是为了医院的工作吗？都是为了医院内部的团结，为了减轻你的工作压力，请你不要误会我了。”张院长说：“好了！好了！现在没有时间说这些了，病孩情况危急，请你马上跟潘医生联系一下，叫他赶快到住院部来抢救病人。”刘支书只好给潘医生打电话，潘医生正在为自己的这一脱身之计感到高兴，认为自己比国盛高明，轻而易举就把这件既棘手、又容易传染的病人推给了国盛，正在自我陶醉之时，见刘支书打来了电话，就只好接听：“喂，刘支书啊！您有什么事吗?”刘支书因为刚才受了张院长的气，认为潘医生太不争气了，就狠狠地批评他道：“今天住院部是你值班吗？你值班的时候人到哪里去了，现在住院部来了两个流脑的危重病人，你知道吗?”潘医生说：“今天我父亲来了，他生病了，我和国盛斢了班，在家照顾我父亲，现在住院部是国盛在上班，怎么啦，他不在住院部啊？真是太不负责任了。”他自己溜了，还把责任推到别人头上。

刘支书被张院长和潘医生弄糊涂了，张院长说是潘医生值班，潘医生说是国盛值班，不知到底是谁值班？刘支书只好说：“那你先去值班，抢救病人要紧，事后你把情况跟张院长说清楚。”潘医生只是在刘支书面前撒了谎，张院长明明知道是他值班，怎么能在张院长面前说谎呢？他只好赶到住院部去值班。这时张院长也赶到了住院部，看到潘医生值班不守岗位，临阵脱逃，对危重病人的抢救心中没底，知道他是怕接触传染病人，就狠狠地批评他说：“你自己值班，自己收的病人自己不处理，还从门诊把人家叫过来，把包袱丢给别人，自己反而跑了，这是什么工作态度？你这是对工作极端的不负责任，这是擅离职守，这是草菅人命。”

张院长当机立断地做出决定，就对潘医生说：“你到门诊上班去，现在门诊有很多病人在等。这里就让国盛来处理。”潘医生就只好灰溜溜地跑到门诊部看病去了。门诊部的那个疑难病人还是没有找他看，知道国盛在住院部，他就来到住院部找国盛看病。

这两个流脑病人经国盛的抢救以后，病情稍有好转，国盛忙完以后，等病人情况稍微稳定，就给门诊的那个疑难病人做了检查和治疗，使病人满意而归。

潘医生平时给病人看病，不愿意多跟病人沟通，不愿详细了解病人的生活习惯和不良嗜好。有一天，他给一个有胃痛加咳嗽的病人看完病，就给他开处方，边开处方边跟病人说：“你回家以后一定要按时服药，少喝酒，少抽烟。”这个病人平时本来就不喝酒，不抽烟的，听医生说要他少喝酒和少抽烟，回家以后，就遵照医生的嘱咐，每天喝一杯酒，抽几根烟，但他喝了酒后就胃痛，一抽烟就咳嗽更加厉害。他就又来找潘医生说：“我吃了你开的药，这几天胃还痛得厉害些了，咳嗽也厉害些了，不知怎么搞的？”潘医生一听病人说吃了自己开的药，病情还厉害些了，心里就不高兴，拿起处方就要重新给他开药，病人立刻阻止了他，并且说：“是不是喝了酒和抽了烟的缘故啊？”潘医生听病人说喝了酒、抽了烟就生气了，他呵斥病人道：“叫你少抽烟，少喝酒，你不听，你偏要抽烟，喝酒，这怪谁？”病人说：“我平时本来就不抽烟，不喝酒，是那天你叫我要少抽烟和少喝酒，我怕你是要我少量的抽烟、喝酒，对我这个病有好处，我才抽烟、喝酒的呢，是你没有说清，我也没有听明白造成的误会，我以后不抽烟，不喝酒就是了。”潘医生拿这个病人哭笑不得，病人也觉得潘医生的医嘱模糊不清。因此，医生给病人看病不但要医术高，还要有耐心，对待病人的病情变化的观察也要举轻若重，细致入微。

潘医生还经常总是在领导面前刁难国盛，尤其是在刘支书面前挑拨说：“国盛是一个中专生，这么快就要晋升主治医师了，是由于张院长的关系和照顾，我这么多年没有晋升副高也是张院长在压制和阻拦，院长的权力超过了你支书的权力，他根本就没有把你刘支书放在眼里。”刘支书听了潘医生的这些话以后，心里也有些不平衡，就到卫生局反映情况。

局长听到刘支书的汇报后，就把国盛的晋升文件暂时压了下来。国盛听张院长说过，晋升主治医师的事情已经通过了，文件都已经看到了，但是过了很久，国盛还是没有得到晋升主治医师的通知，他就问张院长是什么情况？张院长说："我也不知道，文件是看到好久了，不知什么原因没有发下来。不过你不要着急，不要影响工作，只要你努力工作，该来的总是会来，我去帮你再打听一下。"国盛说："好的，没问题，张院长，请你放心，我一定会努力工作的，请你相信，我不会因为这个问题影响工作。这些名利只是过眼云烟，医师是看病，主治医师也不过是看病，对我来说这都无所谓。"张院长说："那好，不要为这个事情影响你的情绪，千万不要在工作中出差错。"国盛答应了一声："是！"就又去做他的事情去了。国盛也没有把晋升的事情放在心上，因为他知道，浮生如茶、破执如莲、戒急用忍，久久为功，方能行稳致远的道理。当医生就必须以医疗事业为主，心中时刻装着病人，没有私心杂念，做到心无旁骛，才能当好医生。国盛知道自己晋升的事肯定受到了潘医生和刘支书的阻挠，但他不和潘医生他们计较，他只是认为"荡子人含禽兽性，吾曹岂可与同群"，道不同，不相为谋，不能与他们为伍，不和他们一般见识就是。

卫生局通过调查，详细地了解国盛的工作状态和为人处事，不久后，便通过了他的晋升文件。通过这件事情以后，潘医生就对国盛更加仇视了，事事刁难他、侮辱他，但国盛沉着冷静、泾渭分明、以不变应万变，以不战而屈人之兵的大度和方法对待潘医生。潘医生怕今后晋升副高又会落在国盛的后面，就更加对领导阿谀奉承，唯命是从；对同事、下级医生、病人更加冷漠。为了使工作上不出差错，总是要小聪明，找理由把重病人推给别人。潘医生的确是很聪明，但他是剑走偏锋，想用阿谀奉承领导、华而不实的工作态度，投机取巧获得晋升，但聪明反被聪明误，只有小聪明，没有大智慧，没有事业心，这样就严重地影响了自己医疗技术水平的提高。

通过这次国盛的晋升事情，卫生局已经看出了刘支书和张院长之间的矛盾，卫生局只好给他们做工作，局长对刘支书和张院长说："你们要以大局为重，要为职工和病人着想，不要搞个人山头主义，不要拉帮结派，你们是医院的两位主要领导，必须团结一致才能把医院搞好，否则，群众看到你们领导思想不统一、不团结，他们工作起来也就没有劲头，在职工面前就会失去威信。领导、医生不团结那就是司公子跟鬼斗法，使病人吃亏啊！"刘支书和张院长都向局长表了态，今后一定搞好团结，不会辜负领导和职工的期望。

国盛晋升主治医生以后不久，马医生也晋升为副主任医生，他被调到医务科当科长去了，国盛就担任了内科主任，潘医生也被安排在门诊上班去了。

刘支书对潘医生也产生了怀疑，渐渐地认识到他是稀牛屎糊不上壁，是一个扶不起的阿斗，也就和潘医生渐渐地疏远了。潘医生看到刘支书对自己漠不关心了，马医生也顺利地晋升了副高，周围同事对自己也冷淡了，嫉妒和排挤国盛无济于事，他意识到了自己的小心眼，反而使自己处于了孤立地位。自己平时不认真学习，不认真工作，使自己吃了大亏，悔恨不已，他写了一首自嘲诗：

桃花与梅争妍开，
满树红花叶未来。
春寒未尽千般苦，
怨己轻梅万不该。

潘医生认识到了自己的错误，以后对国盛的态度也改变了，再也不敢欺负国盛了，不敢轻易对他说长道短了。工作踏实了，看病认真了，对危重病人的抢救也负责了，经过一段努力，论文终于通过了，顺利地晋升了副高。因此，对于一个人来说，好钢要用在刀刃上，才能发挥作用。潘医生和国盛的工作也更加积极了，更加认真负责了。责任在肩，只有不停地努力才能完成自己的使命。

第三部　改革开放

第五十三章　解放思想开国门

1976年，周总理、毛主席、朱德三位国家主要领导相继去世，之后党中央决定重新起用邓小平，让他主持中央日常工作。邓小平同志在国家向何处去这生死攸关的危难之际，念天地之悠悠，他义无反顾地挺身而出，力挽狂澜，拨乱反正，励精图治，提出了实施改革开放这一定国安邦的伟大决策。国家尚处在一个一穷二白、百废待兴的时期，在这个关键时刻，他高屋建瓴，一匡天下，牢牢地把握着改革开放、科技兴国、发展经济的弦。邓小平同志做出了“知识分子是工人阶级的一部分”的精辟论述，大大地提高了知识分子的地位，激发了他们的爱国热情。他们欢欣雀跃，情绪高涨，为祖国四个现代化建设的积极性大大提高了。20世纪70年代末、80年代初，改革开放的东风已经吹遍全国，全国人民在改革的浪潮下奋勇向前。全国的科学技术迅速蓬勃向前发展，国家建设欣欣向荣，人们生活也日益改善。国家只有重视知识分子，科技才能进步；只有发展科技，国家才能富强。知识就是力量，知识就是财富。中国是一个拥有广袤的土地和十多亿勤劳、勇敢、智慧的人民的国家。中国是一头未被唤醒的雄狮，要想使之迅速地振作起来，就要想问题、找原因，要建立起一个以经济建设为中心的崭新的、现代化的社会主义国家。现在国家的改革开放已时不我待，迫在眉睫，到了刻不容缓的地步。改革开放，必须打开国门，引进外国的先进技术和投资，借鉴他国经验，中西合璧来发展自己，因为他山之石可以攻玉。实现四个现代化需要各方面的建设人才，邓小平同志求贤若渴，还提出了“不管白猫黑猫，只要能捉到老鼠的就是好猫”。在国家穷困需要建设的时候，人才的培养和任用是最重要的，即所谓的“国乱思良将，家贫思贤妻”，“士者国之宝，儒为席上珍”。要真正做到：

解放思想开国门，先进科技把国兴。
取消成分与户口，十亿人民皆等同。

小平同志他深知能唤醒这头巨大的雄狮的就只有科学与知识。因此，他第一手就是抓人才的培养。

由于他对人才的重视与渴求，全国恢复了高考，全国的大学全面开学。

广大的农村青年脱颖而出，那些有志有为的青年可以凤鸣朝阳，大显身手了，可以甩开膀子干了。他们从五湖四海来到曾经想都不敢想的大城市，发挥他们的聪明才智，为祖国建设添砖加瓦，为社会主义祖国四个现代化建设做出他们的卓越贡献。

只有全社会的人民，尤其是青少年一代，艰苦努力学习科学知识，共同不懈地顽强奋斗，才能够赶上和超过世界最先进的水平。

国家转入了以市场经济建设为中心的阶段，工人、农民的干劲大了，生产率提高了，人民生活才有了大幅度的提高，人民的衣、食、住、行很快就得到了改善。生活物资逐渐丰富，一些小商品放开了计划供应，很多的票证已经废除，它们都已被扔进了历史博物馆。什么物质都要凭证供应的时代已经一去不复返了。

国盛也由于改革开放以后，家里分了田，种了粮食，后来粮食就有了积余，他每月的粮票可以结余很多，农村的农民基本上不需要什么粮票，只有那些小商小贩在外面吃饭还需要粮票。国盛就用粮票兑换小商品，他用一百斤粮票兑了一口高压锅，用五十斤粮票兑了一铺凉席。后来连木材、钢铁也一部分市场化了。一部分计划，一部分市场，就是所谓的双轨制，两条腿走路。有的干部就动起了歪脑筋，利用自己手中掌握的计划物质的权力，把国家的计划钢材和计划木材拿到市场上做黑市价卖掉，从中赚取差价。

随着市场不断地繁荣，物资不断地丰富，人民生活也在不断提高，后来这些计划就全部取消了。人们在遥望着祖国美好前景，也在期待和憧憬着祖国的繁荣昌盛。国盛看到祖国越来越强盛，越来越美好了，他情不自禁地用诗词赞美着祖国的改革开放：

> 祖国风光，千里高速，万座大桥。望长江东去，大浪滔滔；全国上下，一片富饶。山河着绿，原披花草，要与美画比风骚。须抬头，看祖国大地，分外妖娆。
>
> 江山如此多娇，引无数英雄竞折腰。惜封建统治，不懂改革；历朝帝王，只顾今宵。一代天骄，拨乱反正，力挽狂澜除腐妖。论兴国，数风流人物，当看今朝。

为了解决全国人民的吃饭问题，改变农村的落后面貌，党中央出台了一系列惠民政策，不知这些政策将会怎样改变农村落后面貌。

第五十四章 农业联产获丰收

1979年，小岗村实行了分田到户，从此揭开了中国农业大包干的序幕。1981年，在党中央的英明决策下，全国实行了家庭联产承包制。生产队的田、土都承包到了户。国盛家分得了三亩五分地，他的工作任务就更加繁重了。除了医院要上班，家里还要种地。他就利用下班时间和出班时间回家种地。周围的邻居看到国盛要上班，没时间回家，一有时间就来帮忙。张凡帮忙给他犁田，大生帮他种秧，五才、正国帮他灌溉，朋友还帮忙搞了一些尿素指标，前期工作做好后，国盛就只回家插田，这样春插很快就完成了。田插完后，二姐夫还帮忙搞一些田间管理。由于肥料充足，田间管理细致，早稻长势很好，获得了丰收，早稻一季就收了两千多斤粮食，黄灿灿的谷子堆了一禾场。国盛非常高兴，这是他平生第一次通过自己的劳动获得了这么多的粮食。农业联产承包以后，农民们家家户户都获得了粮食大丰收，大生、五才、正国、张凡他们都在自己家里建起了小粮仓，国盛也用土砖砌了一个小粮仓。大家都有了足够的粮食，再也不用饿肚子了。农民可以说是吃得饱，穿得暖了。

家中收了这么多的粮食，一年都吃不完，就以二十元一百斤的价格卖掉了一千多斤，获得了三百多元钱。第一次有了这么多钱，国盛非常高兴，他借改革开放的春风，收入增加了，他好高兴。

他还想买一部单车，这下有钱了，梦寐以求的买单车梦也可以实现了。他就每天到供销社五金柜去看单车，上海产的凤凰、永久牌单车最好，经久耐用又美观。但这种单车很少，偶尔见到，都是要凭关系才能买得到的。他就只好去找五金柜的营业员小李打听，小李说："要想买到这种单车，必须找五金柜经理、区里的一把手或管供销社的主管领导。"国盛想，这点小事还要去找区领导吗？一个堂堂的区级领导还管单车、手表的指标分配这样的小事，那他还有什么精力去管经济和农业生产呢？他没有去找区领导，就找了五金柜的黎经理。

那个黎经理很热情，满口答应了帮忙，她说："这种单车要分配，一个季度还只有四五部，只是要等，搞到车了就通知你。"过了几天，听说到了一批新单车，国盛又去黎经理那里问信。黎经理说："这一次没有你的份，是分给特定人员的，下次来了再给你争取。"黎经理接着问国盛："你家里有没有菜油卖，如果有就给我带二十斤来。我们想吃菜油，不想吃猪油。"国盛答应帮她买，为了要她帮忙买单车，国盛只好到大队的油榨买了二十斤菜油给黎经理。一天国盛从五金柜经过，看到柜台里有一辆永久牌单车，他喜出望外，认为这辆单车应该是黎经理给他留的，马上就去找她，可黎经理说："这辆单车是别人有计划的，放在这里还没有提走。"第二天国盛就看到她老公骑着一辆崭新的永久单车，国盛一眼就看出来了，这单车就是柜台里的那辆单车。国盛就问她老公说："你买了新单车，那辆旧永久单车还要吗？能卖给我吗？"她老公说："已经卖了。"国盛问："多少钱卖掉的？"他说："二百八十元。"国盛听后非常气愤，手中有权就能这样滥用，把旧车以二百八十元的价格卖掉，又用一百八十元买了这辆新车，旧车换新车，还赚了一百元，国盛当时真是肺都气炸了，这些人怎么这样坏，利用手中权力赚昧心钱。国盛只好找朋友帮忙到其他地方打听。

一天，一个姓曹的朋友告诉国盛说："阳罗供销社到了一批台湾单车，不要计划，质量还可以，赶快去看看。"国盛刚好出班休息，听到这个消息后，一路小跑赶到阳罗，幸亏还有最后一辆。这台湾单车要两百元一辆，特别轻巧，只有本地单车重量的一半，三角架是铝合金的，轮胎比本地车的要大，骑起来更舒适，更轻便。国盛买了新单车，心中不知有多么高兴？简直就是欣喜若狂，好像得到了宝贝似的。骑在单车上，一身飘飘然，他高兴地来到学校找国庆，想和他一起回家看看，正好这天国庆也休息，他也好久没有回过家了，也想回家看看，就骑上单车和国盛一起回家。

他们来到了陈满爹家前，看到陈满爹穿着一件烂棉袄，打着赤脚，裤脚一只长一只短的，一副不修边幅的难堪样子，此时他正提着一只烂篼箕，拿着一个猪粪耙子在收猪粪。国盛和国庆来到了陈满爹面前，立即下了单车，叫了一声陈满爹。陈满爹见有人叫他，就抬起头定睛一看，原来是国盛和国庆。

看到他们兄弟俩西装革履，骑着单车，戴着手表，边看边往后退，有点不太相信自己的眼睛，愣愣地看着他们，心里还暗暗地说："真不相信这两个原来队里最穷的鼻涕佬小子，现在还真混出了个人样，比起队里的同龄小伙来说，他们还真算是有了出息，不但没有打单身，如今竟然还衣锦还乡了，真是阴差阳错，命运使然啊！"国庆上前递了一支烟，陈满爹接过烟，内心流露出了一丝愧疚的感觉。他还自言自语地说了一句："真是士别三日需刮目相看，人不可貌相，海水不可斗量啊！"后悔当初不该那样藐视和讽刺挖苦他们，看到自己现在落魄的样子羞愧难当。陈满爹的儿子被撤了职，没有当队长了，家境每况愈下，媳妇离了婚，小儿子 30 来岁了还没结婚。他仰天长叹道："真是三十年河东，三十年河西啊！"

不过，对于国庆和国盛他们来说，陈满爹当时的那些话倒是刺激了他们的神经，对他们以后的努力学习还有一定的激励和促进作用。

国庆、国盛告别陈满爹以后就急匆匆地往家赶，回到家，国盛就赶紧用木板做了一个小凳子绑在三角架上，让儿子坐在上面，带着他出去兜了一次风。儿子坐在上面高兴得不得了，以后他只要一听到单车响，就知道是爸爸回来了，他就立即跑到屋外来迎接。

1985 年苎麻价格飞涨，平时苎麻只有八毛钱一斤。一天，国盛拿了五斤麻到供销社去卖，在路上就碰到一个收麻的人，这收麻的人看到国盛背着麻，就问他："你的这麻卖不卖?"国盛说："我是拿到供销社去卖的呀!"收麻的人说："你难得背，我出一元五角钱一斤给你收购，行吗?"国盛想："这人是骗子还是搞错了价格?"国盛就问收麻的人说："你的价格是不是搞错了?"收麻的人说："没搞错，是麻涨价了，但供销社还是只有八角钱一斤。你家还有麻没有，我还是按一块五角钱一斤，有多少要多少。"国盛听收麻的人这样一说，就把麻按一块五角钱一斤卖给了麻贩子。这麻贩子还告诉了国盛一个好消息，他说："你家如果有土地的话，可以多种几亩麻，今年麻价好，可以卖个好价钱。"国盛还把家里的几斤麻也全部卖给了他。国盛就跟老婆商量，把队里分的三亩五分地全部种上麻，老婆非常赞同。

说干就干，马上请人把田犁了，烤干，整细，开好沟，地整好以后，就开始种麻。国盛还把这一消息告诉了大生、正国、张凡、五才他们，叫他们也种一点苎麻，改善一下家庭经济的困境。周围邻居看到国盛把稻田改成旱土有些奇怪，李大爹拄着一根拐杖从国盛田边经过时，就问国盛："你把田改成土，准备种什么？这里地势低，做土不怕水淹吗?"国盛说："现在苎麻价格好了，准备种苎麻。"张凡也不理解，他说："稻谷产量高，价格也好，而且会种，容易收割，又不怕水淹，我们对苎麻种植还不里手，你最好还是不要冒这个险。"国盛说："我算了一下账，一亩麻可以顶两亩稻谷。"张凡说："我现在还不想改种苎麻。"他笑着摇摇头走了。只有大生和五才心动了，他们也听到了苎麻价格好的风声，回家也开始准备耕地种苎麻。

后来陆陆续续有五六家开始种苎麻了。国盛家种上苎麻以后，由于精心管理，二麻的长势就已经非常喜人了，有一人多深。价格果然很好，麻只刚开始收割，还没等晒干就不断有人抢先来预定收购了，而且价格渐涨，干一点就卖一点。开始两元多钱一斤，后来逐步涨到五元多，还供不应求，有多少收多少。这下大家就都相信了，家家户户准备种麻。张凡也后悔没有听国盛的话，他只好赶紧把自家的几亩田改土种麻。只等晚稻一收，各家各户都在犁田种地，耕牛农具成了抢手货。为了赶时间，有的打着灯笼火把在种地，真是热火朝天。不到几天，一片片、一厢厢整齐的麻土展现在人们面前。土整出来了，麻种成了问题，到哪里去搞麻种呢？一时间，麻种成了珍稀物种。原来默默无闻的麻蔸子成了火爆物，争抢着购买，从五元钱一蔸疯涨到三十元一蔸，还买不到呢！因为按收获麻的价格来算，卖麻蔸子还划不来呢！除非是亲戚朋友，没办法才卖一点。张凡的地种好以后也没有麻蔸子，就来找国盛想办法。国盛看到张凡急得不得了，就把自己的一块老麻蔸子给了张凡，张凡喜出望外，忙握着国盛的手说："好兄弟，谢谢你，你这真是雪中送炭啊！"国盛说："你赶紧把它挖回去，把麻种上，卖点钱，建一个新房子，找个老婆，也有这么大了，要成家立业了。"张凡说："好的，我找了老婆，就一定请你喝喜酒。"国盛说："那好，我一定来。"

还有好多的农民家里的地种好了，没麻种栽，急得像热锅上的蚂蚁一样，种好的地只能白白地放在那里晒太阳。有人想出了一个办法，用麻子圃苗，但栽麻秧子要比栽麻蔸子的收麻时间要晚一个季节，但不过总算是种上了麻，慢一点总比没有好。麻种好以后，大家心里就踏实了，他们就天天围着麻土转，泼水、施肥、除草忙得不亦乐乎。国盛家只有这三亩多地，再没有地方扩张了，只好在这三亩多地上精耕细作了。

由于大家的精心照料，每家每户的麻苗长势都很好，第二年终于有收获了。刚到收麻的季节，眼看苎麻就要到手了，突然一场大雨，把麻田淹没了一尺多深。大家都傻眼了，望着这白茫茫的积水心如刀绞。家家户户总动员，先把围堰做好，有水泵的就用水泵抽，没水泵的就用提桶提，用盆子端。由于水位过高，有时抽干了，围堰又倒了，反反复复，把人们折腾得筋疲力尽。

由于大家废寝忘餐，顽强战斗，加上村里的电排日夜排水，水位逐渐降低，经过几天几夜的艰苦奋斗，最后终于把积水排干了。麻被保住了，大家这才松了一口气。天晴了，大家忙着收获苎麻。这年的麻价更高了，从上年的五元多一斤继续往上涨，开始大家边收边卖，后来看到价格不断上涨，开始卖了的就觉得吃了亏。有的就开始把麻囤积起来，待价而沽。麻价一度涨至八块五角钱一斤，有的还不卖，部分农民一下子就成了千元富翁、万元富翁。什么事都是用麻作交易，到医院来看病的都是带一把麻来医院，把麻卖了做药费。农民有钱了，到医院看病的也多了。

医院的病人多了，为了改善职工文娱生活，一天，医院买回了一台 14 英寸的黑白电视机，大家都非常高兴，围着电视机看稀奇。电工刘师傅架着楼梯，爬到屋顶上把一个十字架的天线架好。到了晚上，大家吃过晚饭后就聚集在会议室看电视。刘师傅就站在电视机旁调试电视屏幕，电视机发出了"嗤嗤嗤"的杂音，还时不时地掉屏幕，有时候屏幕还不断地翻滚，要用手将按钮不断地调试。尽管屏幕不是很清晰，画面上有很多的雪花点，杂音也很大，但是大家都看得很认真。大家能够在电视上直接看到电视台主持人的形象和播音，演员的唱歌和跳舞，都感到非常新奇。大家聚精会神地看着电视，看得津津有味。

国盛下班后，也到会议室来看电视，平时只在照片上看得到的中央领导人，这下能在电视上看到了真实的人物画面，特别是他心目中敬仰的毛泽东主席，他的言行、举止栩栩如生，真使他兴奋不已。他感慨这电视真的科学，真的神奇，同时也感慨国家在发展，科技在进步。改革开放使人民的生活水平在不断提高。有人甚至还夸张地说："只要是这样发展下去，麻的价格这样好，不要多久，人民就会过上不愁吃、不愁穿的好日子；就能过上路不拾遗、夜不关门的太平生活。"

大家有钱了，年轻人买的买单车，买的买手表，有的甚至还买了摩托车。大生、正国、张凡和五才也都各自买了一部崭新的单车，他们每天一有时间就骑着单车在公路上兜风。国盛也买了一台录音机和一些英语磁带学习英语。

不久，一个朋友说他有关系，能买到黑白电视机，问国盛要不要。国盛早就想买一台电视机，但是要找关系，他就没有买，朋友说能搞到计划，那是求之不得，马上答应说："是真的吗？那就请你帮忙买一台好吗？"过了几天，那朋友真的给他送来了一台 17 英寸的黑白电视机，800 元钱，是有计划买的，如果是黑市的话，要一千多。有了电视机，国盛下班以后就可以看看新闻了。

农民有钱了，就想建瓦房，他们就采购煤炭开始自己烧砖。一时间，做砖的，装窑的，到处还可以看到一个个冒着黑烟的砖窑，真是一片忙碌和繁荣的景象。烧了砖后，就自己开始建砖瓦房了。一幢幢红色的砖瓦房拔地而起，茅房改瓦房，这是人们世世代代梦寐以求的事情，现在就要梦想成真了。真可谓是：

农业实行大承包，农民种地热情高。
稻麦棉麻任你种，建房买车随便挑。

农业实行大承包后，种植自由了，农民种地的热情异常高涨，产量大幅度地提高。一时间苎麻成了当地农民发家致富的香饽饽。麻的价格好，种麻的土地也变得金贵起来。邻居家的小李和小王为了一条麻沟争执不休。小李说开沟的地是他的，小王也说开沟的地是他的。两人争得面红耳赤，争执不下，就拿的拿锹，拿的拿锄头，剑拔弩张，几乎要打起架来了。周围的邻居都纷纷围了过来劝架。大家都七嘴八舌地在评论，五才说："这一条小沟又值几何，归谁都可以。"正国说："如果争不清，就每人一半。"小王的叔叔王满爹见侄儿在和别人吵架，怕他们打起架来，就赶紧过来劝架。王满爹把事情的经过弄清楚以后，就认为这是小事，他就劝侄儿说："这点小事没问题，不要吵，你们原来都是好朋友、好邻居、好兄弟，不要为了这点小事，兄弟阋墙，伤了和气，得不偿失。争了这条沟又有何用，又发不了财，赶快莫争了。人遇事要冷静，忍一时风平浪静，退一步海阔天空，如果打起架来，打伤了人，或是出了人命，那就不得了，小事变成了大事，损失的何止是这条沟。只要心平气和，世界上没有摆不平的事。你们还记得我以前和你们讲过的一个故事吗？两个邻居为了争一堵墙，一个邻居就将此事告到了在京城做官的亲戚那里，那亲戚就回了一首诗，诗曰：

千里来京只为墙，
让它三尺又何妨。
万里长城今犹在，
哪见当年秦始皇。"

两人听他这么一说，就都没有争论了，把这条沟作为了公共排水沟。

后来，由于麻价太贵了，有个别的人想发横财，就动起歪主意，卖麻的时候给麻喷水，或者在麻里塞砖头，有的商贩看收麻的利润高，就借起钱来收麻，把麻囤积在家里，待价而沽。

但麻的价格好景不长，涨到八块五角钱一斤后，就再也没涨了，大部分的人就将麻卖掉了，但有的人还在等待观望，谣传可以涨到麻十三。国盛家的麻趁价格好早就全部卖了，因为放在家里一则怕跌价，二则怕贼偷。果然，不久麻价就下跌了。开始刚跌五角的时候，人家不想卖，本来想涨一点再卖的，现在反而跌了五角钱一斤，就更加舍不得卖了。可后来继续往下掉，越掉就越不想卖，但也有一部分人稳不住了，只好忍痛割肉，还是把麻卖了。只有极少数一部分顽固派没有卖，硬是要等到麻价涨上来了再卖。大生、五才、正国家里还有一些麻没有卖掉，他们也不知怎么搞，大生说："把麻卖掉算了，如果再掉价损失就更大了。"五才和正国说："再放一放，观察一下，如果不涨价就卖掉算了。"但麻价就硬是没涨上来，他们只好把麻全都卖了。后来麻价越来越下降，最后掉得只剩两元钱一斤了。

国盛队里一个姓刘的老头，他家有一千多斤麻，准备卖掉建新瓦房的，麻价掉了，房子建不成了，已经快要实现了的梦想又成了泡影，心痛得在家里号啕大哭。还有一个姓李的麻贩子，50来岁，小名叫李五钻子，他借了一万多元高利贷，五元钱一斤收购了两千多斤麻，八块五一斤还没卖，后来跌得只有两元钱一斤了，他气得整天在家喝闷酒，唉声叹气。一天，债主找上了门，因为麻价暴跌，怕他还不起债就加紧逼债。债主说："李五钻子，你的麻卖了没有？赶快把钱还给我吧？"李五钻子说："哎哟！你莫讲起这点麻，我还一点都没有卖掉呢！总想让它涨点价后再卖，哪知道它跌到现在这个样子。老板！我没办法，再宽容几天，等麻价好一点，把麻卖了就还你，好吗？"债主就恶狠狠地对他说："限你三天之内把债还清，如果不还清，我们就要绑人。"由于逼债紧，他只好用一只船把麻运到供销社去卖，但供销社不收，他被逼无奈，一气之下投河自尽了。

这苎麻一时间引得人们哭的哭、笑的笑，有人投河、有人上吊。关于麻的新闻层出不穷，麻的故事成了人们茶余饭后的中心议题，说也说不完。麻价不好了，农民又只好把麻土毁掉，重新种上了水稻。一场麻价风波，把农民们折腾得疲惫不堪。

改革开放启动以后，国家要在深圳试点，把它建设成为经济特区，使它成为中国改革开放的前沿阵地，而这需要大量的建设人才。大生、五才、正国、张凡他们看到麻价不好了，就把自己的这一点田土留给家里的老人种，陆陆续续地到深圳打工去了。年轻人农忙时就帮家里种地，农闲时就外出打工挣钱。他们的腰包逐渐鼓起来了。大生、张凡、正国、五才他们都买了摩托车，经常开到马路上兜风。一天，张凡骑着摩托车来看国盛，看到国盛骑的还是一辆旧单车，就叫国盛也买辆摩托车骑骑。国盛上班只有一百多元钱一月，家里要开支，哪有钱买摩托车，就只好对张凡说："我离家近，有部单车就够了。"张凡说："如果你上班挣不到钱，就和我一起出去打工算了。"国盛热爱自己的工作，他不忘初心，他要全心全意地为群众治病，他需要钱，但不在乎钱，更不在乎那摩托车，他谢绝了张凡的好心邀请。国盛说："我不能出去打工，我离不开病人，病人也离不开我，你出去多挣点钱，将来你有钱了，资助我买台摩托车就是。"张凡满口接应说："那好，你什么时候需要就告诉我。"国盛说："好的，你在我这里吃了饭再回去，我们兄弟好久没见面了，在一起喝杯酒好吗？"张凡说："在这公共食堂喝酒不好，下次有时间到我家里去喝，我还有一瓶好酒。"说完，就骑着摩托车一溜烟跑了。国盛看着张凡尘土飞扬的摩托车一路狂奔，不一会儿就消失得无影无踪了。国盛深有感触地说："改革开放给农村带来了翻天覆地的变化，给农村青年开辟了广阔的天地。"

农村青年经过外出打工和土地承包以后，家庭条件都得到了改善，张凡在深圳打工期间，和邻村的一个姑娘认识了，他们在工作中产生了感情，后来就恋爱结婚了，国盛还特意请假去参加了他们的婚礼。后来大生、五才、正国他们也都找到了自己心仪的姑娘，并且都恋爱结婚了。

有一天，国盛出班，正准备回家看儿子，这时，病房里收到一个脑溢血昏迷的危重病人。这个危重病人处于中度昏迷状态，随时都有死亡的危险，凡是危重病人都需要二十四小时严密观察，国盛是科室主任，病房有危重病人，是抢救病人还是回家，不知他将做何选择。

第五十五章　自古家国两难全

病房有了危重病人，需要及时抢救，因为危重病人的病情是瞬息万变的，要随时监测他的心跳、呼吸、血压、瞳孔、神智等，根据情况变化及时进行抢救，并及时调整治疗药物，国盛担心病人随时出现危险，他放心不下，决定留下来抢救病人。

国盛时刻守护在病人身边，病人需要24小时上氧，有时出现烦躁不安、瞳孔缩小，甚至呕吐等颅压增高表现，马上给予脱水、降颅压处理；一会儿又出现呼吸急促、嘴唇发绀，立即给使用呼吸兴奋剂；还不时地出现喉中痰鸣音，经常要给他吸痰。国盛有时累了、困了就在病床边打个盹，为了抢救病人，他殚精竭虑，这病人经过半个月的抢救和精心调理，终于转危为安了。

国盛一连守了他半个月没有回家，但儿子半个月没看见爸爸，他非常想念了。这天在和邻居家的小朋友玩了一会儿，环宇就和小朋友说："我想爸爸了，我要到医院看我爸爸去。"他就一个人循着平时爸爸带他去医院的路走。这条到医院的路上有三处地方有岔道，他走到一条岔路口，不知往哪个方向走，正在犹豫时，前面来了一台车，只见尘土飞扬，风驰电掣般地驶来，环宇有些害怕了，他看到公路两边都是沟，而且水很深，公路又窄，没有地方躲，怎么办？正在这时，车已经离他不远了，环宇只好勇敢地冲向沟边的一棵大树，他双手紧紧地抱着大树，生怕车子的风把自己刮倒了。环宇刚刚抱住大树，车子就从他站立的地方飞奔而过，好险呀！环宇被吓得全身哆嗦，但他没有哭，等车子过了以后，他想，这车子应该是从爸爸医院那边开过来的，他就顺着车子来的方向走。

一路上还要转三个大弯，随便走错一条道，转错一个弯，就会走失。还好，上帝保佑，他没有走错，他走到了医院，找到了他爸爸。国盛看到儿子来了，非常高兴，忙把他抱起，问儿子说："是谁带你来的？"儿子说："是我自己一个人来的。"国盛听后惊出了一身冷汗，简直有点不敢相信自己的耳朵。因为儿子还只有三岁多啊！到医院有十三四里路远，还到处都是沟港，水有几米深，要是掉到水里去了怎么办？那么多弯道和岔路口，要是走错了，走丢了怎么办？路上还有好多车，被车子撞了怎么办？一路上是多么的危险啊！国盛想想有些后怕，急忙问儿子："你为什么要一个人来？路上那么多车，你不怕车子撞吗？那么多沟、港，你不怕掉到水里去吗？"儿子说："我只走大路上，不到沟边上去，就不会掉到水里去。车子来了就抱着路边的树，等车子过了我再走。到岔路口时，我知道爸爸医院的方向，我就朝医院方向的这条路走。"国盛问："这么远你一个人在路上走怕不怕？"儿子说："好久没有看到爸爸，我想爸爸了，就什么也不怕了。"国盛听后心都碎了！心在绞痛！！心在滴血！！！国盛也是日夜思念着自己的儿子，责怪自己没有经常回去看望儿子，没有尽到做父亲的责任。但这有什么办法呢？做儿女的难以忠孝两全，做父母的有时也难家国两全啊！手中有危重病人，抢救病人是医生的天职，怎能丢下病人回家看儿子呢？国盛把儿子紧紧地抱在怀里，心中有无限的内疚感。他逗儿子玩了一阵后，为了防止他下次再一个人来，就开始教育起儿子来。国盛说："你一个人来，没有告诉你妈妈，现在你妈妈没看到你，她会很着急的，现在肯定在到处找你，你知道吗？你一个小孩子如果走失了，或者被坏人抱走了，你就看不到爸爸妈妈了，爸爸妈妈也看不到你了，你看那怎么得了？爸爸妈妈都会急死去的，下次你再不能一个人来了，知道不？若下次你再一个人来，爸爸就打你。要来看爸爸，一定要跟妈妈一起来知道吗？"儿子哭了，他点了点头。国盛马上请了假，准备送儿子回家报平安。

就在这时，孩子他妈也风风火火地赶到了医院，急得满头大汗，面色苍白。见到儿子，马上扑过来抱住儿子，泪流满面。等她缓过神来以后，竟要打骂教育儿子，国盛马上劝阻了她。因为儿子在路上担惊受怕，加之一路劳累，现在再打骂他，肯定心身都受不了，只能慢慢地跟他解释，讲清道理。孩子他妈哭了，国盛也哭了，儿子也哭了，一家人哭在了一起，"男儿有泪不轻弹，只因未到伤心处"，国盛是个坚强的男人，从不轻易落泪。在他的记忆中只有母亲去世时痛哭了一场。和儿子的距离如此的近，但由于医院的工作忙，危重病人需要抢救、观察，加之交通不便，虽然离家不远，但也难得回家，真是咫尺天涯，和儿子的相聚都是如此的弥足珍贵。

孩子他妈边哭边诉说着她的苦情："一个人在家，要照看孩子，还要干农活和做家务事，怎么转得过来。"国盛非常理解妻子的辛苦，凡是在农村的家属都有这个困难，但又有什么办法呢？一纸户口困扰了千万个这样的家庭。他并没有责怪妻子对儿子看管的疏忽，并且安慰她说："这个不能完全怪你，我也有责任，以后注意一点就行了。”这件事能怪谁呢？男人要拼命地工作，拼命地赚钱养家糊口，他是上有老、下有小，既要教育儿女、善待妻子，还要孝敬老人，不能让他们今天找东家借钱，明天找西家借米，这就是男人对家庭的责任与担当。是男人就应该顶天立地，肩负起家庭和社会的重任。国盛他为了搞好工作，照顾家庭，只能忍辱负重。真是做人难：东南西北、前后左右都要顾，父母孩子都要养，学习工作不能松，亲人朋友不能疏，家庭事业不能误，道德法律不能违。总之要夹着尾巴做人，思前想后办事，勤劳俭朴度日。必须是为人低调、做人本分。要搞好一个家庭实属不易。

国盛记得有一次给一个叫张小菊的妇女看病，她上腹部疼痛得很厉害，诊断结果为慢性胃炎和胃溃疡，他给张小菊开了五十几元钱的药。在付款时，她摸了摸口袋，但口袋里没有钱，就对她爱人说：“我身上没钱，你带钱没有？”她爱人回答说：“我也没有带钱，你看病怎么不带钱呢？”张小菊说：“家里不是你当家吗？我哪里有钱。家里的钱都被你抽烟、喝酒了。”她爱人也皱着眉头诉苦说：“家里每年收入还是有两三万元，就是每天的应酬不得了，一天要两包烟，三四包槟榔和瓶把白酒的开支。”国盛问他说：“你为什么每天要抽这么多的烟？喝这么多的酒？嚼这么多槟榔呢？”他说：“每天和领导、朋友在一起，需要应酬，没办法。”国盛说：“你为什么要每天这么应酬呢？”他说：“在社会上混，人在江湖身不由己呀，不是这么应酬就会无法立足。”国盛问：“你是干什么工作的？”他说：“是村里的支部委员。”国盛问：“你不这么应酬，支部委员就会当不成了吗？你的支部委员是靠吃吃喝喝得来的吗？是领导和朋友送给你的吗？不是你自己努力工作，群众信任选的吗？”他说：“这个讲不清，有时候抽烟的有抽烟的钱，喝酒的有喝酒的钱，好多不抽烟的，不喝酒的也没有钱。”国盛说：“你这是对家庭极不负责任的说法，你为什么只说喝酒的有酒钱，抽烟的有烟钱呢？为什么不说孝敬父母的有孝敬父母的钱，养育儿女的有养育儿女的钱，妻子要治病就有治病的钱呢？你是只有抽烟、喝酒、嚼槟榔的钱，家庭其他开支的钱你就一点也没有。你连妻子治病的几十元钱都拿不出来，还有资格抽烟、喝酒、嚼槟榔吗？你这是‘今朝有酒今朝醉，明日愁来明日愁’的搞法。”他说：“这烟酒已经上瘾，没办法戒，真是陋习易染，恶习难改啊！”国盛说：“只要你对家庭有责任感，你有毅力，有恒心，把烟、酒当成一种毒品，你就能很快戒掉。你如果把吸烟当作很富有的象征来炫耀自己，叼着一支烟觉得很有派头，很有风度的话，那你就不可能戒掉。”他听国盛这样诚恳地劝导他，就特意地问国盛：“你自己抽不抽烟？”国盛说：“我原来也抽烟，就是因为抽了烟就咳嗽，手和牙齿熏得焦黄的，口中吃饭都没有一点味道，吸烟对小孩、对病人和周围的人都有影响，所以我就把烟戒了。”他问：“你戒烟后就不想抽了吗？”国盛说：“有时有点想，但身上反正不带烟，人家给的烟也不要，过一段时间就没事了。”他说：“你当医生的，时刻有人张烟，你能抵挡得了这诱惑吗？”国盛说：“对于一个男人、一个父亲、一个丈夫、一个儿子来说，就应该对家庭有责任、有担当，只要你有恒心，有毅力，对自己的身体负责，对家庭负责，对周围的人负责，把烟当作甲胺磷一样的毒品看待，没有什么戒不掉的。”他真的按国盛说的去做，不久就把烟、酒都戒掉了。不抽烟、不喝酒了，也不嚼槟榔了。每年除掉家里的正常开支，还可积余几千、万把元钱，他对国盛非常感谢。国盛不但在医学上造诣较深，他还总结了很多社会经验和做人准则，如：他对人的生命的活动的总结是运动、食节、欲寡、心静八个字；做人的原则是勤奋、好学、节俭、友善；人生的价值是知识、财富、博爱、奉献。他常常把这些理念跟家人、病人、朋友交流。

国盛把时间花在教育儿子上。他把拼音字母、数字、瓜果、动物的图片贴在墙上，一有时间就教儿子学拼音，认字，学加减法。平时在生活中也有意地训练他，吃饭的时候叫他拿一个筷子，两个筷子，三个筷子，这样逐渐地增加。还让他数家中的凳子、萝卜、红薯、南瓜等等，有什么数什么，这样能提高他的学习兴趣，寓教于乐。在现实中学习得生动灵活，不会显得呆板，而且进步快。儿子不到五岁时拼音字母，十以内的加减法就非常熟练了，还可认一百来个常用字。五岁时，医院附近办起了幼儿园，就送他上了幼儿园。

在幼儿园待了一期，第二期他就不愿去了。问他为什么不去了，儿子说：“幼儿园学的那些东西在家里都已经学过了，都知道了，再读幼儿园就没意思了，我要上真正的学校，读真正的书。”国盛看他执意要读一年级，就让他试试，五岁半就送他上了一年级。他在一年级算年龄最小的，做作业有点慢，读了两个星期，班主任老师还是建议他上一年幼儿园后，再来读一年级，但儿子不同意，国盛就只好同老师商量说：“看他一段时间，如果赶班不上，就让他留级，重读一年级，你看好不好？”老师同意了。

儿子每天回家做作业时，国盛就陪在他身边看医学书籍，如果有不知道做的题目，国盛就及时地指导他做。儿子一有不懂的地方就叫他：“爸爸快来，8+3-8=？”国盛说：“你自己掰着手指算一下就知道了啊！”他边问边掰着小手指说：“爸爸，好像是3啊！”国盛还叫他用小棒再算一下，他先拿了8根，后又拿3根加在一起，再减去8根，这样就清楚了。他把作业做完以后就对国盛说：“爸爸，我的作业做完了，我想出去玩一下。”国盛说：“只要你每天能把作业做完，什么时候做完了就可以什么时候出去玩。”国盛每天都要督促儿子按时完成家庭作业，只要他把作业完成了，就让他出去自由玩耍。这样就作业、玩耍两不误，还能提高他做作业的兴趣和效率。

有一天，国盛因在抢救一个危重病人，没时间辅导儿子作业，有两个题目不知道做，作业没完成，等国盛回家时，他已经伏在凳子上睡着了。国盛没忍心把他叫醒，就让他睡了。第二天因为没完成作业，挨了老师的批评，他就不想去上学了。国盛只好陪他去学校，跟老师沟通了一下，说明了没有完成作业的原因，老师也就没有批评他了。

以后不管怎么忙，国盛都要辅导儿子按时把作业完成，但不知儿子以后的学习成绩会怎样。

第五十六章　家庭教育不可少

由于家庭和学校的共同努力，环宇的成绩还能勉强跟得上班，终于没有留级。隔壁周医生的一个小孩叫周建，比环宇还大一岁，和环宇一个班，成绩还没有环宇的好，因为他父母一有时间，就出去打牌，没有时间辅导他学习。放学以后就把他关在家里，叫他自己一个人在家里做作业，还不准他出去玩，玩了就要挨打。有时遇到不知道怎么做的难题就急得哭，没人指导，有时作业没做完又要挨父母的骂，还要挨老师的批评，就经常逃学。他一逃学，父母就拿着楠竹丫子追着他打，逼着他上学。但越是打他，越是逼迫他上学，他就越不愿意上学，久而久之，便产生了一种畏学和厌学的情绪，造成了一种逆反心理，形成了一种恶性循环，因此成绩越来越差。

老师经常向家长反映情况，还经常拿环宇做比较。夫妇俩为着儿子的上学问题伤透了脑筋。周医生他们就只好来问国盛："你是怎么教育儿子的，你儿子比我家儿子还小一岁，他的成绩怎么还好些？我们儿子不但不爱学习，而且还不听话，有些叛逆情绪，真伤脑筋，请你介绍一下教儿子的经验。"国盛就把自己怎么培养儿子学习兴趣，怎么指导儿子学习，怎么陪着儿子做作业的情况告诉了他们。国盛说："谈不上什么经验，只是你们平时要少打一点牌，多陪陪儿子，多给他讲一些关于学习上的故事；有了成绩及时表扬，有了缺点多耐心教育，要及时帮助他完成那些不知道做的题目；要和儿子以朋友的身份平等交流，不要以父母的身份压他，不要动不动就打他、骂他。有些感情脆弱、胆小的孩子，他就会更加害怕学习，有问题就不会和你交流，就会变得自闭和叛逆。要多和孩子培养感情，使他信赖你，敬仰你，他才会对你言听计从，才不会叛逆你。古人说得好，‘子不教父之过，教不严师之惰’，你们要把精力多放一点在儿子身上，因为孩子还小，还不能自觉地学习，还需要你们多陪伴，多指导。”后来他们夫妇俩就真的仿效国盛的教育方法，再不出去打牌了，每天坚持在家辅导儿子做作业，做完作业后就让他出去玩。再不打他骂他了，他既能按时完成作业，又有时间玩耍了，这样他就对学习有了兴趣，不再厌学和逃学了。过了一段时间，他的心情舒畅了，性格也开朗了许多，表现得爱读书了，爱上学了，老师也表扬了他。他的学习兴趣越来越浓了，每天都能自觉地坚持上学，成绩也慢慢地提上来了。因此小孩的教育，学校是一方面，家庭教育也是举足轻重、不可或缺的部分。

环宇的成绩不是很突出，老师有时估计他升学考试有问题，但他小学升初中奇迹般地考起了。国盛觉得有些奇怪，就问儿子：“你平时成绩并不很好，但是你的升学考试怎么考得这样好呢？其他平时成绩比你好的同学都没考起，你在考试的时候是不是舞了弊、抄了书？”环宇说：“考试的时候怎么能抄书呢！很多同学的平时成绩都是假的，平时考试时，有很多人抄了书，我就不爱抄书。模棱两可的题目我都不做，要测试一下自己的真实成绩。到了升学考试的时候，都不能抄书了，那些平时爱抄书的，升学考试时抄不到书，自然就考得不好啰。我在考试的时候做题目是先把简单的、知道做的先做，模棱两可的后做，不懂的最后再做，尽量把能做的题目一个不漏地做出来。”“哦，原来如此！”国盛竖起大拇指称赞道，“好样的。”

医生在医院上班只有按时上班，没有按时下班的概念，尤其是经治医生收到危重病人后，二十四小时要在病房转，观察病情，及时处理问题，按时做好病情记录，一天忙忙碌碌。主治医师、科主任更没有时间概念，只要病房有危重病人需要抢救，不管是白天、黑夜，或者睡到半夜也好，一个电话来，你就要赶快去参加会诊、抢救。有时候忙得抽不出一点时间来辅导儿子的作业。不过儿子长大了，不需要大人陪在面前，也能自觉地完成作业了。

做家长的总还是要督促检查孩子的作业，随时了解他的学习情况。没时间怎么办？国盛只好一回家就检查儿子作业做完了没有，作业做完了，但不知是他自己会做还是抄的书，因此国盛就每天给儿子出一道书上找不到的题目，看他会不会做。但儿子大部分都能正确地做出来。放暑假后就根据他的弱项补补课，儿子的英语差一点，国盛就每天写五十个中文字，叫他用英文字母翻译出来。由于平时的辅导督促，儿子成绩提高很快，后来很顺利地考上了市里的重点高中。国盛的这种家庭教育模式很有效果，他的小儿子大海也同样取得了很好的成绩。国盛的同事们都羡慕他的小孩懂事，会读书。几个同事也按照他的教育方法去教育自己的小孩，都取得了很好的效果，他们小孩的成绩也都得到了稳步提高。因此，只要做父母的舍得付出，辅导儿女能持之以恒，儿女们的学习就能得到收获。

环宇考上这所重点中学后，重点中学中又还设了重点班，儿子的成绩离重点班还差四分，班主任陈老师说："你儿子成绩有蛮好，离重点班只差四分了，找一下关系就可以进重点班。"国盛从来不愿意开后门和求人情，宁愿自己多吃苦，他就问陈老师说："重点班和普通班的教材是一样吗？课程都是一样吗？"陈老师说："那倒都是一样，没有什么区别，只是……"其他别的原因陈老师是欲言又止，没有继续往下说。国盛认为只要教材和课程相同就没有问题，其他因素就靠个人把握去了，因此，国盛就让儿子读了普通班。

读了两年之后，儿子突然提出不读了，国盛感到莫名其妙，就问："那是为什么，你不是读得好好的吗？怎么突然提出不读了呢？"儿子说："如果在这个班继续读下去的话，就会考不起大学。因为这个班的大部分同学不是考进去的，都是家里出钱买的名额。大多数同学的家长不是当官的就是经商的，家里不是有钱就是有权。他们可以每天向家里要几十或百把元钱，有了钱就要去消费，还没下课就开始吵吵闹闹，吵得老师上不得课。一下课就去打桌球、玩电游、打扑克、走象棋等，都是玩钱的。今天这个同学生日请几桌客，明天那个同学生日请几桌客，他们已经提前进入了成年人的生活与消费圈。他们这样玩，成绩垮了，就想把大家的成绩都搞垮，就要其他同学也跟着不搞学习，和他们一起玩，害得大家的成绩都垮下来了，这样他们就不会挨老师和家长的批评了。他们就这样闹得下课和晚自习都搞不得学习。"国盛问儿子："你没有钱怎么和他们玩？"儿子说："他们又不要我出钱，只要跟他们玩就可以了。"国盛问："他们这样搞怎么能考上大学呢？"儿子说："他们又不要考什么大学，张浩和李明的爸爸都是市里领导，他们的工作早就安排好了，只要他们混个高中文凭就行了。王牛和蔡狗的爸爸是经商的，家里的钱可以养他们一辈子，他们可以不要工作。"国盛焦急地问："那你现在准备怎么办呢？"儿子说："我想换一个班，到重点班去搞一年，重点班的学风要好很多。"国盛无奈，只好托同学和朋友关系才把他转到重点班去了。

重点班的学风大不相同，下课和晚自习，教室里鸦雀无声，除了几个外出小便的以外，其余的同学都在教室里认真学习。刚进去时全班六十个同学他是第五十名，通过一期的努力学习，就从五十名赶到了三十名。又经过一期的努力，从三十名赶到了前十名，这样才考上了大学。赶上了大学毕业后国家包分配的最后一趟车。

环宇考上了大学，在上大学前，国盛给他讲了一些读大学的重要性，国盛说：“孩子，你上大学的机会来之不易，这是你经过了十多年的艰苦努力才取得的，这机会一生是唯有一次，大学时光是人生中的黄金阶段，也是人生的一个转折点。有时候一个人并不是输在起跑线上，而是输在转折点上，一个人一生有很多的十字路口，如果在这十字路口选错了道，就可能毁了你一生。人生也是马拉松，不单纯是起跑线的问题，还要能在前进的道路上不断奔跑，才能实现人生的理想，事业才能成功。”

他还给儿子写了个“十要、十不要”的提议：

一、学习，在学校要努力学习各科知识，不但要学自己有兴趣的科目，也要学习其他知识。学知识也和吃饭一样，要爱好广泛，不要偏食，这样才不会缺乏营养。知识也像是银行的存款一样，不用时，知识就是一个数字，一个符号，但当需要用的时候就觉得不够用了，就嫌少了，这就是“书到用时方恨少”。

二、交友，在学校要多和一些有理想、有道德、有修养、有抱负、有进取心的同学在一起，和他们共同学习、广泛交流，学习人家的社会知识。不要闭关自守，封闭自己。学校既是一个学科学知识的地方，也是一个学社会知识的地方。因为学校有那么多的同学和老师，他们每个人接触的家庭、社会背景不同，受的熏陶不同，所以各人的社会阅历不同，都值得你学习和借鉴。不要和那些不三不四的人在一起，比如爱打牌、赌博、抽烟、喝酒的人，不要养成这些生活陋习，因为“近朱者赤，近墨者黑”。

三、勤俭，生活上要养成勤俭节约的良好生活作风，要爱惜粮食，饭菜能吃多少就买多少，不能随便把饭菜倒掉，不要铺张浪费，生活上不能奢侈。

四、身体，要多锻炼身体，多参加体育活动，如跑步、篮球等，多做户外活动，多晒太阳。不要把自己变成温室里的幼苗，经不起风吹浪打。

五、时间，要合理安排时间，因为在大学的时光是短暂的、宝贵的，时光容易获得，也容易失去，而且是一去不复返，没有第二次重来的机会。时间就是金钱一点也不假，有的人把时间不当一回事，让它白白地流失。要劳逸结合，既不要虚度时光，也不要熬夜，要按时作息。既要学知识，又要长身体。

六、生活，要有自己的生活方式，要定好自己的生活档位。学校那么多学生，生活水准参差不齐，不要不切实际地盲目跟风，不要攀比，如果盲目攀比，就会让自己生活在自卑和无所适从的无限痛苦之中。要使自己保持一种普通人的心态，学习要向上看，生活要向下看，保持团结、紧张、严肃、活泼的生活作风。

七、竞争，现在科技在不断地向前发展，知识在不断更新，社会的竞争日趋激烈，你也要根据社会的发展与时俱进，要不断地学习新知识，在竞争激烈的环境下要有自信，要坚忍不拔，不断进取。不要自卑，不能墨守成规，不要自暴自弃，不能破罐子破摔。

八、立志，立志是很重要的，只要有了志向，懂得了自己为什么而读书，读了书以后要干什么，要干好什么，这样才会有学习的动力。如果一个人没有志向，读了书不知道干什么，这样是读不好书的。在学校既要学好理论知识，也要多参加社会活动，在实践中刻苦地磨炼自己。现在社会上有些读书无用论，的确有些没有读书的人也攒了钱，而且攒的钱很多，但是我们并不能都是以钱论英雄。没有文化科学知识的人，靠裙带关系、靠运气、靠偶然的机会，有的甚至是靠坑蒙拐骗、投机取巧、抢劫卖淫、贪污受贿等手段获得钱财，那是不光彩的和非法的钱财，那是靠不住的，富不长久的，有时候多了还害人；只有靠知识，靠科技，靠智慧，靠勤奋攒的钱才叫财富，才光荣，才可以长久。纵观世界，哪个国家不是靠科技进步发展起来的！只有靠科技才能致富，才能强大，读书无用是站不住脚的。

九、团结，要团结同学，尊敬老师，同学之间要互相关心、互相帮助，对那些迫切需要帮助的人不要怠慢，不管是生活上还是学习上能帮则帮，要以助人为乐。

十、婚姻，这个问题本来还不应该在这里提，因为你还小，但还是在这里打打预防针的好。爱情、婚姻问题应该是大学生禁忌的事情。进入大学是好多年的艰苦努力才获得的，确实不容易。大学要以读书为主。因为大学是读书长知识的地方。自己的工作和生活都还没有着落，今后还不知道走向何方，还不知道自己干什么工作。现在就和人家谈恋爱，还不知道今后人家能不能和你在一起工作，与你同艰共苦，比翼双飞呢？如果不能，那今后就会自尝苦果。即使谈恋爱也不能以貌取人，如果是一个茅棚，虽然装扮得花枝招展，但一下雨就漏，一刮风就倒，不能住人有什么用；如果是一个钢筋水泥结构的砖瓦房，虽然没有华丽的装饰，但风吹不倒，下雨不漏，住在里面安全，温馨多好；如果没有底气，怕今后找不到对象的话，就更不应该早谈恋爱，说明你自己还不够优秀。有的人大谈感情，感情不是空中楼阁，也是实实在在的东西，它要建立在人才和钱财的基础上。如果你没有人品，没有知识，又没有钱财，你拿什么去维持感情，你要使自己优秀的话就只有努力学习，努力工作。有了知识，有了好的人品，今后能赚到钱，就不愁找不到对象，种下梧桐树，不愁没凤凰。古人都懂得“读书需用意，一字值千金”，“书中自有黄金屋，书中自有颜如玉”的道理。男人就要有责任、有担当、有知识、有理想、有事业、诚实守信，这样才能受到女孩子的青睐。在没有知识，没有工作，没有钱的情况下不要瞎闹，那都是徒劳的。

把这“十要十不要”写完后还写了一首小诗：

青年有志在学堂，
各项功课不能荒。
书读百遍自然熟，
科技知识能安邦。

他把这首小诗和“十要十不要”作为家训送给儿子，环宇拿到父亲送给他的诗和“十要十不要”认真地看了后，心里触动很大，后来把它保存在自己的电脑里，传给同学看了，同学都非常认同。

国盛对子女管教很严，但自己的工作也没有放松，在基层医院工作，技术虽然不是很精，但必须全面。一个医生的技术始终是跟不上医疗水平的飞速发展，国盛总感觉自己的知识跟不上病人的需要，他要不断地更新自己的医学知识，但不知他是怎样不断更新自己的医学知识的。

第五十七章　学习路上无止境

医学在不断地进步，药物也在不断地更新，真是要活到老学到老。国盛除两次到湘雅附二医院进修学习外，自己还订了许多医学杂志，学习人家的新技术、新方法、新经验。为了晋升晋级，卫生系统也经常组织学习和考试。在基层医院工作需要中、西医相结合，内、外、妇、儿都要懂，需要的是一个十足的全科医师。

一天晚上国盛值晚夜班，半夜来了一个临产孕妇，腹部一阵阵疼痛，汗如雨下，家人非常着急，国盛只好急忙叫来了妇产科张医生。张医生还比较年轻，经验不足，体力也较弱，保护会阴、上产钳、上胎头吸引器都很困难，累得她全身冒汗。家属见状，建议她还叫一个医生来帮忙。张医生说：“值班的只有一个男医生，你们同意啵?”家属说：“这人命关天的还分什么男医生女医生的，赶快把他叫来。”张医生看了产妇一眼，产妇也点了点头，张医生便吩咐一个护士把国盛叫来。国盛忙起床，急忙跟着护士来到产房。国盛一看，产妇全身大汗，宫缩有些乏力，胎心音过快，胎儿已经缺氧。他吩咐护士赶快上氧，建议马上做剖宫产，以保母子安全，但家属和产妇都不同意。

做剖宫产手术对于农村的农民来说，那是在肚子上开刀，好吓人的。他们认为开了刀的人就是一个废人了，打个吊针都认为是个了不起的大病，何况还是开刀。再一个问题就是，开刀还需要好多钱，家里没钱付手术费。在家人的一致反对下，国盛只好协助分娩。他检查了一下产道，产道有些狭窄，只好在宫缩时做了会阴侧切。为了尽快结束分娩，立即上了产钳，在宫缩和产钳的相互作用下顺利地产下一白白胖胖的大女婴。刚生下时，婴儿嘴唇有点发绀，没有啼哭，张医生就立即提着婴儿的双脚，把婴儿倒立，在她的背部拍了三下，婴儿“哇”的一声哭了，使全室的人都惊喜不已。

大家都长吁了一口气，这时把婴儿放到秤上一称，有七斤二两。产妇的父母拍着国盛的肩膀说：“谢谢你，辛苦了。”国盛说：“不用谢，这是医生应该做的。”他刚接完生，病房里又来了一个新病人，他又去处理新病人去了，他处理完新病人后，天就已经蒙蒙亮了，他又是一晚未睡。住院部的医生、护士熬夜那是经常的事，有时甚至通宵达旦。国盛在自己的工作岗位上默默地耕耘，从来没有怨言。

一个农村医生看妇科、外科、儿科那是经常的事，因为一个病人挂一个号，他从头到脚的病都要你看，都要你解决。一天一个老头，80 来岁，他女儿陪着来的，他弯着腰，驼着背，拄着一根拐杖，痛苦地呻吟。国盛问他：“老大爹，您是哪里不舒服?”他用手在胸前、上腹部、头部到处指点，他说：“有点头晕，全身酸痛无力，不爱吃饭，还有咳嗽、腹痛、手脚麻木……”具体哪里不舒服他自己也说不清楚。问他的女儿，他女儿也搞不清，她只是说：“他这几天老是哼个不停，问他哪里不舒服他又讲不清，饭也不吃，有点咳嗽，就只好把他送到这里来了。”国盛就给他做体格检查：体温，38 摄氏度，心率 110 次/分，血压 170/100 毫米汞柱，两肺有少量的干湿性啰音，血糖也高，四天没有吃东西了，还伴有营养不良。我的天啦！这老大爹的病怎么这样复杂，基本上各个器官都有了毛病，这么多病怎么治呀！国盛就把这病情和他女儿讲清楚，国盛说：“你父亲年纪较大，病情复杂，需要住院观察治疗。”他女儿说：“我也知道他病情很复杂，想让他住院治疗。”国盛就以发热原因待查，收入住院。

住院后，是潘医生管的病床，他又给做了进一步的检查。做了三大常规、心电图、B 超、胸片等。潘医生看到老大爹有这样多的病，茫然无措，看到他有糖尿病、高血压、心肺功能不全，又不敢给他输液，就给他开了退热药、消炎药、降糖药、降血压药、抗心衰药，一下就给他开了一大堆的药。老大爹连饭都不愿意吃，茶水都喝不下，怎么能吃得下这么多药？他女儿就拿着这些药来找国盛。国盛就只好把他带到张院长那里，请张院长拿主意。张院长听完国盛的汇报后就问他说：“你看这个病人怎么处理好?”国盛说：“我看最好还是全院医生搞个会诊，因为他病情非常复杂，大家集思广益，人多主意多，考虑问题比较全面，你看行不行?”张院长说：“那好，马上就组织会诊。”张院长就通知医务科长组织全院医生会诊。

不一会儿，医生们就都到齐了，张院长宣布会诊开始，由潘医生报告病情。潘医生把病人的基本情况做了简单介绍，然后他根据临床症状、体征及实验室检查作出了以下诊断：一、发热原因待查：1. 上呼吸道感染？2. 肺炎？二、高血压心脏病，心功能三级？三、糖尿病；四、营养不良。处理意见：因为病人病情复杂，年纪大，体质衰弱，营养不良，心肺功能不好，输液危险性较大，搞不好就会出现心衰、肺水肿，难得担这个风险，只能开一些口服药给他慢慢吃。张院长听完潘医生的病情汇报以后，就要大家畅所欲言，对病情诊断和治疗方案提出各自的看法。张院长就鼓励几位年轻医生首先发言，要培养他们独立思考和分析问题的能力。周进医生发言说：“这个病人主要是高血压、糖尿病长期没有很好地控制，导致了很多器官出现了并发症：如高血压导致了心脏病，心肺功能不全；糖尿病导致营养不良，水电解质失衡。应该首先治疗高血压、糖尿病，把这些原发病治好了，其他伴随症状就会随之消失。”吴宏医生说：“我看他的病情很严重，现在他肺部有感染，还有水电解质失衡，重度营养不良，这些都需要治疗，如果不同时治疗，病人会出现衰竭死亡。”刘旦医生说：“病人体质这样差，进食就呕，一下堆这样多药上去，他是否接受得了，况且他现在吃这么多药根本就吃不下，这些药副作用也大，他这样的身体根本就会耐受不了，还是要适当地输点液，保持营养和水电解质平衡。”几位青年医生都各自发表了自己的意见，但都没有提出什么实质性的方案。

国盛正在考虑该怎么治疗，张院长看国盛还没有发言就说：“还有要准备发言的没有?”国盛看张院长在催促了，就只好开始发言，国盛说：“这个病人是我收住院的，我是看到他年龄比较大，身体状况不是很好，而且病情比较复杂，因此就把他收入住院观察治疗。我看这个病人目前主要是肺部感染，好几天没有吃东西引起了水电解质失衡和严重的营养不良，现在的当务之急就是要选择其重点治疗，尽量减少口服药的使用，因为会使他更加呕吐，要尽量减少病人的不良反应。现在要以消炎，控制血糖、血压，补充营养和纠正水电解质失衡为主，具体怎么治疗好，我也说不上，请上级医生指导。”

张院长见大家都已基本上发了言，就要医务科长讲一下这个病的病因、病理和处理意见，医务科长说：“刚才大家都发表了各自的看法，现在这病人的糖尿病、高血压应该不是危及他生命的主要疾病，目前危及他的生命的主要是肺部感染，再者几天没有吃东西了，严重的营养不良和水电解质紊乱。我们只能是本着急则治其标，缓则治其本的原则，目前主要是消炎，纠正水电解质失衡和营养不良。现在他吃东西很困难，药可能也吃不下。还是以输液治疗为主，但要控制输液速度，严密监测心肺功能，还要注意监测血糖和血压。大家对这个疑难病人的治疗众说纷纭：有的主张先治本，有的主张先治标；有的主张标本兼治，具体该怎样治疗要听张院长的意见。”

最后张院长做了总结发言，他说：“今天这个病历讨论得很好，大家都积极发了言，给这个复杂的疑难病人制订了治疗方案，使我们对这个病人有了一个明确的治疗方向。以后这样的病例讨论会要经常开展，我们的每一位医生平时都要刻苦学习业务知识，提高自己的业务能力，不要死搬硬套书本知识，把理论和实践结合起来，融会贯通。今天马科长针对这个病人提出的缓则治其本、急则治其标的治疗方向是正确的，刚才国盛也提出了抗炎，纠正水电解质紊乱和营养不良的治疗，也就是缓则治其本、急则治其标的治疗原则，虽然没有上升到这理论的高度，但还差强人意，这是他在农村工作多年积累的经验。今后大家都要加强理论学习，用理论指导实践，这样治起病来就会得心应手。”张院长说完以后就宣布了散会。

国盛通过这次会诊，也得到了一些启发。散会以后，潘医生心里很不是滋味，觉得会上张院长表扬了国盛，也就是间接批评了自己，他就走到国盛面前阴阳怪气地说：“泥脚杆子也能看病，真是鸡毛也能上天。”国盛知道潘医生是在嘲讽自己，他也佯装不知，并且很关心地问：“潘医生，听说你感冒了，好些了吗?”潘医生说：“我不是感冒，我是伤风了。”国盛看出了潘医生有一种“既生瑜、何生亮”的哀叹，他只好改口说：“哦，伤风了，好好休息几天就会好的。”潘医生说：“谢谢你的关心，我自己会好起来的。”国盛说：“你好好休息吧！如果不能上班的话，我来给你顶班，只要你告诉我一声就是，随叫随到。”说完，国盛就忙他自己的事情去了。

第五十八章　全民创业把国兴

改革开放以后，闭锁的国门已经敞开，国家提倡大胆地走出去，大胆地引进来，吸引外资，吸收人家的先进经验和技术，从而迅速地提高国家的自主创新能力，使国家的科学技术水平得到迅速提高，工农业生产迅猛发展。国家把深圳设为特区，作为改革开放的前沿阵地。全国的有志青年涌向深圳，想在那里大展宏图，施展自己的才华，很快，深圳就已成为人文荟萃的大城市。广大农村的青年没有了户口的禁锢，就像是飞出笼子的鸟、脱缰的野马，他们也和城里的青年一样奔向深圳，奔向自己的理想之地。他们在城市里打工，在城市里实现他们的梦想，开始自己的全新生活。这时国家有了新的政策，单位职工也可以留职停薪，自谋职业了。有些胆子大的，敢于吃螃蟹的人就开始留职停薪，下海经商。有些医生看到其他单位的职工留职停薪下海了，他们也想要开始外出应聘，到城市发展。

医院还是没有允许留职停薪，因为医院的医生还是有些紧张，农村的青壮年劳力外出后，大部分家庭只剩下老人和小孩。老人、小孩体弱多病，更需要医生给他们治疗。尤其是2003年“非典”大流行，一时间医院的医生特别紧缺，在“非典”期间，全国人民都团结一致抗击非典，但有些无良知的人还在趁乱想发国难财。把医院和药材公司的板蓝根冲剂贩卖到广州，几元钱一包的板蓝根冲剂在广州可以卖到三四十元一包。有一个做药材生意的刘经理冒着大雪深夜来到张院长家，张院长刚好上床睡觉了，他紧急地敲着张院长家的门，张院长打开门一看，原来是刘经理。就问：“刘经理你这么晚了有什么事吗?”刘经理神秘地对张院长说：“你还不知道啊！现在广州那边‘非典’流行，板蓝根可以预防‘非典’病毒，这边的板蓝根冲剂都运到广东那边去了，一包板蓝根可以赚几十块钱，听说你们医院还存有几百包板蓝根冲剂，这是个赚钱的好机会，你把这些板蓝根冲剂全部给我，赚了钱我跟你五五分成好吗?”

张院长听了就批评刘经理道：“那怎么行呢？你这真是发国难财啊！国家有难你们不但不帮，还在趁火打劫。”刘经理说：“张院长我知道你是个好人，国家有难我们是应该帮，把板蓝根运到疫区去，为疫区防病治病这不就是帮吗?”张院长说：“谁说的板蓝根能防治‘非典’！你收到上级的通知了吗？你们是在这里瞎掺和、瞎起哄，这是在给国家添乱，大量的人员涌入疫区，还会增加疫情扩散的危险，你们说得冠冕堂皇，实际是在为自己赚昧心钱打掩护，是在帮倒忙。”张院长义正词严地批评了刘经理，他被张院长批评一顿后，只好灰溜溜地走了。第二天，张院长特地到药房和药库通知说：“板蓝根冲剂每人只允许买两包，谁多卖了就处罚谁，更不允许加价销售。”药房和药库都遵照张院长的通知实行了，医院才没有出现疯抢板蓝根的混乱局面。

在党中央和各级政府的正确领导下，制定了有力的防治措施，经过全国医务工作者的统一作战，医疗战线的所有工作人员的日夜奋斗，在全国筑起了一道防治“非典”的坚固城墙，不到一个月的时间就把“非典”全面控制了。

改革开放的春风终于吹到了医院，医院由于农村人口急剧减少，城市医疗资源又欠缺，就允许医院职工留职停薪，自主创业。国盛的一个同事吴宏医生，因为朋友的介绍，他在深圳的一家医院打工，每天工作十来个小时，每月工资一万多，他就打电话来问国盛去不去？还把具体情况跟国盛说了。国盛想了想，打工只是工资比这里高一点，但他听人说有些民营医院老板为了赚钱，不择手段骗病人，经常给员工洗脑，要员工把病人的小病说成是大病，不需手术的而要做手术，国盛不愿意做那些事，加之自己研究的这些治疗疑难杂症的方法，特效药物还是不能应用于临床，所以就没有答应去深圳。他想如果有可能，就辞了医院的工作，外出开诊所。只有自己开诊所，才能把治疗疑难杂症的技术和科研成果应用于临床。现在全国已经是：

解开户口束缚链，一纸文凭天下行。
自主创新搞实业，科技强国百事兴。

全国各行各业都可以自由自在地自主创业了，可是开诊所并不是一件容易的事情，首先要办好医疗机构执业许可证，还要按照卫生部门的要求选择门面，购买药品和医疗器械等，尤其是办医疗机构执业许可证，它需要医生资格证、医生执业证等硬件，还要参加考试，能够考起才有资格办理。这东西看起来只有一张纸，要拿到它真不容易。如果没有关系估计你的腿都会跑断。其实这硬件只是对那些没有关系的人而言的，没关系的人即使有硬件也办不到，还需要设计好多的“软件”，如请客吃饭和送礼，有的干脆要送红票票。国盛访问了几家诊所，都说办手续非常麻烦。听同事张医生说：“我也想出去开诊所，找卫生局办营业执照，卫生局的一个管个体诊所的领导说先要通过考试，考试合格以后，先选择场地，把设备配齐，通过验收合格以后才能发证。我想，人家办证那么难，花了那么多钱，如果我把诊所设好了，证办不下来怎么办？到那时就只能任人宰割了。资金投进去了，不准开业，自己多年的一点积蓄不会全部打水漂吗？那不是一个极大的损失吗？心里没底的事我不敢动手，只好作罢。”

国盛在想：应该简化这些办证手续，将来如果能够把个人的资料统统登录在网上，只要打开电脑，个人的什么信息资料网上都有，不要自己到各个部门来回奔跑了，既能节约时间，又能防治腐败，多好呀！让那些有医疗经验的医生，有志为群众防病治病的医生，只要是有医生资格证和有行医资格的医生，医院同意留职停薪或者是脱离了医院的，不管是在职的，还是退休的，都应该允许他们开业。放低他们的准入门槛，加强事后的监督管理，杜绝游医药贩、假医假药就行了。

其实，诊所、药店是非常实用的，是群众看病、买药最方便、最快捷、最省钱的地方。群众看病、吃药是越近、越方便越好。办证越是对正规医生放得宽，让他们占领了医药市场，假医假药就没有市场了。如果前门关得紧，走后门的人自然就多；前门敞得开，后门关得紧，走后门的自然就少了。人民群众有了正规医生和正规的场所看病，就不会病急乱投医，找那些游医药贩看病了。

不要把医、药都集中在大医院，使群众都只能挤到大医院去看病，这样既耽误了群众的工，又浪费了群众的钱，还延误了病情。把医、药都搬到病人的家门口去，方便群众，一般的病在家门口就能解决问题，这样就解决了群众看病难，看病贵的难题。

诊所的医生对一般的常见病、多发病都是有着丰富的临床经验的，除个别疑难杂症以外，经过望、闻、问、切和望、触、叩、听就可准确地诊断出是什么疾病，不需要大量的化验和影像学检查，因此能为病人节约很多的时间和费用。国家和政府应该大力扶植基层诊所，媒体也不要动不动就叫群众到正规的大医院去看病，这是误导群众。

第五十九章　离乡背井办诊所

过了不久，一个在岳阳工作的朋友来国盛家，他们在一起喝酒，这朋友告诉国盛说："我管辖的那个片区需要办一个社区医疗门诊，你如果想出来闯闯的话，可以到那里去试试，不需要办个体诊所的执照，但只是在地处比较偏远的郊区，经济条件不是很好，那里医疗条件比较差，需要建一个医疗门诊，解决群众的看病难问题，你考虑一下，看是否愿意去。"

国盛因为很想出去自己开家诊所，就不假思索地说："行，只要不要办证就可以，我就最讨厌办这些证。"朋友说："那不需要你自己办证，只挂靠在医院，交一万元押金给医院就行了，等你不搞了的时候，押金还是会退还给你。只要你自己去物色门面，按照医院的要求搞装修，自己购买药品和医疗器械。"国盛非常高兴，他答应朋友说："我明天就去看看，把门面物色好了以后，就向医院提出留职停薪的申请。"朋友说："那好，你明天就跟我一起去看看，我明天正好还是休息，可以陪你去看看门面，做一点参考，你看怎么样?"国盛非常高兴，他说："那更好，这是求之不得的好事，你是那里的领导，地方熟悉，有你做参考我更加放心省事了。"国盛第二天也正好是出班休息，就跟着朋友一起去看门面去了。

这里是岳阳的一个郊区，有很多地方都是被征收以后新建的居民区。国盛就和朋友沿着街道找门面，这门面很难找，只能设在医院规定的地域范围内，空门面不多，地段比较好一点的地方就没有门面，有门面的地方又比较偏僻。东找西找，找了好久才找到一个勉强合适的门面。他们一商量，别无其他选择，只有这个门面，他们就将其定了下来。

门面定好以后，国盛就向医院申请了留职停薪，他就开始进行门面装修，采购医疗器械和药品，把这些东西都准备好以后，他就背着自己的被窝行李，只身来到了这个陌生的城市，在这里开始了他的个体门诊医疗生涯。由于初来乍到，人地生疏，病人还不太了解，加之两地地方方言不同，沟通起来有些困难，医患关系尚未建立起来。

刚开张的第一天，一个中年男病人走进来说："医生，我有点头疼、鼻塞，还有点发烧，想吊一点青霉素行不行?"国盛详细询问了病情以后说："你这是单纯的感冒，吃点感冒药就可以了，没有用青霉素的指征。"但病人说："我平时一感冒就吊青霉素，吊一次就好了。"国盛说："感冒是病毒感染，青霉素是杀细菌的消炎药，对病毒没有作用，那只是浪费药品。"病人说："我不管是病毒还是细菌，我不懂这一套，我只晓得病治好了就行，邓小平说的不管白猫、黑猫，只要能捉到老鼠的就是好猫。"国盛说："在只有病毒感染，没有细菌感染的情况下使用青霉素，不但不能杀灭病毒，而且还可以产生耐药性，以后真正细菌感染了，再使用青霉素，细菌就杀不死了，你的病就治不好了。青霉素还可产生过敏反应。严重的过敏反应还可以死人。"病人说："我打了这么多年的青霉素，每次病都治好了，还没有看到什么过敏反应，什么耐药性，你是不晓得用青霉素吧？不晓得做皮试吧？你是不想用这样的好药吧？想用那些贵些的药赚我的钱啰，你怕我不知道是吧!"

国盛是一片好心，都是为了病人好，可是病人不能理解，国盛心里很着急，他只好继续解释说："感冒有一个自然过程，只要不发生并发症，一个星期左右自然会恢复的，不是打青霉素好的，用药只能减轻它的症状，不可能缩短它的病程……"国盛还想跟病人解释一点什么，但病人见他不同意给吊青霉素，转身就走了。不久又进来了一个老大爹，70 多岁，弯着腰，拄着一根拐杖，非常痛苦的样子，他问国盛说："我这腰痛你会不会治疗?"国盛说："能治疗，您痛了多久了？你照过 X 光片没有?"他说："没有，这病还要照片吗？你不会看啊?"国盛说："当然会看，只是要照一个片看一下病变部位的情况，这样就更清楚一些，可以进一步明确诊断，有利于治疗，您自己也放心一些。"病人说："你如果会看病，你看一下不就知道了，过去的郎中只要搭一下脉就晓得是什么病。"国盛说："您如果现在照片不方便的话，可以暂时不照片，我就先给您检查一下，能够确诊就可以。"病人说："那行，你先给我检查一下，看是什么病？能够治就治。"国盛给病人做了详细的体格检查，告诉他患的是腰椎间盘突出，并且压迫了坐骨神经，要打针和吃中药治疗。病人说："要打针，要吃中药，那要好多的钱啊？这个病你治过没有？有把握治好吗?"国盛说："我会用最好的方法尽力给你治疗，应该效果很好。以前给别人治疗效果都很好，你的效果应该也会很好。"病人说："那你还是不能保证治好啰！等下用了很多的钱，病没有治好那怎么办?”病人用一种怀疑的目光看着他。国盛说:“请您放心,我会尽力帮您治疗的,效果一定不错。平时像你这样的情况,经过一个疗程的治疗基本上都治好了。”病人见国盛没有直接向他保证能治好,转身就走了。

治病是由各方面的因素决定的:一个是要看医生的诊断是否正确,用药是否合理,同时也要看病人对药物是否敏感,能否配合医生正规治疗。同一个病用同一种药治疗,有的病人有效,有的病人没效,有的病人见效快,用药几天就可以治好,但有的病人需要用一段很长的时间才能见效,它不是千篇一律的事情。因此医生治病谁也不能向病人做出什么保证,就是一个感冒病也不能保证几天能治好。因为有的感冒,体质好的,不吃药一两天症状就消失了,有的体质差的吃了药都没有效果,烧退下去后,过不了一天又上来了。有的是烧退了又出现咳嗽、咽喉痛等症状。因此,这治病医生是不能向病人做保证的,只有那些江湖郎中、游医、药贩就爱拍胸脯、定保证,他只要钱一到手,管你病好没好,拍拍屁股就走了。他们把医生治病的一些规矩都搞坏了,把一些江湖义气都搬到了医生治病这里来了。医生是讲信用,守规矩的,不能和那些江湖郎中一样不负责任地乱表态。只能是实事求是,科学地回答问题。

国盛知道在一个人地生疏的地方要取得病人的信任,站稳脚跟很不容易。看一个病,开一个处方有时候要做很多工作,病人才能接受。有的接受了一旦要付款时又没钱,因为这里的大部分家庭都被买码(地下六合彩)买穷了。

这个地区买码成风,大部分的人都爱买码,一到晚上,就这里一群,那里一伙,议论买码的事。这个说像牛,那个说像狗,还有的说像鸡。有的为了研究一个码,观看码书通宵达旦,比考大学还认真。报单时你几十,他几百,有的甚至上千、上万。一旦结果出来后,极大部分都是赔。个别的人就是偶尔中了一次,以后继续买的话,归根结底还是输了。这种买码的游戏整体上是输的次数多,赢的次数少,家家户户都买码输了很多钱。有一个姓徐的人开始赢了四五十万元,认为这买码比做生意来钱快,后来就越买越多,越赌越大,结果把赢的几十万输掉后,还倒亏了七八十万,把做生意的本钱都输掉了。他老婆急得心脏病发作住院抢救,自己急得茶不思、饭不想,整日里愁眉苦脸,唉声叹气,总认为是自己得了什么大病。他找国盛看过几次,一检查又没发现什么病,仔细询问才知道他是焦虑过度所致,就给他做了一些思想工作。国盛说“这买码实际上就是赌博,并且这游戏规则是掌握在庄家手里,并不利于买家,钱先要打到庄家账上,然后再出码,中得多的码肯定不会出,庄家会做赔钱的买卖吗?买码的十个有十个输。你看你们这附近买码的有几个赢了钱,最近买码输了钱的就有几个投河的、上吊的和服农药的,已经死了好几个了,你还不吸取教训啊!你要再买,只能是越输越多,也只有死路一条。输了的就输了算了，以后就不要再买了。钱输了可以再赚，生命只有一次，没了就一切都完了。什么东西都可以重来，只有生命不可以，留得青山在，不怕没柴烧，只有人好，才能创造财富。”

经国盛这么一说，他茅塞顿开，心情开朗了许多，脸上露出了笑容。他说：“你说得对，我以前认为哪天出哪个码是规定死了的，只要猜中了就有奖，我这智商肯定能猜着，没想到这其中有诈，还有这样多的猫腻，真愚蠢，以后再不做这蠢事了，好好做生意。”一下子精神好了，病也没了，他对国盛非常感激，认为国盛是一个诚实守信的好医生。谢谢他以后，就高高兴兴地回了家。后来他真的没有再买码了，开始正正经经地做自己的生意，不但没有输钱了，生意做得很红火，还赚了很多钱，病也好了。为了感谢国盛，他就为国盛免费做广告，说他是一个好医生，不但医术好，而且还是一个正直善良的人，他还主动介绍了很多病人过来看病。由于相互介绍，诊所的业务慢慢地好起来了。在这里搞了一段时间，虽说业务不是很忙，但毕竟是有了自己的实体，工作和生活都比在医院自在，只是在闲下来时就感觉很寂寞，尤其是过年过节，人逢佳节倍思亲，身在异乡为异客，尤其是中秋佳节，望着头顶的明月，思乡之情油然而生，感觉亲人、朋友都在观赏明月，天涯共此时，如果能够和亲人在一起团聚是多么的美好。但在这里是举目无亲，远离家乡，远离亲人，吃起饭来都感觉没有一点味道，他还是思念着自己的家乡，想回家乡工作，不知能否如愿以偿。

后来益阳有一个亲戚开了一家诊所，需要医生，想要国盛过来帮忙。他考虑到回家乡和亲戚，家乡人在一起，语言交流要方便很多，信任程度也要高很多。有了这个机会，国盛就回到了家乡益阳，和亲人一起开诊所。在益阳果真和病人的交流要容易得多，看起病来得心应手。没有多久，医患之间的信任关系很快就建立起来了。国盛能在自己的家乡开诊所，就更能充分发挥自己的主观能动性了，终于可以在临床上使用自己多年来研究的科研成果了，还可以更好地去研究和总结经验了。

国盛也为自己的医疗经验和科研成果能够得到充分发挥感到高兴。他非常珍惜这个为群众服务的平台，因此每天在诊所兢兢业业地工作，对待每一个病人都是仔仔细细、认认真真，从不敢有半点马虎。只想以最少的费用，最好的疗效，最小的副作用为病人治疗。他精心耕耘，春华秋实，这是他在医疗战线上长期潜心研究和辛勤工作的结果。他每天围着病人转，时刻都在守护着人们的健康。为病人治病，治好每一个病人是他一生的梦想和追求。几十年来，他对医疗工作一往情深，他不忘初心、他愿为自己的梦想坚守一生、奋斗一生、劳累一生而无怨无悔。

第四部　辉煌成就

第六十章　祖国繁荣家乡变

经过几十年的改革开放，工业、农业、国民经济突飞猛进，祖国山河日新月异，新鲜事物如雨后春笋，层出不穷。真是“春风杨柳万千条，‘十’亿神州尽舜尧”。我国经济形势犹如阪上走丸，取得了举世瞩目的辉煌成就。工农业生产得到了迅猛发展，桥梁、铁路、高铁、公路、高速公路，东西南北纵横交错，四通八达。水路、公路、铁路、航空，形成了水、陆、空立体交通枢纽。太平盛世，祖国繁花似锦，科技水平大大提高，现代化建设是多么的宏伟壮观。真是：

一桥飞架通南北，
一路延伸连东西。
一马平川建广厦，
一堵三峡出平湖。

国盛因为工作忙，有多年没有回过自己的家乡。一次，他利用春节假期回了一次老家。他几乎认不出家乡的路了。宽敞的水泥大道两旁的参天大树遮挡着烈日阳光，走在这林荫大道上真是心旷神怡，十分惬意。他脑海中只存留着以前屋前那杂草丛生的小路；建在田间低矮、潮湿、黑暗的茅草房；那些长满黑丝草的小沟、小港；还有塘边几棵弯弯曲曲的杨柳树。儿时小朋友一起在小塘、小沟中捉鱼捞虾以及在田中抓黄鳝、泥鳅的情景历历在目，这就是深深印在他脑海中的儿时家乡的记忆。他离开老家已四十多年了，往事不堪回首。他心中泛起了无限的感慨：“物犹如此，人何以堪。”

时过境迁，经过几十年的奋斗，国家建设虽然在各个时期不同政策下跌宕起伏，但最终克服了种种困难，经过改革开放，这里的面貌完全变了，他走到村头，看到村子里面目一新，原来低矮零乱的茅草房变成了高大明亮的砖瓦房，原来长满黑丝草的小沟小港现在修成了笔直的渠道，渠道两旁的杨柳排列成行，婆娑起舞，真是鬼斧神工，祖国的新农村瞬息万变。国盛迷失了方向，他已找不到儿时在一起玩耍的朋友的家了。

看到队里有几个小孩在马路边玩耍，就凑近去问一下路，国盛问：“小朋友，你们知道五才爹爹的家吗?”一个小朋友看着这陌生的老头摇了摇头。国盛又问："那大生爹爹、正国爹爹和张凡爹爹的家知道吗?"另一个小朋友用手遥遥一指说："第三、第五、第九、第十栋楼房就是他们的家。"他还用疑惑的眼光看着国盛问："你怎么认识他们的?"国盛说："我就是在这里长大的呀！以前就住在这里。"小孩看了看国盛，摇了摇头说："我们怎么不认识您，您是从哪里来啊?"真是：

少小离家老大回，乡音无改鬓毛衰。
儿童相见不相识，笑问客从何处来。

他经过一番询问后找到了大生的家，大生家原来是两间矮小、潮湿、黑暗的茅草房，现在建成了三间两层的楼房。走进大生家里，他感到很惊叹！没想到农村的房子也装修得这样富丽堂皇，室内金碧辉煌，家具一应俱全，还有空调、冰箱、摩托车。他和大生多年没有见面，大生见到国盛到来，真是喜出望外，高兴得不得了。大生忙握着国盛的手问道："你每天要上班，今天怎么有时间到我家里来? 真是稀客。"

国盛说："今天休假，特地来看看多年未见的老朋友。"

大生说："我们的确有很久没有见面了，你一定要在这里住几天再走啊!"

国盛说："我是想了好久了要到这里来看看，今天见了面就行了，我还要到张凡、正国、五才和其他几个朋友家去看看。"大生强烈挽留国盛在他家吃饭，国盛不同意，认为难得麻烦。

大生说："有什么麻烦的，现在又不用上街买菜，冰箱里什么都有。"他打开冰箱，冰箱里塞得满满的，鸡、肉、鱼、蛋样样都有。大生介绍说："这都是自家养的，猪、牛过年时宰了，把多余的卖掉一些，自己留一部分，制成腊肉，给儿女们一些，其余的就自己留着吃。"他还拿出了一瓶自己酿的葡萄酒和一瓶高粱酒放在桌上。不久他老婆就做出了一桌香喷喷的饭菜：有黄鸭咕煮芦笋，红枣蒸母鸡，黑擦菜蒸腊肉，新鲜的白菜台子、芹菜，还有辣椒萝卜、酱豆子、腐乳、盐鸭蛋等。香味扑鼻而来，使人垂涎欲滴。这种久违了的地道家乡菜立即勾起了他对儿时家乡的记忆，这也是母亲当年常做的菜，已经多年没有吃过了。大生就用两个酒杯斟了两杯葡萄酒，两个多年未见的好朋友在一起饮着又香又甜的葡萄酒，吃着满桌的佳肴美味，真是别有一番风味。他们浮想联翩，在一起回忆着儿时的那些快乐与心酸的往事。

儿时的希望与梦想还历历在目，似水流年，弹指一挥间，现在他们都已是两鬓斑白，半个多世纪的风霜雨雪和酸甜苦辣涌上心头。儿时的梦想——楼上楼下、电灯电话早已实现；儿时的愿望——吃得饱、穿得暖早已成现实；儿时昔日的理想，抱负都已成真。

他们谈到当前农村的情况，大生说："现在农村大部分农家都已经丰衣足食了，粮食产量稳步提高，有的亩产还实现了吨粮田。水利设施一应俱全，已旱涝保收了。现在种田不但不要交征购，而且每亩田还有两百元的补助。我的儿子和女儿大学毕业后都到深圳打工去了，他们都在深圳买了房子和小车。我们夫妇俩就在家管理这些田土，一年能收一万多斤谷子。儿子、女儿经常带我们外出旅游，什么汽车、火车、地铁、高铁、飞机都坐过。现在农村家家户户都建起了砖瓦房，一般的家庭都有单车、手表、摩托车，有的甚至还开上了小汽车。"

国盛说："现在全国到处是高楼林立、星罗棋布。一排排的别墅群鳞次栉比，美丽壮观，在外打工的农民也住进了高楼。宽敞的柏油马路纵横交错，各种品牌的小汽车像蚂蚁出洞一样摆满了条条马路。现在我们国家真是高楼别墅成民宅，空调冰箱入农家了。农村变化真大，我回自己的老家都迷路了。"

大生又说："从前吃不饱、穿不暖的日子一去不复返了。粮票、布票和其他各种票证全部废除，都进入了历史博物馆。那该死的户口、阶级成分也被取消了，都是中国公民，没有了等级之分，真正实现了人人平等。"

国盛说："现在每个人都可以凭自己的专业知识和工作能力在自己适合的工作岗位上工作，真是'天高任鸟飞，海阔凭鱼跃'的时代了，真正可以说是'万类霜天竞自由'了。适合在哪里居住就在哪里居住，适合在哪里工作就在哪里工作，每个人都在自由世界中翱翔。各尽其能，各司其职，各尽其责。只要你懂科学、有技术、是人才就可凭一张身份证和一纸文凭纵横驰骋，走南闯北，跑遍全国。"

大生说："我们这一代人是处在历史的转折点：从低矮黑暗的茅房，到窗明几净的高楼大厦；从穷困潦倒、饥寒交迫到丰衣足食；从原始的锄头、耙头、锹、肩挑手扛，到现在的机械化和现代化操作。现在不用扮禾了，都是用收割机，抗旱用电排，挑堤用推土机，修渠道用挖机，那些繁重的体力劳动都被机械替代了，农民的体力劳动大大地减轻了。"

国盛说："短短的三四十年改革开放就好像是跨越了几千年的历史时空，真是'萧瑟秋风今又是，换了人间'。我们经历过了常人难以承受的痛苦，但也享受到了曾经帝王将相都未曾享受过的精彩生活，如空调、冰箱、手机、电视、飞机、高铁等这些现代化的生活。精神文明和物质文明都大大提高，改革开放如同鬼斧神工，化腐朽为神奇，现在的国家建设真是日新月异，叹为观止。国家强大了，我们成了幸运者。如今四海升平，在这个和平的年代，没有战争，没有兵荒马乱，还过上了这样幸福的现代化生活，我们值了，我们知足了，也无怨无悔了。”

大生感叹道：“时光似箭，斗转星移，一晃几十年，儿时的嬉戏打闹历历在目，转眼间就是花甲之年，‘夕阳无限好，只是近黄昏’啊！”

国盛举杯吟道：“

五十年前是稚童，时常嬉戏打闹中。
时光如刀雕岁月，两鬓斑白满脸纹。
户籍樊篱无踪影，改革开放把国兴。
消除贫困政策好，经济建设保民生。

如今的社会发展真快，日子越过越好，要珍惜好今天的幸福生活，现在的养生之道就是：多运动、少乘车；多蔬菜、少油腻；爱好广、心态宽；不奢侈、莫贪财；烟酒少、朋友多；顺自然、不强求。”

大生忙道：“是，是！党的政策好，如今的日子好过了，要好好保重身体，只有身体好比什么都好。但现在的人是条件好了，工作轻松了，出门三步就是车，进屋就是空调，每天烟酒、槟榔不离口，打开眼睛不是打牌就是看手机，人未到中年，老年病就起了堆，真是不得了。连小孩子都是手机不离手，百分之五六十都是近视眼，手机游戏对青少年真是贻害无穷啊！”

国盛说：“那是，那是！小孩子要少看手机，少玩游戏。要努力学习，多锻炼身体。”

国盛和大生在一起频频举杯，真是酒逢知己千杯少，他们谈了很多，谈得很投机，他们谈过去、谈现在、谈将来，无所不谈。他们感觉到世事正如古人所云：“滚滚长江东逝水，浪花淘尽英雄。是非成败转头空。青山依旧在，几度夕阳红。白发渔樵江渚上，惯看秋月春风。一壶浊酒喜相逢。古今多少事，都付笑谈中。”

改革开放的澎湃动力，使我们的祖国发生了翻天覆地的变化，城乡差别缩小了，人才可以自由流动了，大大地提高了人才的利用率。缩小城乡差别是每个农村人梦寐以求的事情。以前的农村人都向往着城市生活，盲目地与城市攀比，大生还讲了现在社会上流传的一个笑话，他说：“有一个农民叫王向前，他生得聪明伶俐，又会读书，从小学到高中，成绩一直名列前茅，后来由于父亲生病去世，家里拿不出钱读书了，高中没有读完就只好辍学在家务农。他从小就有一个梦想，一定要冲出农村，成为城里人，过上城里人的生活。他很会赚钱，小时候就经常抓才鱼，捉黄鳝卖钱贴补家用，后来长大了，他找各种关系，想成为一名城市人，只想当一名工人或者国家干部。但因为家里穷，读不起书，又因为是农村户口，不管他怎么奋斗，也挣脱不出这‘如来佛祖’的手掌心——农村户口。他总是爱追赶时髦，追求城里人生活的品位，向往着城市生活。他就只好模仿城市人，农村人还是打赤脚的时候，城里人就穿上了袜子，他非常羡慕，也想穿上袜子。因为没有钱买，又不能外去攒钱，每天都只能在生产队里转，基本上是家里、田里两点一线。一天，他看到鸟儿在天上飞翔，鱼儿在水中游动时，他不由叹道：‘人还不如鸟和鱼自由啊！’他真是‘望云惭高鸟，临水愧游鱼’啊！王向前就只好装病。队长来喊他出工的时候，他就捂着肚子对队长说：‘我今天肚子疼，可能是阑尾炎，要到医院看病治疗，不能出工，要请三天病假。’队长看到他那痛苦的样子，就以为他真的病了，也就同意了他到医院看病。可是队长一走，他就借机外出找副业赚钱去了。他利用三天病假到麓湖挖了三天沟，赚了十几元钱，就买了两双纱袜和一双尼龙袜子。他穿上这样时髦的袜子，在农村真是洋气得不得了。他沾沾自喜，常常跷着个落马脚给人家看。他总是不停地跟着城里人追，农村人还是穿土布，大裤头的时候，城里人穿上了西装，料子裤，他也到城里买了的确良、的确卡、绸子和缎子；农村人还是打赤脚走路的时候，城里人开始了骑单车，他也设法买了一辆单车；城里人开始骑摩托，他也跟着买摩托；城里人开始住楼房，他就趁改革开放的机会，到外地打工赚钱，也跟着起了楼房；城里人买小汽车了，这下他真的急了，生活节奏这么快怎么赶得上，一下怎么能筹到这么多的钱啊！他拼命打工，找亲戚朋友借，真是七想方，八设法，才买了一辆人家将近报废的二手车；城里人后来又开始住电梯房，他就开始做生意，经过一番拼搏，在城里买了一套电梯房，还贷了一些款，才付了个首付。城里人背几万元一个的包，王向前羡慕得不得了，总想买一个，后来借了钱也买了一个，他高兴极了，认为自己真正赶上了城里人的生活，真正成了城里人。但他生活过得很累，生怕落后了城里人，总是跟在别人后面追，还欠了一屁股债，一直过着钱奴、车奴、房奴的日子。王向前家住在二十一楼，一天刮大北风，窗户被吹得呼呼地叫，房子都觉得有些晃动，他的儿子有些害怕，就好奇地问他母亲：‘妈妈，我们家为什么要住这么高的楼房，爹爹奶奶家又住那么矮的楼房？’他妈妈说：‘爹爹奶奶家没钱，只能住农村的矮楼房。’儿子又问：‘叔叔家那么有钱为什么也住矮楼房呢？’他妈妈说：‘叔叔家住的那是城里的别墅。’儿子自言自语道：‘都是两层的矮楼房，城里的为什么就叫别墅，乡下的就叫矮楼房，难怪我们这里的电梯房是小区，同学家住的电梯房叫贫民窟。’谁知城里人总是瞧不起农村人，总要和农村人有区别，保持距离：农村人跟着城里人穿袜子了，城里人就不穿袜子打起了赤脚；农村人穿西装、穿料子了，城里人又时髦穿棉布衣、烂裤子了；农村人吃上了白米饭、大鱼大肉了，城里人又时髦吃芹菜、藜蒿和野菜了；农村人开小车了，城里人又开始骑单车和步行了；农村人住电梯房了，城里人又到农村去买地建矮楼房了。王向前回忆起以前，为了赶时髦，想买一条的确良裤子，费尽了周折，好不容易才买到。买到后非常高兴，立即把那条烂了一个洞的牛仔裤赶紧丢了。现在的确良成了垃圾布，城里人穿烂牛仔裤又成时髦了。为了赶时髦，我又要用几百元钱去买一条烂牛仔裤，心里真不知是什么滋味，自己都觉得无知、可笑，更觉得不值。王向前不禁叹道：‘真是，早知如此，何必当初，有什么必要去追，辛辛苦苦追了我大半辈子。老子早就在农村建了‘别墅’，一开始就是打赤脚、吃野菜、骑单车、穿土布、穿烂裤子的这个水平了，何必跟着城里人转，绕这么大一个圈子，害得我天天劳碌奔波还欠了一身债，结果是又回到了原点，为什么这个世界要由这些有钱的城市人主宰？’其实人的生活并不需要那么奢华，富人的生活有时还不如穷人自在。过于奢侈对人并没有好处，大鱼大肉吃腻了，就要吃点萝卜、白菜；小车坐多了，就要走走路；温室里待多了就要晒晒太阳，经经风雨的锻炼。”

大生叹了口气，喝了一杯酒，继续说道：“王向前经过几十年的追逐，终于明白了一些道理，他已经意识到自己几十年的浮躁和花哨，在无穷地折磨着自己。他开始冷静了，后来，他消停了许多，使自己的生活返璞归真。一个人要实实在在过日子，丢掉那些虚无缥缈的东西，务实一点，那些所谓的名利只是过眼烟云。现在很多人都爱攀比，为了它，要劳碌奔波一辈子，折磨一辈子，痛苦一辈子，有的甚至身陷囹圄，毁掉自己的一生。”

国盛说：“盲目攀比和追赶时髦是没有意义的，要生活在自己的世界里。‘知足不辱，知止不殆’，这是千古至理名言啊！通过这个故事说明，人都不要去计较什么别墅、名牌，要淡泊名利，淡泊得失，淡泊恩怨，远离奢靡，心静如水，要有自己的平淡生活，过好自己的每一天。”国盛感慨道：

人生不在初相逢，
洗尽铅华也从容。
年少都有凌云志，
平凡一生也英雄。

大生说："现在我们已衣食无忧，真皮、真毛、真丝、纯棉的衣服样样都有。有很多的官员并不是生活困难，只是因为盲目攀比而搞贪污腐败。有很多高官，殊不知自己身处高位，肩负着党和国家的重任，他们的举手投足、一言一行都受万人注目，职位越高责任越重大。但他们并不知道'高处不胜寒'的道理。有的干部根本不明白自己肩上的责任，只和人家比钱财，比富贵，奢望那些花天酒地的奢靡生活。他们应该要'洗尽铅华做良家，从从容容看冬夏'。"

国盛说："不管科技怎样发达，多么富裕，人总是会要回到原点：人类离不开体力劳动，离不开体育锻炼，离不开一日三餐、粗茶淡饭，离不开绿色环保。流水不腐，户枢不蠹，人需要不断地学习，不停地运动，这样才能保持健康向上。必须返璞归真，保持一颗平常心，过平常人的生活。生活越普通，越简单，越容易接近大自然，越有利于身心健康。不要嗜烟好酒，大鱼大肉，花天酒地地生活，过于奢华的生活会容易损害身体健康，使人思想懒惰，精神蜕变，身体退化，器官萎缩。过去的皇帝生活大多奢靡，故而短命，这就是糜则伤身的道理。"

大生说："我们这一代人经历了激进的新农村改造、'文化领域的整顿'、改革开放等各个时期的艰苦锻炼，经过了'苦其心志、劳其筋骨、饿其体肤'的磨炼。我们通过艰苦奋斗使一个满目疮痍、受人欺凌的旧中国到实现四个现代化，把一个一穷二白的国家建设成了繁荣昌盛的大国。我们这一代人起到了承前启后，继往开来的作用。我们虽然已经老了，但我们的生活还是过得很充实：早上塘中看看鱼，鱼儿早上都出来喝露水，呼吸新鲜空气，黑压压的一片，很是壮观；上午在圈里看看猪、牛，笼中看看鸡、鸭，电视机前看看新闻；下午到田间地头转转，看看庄稼；晚上村头看看热闹，下下象棋，打打麻将，和老朋友聊聊天。有时就接接儿女、孙子的电话、视频，这些都是最惬意的事情。现在其他的闲事都不想不顾了，过好自己的每一天，不和人争，不和人吵，一身无烦恼。每天有时还练练太极拳，健健身，养养神。不去打扰儿女们的生活，儿女事情少掺和，你不掺和，他们自己就有安排，如果你参与得过多，有时他们就会依赖你，如果你力不从心了，反而会误了他们的大事。我们小时是懵懵懂懂，现在就要糊糊涂涂，没有什么好争好斗的，要轻轻松松地过好这剩下的时光。和老伴相互关照，相互搀扶，相濡以沫，安静地过好每一天。"国盛非常羡慕大生的这种生活，称赞大生说："你的这种生活方式非常好，你现在过的日子连神仙都会羡慕呢。"

大生说："回眸过去，前头是那样的精彩；展望未来，一定会更加辉煌。我们这一代人尽职尽责了，但我们今后的责任就是还要给后人留下一个精神文明、物质文明的现代化社会；留下一片绿水青山、可持续发展的好模板；要教育好自己的子孙后代热爱祖国，继续保持勤劳简朴，艰苦奋斗，勤奋学习文化科学知识，锻炼好身体的好习惯，做到后继有人。"

国盛非常赞赏大生的观点，他们一边谈，还一边欣赏着家乡的夜景：家家都有明亮的电灯，马路上人来车往，那流光溢彩的车灯、路灯和乡村的万家灯火交相辉映，点缀了农村的朦胧夜色，使家乡的夜晚变得更加的美丽、和谐。村子里过去一到晚上就漆黑一团、死气沉沉，与此美景大相径庭，过去的情景一去不复返了。国盛和大生边欣赏家乡的夜景边谈论着国家的飞速发展和人民的美好生活，一直谈到深夜，就在他家睡了一晚。

第二天早上，大生的妻子又煎了一碗香喷喷的藜蒿粑粑，还烧了一碗甜酒冲蛋，那藜蒿粑粑吃在口里糯悠悠的，味道好极了。国盛吃过早饭就依依不舍地告别了大生家。

离开大生家后，还到了正国、五才、张凡等几位儿时的朋友家。他们也和大生家差不多，条件都非常好。在村子里转了一圈，看到故乡的人美、地美、水美，他沉浸在故乡的美景中，他感慨万千，真是：

国民经济日益新，
公路铁路四海通。
衣食住行都改善，
人民生活步步升。

他还特意找到了他原来居住过的地方，三间低矮、黑暗、潮湿的茅草房没有了。屋场台子、菜园和鱼塘也全都不见了，都被推土机推平后种上了水稻，现在只能见到一片稻田和密密麻麻的禾蔸子了。这里原来地势低洼，天一下雨，水就漫上了禾场，雨大一点水就进到了屋内，室内经常是湿漉漉的，连空气都是非常潮湿。国盛的童年和青年时代大部分都是在这里度过的，虽然这里的环境变好了，但过去的情景仍然使他难忘，心中感到非常留恋与忧伤：因为这里毕竟是他青少年时期艰难生活的地方，是他根系深埋的土壤；是他学习启蒙，劳动锻炼的地方；是他磨炼意志，成长智慧和奠定理想的地方；这里还是青少年时代，很多青年天天渴望逃离的地方；这里蕴藏着国盛青少年时代的艰辛、困苦、欢乐与理想。这里还是他父母亲长期艰辛生活和长眠的伤心之地。

国盛在这里停留了好长时间，围着这屋场基地转了好几圈，现在倒觉得有些依依不舍了，这里依然是他留恋的故乡：

在这里，
曾经，
有一个愿望。
后来，
就成了一个随风飘摇的梦想。
社会因素，
家庭境况，
迷失了人生的方向。
个人的执着，
梦想的火花重新燃起。
千百次的追寻，
光明就在眼前。
改革开放的明灯，
照亮了祖国大地。
奋进！奋进！
鼓角齐鸣，
万马奔腾，
壮志青年齐振奋，
佼佼学子进校门。
科技强国，
技术领先。
祖国大地换新颜。

年岁大了，却天天想回这里看看，他饱含热泪，在这里静静地伫立了一个多小时，回忆了很多童年时代的有趣生活。

他记得屋旁边有一条小沟，夜里经常能听到潺潺的流水声。小沟里长满了黑丝草，一天，金秋想在这沟中搭一个跳板，他就用柴刀从杨树上砍下一枝大丫，把小枝去掉，在树丫的中间钉上一根横木，然后将这个树丫倒插在沟中，再把三根杨树用草绳子绑在一起，搁在那杨树杈的横木上，就成了一个跳板，农村叫它水跳子。跳搭好后，又拿了两根竹棍子，用草绳把中间扎起，就成了一副夹棍，用夹棍把跳板周围的黑丝草挟掉，然后用耙头把沟中的淤泥挖掉，过了一会儿，水就澄清了，这黑丝草是天然的过滤器，经过黑丝草的水都非常清澈，那时候田里是不打农药、化肥的，水的味道非常纯，甚至还有点甜味。国盛他们一家人长期就是喝着这条沟里的水，连洗衣，洗菜，都是在这条沟里，因为沟里的水每天都是流动的，非常干净。

国盛非常喜欢这个小跳板，他经常到这跳板上洗手、洗脚和观看小鱼。一些小鱼在黑丝草里待久了，觉得闷得慌，就要到这个洞里来晒晒太阳，吸收一些新鲜空气。鱼儿来到洞里嬉戏，一会儿蹿到水面，一会儿沉入水底，有时甚至跳出水面。开始国盛一走近，鱼儿就钻进了黑丝草中，后来看到国盛对它们没有威胁，慢慢地习惯了，也就不怕了，照常地在洞中玩耍。洞中的鱼儿越来越多，有鲫鱼、边鱼、游刁子、千年弄等，有时候还有一群群的小鲤鱼游过来。它们是那样的美丽，在阳光下能把洞中的水映红。看到鱼儿的活跃和快乐，国盛忘记了饥饿和疲劳，国盛真有些羡慕鱼儿的自由和无忧无虑，他感慨道：

沟内丝草无穷绿，洞中鲤鱼别样红。
观其欢乐自由状，临池观景叹人生。

黑丝草长得很快，没有几天就把洞长满了，国盛也学着大人的样，时常拿着夹棍把洞里的黑丝草挟掉，然后用耙头把洞里的淤泥挖掉，耙头很重，国盛人又小，搬不动，累得气喘吁吁，满头大汗。把黑丝草挟了，淤泥清了，小鱼儿又欢乐地回到了洞中。

一天，国盛邀大生、五财、正国、张凡来洞中看鱼，大家躲得远远的，只见洞中的鱼儿一会儿沉入水底，一会儿蹿到水面，使水面荡起一朵朵浪花，好像伸手就能抓到，这里似乎就是它们的自由世界，大生随口就念了一首小诗：

鱼儿游洞间，
快乐似神仙。
日日自由状，
人间不等闲。

这条小沟伴随了他的青少年时代。国盛就是喝着这条小沟的水长大的，他对这条小沟有着深厚的感情，在国盛的印象中，这贫瘠、物资匮乏的乡村，这条小沟中清澈、甘甜的流水，才鱼、鲤鱼、鲫鱼、泥鳅、黄鳝才是唯一取之不尽，用之不竭的资源，因此他一直非常留恋这条小沟。

随后他还来到了母亲的坟前，在母亲坟前长跪不起，他总感觉到，不管是跪多久，都无法报答母亲的养育之恩。

在离开这里之时，他有些舍不得这些阔别了多年的亲人、朋友和美丽的故乡了。因为他生于斯、长于斯，这里是生他、养他、供他读书和成长的地方。水是故乡美，月是故乡明。他每次都是怀着久久思念的心情回到这里，然后又含着久久不舍的心情离开这里，这就是对故乡的思念之情。他回家以后，感慨万千，面对这美好的家乡、发小、亲人、朋友，尤其是母亲的孤坟，心绪惆怅，思乡之情油然而生，他写下了《乡愁》以表思乡之念：

乡 愁

小时候
乡愁是一条弯弯的小沟，
黄鳝泥鳅，
全在那里头。

后来啊，
乡愁是一座矮矮的孤坟，
我在外头，
母亲在里头。

长大后，
乡愁是一辆破破的单车，
我在这头，
小家在那头。

年老了，
乡愁是一湾浅浅的洞庭湖，
我在这头，
故乡在那头。

改革开放后，亲人、朋友、同事都已出外四处打工，但他们对家乡也十分关心，乡愁是每一个游子的心结，不知他们将会为家乡做何贡献。

第六十一章　持续发展责任重

他们为了个人的前途与事业不得不离开自己可爱的家乡和亲人。大多数年轻人都已外出打工，身边的亲人、朋友逐渐减少，大家都远隔千里，不能经常在一起相聚，往来减少了，但相互的思念与牵挂多了，他们时刻关心着家乡的建设与发展。大多数游子们在外赚了钱都没有忘记家乡的建设，有的捐资建学校，有的捐资修公路，有的捐资修养老院，有的捐资建幼儿园，有的捐资搞环保，使家乡变得青山绿水，大家都在齐心合力改变家乡面貌。

国盛也和其他远离亲人的人一样，时常想念着他的亲人和朋友，他叹道：

人有悲欢离合，
月有阴晴圆缺。
此事古难全，
但愿人长久，
千里共婵娟。

为了打工，现在都是四海为家。不过目前交通和通信日渐发达，使亲人和朋友有一种远在天边、近在眼前的感觉，真是“海内存知己，天涯若比邻”了。虽然是路隔千里，一个电话、一个视频就能把千里之外的亲人、朋友的距离拉到眼前，虽身远而心近。还能通过电视、网络就能了解世界，真正是“秀才不出门，能知天下事”的信息化时代了。

不过，国家的高速发展也给环境带来了一定的污染。现在国家已发现了这一问题，及时进行了调结构，转方式，稳增长，促改革的转型：既要谋发展，又要保民生；既要搞建设，又要防污染。国家还有好多事情需要我们大家去做。祖国的建设事业需要继往开来，持续不断，需要几代人，甚至几十代人的不懈努力才能建设得强大，不被外国欺侮。中国人都要静下心来，沉住气，不骄不躁，不要理会外面的喧嚣，把自己的国家搞富裕，把自己的国家建设好。

建设好自己的祖国，要多办实业，要发展高科技，要办好保民生的实体经济，要注意环保，要为国家能持续发展创造条件。不要单纯地只为了挣钱而毁了祖国的大好河山。

钱为何物，世人很少能看懂，金钱这东西是一把双刃剑，看你怎样掌握和运用它：钱可以给人带来生活的便利和幸福，可以给人带来荣耀和尊严，有时候还可以挽救人的生命，但它也可以毁掉人的幸福，甚至一生，有的贪官把金钱看得比生命重要，因此毁掉了他的一生，甚至殃及子孙。钱毕竟只是为人服务的工具，是身外之物，一个人一生不单纯是金钱和物质重要，要各方面平衡考虑：生命和金钱比较，生命重要；名誉和金钱比较，名誉重要；亲情和金钱比较，亲情重要。个人对金钱和生命的看法不同，结局就不同。

一天，国盛和同事吴医生、王医生在一起聊天，吴医生讲了一个故事，很有说服力，他说："有两个邻居，家里都有三十万存款，一个邻居因为家里被盗，把三十万存款全部给盗走了，这邻居受不了这个打击，一气之下悬梁自尽了；另一个邻居发现自己得了结肠癌，他不想死，到医院去做了手术。经过手术和化疗，花完了三十万元存款，但病治好了，保住了生命，他们全家都高兴得不得了。"

王医生叹了一口气道："唉！同样是损失了三十万元存款，一个没有病的，因为把金钱看得比生命重要，所以自杀了，全家人都悲痛欲绝；一个是把生命看得比金钱重要，得了癌症反而千方百计地治疗，经受了手术和化疗的痛苦才保住了生命，反而高兴得不得了。这是什么原因？说明了一个人看待金钱和生命的轻、重标准不同，结果就不一样。"

因此，不能只为了钱而损害了人类赖以生存的环境。人生短暂，但人们的牵挂，忧虑是无止境的，先人总想为后人留下点什么，最重要的是精神食粮和可持续发展的空间，要考虑子孙后代的长远利益，要给子孙留下一片青山绿水和美好的自然环境。不要过度地消耗那些不可再生的自然资源。我们不能只顾眼前利益，大肆地破坏环境，如果用牺牲环境来换发展经济，无异于饮鸩止渴。要鼓励后人继续艰苦努力，奋发图强，发展科技，搞好环保，要继续保持持续高速度的发展。

国盛说："中国已进入全民创业、万众创新的时期。全国人民都要齐心合力搞科研，尤其是那些专业的科学技术人员，应该加紧研究解决那些人民群众生活的必需品，支持国家经济的支柱产业，攻克那些阻碍国民经济发展的科技瓶颈：如中国要能在短期内炼出硬度最强，永不生锈的好钢；能够制造出智能、灵活适用的手机芯片；制造出效率高，经久耐用的汽车心脏，使全国人民都能用上自己国家制造的世界上最好的，最先进的手机和汽车，那该多好啊！因为只有掌握了高科技的核心技术，国家才能长远发展，才不被人家卡脖子。"国盛是一个崇拜科学的人，认为只有科学能改变世界，只有科学才能解放人类。如果没有科学，人们就会穿不暖、走不动、住不好，人类的生活就会黯然失色。

国家建设就会停滞不前。他只想喊一声科学万岁！科学家万岁！

吴医生接着说："是啊！钢材质量不好，造出的机器用不了几年就磨损了，生锈了，这样的机器怎么能打进国际市场，怎么能在市场上争得先机。国家怎么能够持续发展呢！要持续发展，就正如大家所说的，需要办好这样几件事：(1）要保护好环境，不要搞大开发，大破坏，不要污染环境，要保护好青山绿水；(2）要发展教育事业，大力培养高科技人才，要教育他们爱国，要使他们德才兼备，要发展高科技，人才是关键；(3）要搞好基础建设，保障交通、运输通畅；(4）尽量使收入分配合理，劳动者有所得，使中产阶级增加，使贫困者和资产阶级减少；(5）反对腐败，防止他们对国家和政党的腐蚀，要培养一大批能吃苦耐劳、廉洁奉公、勤政爱民、艰苦奋斗、勇于担当的好干部；(6）要节约使用和储备一些稀有物资和不可再生物资，减少出口，以利长远发展；(7）要给后人留下一笔丰厚的精神财富，而不单纯是物质财富，不要给他们留下臭名昭著的名声。大家要知道'以德遗后者昌，以财遗后者亡'的道理，这就是前人的责任和义务。目光短浅，只顾眼前是建设不好一个国家的，要有能持续发展的长远打算。"

他们边喝酒边谈论国家大事，虽然现在已是歌舞升平的时代，他们心中还是怀揣着对祖国未来的憧憬和担忧。他们对家事、国事、天下事，事事都是非常关心，真是人生不满百，常怀千载忧啊！不知他们最关心的还有哪些事？

第六十二章　全国人民奔小康

他们讨论得最多的是一些医学上的事情和其他日常生活上的事情，但他们对家事、国事、天下事也持有事事关心的态度，经常谈得非常火热。忧国忧民的人，总是希望国家能够永远繁荣昌盛，世界永远太平。

一天，吴医生接待了一位哮喘的病人，他呼吸非常困难，吴医生给他治疗了几天，吃了很多药，打了很多针没有效果。吴医生就来找周医生帮他会诊，周医生给病人做了体格检查，考虑是哮喘病并发肺气肿，给他打针和服药治疗了几天，效果也不佳，就打电话邀国盛过去帮他会诊一下。国盛来到吴医生诊所，看了病人，就对吴医生说："你诊断的没错，治疗也对方，只是因为他这哮喘病比较严重，药物起作用比较慢，我还有一种新的治疗方法可以帮他治疗一下。"吴医生听国盛说还有新方法治疗，高兴得不得了，忙问："你还有什么好办法？赶快用你的新方法给他治疗看看！"国盛就用自己研究的治疗方法给病人做了治疗。

他们给病人做完治疗后就还邀请周进医生、刘旦医生过来在一起闲聊，吴医生吩咐妻子做了几个菜，他们在一起吃饭喝酒，你一杯，我一盏，吃得非常高兴，在这觥筹交错之际，高谈阔论着未来的小康生活。吴医生说：“我们这些当医生的，小时候生活艰苦，没有饭吃，没有衣穿，还要干繁重的体力劳动，当医生后，每天是学习和围着病人转，没有时间出去旅游，观看祖国的大好河山，真感到遗憾！”国盛说：“我近几年到过首都北京，爬了万里长城，那长城的雄伟、壮观、气势磅礴可甲天下，还看了故宫和颐和园，那建筑宏伟，五彩斑斓，真是使人眼花缭乱，可见祖国历史悠久和古代文明，足见中国劳动人民的勤劳、勇敢和聪明才智。还到过深圳，看到了深圳最高的平安金融国际中心，它矗立在深圳的城市中心，雄浑磅礴、高耸入云，乘兴登上115层楼顶，鸟瞰深圳大地，惊艳不已。山的巍峨，海的浩瀚，城市的壮美，使人眼花缭乱。公路上人流如织，整个城市五光十色，车水马龙。美丽的城市、精美的建筑尽收眼底：如地王大厦、京基100、莲花山公园、市民中心、深圳湾、福田口岸和青山绿水等美景一览无余，气势宏伟、绰约多姿。这是由于充分发挥了人民群众的聪明才智，化腐朽为神奇，在短短的几十年里，把一个一穷二白的国家建设得如此美丽富饶。瞭望祖国的大好河山深有感触：

乘兴登楼百丈高，十亿神州尽瞬饶。
公路铁路连成网，江河湖海皆有桥。
天连五岭机声闹，科技兴邦掀高潮。
借问诸君要何往，天涯海角显风骚。

“还到过张家界，那里是青山绿水，奇山异脉，巧夺天工，站在那壁立千仞的高山之巅，悬崖峭壁之上，使人头晕目眩，不敢往下看。看到祖国的大好河山真使人陶醉。我们今后一定要多出去走走，欣赏大自然的美好风光。现在党和政府特别关心老人，地铁、公交车，还有一部分公园都对老人免费开放。”

刘医生说：“我们忙了这么多年，退休后一定要出去好好玩玩，看看祖国的大好河山，享受一下大自然的美景。”

周医生说：“祖国的建设突飞猛进，真所谓日新月异，今后我们的日子会越过越好，国家非常重视幼儿园、养老院、学校的建设，今后一定会是少有所教，老有所养，科技蓬勃发展的新时代，我们要珍惜今天的幸福生活。”

吴医生说：“但是，我在电视上看到现在还有很多的大山深处，隐藏着很多的贫困人口。那里还没有公路，没有桥梁，更没有铁路，连一条出村的泥巴路和卵石路都没有，还是原始的村落。当地的农民还只能靠肩挑手扛，每年的收入还不足几百上千元。现在全国还有很多的人口处在非常贫困的生活状态，还没有衣服穿，一家几口人共穿一条裤子，没有房子住，有的还连饭都吃不饱。山区的孩子有的还上不起学，附近没有学校，孩子们要走几里或者十几里山路上学。这些山路都是非常的崎岖、陡峭，还有好多的天梯路，小孩子上学还要爬藤梯，过绳索桥呢！”

国盛说：“走这些山路是多么的艰难，是多么的危险啊！山区现在还有这么艰苦，孩子上学还有这么困难，国家一定会想办法尽快解决。”

刘医生说：“国家现在非常重视贫困山区的改造工作，要求全国脱贫奔小康，这些影响到民生的问题一定会尽快解决。”他们于是谈到了全国奔小康的事情。

周医生说：“党中央和习近平总书记提出了全国奔小康的奋斗目标，要在2020年以前实现全国脱贫。小康生活是全党和全国人民所向往的生活标准，全国人民都非常高兴，非常拥护。现在全党和全国人民热情都非常高，都在为实现这一神圣的宏伟目标而为之奋斗。发展高科技，攻克科技瓶颈，齐心合力搞改革，谋发展。全民创业，万众创新，各行各业都在自己的岗位上艰苦奋斗。”

但刘医生又疑惑地问道：“现在国家提出全国奔小康，小康究竟是什么标准？”

国盛说：“具体标准不是很清楚，大概是：一、人均国内生产总值达到3000美元以上；二、城镇居民人均可支配收入1.8万元；三、农村家庭人均纯收入8000元；四、恩格尔系数低于40%；五、城镇人均住房面积30平方米；六、城镇化率达50%；七、家庭计算机普及率20%；八、大学入学率20%；九、城镇居民最低生活保障率95%以上。应该就是全国人民都有饭吃，都有衣穿，都有房子住，小孩子有书读，老年人有地方养老，有病能够得到治疗吧？总而言之就是衣食住行、读书学习、生老病死，都有保障，人们生活得幸福，有尊严。”

吴医生说：“改革开放后，国家制度发生了根本性改变：国家法律、制度条文是精细而刚；全国的改革开放、工农业生产和科技发展是蹄疾步稳；国家建设欣欣向荣，全国人民生活水平大幅度提高了。但在全国奔小康的路上，还有很多问题需要迅速解决。中国是一个人口众多的大国，人口多就有人口多的难处，十多亿人口要吃饭、要穿衣、要住房、要看病、要上学、要养老、要出行——总之，人民群众的生活需求都依赖国家的经济支撑。”

周进医生说：“国家要建设得繁荣富强，要尽快达到小康，党和政府非常重视，国家有了政策，习近平总书记有了号召，一个是要全国人民共同努力，撸起袖子加油干，要大干，实干，再者就是要提高科技水平，克服发展中的科技瓶颈。现在国家的工业也比较先进了，公路、铁路建设突飞猛进，国产的盾构机领先世界水平，大大地提高了公路、铁路的建设速度。有的铁路、公路已经修到了大山深处，修到了贫困山村的家门口，一些不宜居住的贫瘠山区的居民已经搬出了大山，全部进行了重新安置。全国的科学家、工程师、技术人员都在坚持科技攻关，掌握核心技术。只要以科教兴国，小康就能很快实现。”

刘医生还有些担忧地说：“虽然国家发展现状确实很快，街上的商店里吃的、穿的、用的非常丰富，真是琳琅满目，一应俱全。但全国要全面实现小康，真的那么容易吗？在短期内能够实现吗？这么大的国家，这里实现了小康，那里又因为天灾、人祸、疾病返贫了；有些人，国家帮助他脱贫了，他自己不努力，好吃懒做，坐吃山空，又返贫了怎么办？再者，还有一些贪官是贪得无厌，贪官贪腐那么多钱，也可以导致国家返贫。”

国盛说：“影响小康的因素很多，中国这样一个十三亿多人口的泱泱大国，只能是做到每个地区基本脱贫，人均收入达到某一水平，肯定不能保证个个脱贫。那些没有规划、好逸恶劳的人就应该不属扶贫范畴，至于那些因天灾、人祸、疾病返贫和贪官的问题，国家一定会有办法解决。”

吴医生说：“中国是一个人口众多的大国，但大国不应单纯只是面积大、人口多，有饭吃、有衣穿，而应该是国防力量强大，国富民强、科技发达、制造业先进、精神文明、法制健全、人民体格强健的大国。”

周医生说：“国家只能是一步步来，先要保障民生，这是头等大事。手机现在基本上是全国人手一部，汽车是每户一至两台，但手机芯片和汽车心脏的核心技术还没有完全掌握，还要被外国人卡脖子。必须掌握这些核心科技，使每个人都能开着中国自己制造的，全世界最好的汽车，手里拿着国家自己制造的，全世界最先进的手机，那才是全国人民的骄傲和自豪啊！因为汽车和手机是人民群众的最大消费品，是支撑国家工业的支柱产业，但现在的手机和汽车大部分都还是依赖进口，这每年需要消耗多少外汇啊！中国人民是有志气、有能力、有智慧的人民，将来一定有能力自己制造。但有一部分人，他们还在为自己手中玩的是进口手机，开的是进口汽车，吃的是洋餐，穿的是外国名牌而得意扬扬，还觉得自己有能力，会赚钱，炫耀自己有财富。殊不知自己是一个中国人，还在用别人的东西是一种耻辱。”

吴医生说：“中国人要多用国产产品，尤其是领导干部要带头使用国产产品，要呵护国内产品，就算是质量低一点也是自己的产品啊！就好像是自己的孩子一样，哪怕他弱一点，也还是自己的孩子，总不可能把自己的孩子抛弃而去养别人的孩子吧？应该把自己的孩子好好地呵护、扶植培养好，使之能茁壮成长，这才是我们应尽的责任。我们中国人走出国门，应该是昂首挺胸，踏着正步，带着高科技，最先进的制造业走出去，支援那些落后和贫困的国家和正在受苦受难的世界各国人民，而不应该是贼头贼脑，怀揣亿万巨资的贪官、奸商。现在世界奉行的还是丛林法则，'弱肉强食、适者生存'，优胜劣汰永远是推动社会前进的动力，以后我们要不断提高科学技术，与自然和谐相处。中华人民共和国应该强大起来，要建设成为世界东方的一颗明珠，成为世界东方的一条巨龙。中国人民是勤劳勇敢的人民，中国人是热爱生活，是具有无穷创造力的。如造纸、印刷术、指南针、火药等都是中国发明的。但中国人不能死守着这些古老的发明沾沾自喜，躺在这些古老的发明上不再努力，不再前进，使这些发明自己没有用好就被别人领先了。中国要在最短的时间内实现小康生活，就必须要继续艰苦努力工作，做到科技领先。"

国盛说："中国政府在外交上是纵横捭阖，摆脱了一些西方国家对中国经济的打压和对科技的封锁。合纵连横，把一些和中国志同道合的国家联合起来，共同对抗来自外部势力的干涉，冲破了一些国家的重重围堵，使我国的经济建设和科学技术得到了高速发展。真希望全世界各国的科学家共同努力：研制出有益于人民身体健康，有益于环保，有益于世界和平，且人民喜爱的高科技产品；不要研制那些乌七八糟的，有害人民健康的色素、添加剂、致癌食品，以及影响世界和平的生物武器、化学武器、核武器和导弹等，愿世界没有战争。要保护好世界人民的身体健康和世界和平。"

周医生说："真正的爱国就要不断地努力学习科学知识，学习外国经验，努力工作，不贪腐，不奢靡，勤俭办一切事业，能够为国家添砖增瓦，克服一切困难生产出世界一流的产品。中国人要自尊、自爱、自信、自强不息，要挺起自己的腰杆，要有民族气节，不要崇洋媚外。中国的炼钢专家、手机和汽车制造商和专家们也应该有一种责任感、使命感和耻辱感，应该感到自己肩上的责任重大。要有工匠精神，要使中国的制造业成为世界最先进的制造业，使世界爱上中国制造。只有这样才能真正做到：

科技攻关掌核心，各行各业都兴隆。
全国人民皆努力，小康生活指日临。"

国盛说："我认为个人理想要与中国梦融合起来，个人自由要与党纪国法融合起来，个人富裕要与国家的强大融合起来，这样才能做到真正的国富民强。如果没有中国梦，是实现不了个人理想的。有些贪官贪腐成性，阻碍了改革开放的进程，阻碍了国民经济的发展，阻碍了人民群众的创造力和生产积极性，打乱了国家收入分配的平衡，导致了个人收入的极度畸形。要把贪官们的这些钱统统地掏出来，用于国家建设和贫困扶持上。这些贪官的贪腐是全国达小康的严重障碍，必须反腐。要使全国人民共同富裕，共同奔小康仍需全国人民共同努力。”

刘医生说：“只有使这些贫困人口全部脱贫以后，并且要长期巩固，防止再返贫，国家才能实现全面小康水平。”

中国人民是爱好和平的人民，要坚决反对战争，使世界没有战争。中国人民永远不称霸，永远是世界各国人民的好伙伴、好朋友、好兄弟。中国是以龙为图腾的民族，有着不畏艰险，翻天覆地的气概。中华民族有着“先天下之忧而忧，后天下之乐而乐”的优良传统。大陆人民与台湾人民是兄弟，应该团结起来并肩战斗，万众一心，扬帆再启航，踔厉奋发，共同实现中华民族的伟大复兴。要成为一个平等、自由、民主、和谐、法治的大中国。把我们的祖国建设得更加繁荣昌盛，到处都是青山绿水、空气新鲜、无污染的优美环境，使之成为一个高度发达、高度文明、物资丰富、信息化、数字化的崭新时代，使全国人民都过上丰衣足食的小康生活，祖国的未来将会变得无限的美好。要给世界留下一个爱好和平的东方文明古国印象。不再受世界列强的侵略，中华民族将以更加伟岸的身躯，巍然屹立于世界民族之林。我们的使命光荣，责任重大。尽管还有很多迫在眉睫的事情需要我们去做，只要我们勠力同心，赓续奋斗，小康生活是一定能够很快实现的。天地转，光阴迫，一百年太久，只争朝夕。

后 记

本书是作者工作之余的创作，记录了近几十年的农村生活及中国社会发展状况，它真实地反映了一部分农村的实际情况。书中记录了主人公幼时的懵懂与顽劣，儿时的无知与梦想，青年时代的理想追求与那个时代的爱情故事，成年时代的事业、责任与担当，老年时期享受着改革开放带来的物质、文化、通信等方面的幸福和天伦之乐的生活，有一种夕阳无限好的感觉。

本文承蒙付敏老师（高中语文一级教师）为本书所作多次全面修改，本文承蒙杨宇（大学美术教授）为封面设计，龚有良（退休干部）、易月娥（会计师）以及各位亲友、同学、同事的关心与支持，大家对本书提出了宝贵的意见，在此一并深表感谢！由于本人才疏学浅，一定还有很多不当之处，望广大读者不吝赐教。望各位文学爱好者、文学大师，提起您的大笔泼墨点睛，为本文增色，不胜感谢！

附

《在砺炼中成长》读后感

陈嘉洲

看了这部小说使我受益匪浅，我立即把该文发给了全班同学，大家观后都有同感，都被主人公的那种奋发向上、顽强拼搏，那种忧国忧民的爱国情怀，不折不挠的奋斗精神深深地感动了。他是一代青年的楷模，使我情不自禁地欣然命笔，就写了这篇读后感。

对于爱好中国历史系列小说的读者而言，在互联网时代要发掘一本令人满意的优秀作品似乎很难。如果各位读者目前手中没有合适的读物，不妨看一看这本《在砺炼中成长》，相信这部小说会令你眼前一亮。

这部小说记叙了一位在中华人民共和国成立初期出生的主人公——孔国盛，他伴随新中国走过风风雨雨七十余年的故事。国盛从小到大历经了许多磨难，尝遍了人间酸甜苦辣，可即使生活在这样充满挑战的环境里，他却始终不忘曾经的梦想：当一名人民的医生，为老百姓祛除病魔、排忧解难。这颗在少年时代就埋藏在国盛心里的种子在突破地下层层障碍后，随着他担任赤脚医生而破土发芽，并在之后不断成长，最后成为一棵能为群众遮风挡雨的参天大树。从沉睡到萌芽，再到长大，这不就是祖国成长的经历吗？作者以小见大，通过国盛的个人奋斗史折射出新中国成立七十多年来的翻天覆地的变化与发展，可谓用心良苦。

下面可从三个方面谈谈这部小说的独特之处。

1. 艺术观赏性：首先这是一部有关湘北地区（尤其是洞庭湖区）的百科全书。作者凭借丰富的阅历、开阔的视野和充足的知识储备，全方位介绍了以益阳为中心的周边地带的自然风光和人文民俗。无论是洞庭湖烟波浩渺的奇特景观，还是农民日下劳作的农耕画面，无论是人们的日常衣食住行，还是当下盛行的民歌、游戏，作者都能如数家珍、一一道来。

作者以娴熟的笔法，有条不紊地描述了湖区倒垸时的情景，将倒垸前乡民加固堤坝、抢割稻穗，临近倒垸开沟疏导、准备船只，倒垸后乘船暂避，重建家园的过程展开，并在叙述的过程中穿插大量的人物对话与心理描写，仿佛将当年湖区人民与洪水斗智斗勇的场景再现在读者面前。即使以前不曾了解“倒垸”的人，也能使你有那亲临其境的感觉，深深感受到灾害带来的巨大破坏和乡民团结一心的坚毅品质。

其次，细节描写与短句相结合，叙述生动而通俗。更为突出的是，作者运用大量短句的形式展开叙述，从而使得整段文字十分富有美感。请看下文：

“首先把篾片砍成适合做弓箭的大小，然后把两端各砍一个小凹，再用力把它折弯，用一根麻绳子做弦，把竹篾片的两端固定成一个弯弓的形状，弓就这样做成了。再用一根竹篾片削成一个圆柱状，在一端用刀劈一个小口，再用一个小钉子插在上头，用线固定好后，这就是箭。把箭上在弦上，用力把弦一拉，箭就‘嗖’的一下飞出去了。”

这是国盛与小伙伴们一起制作“弓箭”，且每一步骤都用一个短句表现，整个过程清晰流畅，将原本较为复杂的制作过程明白准确地呈现了出来。读者看完这一段后，就会发现韵律颇为和谐，节奏也比较明快，与读那些长而拗口的句子时的感觉截然不同。在充满画面美、音乐美的文字中，似乎原本比较枯燥的制作流程都变得有趣起来。这显然是作者的妙手偶得，若无强大的文字驾驭能力，此般优秀的描写绝无可能出现。

最后，通篇使用章回体标题、古诗词的穿插出现，使得小说兼具古典小说与白话小说的韵味。当代读者对章回体等古典小说的印象大多数停留在四大名著上，毕竟很少有现当代作家将诗词、骈文融入作品。这固然是时代进步的一种体现，但为什么仍有那么多的读者记得“一壶浊酒喜相逢。古今多少事，都付笑谈中”呢，因为古典文学自身散发不尽的魔力，因为古典文学本就拥有极高的审美价值。可惜的是，如今的一些流行文学创作者甚至连现代汉语语法都无法精准把握，哪里还顾得上古典文化的应用？在文白夹杂的创作的流行趋势尚未完全显现之际，作者就敢于突破常规，大胆创新，这本就可圈可点。更难能可贵的是，小说中出现的每一首诗、每一个标题，都符合格式要求，同时又不失概括性与形象性。如果要举出例子，恐怕没有比文中第二十七章薄棺简殓悲葬母更适合的了。为了表达对母亲逝世的悲痛和对母亲的思念，作者不惜暂时牺牲故事的进程，通过大量的往事追忆、心理描写、环境渲染来加以烘托，其中诗歌创作极具闪光点。不妨欣赏一二：

太阳依山尽，时已近黄昏。
东边儿女屋，西边慈母坟。
双足立门户，两泪湿衣襟。
愿母天堂去，不再受苦辛。

日落西山月影偏，望眼欲穿天地旋。
千呼万唤无音影，怎见慈母在人间。

在以上两首诗中，有作者对典故的化用，有对名句的仿效，但更多的是悲痛之余作者艺术灵感的迸发——通过这一个个用心血凝集而成的文字，我们仿佛可以看到作者创作时内心的痛苦与挣扎。“东边儿女屋，西边慈母坟”，从房屋到坟墓看似离得不远，实则象征着天人永隔，这何止是在写主人公的经历？简直是重新揭开自己的伤疤。用如此饱满的情感写就的诗，又怎能不打动读者？当然限于篇幅原因，这里不能展示作者的词、四字祭文等优秀作品，读者可以通过阅读自行体会。

2. 教育性：整部小说自始至终贯穿着主人公与祖国成长的过程，祖国从穷到富，从弱到强，从站起来到富起来、到强起来，一步步走过的艰难历程；主人公国盛从一个农家的孩子，经过几十年的艰苦奋斗，成为一名人民医生，他那样不畏艰难、刻苦钻研的学习精神，不忘初心、全心全意为民除疾的精神是何等的感人。

3. 对社会观察的全面性：它不但是一部供人观赏的小说，还是一部教书育人的好教材。它对国家的建设、国家的发展，尤其是青年的成长和对祖国的未来都有认识和期盼，忧国忧民的爱国情怀跃然纸上。是值得我们青少年学习的标本。

当然，以上三个角度只是个人阅读时的一些拙见，实际上作品中还有很多令人拍案叫绝的内容等待一批又一批的读者去发掘，“横看成岭侧成峰”，期待广大读者朋友走进文本，探索文本，提出更多新颖、深邃的见解！